KB168494

소설가를 위한 소설쓰기
3   갈등과 서스펜스

소설가를 위한 소설쓰기

3 갈등과 서스펜스

제임스 스콧 벨 지음 정미화 옮김

다른

차례

갈등은 가장 극적인 소설을 만든다

골칫거리는 내 일거리.

_레이먼드 챈들러

일단 문제가 있는 인물, 심각한 문제가 있는 인물을 설정하고 그 인물이 곤경에서 벗어나는 과정을 멋지게 부르는 이름이 바로 '플롯 짜기'다.

_바나비 콘래드

작가는 이야기를 한다.

작가는 사람들이 읽어주었으면 하는 마음에 이야기를 한다.

독자들이 감동받고, 즐거워하고, 어쩌면 깨달음도 얻었으면 한다. 독자들이 각양각색의 인물들과 지루하지 않은 플롯으로 만들어진 세계에 사로잡혀 흠뻑 몰입하는, 그런 소설을 쓰고 싶다.

어떤 장르를 쓰는지는 중요하지 않다. 우리가 독자를 사로잡고 싶어 하는 이유는, 그것이 바로 우리가 소설이라 부르는 연금

술에서 마법의 연결 고리를 만들어내는 일들이기 때문이다.

　그렇다. 우리는 약간의 마법을 부리고 싶다.

　그리고 우리는 할 수 있다.

　소설 작법의 대부분은 배울 수 있다. 누구나 이 작법들을 익혀서 각자의 방식으로 활용할 수 있다.

　솔직히 누군가 소설 작법은 배울 수 있는 게 아니라고 말할 때면 난 좀 발끈하게 된다. 창작 교사나 편집자에게, 또는 책이나 논문을 통해 소설 쓰는 법을 배운 모든 젊은 작가들에게도 이런 말은 도대체가 금시초문일 것이다. 잡지 『라이터스 다이제스트』를 매달 정독했던 존 그리샴 같은 작가들에게도 그렇고.

　로런스 블록의 연재소설을 마치 성서인 양 정독한 뒤 그가 다룬 주제들을 새로운 방식으로 다시 써보고, 종이 위에 잘 표현했는지 살펴봤던 나에게도 마찬가지다.

　게다가 나는 콘퍼런스에서, 또 소설 작법을 다룬 책을 통해 수많은 작가들을 가르쳤고, 그들 가운데 많은 이들의 책이 출간되는 것을 봐왔다.

　그러니 글쓰기 실력을 향상시키는 작법 도구나 기법이 존재하지 않는다는 주장은 믿지 말자.

　배울 수 없는 것이 있긴 하다. 작가가 소설에 담아내는 것, 즉 각각의 고유한 재능과 자라오며 경험한 일들, 열정 그리고 마음 같은 것들. '나'만의 특성은 가르칠 수 있는 대상이 아니다. 그렇지만 독자들이 책을 읽으며 공감할 만한 표현을 찾아내지 못한다면, 그러한 재능과 경험이 무슨 의미가 있을까?

소설 작법은 독자들을 이야기 속으로 끌어들여 몰입하게 만드는 법, 작가가 독자와 교감하는 법을 가르쳐준다.

독자를 몰입하게 만드는 것은 무엇일까? 한마디로 말하자면, 그건 바로 곤경에 처한 인물들이다. 이야기 속 인물들에게 아주 중요하기만 하다면 어떤 곤경인지는 상관없다. 독자가 어떤 소설에 '빠져들었다'라고 말하는 건 등장인물 한 명 또는 여럿에게 골치 아픈 일이 벌어진다는 말을 줄여서 표현한 것뿐이다. 독자는 인물에게 무슨 일이 벌어지는지 보고 싶어진다. 아니, '봐야만 한다'.

앨프리드 히치콕은 이런 식으로 표현했다. "좋은 이야기는 지루한 부분을 빼버리고 남은 인생이다."

골칫거리가 없는 장면은 지루한 부분이다. 내적으로나 외적으로, 또는 양쪽 모두에서 시련과 위험, 난관과 장애에 휘말리지 않는 인물은 독자의 관심을 오래 끌지 못한다.

인물이 어떤 사람인지도 중요하지 않다. 성격이 별나고 흥미로운 인물이라 해도 골치 아픈 문제가 벌어지지 않는다면 이야기가 얼마간 진행된 다음에는 그리 환영받지 못한다.

그러므로 골칫거리야말로 우리의 일거리다. 그리고 독자가 당신의 일거리를 좋아하도록 만드는 작법 도구는 바로 갈등과 서스펜스다.

소설의 본질은 곤경에서 나온다

머릿속에 최초의 이야기꾼을 그려보자. 편의상 '오그'라고 부르겠다. 오그는 사냥을 하느라 힘든 하루를 보내고 막 돌아온 참이다. 늑대를 잡으려는 순간 그 옆을 지나가는 마스토돈, 그 거대한 짐승 때문에 오그는 화들짝 놀라고 말았다.

사냥 실패.

오그는 몽둥이를 던지고 도망쳤다. 바위 뒤에 숨었다가 1시간쯤 지나서 다시 사냥감 쪽으로 돌아가니 송곳니가 날카로운 호랑이 한 마리가 그의 사냥감을 게걸스럽게 먹고 있었다.

곱절의 실패.

할 수 없이 오그는 모닥불이 있는 곳으로 돌아왔다. 산딸기와 나무뿌리에 질린 부족민들이 고기를 구워 먹을 기대에 부풀어 모닥불 주위에 모여 있었다.

부족민들은 오그를 쳐다보며 툴툴거렸다. 대략 이런 뜻이다. "이봐, 고기는 어디 있는 거야?"

오그는 곤란한 상황에 처했다. 최고의 사냥꾼이자 채취자로서의 위상은 이제 자신이 하는 말에 따라 다른 사람에게 넘어갈 수도 있을 것이다.

언젠가 오늘 같은 일이 벌어졌을 때도 부족민들은 뭐가 잘못되었는지 물었고, 오그는 별일 아니라며 애먼 사람들에게 욕설을 퍼부었다. 그런다고 문제가 해결될 리는 없다. 부족민들은 더 이상 오그에게 기회를 주려 하지 않을 것이다.

그래서 이번에 오그는 자리에 앉아 상황을 설명한다. "평소처럼 사냥을 하러 나갔는데, 늑대 한 마리가 눈에 들어왔어. 돌을 던져서 정확히 머리를 맞췄지. 놈이 쓰러지더군. 그래서 놈을 가지러 가려는데, 으르렁거리는 소리가 들리는 거야."

오그는 말을 멈추고 모닥불 주변의 반응을 살핀다. 모든 이들의 얼굴이 그를 향해 있다. 사람들의 눈에서 호기심이 일어나는 게 보인다.

그는 사람들의 관심을 끌었다.

'좋았어.' 오그는 생각한다. '이 상황을 모면할 방법을 생각해내는 동안 사람들의 관심을 계속 끌 수 있을지 한번 보자고.'

"주위를 살폈지." 오그는 말을 잇는다. "이빨이 길고 뾰족한 호랑이 한 마리가 있더라고. 입에서 침이 뚝뚝 떨어졌어. 눈이 호수만큼 크더라니까! 놈의 털 냄새까지 맡을 수 있었어. 죽음의 냄새 같았지."

이제 사람들은 몸을 앞으로 기울이고 있다. 오그는 생각한다. '통했군. 이런 식으로 천천히 상황을 설명하니 이야기가 길어지고 긴장감도 생기잖아. 호랑이 냄새 이야기를 슬쩍 덧붙인 건 정말 천재적이었어.'

오그는 일종의 이야기 형식을 발전시켜나간다. 마음속으로 이 이야기를 어떻게 끝낼지 궁리하는 동시에, 우연히 호랑이를 만나고 자신의 목숨을 구하기 위해 사투를 벌인 과정을 미주알고주알 풀어놓는다. 마침내 결말에 도달하자 그는 최후의 승리를 거두기까지 호랑이와 벌인 엄청난 결투에 대해 늘어놓는다.

이야기를 듣던 사람들 가운데 누군가 묻는다. "그래서 호랑이는 어디 있어?"

오그는 반전이 있는 결말을 내놓아야 한다. 그는 SF 장르를 떠올려, 사람들에게 산의 신이 내려와 호랑이를 일종의 공물로 가져갔다고 말한다. 신은 오그의 부족에게 하늘의 불을 떨어뜨리려고 했다. 오그는 부당한 일이라며 항의했고, 그래도 정히 불을 내리겠다면 자신은 신에게 맞서 싸우겠다고 말했다. 결국 신은 노여움을 풀었다.

그렇게 오그는 부족민 모두의 목숨을 구했다. 어쨌든 그랬다는 게 그의 이야기다.

이야기를 듣는 사람들의 반응이 얼마나 좋았는지, 오그는 두 사람 몫의 산딸기를 얻는다. 한 아름다운 여인은 그의 용맹함을 존경한다면서 다람쥐 털로 만든 덮개를 준다. 부족의 연장자 가운데 한 사람은 자신의 소중한 몽둥이를 내준다. 한 젊은 부족 커플은 아끼는 장신구를 건네며 이야기를 또 해주면 장신구를 더 주겠다고 약속한다.

그러자 오그에게는 이런 생각이 떠오른다. '이렇게 해서 먹고 살 수도 있겠는걸.'

이제 오그는 사냥하러 나가는 대신 매일 밤 모닥불 옆에서 이야기를 하기 시작한다. 오그의 이야기는 다른 남자들을 부추겨 사냥을 나가게끔 만든다. 오그의 이야기에 용기를 얻은 그들은 용맹해지고 사냥에 성공한다. 그들은 자신들이 사냥해 온 것의 일부를 오그에게 준다.

오그는 안에 작은 못이 있는 호화 동굴을 구입한다.

오그는 궁지에 몰리고 위협받는 이야기를 비약적으로 이어가면 사람들이 계속해서 관심을 보일 뿐 아니라 기꺼이 더 많은 것을 내놓는다는 사실을 깨달았다. 이것이 이야기의 진정한 본질이다. 이야기란 한 인물이 위험천만한 곤경에 대처하는 방식을 기록한 것이다. 오그가 한 최초의 이야기에는 육체적 죽음이 걸려 있었다. 세 치 혀에 그의 목숨이 달려 있었던 셈이다.

그러다가 언젠가부터 오그는 자신의 감정에 관한 이야기를 하기 시작했다. 어렸을 때 그에게 아무렇지도 않게 돌을 던졌던 아버지나 그가 좋아했던 어느 동굴 소녀를 짓밟아버린 맘모스처럼 과거 자신에게 악마 같은 존재들을 어떻게 상대해야 했는지에 대해 말했다. 이런 이야기를 풀어내면서, 그는 부족의 여자들과 일부 남자들이 남몰래 눈물을 흘린다는 사실을 알아챘다. 게다가 그들은 이야기를 더 해달라며 그에게 대가를 지불했다.

오그는 이것을 '인물 중심'의 이야기라고 부르기 시작하지만, 이 역시 같은 아이디어에 기반을 두고 있음을 안다. 인물의 행복과 내면의 삶을 위협하는 위험천만한 것들이 그 바탕을 이루고 있는 것이다.

그리고 알다시피, 오그의 이야기부터 고대 신화와 그리스 희극, 스티븐 킹의 소설, 드라마 「로스트」, 픽사의 애니메이션까지, 이야기의 본질은 변하지 않았다.

이야기의 본질이란 곤경, 그리고 그 곤경과 단짝을 이루는 갈등과 서스펜스다.

스릴 넘치는 소설을 쓰려면

놀이공원에 가서 롤러코스터를 타자. 그런 다음 집에 가서 소설을 써보자. 아마도 롤러코스터 타기와 소설 쓰기가 서로 연관되어 있다는 사실을 알게 될 것이다.

모두가 알다시피 롤러코스터는 우리의 몸, 특히 위장을 마음대로 가지고 논다. 롤러코스터는 천천히 올라간 다음 쏜살같이 내려가고 빙글빙글 돈다. 기대감을 불러일으키는 준비 과정이 있고, 스릴이 최고조에 달하는 클라이맥스가 이어진다. 그러다가 마침내는 평온하고 만족스러운 종착역에 이르러 해방된다. 그것은 우리의 바람이기도 하다.

소설은 감정을 태운 일종의 스릴 넘치는 놀이 기구라고 할 수 있다. 액션 테크노스릴러물에서 볼 법한 엄청난 스릴만을 의미하는 건 아니다. 인물 중심의 잔잔한 소설이라도 제대로 썼다면 액션 테크노스릴러와 다를 바 없는 구조를 가진 셈이다.

작가는 감정 조종자다. 감정을 조종한다는 게 결코 나쁜 것이라고는 할 수 없다. 모든 예술가들이 그것을 원하지 않는가. 예술의 비결은 독자로 하여금 조종당하고 있다는 사실을 잊은 채 현재의 경험을 있는 그대로 즐기게끔 하는 데 있다.

또는 단순히 즐거움만 주는 것이 아니라 생각하게 만드는 것이 목표가 될 수도 있다. 마이클 크라이튼이 바로 그러한 부류의 소설가였다.

어떤 작가는 자신의 신경을 건드리는 특정한 이슈를 가지고 사람들을 분노하게 만들고 싶을지도 모른다. 에드워드 애비는 환경 파괴에 대한 분노에서 『멍키스패너 갱스터The Monkey Wrench Gang』를 썼다.

하지만 모든 경우에 있어서 소설의 성공 여부를 결정하는 것은 소설 속에 갈등과 서스펜스를 엮어내는 작가의 능력이다.

잘 짜인 플롯은 그 유명한 샌프란시스코의 금문교처럼 거친 파도 위를 지나는 다리와도 같다. 한쪽에는 시작이 있고 다른 한쪽에는 결말이 있다. 샌프란시스코만의 암반 위에 서 있는 견고한 탑은 소설 각 장章의 분기점이 되는 셈이다. 유기적인 장면은 서로 연결되어 현수교의 케이블을 이룬다. 이 모든 구조물이 다리의 상판을 지탱하듯이, 소설의 모든 요소가 함께 어우러지면 비로소 독자는 넘실대는 파도를 보게 되는 것이다.

작가는 독자를 다리 한쪽에서 반대쪽으로, 소설의 시작에서 결말로 인도한다. 그리고 이 여정의 각 단계에서 벌어지는 일을 통제한다.

이쯤 되면 대개 항의의 외침이 튀어나온다. "난 규칙이나 기법에 관심 없어요! 그냥 이야기가 저절로 이어지게 내버려 두라고요. 나는 내 방식대로 이야기를 할 테니까!"

좋다. 이야기가 자연스럽게 이어지도록 내버려 두자. 하지만 그런 흐름을 찾는 것도 결국에는 자신의 이야기를 사람들이 읽는 것으로, 그것도 많은 사람들이 읽는 것으로 만들고 싶기 때문 아닌가?

그렇게 쓴 자연스러운 흐름의 실험적인 소설을 대여섯 사람에게 나눠 주는 것으로 족하다면, 뭐 그것도 좋다. 그리고 세 권 정도는 팔릴 수도 있겠지. 하지만 그 이상 어찌해볼 생각은 하지 않는 게 좋을 것이다. 자연스러운 흐름의 이야기가 목표라면 말이다.

그러나 만약 다양한 독자와 교감하고 싶다면, 그것이 가능하도록 도와주는 소설 작법의 기초부터 배우도록 하자.

소설 작법의 기초를 배우면 효과적인 방법과 그렇지 않은 방법을 단계별로 알게 되고, 따라서 원하는 만큼 자유롭게 글을 쓸 수 있게 된다. 그런 뒤 독자가 공감할 만한 이야기 구조에 자신만의 상상과 공상을 쏟아부으면 된다.

그러면 독자들의 관심을 끌게 될 것이다. 오그가 그랬던 것처럼.

갈등은 소설의 원동력이다

갈등은 오래전부터 이야기의 원동력으로 여겨져왔다. 갈등이 없으면 극적인 사건이 일어나지 않고, 극적인 사건이 일어나지 않으면 흥미가 유발되지 않으며, 흥미가 유발되지 않으면 독자가 생기지 않는다. 글쓰기 경력은 영영 쌓을 수 없게 될 것이다.

간단히 말하자면, '갈등'이란 양립할 수 없는 둘 이상의 사이에서 벌어지는 충돌이다. 갈등 관계의 한 축은 반드시 인격을 갖춰야 한다. 다시 말해 의식적인 의지를 행사할 능력이 있어야 한다.

예를 들어 미국 중서부의 한 마을에서 화창하던 날씨가 갑자기 폭풍이 몰아치는 날씨로 바뀐다고 갈등이 유발되는 것은 아니다. 폭풍이나 화창한 날씨가 행사하는 의식적인 의지가 없기 때문이다.

반면, 이 중서부 마을의 안전 감독관이 2시간 안에 폭풍에 대비해야 하고 그동안 여러 조치를 취하려 한다면 갈등이 유발된다. 안전 감독관은 문제를 해결하겠다는 의지를 행사하고 있는 것이다. 이것은 '인간 대 자연'의 이야기에서 나타나는 갈등이다. 인간에게는 의지가 있고, 자연은 인간과 대립 관계를 이룬다.

하지만 가장 극적인 이야기는 서로 대립하는 둘 이상의 인간 사이에서 벌어진다. 이들은 서로 상반된 의도를 갖는다. 뼈다귀 하나를 사이에 둔 두 마리 개의 관계인 셈이다. 그리고 이 두 마리 개에게는 각자 뼈다귀를 차지하기 위해 스스로 생각하고 행동에 옮길 능력이 있다.

'서스펜스'는 갈등에서 비롯한다. '갈등에 빠진 인물이 이를 극복하려는 의지를 행사할 것인가?'라는 질문, 독자의 감정적 경험을 팽팽하게 옥죄는 것이 바로 서스펜스다.

권투 시합에 빗대어 생각해보자. 시합에 참가한 두 선수는 서로 갈등 관계에 있다. 상대방을 쓰러뜨리겠다는 의식적인 노력으로 각자의 의지를 행사한다.

이제 한 선수가 상대방을 로프 쪽으로 몰아 연달아 펀치를 날리기 시작한다. 그 순간의 서스펜스는 이것이다. 코너에 몰린 선수가 케이오당할 것인가? 만약 케이오당해서 바닥에 쓰러진다면 다시 일어설 것인가?

혹시 두 선수가 서로 빙글빙글 돌며 잽을 주고받는다면? 이때의 서스펜스는 과연 누가 먼저 제대로 된 펀지를 날리는가 하는 것이다.

전체적인 갈등 속에서 서스펜스는 얼마든지 생길 수 있다. 소설에서 설정한 갈등이 커다란 뼈대의 역할을 한다면, 서스펜스는 장르에 상관없이 독자로 하여금 책장을 끝까지 넘기게 만드는 원동력이 된다.

갈등은 소설의 토양을 이룬다. 1부에서는 의지가 충돌하는 이런 싸움의 토양을 어떻게 최고의 상태로 만들 것인지 살펴볼 것이다. 그리고 이 토양에서 서스펜스가 나온다. 서스펜스는 2부에서 알아볼 것이다.

소설 작법에 관해 내가 앞서 쓴 책들에 대해서도 잠깐 언급해야 할 것 같다. 이 책의 3장과 4장의 몇몇 부분은 『소설쓰기의 모든 것 1: 플롯과 구조Write Great Fiction: Plot & Structure』, 그리고 『소설쓰기의 모든 것 5: 고쳐쓰기Write Great Fiction: Revision & Self-Editing』에서 다뤘던 내용과 다소 겹친다. 어쩔 수 없이 중복되는 내용은 갈등과 서스펜스라는 이 책의 주제를 염두에 두고 새롭게 정리했다. 그러니 앞선 두 권의 책을 읽지 않은 독자들도 자신의 글에 갈등과 서스펜스를 향상시키는 데 필요한 것들을 배울 수 있을 것이다.

앞선 두 권의 책을 읽은 독자라면 조금 다른 관점에서 몇 가지 필수적인 내용을 되새겨보는 기회로 삼을 수 있다. 그로써 갈등과 서스펜스의 요소에 대한 이해가 더욱 깊어질 것이다. 이 모든 과정은 바로 다음과 같은 독자의 반응을 얻기 위해서다.

최고의 찬사를 받고 싶다면 갈등을 쓰자

글을 쓰기 시작하고부터 내가 가장 소중하게 여기는 찬사는 독자가 내 책을 두고 이렇게 말하는 것이다. "도저히 책을 내려놓을 수가 없었어요."

이것이 바로 우리가 하고자 하는 일 아닌가! 반대의 경우는 무엇일까? 독자가 책을 읽다 내려놓는 것. 그리고 다음에 나오는 책은 사지 않겠다고 결심하는 것.

도로시 파커의 말마따나 그보다 더 나쁜 경우도 있다. "이건 가볍게 옆으로 밀어놓을 소설이 아니다. 있는 힘껏 내던져야 하는 소설이다."

이야기꾼으로서 우리의 목표는 독자가 끝까지 책장을 넘기도록 하는 데 있다. 갈등과 서스펜스는 그런 일이 일어나게 해준다.

1 훌륭한 소설의 공통점:
기초부터 탄탄하게 설정하기

어떤 유형의 소설을 쓰든,
작가는 감정의 흐름을 만들어내야 한다.

소설의 목표는 무엇일까?

즐거움을 주는 것? 가르치거나 설교하는 것? 세상을 바꾸는 것? 작가에게 돈을 많이 벌어다 주는 것? 아니면, 이 모든 것이 소설의 목표일까?

재미있는 소설을 쓰는 것에는 아무런 문제가 없다. 작가가 진심으로 믿는 바가 있어서 그걸 전하고자 쓰는 것도 마찬가지다. 물론 세상을 더 나은 곳으로 만들기 위해 쓰는 행위도 그렇다. 해리엇 비처 스토가 쓴『톰 아저씨의 오두막Uncle Tom's Cabin』처럼 말이다.

시적 감흥을 일으키기 위해 문체에 공을 들이는 작가도 있을 것이며, 관습에 저항하며 새로운 형식을 실험하는 작가도 있을 것이다.

글로 큰돈을 벌겠다는 생각도 문제 될 게 없다!

하지만 결국 어떤 식으로든 독자에게 '만족스러운 감정적 체험'을 안겨주지 못한다면 작가는 이 목표들 가운데 어느 것도 충분히 이룰 수 없을 것이다.

만족스럽다는 것이 반드시 행복한 감정을 의미하지는 않는다. 본래 연극이 의도한 것은 비극이었다. 하지만 아리스토텔레스가 지적했듯이, 그러한 의도는 감정을 불러일으키고 카타르시스를 느끼게 함으로써 관객을 더 나은 시민으로 만들기 위한 것이었다. 그렇기 때문에 관객의 내적 경험이 중요했다.

독자의 감정을 끌어내고, 고무하고, 궁극적으로 마지막 책장을 넘긴 뒤 특정한 감정을 분출하게 만들 수 있다면 장르나 문투는 중요하지 않다. 이 세 가지를 모두 해냈다면 책을 다 읽고 시간이 한참 지난 뒤에도 마음속에 진하게 남아 사람들로 하여금 계속 이야기하게 만드는 책을 쓴 셈이다. 그리고 이것은 최고의 마케팅 방식이기도 하다. 장기적으로 봤을 때 효과적인 유일한 방식일 수 있다.

어떤 독자들은 아이디어가 지닌 힘에 매료될 것이다. 또는 문체의 리듬감에 매료되는 독자들도 있을 것이다. 하지만 그건 모든 아이디어나 문체가 '그 독자들'을 감정적으로 사로잡을 때 가능한 일이다.

아인 랜드를 예로 들어보자. 랜드는 '이기심의 미덕the virtue of selfishness'에 근거한 '객관주의objectivism'라 불리는 철학을 주창했다. 랜드의 소설은 이 주제를 언급하는 대사들로 가득하다. 마음을 직접 겨냥한 주제라고 해도, 랜드의 작품에 공감하는 사람들은 그녀가 올바른 세계관을 제시한다고 '느낀다'.

최근 몇 년 사이 인기 장르가 된 18세기 배경의 아미시 소설은 단순한 시대를 갈망하고 강력한 종교적 신념을 숭배하는 독자들의 흥미를 유발한다. 잠시나마 현대사회의 혼돈에서 벗어나면 '기분이 좋기' 때문이다.

아미시 소설의 반대편에는 엘리 비젤의 『나이트Night』처럼 공포(가장 무섭다는 현실의 공포)나 깊은 슬픔 같은 감정을 유발하는 소설이 있다. 이런 소설이 성공하는 이유는 부당한 행위를 열거하기 때문이 아니라 독자들이 등장인물들에게 공감함으로써 악역을 상대로 감정을 분출하게 만들기 때문이다.

소설 장르 중에서도 로맨스소설이 베스트셀러로 등극하는 이유는 무엇일까? 로맨스소설을 찾는 독자들은 무언가를 '느끼고' 싶어 하기 때문이다. 실제의 삶에서 느끼지 못하는 것을 로맨스소설을 통해 경험할 수 있기 때문일지도 모른다. 사랑의 개념을 좋아하고 사랑이 존재한다는 사실을 실감하고 싶어 하는 유형일 수도 있다. 이유야 어떻든, 이런 이야기들이 팔리는 것은 결국 수많은 독자들에게 감정적으로 만족스러운 경험을 제공하기 때문이다.

분량이 적고 독자의 눈물샘을 자극하려는 목적을 가진 장르소설의 경우는 어떨까? 이 역시 감정의 문제에 달려 있다. 니컬러스 스파크스의 소설을 읽는 사람이라면 티슈 한 상자는 기꺼이 쓸 준비가 되어 있다. 스파크스는 그런 시장의 요구를 충족시키고, 이 시장의 규모는 대단히 크다.

하지만 어떤 유형의 소설을 쓰든, 작가는 감정의 흐름을 만들어내야 한다. 이 감정의 흐름을 만들어내기 위한 작법 도구가 바로 갈등과 서스펜스다.

소설에서 '죽음'을 다뤄야 하는 이유

감정적으로 만족감을 주는 소설에서 중요한 것은 단연 '죽음'일 것이다.

정말 그렇다. 누군가는 목숨을 잃을 위험에 처해야 하고, 그 누군가란 대개 주인공이다. 가벼운 희극부터 아주 암울한 비극까지, 이는 모든 장르에 해당된다.

여기 해법을 보자. 죽음에는 세 가지 종류가 있다. 육체적 죽음, 직업적 죽음, 심리적 죽음. 소설에는 이 세 종류의 죽음 가운데 한 가지 이상이 등장해야 한다.

육체적 죽음

육체적인 죽음은 그야말로 명확하다. 만일 주인공이 정말로 죽어야 한다면, 즉 숨을 멈추게 된다면, 동시에 주인공은 갈등 국면에서 승리를 거두어야 한다. 그게 아니라면 그는 그저 쓸모없이 사라지는 인물일 뿐이다.

정말이지 위험천만한 상황 아닌가. 이거거나, 또는 죽거나.

어떤 스릴러를 보아도 육체적 죽음이 임박한 장면을 피해 가기란 힘들다.

나쁜 놈들이 숨기고 싶어 하는 비밀을 주인공이 우연히 발견했기 때문일 수도 있다. 존 그리샴이 쓴 『그래서 그들은 바다로 갔다The Firm』에서 이상을 좇는 법대생 미치 맥디르의 경우처럼 말이다.

또는 존 길스트랩의 스릴러 시리즈 가운데 『노 머시No Mercy』에서 처음 등장한 은밀한 해결사 조너선 그레이브처럼, 주인공이 '골치 아픈 일'에 빠질 수도 있다. 그레이브와 그의 팀이 문제 해결에 성공하지 못하면 누군가 죽는다. 모든 시리즈가 마찬가지다.

하지만 소설을 흥미진진하게 만드는 죽음이 육체적인 유형에만 국한되는 것은 아니다.

직업적 죽음

주인공의 직업을 중심으로 전개되는 소설에서 '실패'란 주인공의 경력이 끝나고, 직업이 쓸데없는 일이 되며, 모든 훈련은 무위로 돌아가고, 미래는 암담하다는 뜻이다. 주인공의 직업적 성공에 있어 성패를 좌우하는 무언가가 위태로운 상황에 놓이는 것이다.

이것은 마이클 코넬리의 '해리 보슈 시리즈'를 아주 흥미롭게 만드는 요소이기도 하다. 주인공 해리 보슈에게는 스스로를 옭아매는 행동 원칙이 있다. 『라스트 코요테The Last Coyote』에서 해리는 이런 말을 한다. "모두가 다 중요하거나 아무도 중요하지 않다는 거죠. 그게 전부예요. 상대가 매춘부든 시장 부인이든 난 최선을 다해 수사할 뿐입니다. 그게 내 원칙입니다."

해리에게 있어 이 원칙을 벗어나는 일은 없기 때문에 모든 사건은 결국 해결하느냐 '직업적으로 죽느냐'의 문제가 된다. 그는 때때로 쫓겨 다니거나 사건을 더 이상 수사할 수 없는 위기에 처한다.

인물의 직업과 그에 걸맞은 특정한 상황을 설정해보자. 예를 들어 배리 리드의 원작을 바탕으로 폴 뉴먼이 주연을 맡아 흥행에 성공한 영화 「심판The Verdict」 속에서 의뢰인의 무죄를 입증해야 하는 변호사처럼. 토머스 해리스가 쓴 『양들의 침묵The Silence of the Lambs』에서 FBI 수습 요원은 임무를 시작하기도 전에 경력이 끝날 위기에 처하며, 조지 펠레카노스의 『밤의 정원사The Night Gardener』에서는 끔찍한 연쇄살인과 관련하여 사건 해결의 마지막 기회에 선 경찰이 등장한다.

심리적 죽음

내면적인 죽음을 말한다. 어떤 사건, 또는 주인공의 심리에 대한 것일 수도 있다. 갈등을 이겨내지 못하면 심리적으로 죽을 수 있는 위험에 처하는 것이다.

『호밀밭의 파수꾼The Catcher in the Rye』의 주인공 홀든 콜필드가 그런 경우다. 만약 이 세상의 진정성을 찾지 못한다면 홀든은 심리적으로 죽음에 이르게 된다(정말 그럴까? 확신할 수는 없지만, 소설의 결말로 미루어 그런 것 같다). 사실, 그가 살아야 할 이유를 찾지 못한다면 실제로 죽음(자살에 의한 죽음)은 피할 수 없는 일이라고 독자는 생각하게 된다.

심리적 죽음을 이해하는 것이 중요한 이유는 이것이 다른 무엇보다도 소설의 감정을 고양시키기 때문이다.

또한 이것은 모든 로맨스소설의 비결이기도 하다. 사랑하는 두 연인이 함께 있을 수 없다면 그들은 줄곧 서로의 반쪽을 그리워할 것이다. 이 연인의 삶은 손쓸 수 없을 정도로 망가질 것이다.

로맨스소설의 독자라면 결국 두 연인이 다시 만나게 되리라는 사실을 알고 있을 테고, 따라서 두 사람이 심리적인 죽음을 맞이할지 모른다는 착각을 유도하는 일은 더욱 중요해진다.

이는 로맨스소설보다 가벼운 장르에도 적용할 수 있는 비결이다. 희극 속 등장인물은 대개 사소한 것 때문에 비참한 상황에 빠진다. 하지만 그 '사소한 것'이 인물들에게는 너무도 중요한 까닭에 '그들'은 목적을 달성하지 못하면 심리적 죽음에 이르게 되리라 믿는다.

예를 들어 「희한한 한 쌍The Odd Couple」의 오스카 매디슨을 보자. 그는 무사태평한 게으름뱅이의 생활을 만끽하고 있다. 아파트 청소는 제쳐놓은 채 아무 때나 담배를 피우고, 밥을 먹고, 온종일 카드놀이를 즐긴다. 하지만 지나치게 깔끔을 떠는 펠릭스 웅거가 룸메이트로 들어오면서 오스카가 그렇게 좋아하던 삶의 방식이 위협을 받는다. 오스카는 너무 짜증이 난 나머지 펠릭스를 죽이고 싶은 지경에 이른다.

행복한 게으름뱅이로 지내는 것은 오스카에게 대단히 중요하다. 사소한 문제라고 생각할 수도 있지만, 바로 여기에 희극적 요소가 있다.

미국 TV 시트콤 「사인펠드」의 경우도 마찬가지다. 모든 에피소드에서 어리석은 행동이나 어처구니없는 일이 등장인물에게 얼마나 중요한지를 보여준다. 맛있는 수프를 사기 위해 수프 가게 주인의 군대식 명령에 따르면서 벌어지는 에피소드만 해도 그렇다. 그 모든 게 수프 때문이라니! 이 수프를 사지 못하면 제리는 심리적으로 죽음에 이를 것이다. 결국 그는 수프를 폄하한 여자 친구와 수프 한 그릇 사이에서 한쪽을 선택해야 하는 순간을 맞이한다. 이 얼마나 고통스러운 싸움인가!

그리고 마침내 제리는 수프를 선택한다. 심리적인 죽음은 어떤 장르에서나 강력한 힘을 갖는 법이다.

이번에는 회사 자금을 빼돌려 도망친 혐의를 받는 사람의 이야기를 쓴다고 생각해보자. 주인공은 횡령을 한 인물이다. 내 단편집 『등 뒤를 조심하라Watch Your Back』에 이런 인물이 등장한다. 대형 보험 투자사에 근무하는 주인공 캐머런 케이츠는 허위 계좌를 개설해서 해외 은행으로 자금을 이체하는 방법을 생각해낸다.

만약 그를 잡을 방도가 없다면 어떨까? 서스펜스가 강렬하지 않을 것이다. "세상에, 회사에서 자금 유출을 막기 전에 도대체 얼마나 빼돌린 거야?" 그걸로 될까? 전혀 그렇지 않다. 따라서 회사뿐 아니라 FBI에 붙잡힐 위험이 처음부터 분명하고 확실하게 드러나야 한다. FBI까지 개입한 상황에서 붙잡힌다는 것은 장기 복역이라는, 사실상의 죽음을 의미하기 때문이다.

존 하워드 로슨은 80여 년 전에 저서 『극작의 이론과 테크닉 Theory and Technique of Playwriting』에서 이 점을 지적한 바 있다. 로슨의 말에 따르면, 죽음의 수준까지 이르지 못한 갈등은 "나약한 의지"의 충돌일 뿐이다. "그리스와 엘리자베스 여왕 시대의 비극에서는 일반적으로 영웅이 죽는 순간 긴장감이 극에 달한다. 영웅은 그의 대립 세력에 의해 제압당하거나 패배를 인정하고 스스로 목숨을 끊는다."

그렇다. 갈등의 절정은 곧 죽음이다. 고전 비극에서 이 죽음은 육체적 죽음을 뜻했지만, 오늘날에는 직업적 죽음과 심리적 죽음을 의미하기도 한다.

로슨은 또한 갈등을 희곡의 특징으로 규정한다. "구체적이며 이해할 수 있는 목표를 달성하기 위해 행사하는 의식적인 의지는 갈등을 위기의 순간까지 몰아갈 수 있을 만큼 강력한 힘을 지닌다." 내가 간단히 덧붙이자면, 그 위기는 죽음의 형태와 관련이 있다.

다음 두 가지를 염두에 두자.

- 책의 중심을 이루는 갈등 상황에서 주인공에게 골칫거리로 작용하는 것을 생각한다. 곧바로 정해서 적어놓는다.
- 어떤 종류의 죽음이 행동과 연관될 수 있는지 결정한다. 한 가지 유형을 기본으로 선택해야 한다. 이야기를 진행하면서 다른 유형의 죽음을 추가로 설정할 수도 있지만, 전체 줄거리에서는 한 가지 형태의 죽음만이 이어져야 한다.

예: '거물'의 돈을 훔친 옛 동료를 쫓는 청부업자들에 관한 스릴러물을 쓰는 경우. 당연히 육체적 죽음이 등장한다. 주인공의 사생활에 관한 서브플롯에 심리적 죽음의 상황을 추가로 설정할 수도 있다. 자신의 본모습을 되찾기 위해 주인공이 용서해야 하거나 반대로 용서를 구해야 하는 사람이 있을지도 모른다. 하지만 이 이야기에서 다뤄지는 가장 중요한 죽음의 방식은 육체적

죽음이다.

예: 세간의 이목이 주목된 사건을 담당한 검사를 둘러싸고 벌어지는 법정 스릴러물을 쓰는 경우. 상관들은 검사가 재판에서 승리하기를 바라지만, 결국 검사는 피고인의 무죄를 확신하게 된다. 이 사실을 입 밖에 낸다면 검사로서 경력은 끝나고 말 것이다. 직업적 죽음이 걸려 있는 셈이다.

또는 합의를 통해 손쉽게 사건을 해결하고 수임료를 챙기는 데 익숙한 변호사가 절도 혐의를 받는 의뢰인을 만난다고 생각해보자. 여기에 직업적 죽음이 관련되는가? 아직은 그렇지 않다. 이 사건을 중요하게 만들 만한 이야기의 요소를 생각해내서, 최소한 변호사가 직업적 죽음을 직면하게끔 설정해야 한다.

어떻게 할 수 있을까? 먼저 의뢰인이 변호사에게 개인적으로 중요한 인물인 경우를 생각해볼 수 있다. 예컨대 어렸을 적 변호사를 돌봐준 아주머니라거나. 변호사는 아주머니의 유일한 희망이다. 그녀에겐 돈도 없고 다른 가족도 없다. 이제 사건은 변호사에게 아주 중요해진다.

아니면 이 절도범이 나쁜 길로 잘못 들어선 어린 소년이고, 어쩌면 변호사도 한때 그랬던 적이 있을지 모른다. 변호사는 끔찍한 집으로부터 도망쳐 나온 아이를 돕기로 한다. 만약 보석으로 풀려났다가 더 나쁜 짓을 저지른다면 아이는 오랫동안 교도소 생활을 하게 될 것이다. 결국 변호사는 아이를 구해야 한다. 그러지 않으면 직업적 의무를 다하지 못했다는 자책감에 빠질 것이다.

또는 스스로 법정 변호사로서의 명성을 잃었다고 생각하는 한 유명 변호사의 이야기가 될 수도 있다. 그가 맡은 사소한 사건은 그에게 자신감을 되돌려주고 다시 큰 사건을 해결하게끔 하는 계기로 작용할 것이다. 하지만 재판에서 진다면 모든 것이 끝이다. 그는 두 번 다시 법정에 들어갈 수 없게 된다.

중요한 점은, 이야기의 요소요소를 강화해서 단 한 번의 패배가 변호사로서의 인생에 끔찍한 일이 될 것처럼 몰아가는 것이다.

예: 처음부터 다시 시작하기 위해 작은 도시로 삶의 터전을 옮긴 서른 살 이혼 여성에 대한 이야기. 과거의 무엇이 그녀로 하여금 심리적인 행복을 찾아 모든 것을 다시 시작하게 만들었을까?

어쩌면 예술가가 되고 싶다는 그녀의 꿈을 전남편이 가로막았을지 모른다. 새로운 도시에서 그녀는 자신이 가장 좋아하는 일을 하겠다고 결심한다. 하지만 실패하면 꿈도 사라진다. 돈도 충분치 않다. 예술 작업을 해나가는 한편 생계를 유지할 만한 비용을 어떻게 마련할 수 있을까?

만약 여자의 아버지가 이 도시에 살고 있다면? 오랫동안 떨어져 소원하게 지내던 그녀가 마침내 아버지와 화해하게 된다면 어떨까? 또는 아버지가 죽음을 앞두고 있다면? 어떤 식으로든 마무리를 짓지 않으면 남은 인생 내내 그녀는 아물지 않은 상처를 안고 지내야 할 것이다. 내면적으로 죽는 것과 같다.

예: 오페라 가수가 되기로 결심한 프로 레슬러에 관한 엉뚱하

고 코믹한 소설을 쓰는 경우. 어떻게 하면 이 이야기에 죽음을 집어넣을 수 있을까? 코미디에서 주인공에게 아주 중요한 것은 주로 사소한 무언가임을 기억하자.

오페라를 끔찍이도 좋아하는 여성과 사랑에 빠졌다고 하면 어떨까? 그녀는 레슬링은 네안데르탈인이나 하는 짓이라고 생각한다. 그녀의 사랑을 얻기 위해(심리적 죽음이 걸려 있다) 남자는 오페라 수업에 등록한다.

소설 쓰기를 시작하는 단계에서 이런 연습을 해두면 시간을 매우 아낄 수 있을 뿐 아니라 스트레스도 상당히 줄어든다. 죽음과 관련하여 그 기초를 탄탄하게 설정할수록 이야기의 긴장감도 높아진다. 그리고 이야기를 고쳐 쓸 때, 그 과정이 훨씬 쉬워질 것이다.

독자에게 해소되지 않는 긴장감을 안기자

성공적인 소설에 대해 내가 내리는 현실적 정의는 이렇다. "등장인물이 죽음의 위험에 어떻게 대처하는지를 감정적으로 만족스럽게 설명한 것."

일단 이 말을 이해하면 그땐 감정적 갈등의 고리를 유기적으로 연결할 수 있게 될 것이다. 그 고리의 모양은 다음과 같다.

• 갈등(곧 죽을지도 모를 가능성)

- 행동(죽음을 모면하기 위한 조치들)
- 서스펜스(행동과 관련한 긴장감이 해결되지 않은 상태)
- 감정적으로 만족스러운 경험

서스펜스가 항상 테이블 밑에 붙은 폭탄이나 호텔 문 뒤에 모인 한 무리의 나쁜 놈들을 의미하지는 않는다는 점을 기억하자. 서스펜스란 독자로 하여금 다음에 무슨 일이 일어날지 궁금하게 만드는, 이야기 속에서 아직 해소되지 않은 긴장감이다.

이후 무슨 일이 일어날지에 관심이 생기지 않으면 독자는 읽던 책을 내려놓고, 다음부터는 그 작가의 신작이 나와도 구입하지 않을 것이다. 감정의 변화가 그토록 중요한 이유다.

각 장을 감정적으로 연결해야 한다. 실은 모든 단락이 감정적으로 이어져야 한다. 그 감정의 고리가 이야기 전체를 뒤흔들어야 한다.

2 갈등의 소재를 어떻게 찾을까?: 다양한 브레인스토밍

문제는 결코 부족한 아이디어가 아니다.
어떤 아이디어를 소설로 발전시킬지
결정하는 것이 진짜 문제다.

갈등이 있는 이야기를 쓸 때, 어떤 식으로 시작할 것인가?

1. 작가 자신이 감정적으로 공감할 수 있는 아이디어를 생각
해낸다.
2. 최대한 갈등을 초래할 수 있는 방향으로 아이디어를 유도
해간다.

그렇다면 그런 아이디어는 어디서 찾을 수 있을까?

어디서나 찾을 수 있다.

문제는 결코 부족한 아이디어가 아니다. 어떤 아이디어를 소
설로 발전시킬지 결정하는 것이 진짜 문제다.

아이디어를 생성하는 기계가 되어보자. 조금만 훈련하면 두뇌
에서 연이어 불꽃이 튀기 시작할 것이다. 창의적인 사고는 일종
의 근육이라 많이 사용할수록 민첩해진다.

작가라면 다들 그런 걸 원하지 않을까? 우리 모두는 잠을 자

거나 그저 인생을 관조하고 있을 때조차 상상력이 발휘되기를 바란다. 스티븐 킹이 은유적으로 근사하게 표현한 "지하실의 소년들" 즉 작가 자신의 내면에 있는 뮤즈처럼 말이다.

갈등을 설정하기 위한 브레인스토밍 법을 배우면 내면의 작가 정신을 늘 활성화하여 언제든 잠재적인 아이디어를 얻을 수 있고, 나아가 갈등의 핵심이 되는 발상으로 바꾸어갈 수도 있다.

여기 브레인스토밍 훈련 방법 몇 가지를 소개한다.

1. 발상, 또는 '만약에' 게임

2. 이미지 찾기

3. 배경 설정하기

4. 소설 속 세계 구축하기

5. 강박관념 설정하기

6. 고전 플롯 훔쳐 오기

7. 이슈 찾기

8. 첫 문장 쓰기

9. 열정의 중심 찾기

10. 사전 게임

창의적인 발상을 위한 게임

'만약에 게임What If? Game'은 아마 창의성 개발을 위한 가장 오래된 게임이 아닌가 싶다. 모닥불 앞에 모인 사람들을 상대했던 메소포타미아 지역의 이야기꾼들에서부터 킨들 화면을 통해 이야기를 전달하는 작가들까지, 그 모두가 '만약에?'라는 질문을 직접 던지거나 또는 그들의 작가 정신이 대신 그 질문을 던지게 하는 식으로 이야기를 만들어냈다.

이 게임을 통해 갈등의 측면에서 생각하는 훈련을 해보자.

예를 들어 운전을 하던 중 길모퉁이에서 멋진 정장 차림의 남자를 봤다고 해보자. 그런데 이 남자는 낡은 테니스화를 신고 있다. 뭔가 이상한데?

운전을 하면서 계속 아이디어를 떠올려 본다. 물론 앞 차량에 부딪치지 않도록 주의를 기울여야 한다. 만약 추돌하게 된다면 그 또한 이야기 소재로 사용할 수 있겠지만 말이다.

자, 갈등의 측면에서 생각해보자. 왜 정장 차림의 남성이 낡아빠진 테니스화를 신고 있는 거지? 최근에 간부직에서 해고된 걸까? 원래 노숙자인데 어쩌다 괜찮은 정장을 줍기라도 한 걸까? 한때 변호사였나?

잠깐. 마지막 아이디어에 약간 흥미로운 구석이 있는 것 같다. 변호사는 항상 그럴싸한 재목 아닌가. 만약에…… 만약에 이 남자가 한때 영향력 있는 변호사였다가 윤리 규정을 위반했다는 날조된 혐의 때문에 나락으로 떨어진 거라면? 옛 동업자의 함정에 빠진 거라면? 그래서 이제 남자는 복수에 나선다. 복수. 갈등 유발에는 제격 아닌가.

또는 고속도로를 운전하다가(운전하면서 얼마나 빈번하게 이 게임을 하는지 눈치챘는가?) 자외선 차단제를 선전하는 광고판을 보게 되었다고 하자. 비키니 차림에 선글라스를 쓴 아름다운 여성이 뜨거운 태양 아래 한가로이 누워 있고, 구릿빛 피부의 젊은 남자가 황금빛으로 그을린 여자의 다리에 자외선 차단제를 발라 주는 장면이다.

만약에…… 남자가 여자를 죽이기로 한 청부 살인자라면? 이렇게 가정하면 어떤 이야기를 만들 수 있을까? 남자는 여자와 사랑에 빠지고, 그러자 그를 고용한 사람들과 온갖 갈등이 벌어진다. 이제는 그의 목숨이 위태롭다.

만약에…… 여자가 남자와 외도를 하는 중이라면? 여자의 남편은 누굴까? 라스베이거스에서 가장 위험한 남자가 그녀의 남편일지도 모른다. 좀 더 문학적인 관점에서 가정하자면, 나이 든 남자와 결혼했지만 이제 그 사랑이 식어버린 것일 수도 있다.

만약에…… 남자가 자외선 차단제가 아니라 다른 행성에서 가져온 물질을 여자의 몸에 바르고 있는 거라면? 그렇게 해서 반은 오징어에 반은 여자의 형상을 한 피에 굶주린 생명체로 바꾸어버린다면?

거기서 멈추지 않는다. 다섯 가지 이상의 '만약에' 시나리오를 생각해보자. 아이디어가 떠오를 때마다 최소 다섯 종류의 시나리오를 만드는 것을 목표로 삼는 것이다. 그렇게 만들어진 것들 중 다섯에서 열 가지 정도의 가능성 있는 시나리오를 열거해보자. 마지막 몇 가지는 아마 가장 생각해내기 어려운 것일 테지만, 사실 알고 보면 가장 좋은 아이디어일 수 있다.

각 아이디어에는 잠재적인 주인공을 포함시켜야 한다.

열거한 내용을 각각 살펴보면서 갈등이 고조될 때까지 이야기를 비틀어보자. 주인공을 방해할 강력한 이유가 있는 적대자도 만들어낸다. 그런 뒤 가장 좋은 두 가지 시나리오를 선택해서 한 쪽 분량의 상황으로 발전시켜본다.

내 소설 『죽음의 시도Try Dying』는 어느 날 읽은 기사를 바탕으로 완성된 작품이다. 그 기사는, 말하자면 로스앤젤레스 같은 대도시에서 일어나는 이상한 이야기 중 하나였다. 나는 신문에서 기사를 오려 아이디어 상자에 넣었다. 메모와 온갖 종류의 신문 스크랩이 담겨 있는 상자다.

신문 기사는 몇 년이나 아이디어 상자 안에 있었고, 나는 어쩌다 한 번씩 그것을 읽었다. 이 기사는 늘 호기심을 자극했지만, 그걸로 무엇을 할 수 있을지는 도무지 알 수가 없었다. 그러다 마침내, 나는 자리에 앉아 마치 기자인 양 그 기사를 다시 써봤다.

12월 어느 비 내리는 화요일 아침, 에르네스토 보니야(28세)는 로스앤젤레스 남부 웨스트 45번가에 있는 집 뒷마당에서 아내 알레한드라(23세)를 총으로 쐈다. 알레한드라가 과다 출혈로 사망에 이르는 사이 에르네스토는 부부의 SUV 차량(포드 익스플로러)을 몰고 서쪽 방향으로 가다가 하버 프리웨이와 센추리 프리웨이의 연결 도로 갓길에 차를 세웠다.

그는 LAX 공항이나 서쪽으로 향해 가는 오후의 운전자들과 빗줄기를 무시한 채 차에서 내려 트렁크 쪽으로 가서는 38구경 권총의 총구를 자신의 입에 넣고 방아쇠를 당겼다.

에르네스토는 갓길 너머 30여 미터 아래로 추락하여 하버 프리웨이 북쪽 방향으로 향하던 토요타 캠리 한 대와 충돌했다. 이 충격으로 캠리의 지붕이 내려앉았고, 차량에 있던 운전자이자 리시더의 한 초등학교 교사 재클린 드와이어(27세)가 그 자리에서 사망했다.

내가 가진 정보는 이게 전부였다. 소설의 도입부는 될 수 있겠다는 생각이 들었다. 하지만 그다음은 어떻게 하지? 어떤 종류의 소설이고, 누구에 관한 소설이 될까? 이 기이한 사건은 어떻게 흥미로운 이야기로 이어질까?

나는 '만약에'라는 질문을 시작했다. 세 번째인가 네 번째로, 이런 질문이 떠올랐다. '만약에 사망한 운전자 재클린 드와이어의 약혼자가 이야기의 화자라면?' 나는 다음 줄을 쓰기 시작했다.

이것은 그저 음울하고 기이한 우연의 일치 중 하나였을 것이다. 기자가 현장에서 멀찌감치 떨어진 곳에서 생방송으로 전하는 2분짜리 지역 뉴스로 소개되고, 어쩌면 다음 날 후속 보도가 이어질수도 있는 종류의 사건. 그러나 결국은 이 도시 사람들의 기억에서 사라져버릴 이야기.

하지만 이 이야기는 사라지지 않았다. 나에게는 아니었다. 재클린 드와이어는 나와 결혼할 여자였기 때문이다.

거의 바뀐 곳 없이 이것은 소설의 첫 쪽이 되었다. 여기서 '나'

가 어떤 사람인지는 아직 알 수 없었지만, 분명 커다란 갈등이 잠재되어 있는 것 같았다. 그리고 실제로 엄청난 갈등이 일어났다.

항상 '만약에'라고 질문하자. 의식적으로 질문하기 시작하면 곧 작가 정신이 자연스럽게 작동하여 이야기에 거듭 아이디어를 제공할 것이다. 갈등 상황에도 '만약에' 아이디어를 적용할 수 있다. 이쯤 되면 자동적으로 나올 테니 굳이 운전을 할 필요도 없다.

1. 잡지나 타블로이드 신문에서 두 사람 이상이 등장하는 광고를 찾는다.

2. 인물들 사이에 갈등이 내포된 '만약에' 상황을 다섯 가지 적어보자.

3. 가장 적절한 상황 하나를 선택하고 이야기를 전개해 한 쪽 분량의 시나리오를 써보자. 아마도 보관해두고 싶은 이야기가 될 것이다.

주변에서 다양한 영감을 얻기

우리는 스스로 보는 것에 감동받고 영향을 받는 시각문화 속에서 살고 있다. 갈등을 설정하는 브레인스토밍 단계에서 각자의 작가 정신에 여러 이미지를 업로드 해두면 소재를 무한히 얻을 수 있다. 소재를 비트는 방법 몇 가지를 소개한다.

음악

나는 영화 사운드트랙을 들으며 머릿속에 떠오른 한 장면으로 거의 시나리오 전체 분량을 상상해본 적이 있다. 노래 한 곡을 듣는데, 문득 아버지와 아들이 언덕 위에 함께 있는 모습이 떠올랐다. 아들은 열네 살이고, 아버지는 아들 때문에 근심에 빠져 있다. 곧이어 아들이 울음을 터뜨린다.

그 음악은 나에게 이미지와 감정을 전달했다. 나는 이 이미지와 감정을 이용해서 아버지와 아들 사이의 갈등과 두 사람의 내적 갈등을 상상했다. 그러자 곧 다른 장면들도 제자리를 찾기 시작했다. 모든 것이 음악 한 곡에서 비롯되었다.

분위기를 조율해주는 플레이리스트를 만들자. 내 플레이리스트는 거의 영화 사운드트랙으로 채워져 있다.

나는 플레이리스트를 '진심', '모험', '서스펜스', '싸움'과 같은 주제어에 따라 세분화해두었다. 특정 장면을 쓰기에 앞서 어떤 분위기가 필요한지 결정하면 해당 플레이리스트를 찾는다.

때로는 소재를 생각해내기 위해 사운드트랙을 무작위로 재생시켜서 이야기로 만들 만한 아이디어가 떠오를 때까지 머릿속에서 이미지가 자유롭게 움직이게 내버려 두기도 한다. 「벤허Ben Hur」에서 「더티 해리Dirty Harry」로 사운드트랙이 이리저리 오가면 어떤 생각이 떠오를까? 알 수 없지만, 분명 재미있을 것이다.

특정한 이미지가 마음을 사로잡으면 생각을 멈추고 5분 동안 그 이미지에 대해 써보자. 머릿속에서 장면이 영화처럼 되돌아갈 수 있도록 음악은 계속 틀어놓는다. 그러면서 인물들이 서로 대립하는 지점을 주의해서 살펴보자.

당장 무슨 일이 일어나는지 알아야 할 필요는 없다. 알아내기 위해 기록하는 것이다.

꿈

우리의 꿈이 말하고자 하는 바는 무엇일까? 꿈이 의미하는 이야깃거리를 분석하기 위해 프로이트 박사가 될 필요는 없다.

꿈을 꾸다가 깨어났을 때 곧장 꿈의 내용을 기록할 수 있도록 침대 옆에 메모지를 두자. 아침에 눈을 떴을 때도 꿈 내용을 메모하자.

잠에서 깨어나면 더 이상 꿈이 기억나지 않는다는 사람들도 있다. 내가 들은 바로는, 잠시나마 다시 잠자리에 들면 꿈이 다시 생각날 수도 있다고 한다.

충분히 시도해볼 만한 일이다. 꿈은 우리가 다른 식으로는 알 수 없는 숨은 이야깃거리를 선사하기 때문이다.

내 머릿속의 영화

마음만 먹으면 우리의 머릿속에서도 영화가 상영된다. 게다가 이 영화는 공짜다.

연습을 위해 조용한 곳에서 시간을 내보자. 어떤 갈등을 생각해내라는 지시만 머릿속에 내린다.

두 인물을 상상해서 한 장면에 등장시키자. 상상 속 배경이 생생할수록 더 좋다.

인물들의 성격이 자연스럽게 드러나도록 하되 평범한 인물이라면 그대로 넘어가지 말자.

인물이 남다른 면을 보일 때까지 계속 주시하자. 인물을 관찰하는 것부터 시작해야 한다.

때로는 인물의 배역을 정해서 과거나 현재 활동하는 여러 배우들을 상대로 배역 '오디션'을 실시하는 것도 도움이 된다.

배경과 인물이 정해지면 갈등이 벌어질 때까지 장면을 관찰하자. 말싸움, 몸싸움, 혼란, 다른 인물의 등장, 예기치 못한 사건, 집착, 기이한 행동 등 여러 형태로 갈등이 나타날 수 있다.

마음에 들 때까지 계속해서 장면을 진행시키자. 분명 흡족해지는 순간이 올 것이다.

두 인물이 어떻게 지금의 모습이 되었는지 인물의 과거를 간단히 적어나가며 아이디어를 발전시키자.

누가 알겠는가? 여러 인물의 의식적인 의지가 서로 충돌하는 내용으로 가득한 이야기에, 그 시작부터 자신도 모르게 빠져들게 될지.

실제 장소에서 아이디어 찾기

소설 한 권 분량의 갈등이 일어날 만한 물리적인 장소로는 어느 곳이 적당할까? 어디서나 가능하다! 단, 그 장소를 알아볼 수 있다면 말이다.

나는 로스앤젤레스에 산다. 내가 사는 지역에는 매우 다양한 장소가 있고 그 하나하나가 독특한 유형의 갈등을 조성하기 때문에 나는 굳이 다른 지역을 배경으로 사용한 적이 거의 없다.

빈민가인 스키드 로우를 예로 들어보자. 내가 스키드 로우를 소설의 배경으로 삼은 이유는 그곳 모퉁이마다 무섭고 위험한 느낌을 자아내기 때문이다. 뜨내기손님이 찾는 지저분한 모텔부터 마약 거래가 이뤄지는 길거리까지, 스키드 로우에서는 불법행위나 광란의 행태가 벌어지지 않는 곳을 찾기가 어려울 정도다.

로스앤젤레스 북서부에 위치한 아름다운 샌페르난도 밸리도 소설의 배경으로 종종 이용된다. 한때 미국 전역에서 가장 완벽한 교외 지역으로 꼽혔던 곳이다. 인구의 대부분은 백인이며, 현재 밸리 일부 지역에서 사용되는 언어는 100여 개가 넘는다. 그리고 그만큼 많은 수의 갱단들이 있다.

하지만 대도시에서만 갈등을 찾을 수 있는 것은 아니다.

워싱턴 북서부의 만 퓨젓 사운드에 자리한 멋진 시골 지역을 떠올려 보자. 관광 휴양지로 더할 나위 없는 곳 아닌가? 그렉 올슨에게는 그렇지 않다. 그는 이곳에 아주 섬뜩한 연쇄살인범들을 등장시키고, 미개발 지역에서 풍기는 불길한 기운을 이용한다.

『희생자 6Victim Six』에서 올슨이 배경을 어떻게 묘사했는지 살펴보자.

구름 한 점 없는 하늘에 제트기가 만든 비행운만이 오점을 남기는 봄이나 여름의 한낮에도, 키트샵 카운티의 숲은 눈가리개라도 쓴 것처럼 항상 어두웠다. 숲을 개간하여 먹고사는 벌목꾼들이 이

곳에서 처음 벌채를 시작한 지도 80년이 훌쩍 넘었다. 이제는 값싼 주택용 부지를 얻으려는 부동산업자들이 이 지역을 개발하고 있다. 조용하고, 어둡고, 외진 이곳을.

올슨이 선택한 단어들을 주목하자. '오점을 남기는', '눈가리개라도 쓴 것처럼 항상 어두웠다', '조용하고', '어둡고', '외진' 같은 단어들. 그런 다음 이런 배경에 또 다른 요소, 즉 살인자를 추가하면 무슨 일이 벌어지는지 주목해보자.

그 숲은 어두운 비밀로 가득했다. 맨 처음 그가 숲에 매료된 것도 바로 그 때문이었다. 몇 주 전 무언가 하고 싶은 충동에 사냥을 나갔을 때 그는 땔감을 모으러 온 사람들을 보았다. 사람들로 빼곡한 화물차가 도랑에 빠지지 않을 만큼 길가에 가깝게 붙어 서 있었다. 사람들이 차에서 쏟아져 내렸다. 재미있는 모험이라도 떠나는 양 웃고 떠들어댔다.

그는 차에서 내린 여자들을 이리저리 살펴보았다.

대부분 키가 작았다.

좋았어.

인구가 많든 적든, 도시든 시골이든, 모든 배경은 인물들 사이의 갈등을 유발할 가능성으로 작용할 뿐 아니라 갈등 그 자체의 일부가 될 수 있다는 점을 염두에 두어야 한다.

『노란 소파Good In Bed』의 주인공 캐니 샤피로의 갓난쟁이 딸아이는 위독한 상태로 필라델피아의 한 병원에 입원해 있다. 아버지와의 관계나 엄마로서 자신이 잘하고 있는지 등 온갖 문제들이 캐니에게는 버거울 뿐이다. 저자 제니퍼 와이너는 그런 상황을 캐니에게 갈등을 일으키는 배경으로 이용한다.

나는 걷고 또 걸었다. 신이 나에게 특수 안경을 맞춰주기라도 한 듯, 내 눈에는 나쁜 일이나 슬픈 일이나 도시 생활의 고통과 비참함만 보였다. 창가의 화초 상자에 심어진 꽃은 보이지 않고 구석에 처박아둔 쓰레기만 눈에 들어왔다. 남편과 아내가 키스를 하거나 손을 잡는 모습은 보이지 않고 서로 싸우는 모습만 보였다. 꼬마들이 훔친 자전거를 타고 거리를 돌아다니며 조롱하고 욕설을 퍼붓는 모습. 창피한 줄도 모르고 소리 나게 침을 삼켜가며 음란한 눈길로 여자들을 훑어보는 남자들. 도시의 여름이 내뿜는 악취가 느껴졌다. 말의 오줌, 뜨거운 타르, 버스가 뿜어내는 뿌옇고 역겨운 매연. 증기가 새어 나오는 맨홀 뚜껑, 지하철의 열기를 토해내는 인도.

이렇게 해보자.
1. 각자의 생활환경을 묘사하는 것에서 시작한다. 한 쪽 분량으로 자신이 접하는 배경을 솔직하게 묘사해보자. 집에서 시작해서 이웃집, 거리, 시내, 공원, 미개발 지역 등의 순서로 적어본다.

2. 개별 배경은 구분해서 각각 새로운 분량을 할애한다. 예를 들어 처음 쓴 내용에 다음과 같은 부분이 있다고 해보자.

고속도로는 내 아파트에서 1.5킬로미터쯤 떨어져 있다. 밤이면 트럭들이 북쪽의 스톡턴이나 남쪽의 샌디에이고를 향해 무언가를 운반하는 소리를 들을 수 있다.

이 내용을 다시 다음 쪽의 맨 위에 배치한다.

3. 이제 홀로 곤경에 처한 인물을 설정하고, 다른 인물이나 사건이 아니라 바로 그 배경 때문에 갈등이 가중되는 상황을 몇 단락 써보자.

그녀는 비틀거리며 고속도로 갓길까지 올라갔다. 자갈에 무릎이 쓸렸다. 어쩌다가 여기에 온 걸까?
거대한 트럭의 경적 소리에 그녀의 심장까지 울렸다. 그 순간 이쪽을 향해 다가오는 거대한 불빛 때문에 앞이 보이지 않았다. 그녀는 몸을 뒤로 던져 경사면 위로 쓰러졌다. 머리 위로 트럭이 큰 소리를 내며 지나갔고, 작은 돌멩이들이 소나기처럼 그녀에게 쏟아졌다.

배경 묘사 장면마다 이 같은 방법을 시도해본다. 어느 곳이 되었든, 스스로 선택한 불길한 장소를 주의 깊게 살피도록 작가 정신을 훈련하는 것이다.

4. 이번엔 낯선 장소를 선택해보자. 예를 들어 뉴욕에 산다면 아이오와의 수시티나 영국 잉글랜드의 켄트를 선택한다. 인터넷으로 조사를 한다. 여행 사이트나 블로그, 타인의 경험담을 통해 그 장소를 숙지한다.

5. 이 새로운 장소를 대상으로 앞서 언급한 1~3단계 과정을 반복한다. 당장은 아니더라도, 결국은 이렇게 훈련하며 글쓰기에 빠져드는 과정에 충분히 만족하게 될 것이다. 낯선 것과의 충돌을 통해 일어나는 마법이다.

6. 작업 중인 원고를 살펴보자. 물리적인 위치를 묘사한 모든 단락을 찾는다. 중립적으로 묘사한 부분, 즉 묘사가 자신이 추구하는 분위기에 어울리지 않는 부분은 노란색으로 표시한다.
예: 한겨울에 집에 도착한 가출 청소년의 이야기를 쓰는 경우.

처마에 고드름이 달려 있었다.

이 정도도 괜찮지만, 좀 더 묘사해 들어갈 수 있다.

손가락질듯이, 고드름은 아래를 향해 있었다.

어떤 느낌이나 갈등의 분위기를 묘사하면서 동시에 설정하기도 하는, 즉 '두 가지 역할'을 하는 단락은 모두 붉은색으로 표시한다.

7. 붉은색으로 표시한 단락만 남을 때까지 노란색으로 표시한 단락을 삭제하거나 바꿔보자.

갈등이 반드시 공포를 자아낼 필요는 없다는 점을 유의하자(물론 공포를 자아낸다 해도 결코 잘못하고 있는 것은 아니다). 인물에 대한 불편한 느낌이 강조될 수도 있고, 그로써 단락의 내적 갈등이 추가될 수 있다.

태양이 가차 없는 열기를 쏟아내고 있었다.
차에서는 여전히 헨리의 냄새가 났다. 조수석에 앉아 비난조로 쏟아내는 헨리의 목소리가 그녀에게 들리는 듯했다.

집 안에 틀어박혀 있을 필요도 없다. 무언가를 읽다가 배경에 대한 아이디어를 얻을 수도 있다. 눈길을 사로잡는 게 있다면 조사를 조금 해보자. 어느 날 나는 「뉴욕 타임스」에서 다음과 같은 단락으로 시작하는 기사를 읽었다.

하와이 전설 속 불의 여신 펠레Pele가 산다는 킬라우에아 화산의 폭발이 최근 중단되었지만, 새롭게 갈라진 지표면 틈에서는 용암

이 계속 분출되고 있다. 이 지표면 틈으로 인해 체인 오브 크레이터스 로드를 비롯한 여러 트레킹 코스, 인근 야영장 등 하와이 화산 국립공원 일부가 폐쇄 조치에 들어갔다. 또한 관측소는 분화구 근처 이산화황의 수치가 치명적인 수준이라고 경고했다. 하지만 용암 분출이 국립공원에서 "아주 멀리 떨어진 곳"에서 발생했기 때문에 분화구 근처의 이산화황이 인근 지역 사람들에게 위협이 되지는 않는다고 관측소 소속 지질학자 재닛 밥은 전했다.

하지만 브레인스토밍을 하는 나의 머릿속에서, 이 이산화황은 인근 지역 사람들에게 분명한 위협이 될 터였다. 그러니 이제 나는 화산과 기사에 언급된 야영장 등에 대해 조사를 시작할 것이다. 그렇다고 내가 하와이에 머물러야 한다는 뜻은 아니다.

만약 애리조나에 있는 한 야영장의 땅 밑에서 무언가 분출한다면? 애리조나에서 그런 일이 일어나지 않으리라는 법은 없지 않은가. 그렇다면 과연 무슨 일이 벌어지고 있는 걸까?

이 역시 브레인스토밍을 통해 알게 될 것이다.

세계관을 세밀하게 구축하기

'소설 속 세계'는 배경과 관련이 있다. 단지 물리적 공간만이 아니라, 특정 환경 속에서 일어나는 상황에 대한 묘사도 포함된다.

예를 들어 법정 스릴러를 쓰는 경우라면, 소설 속 세계에 법률 사무소나 법정, 변호사들끼리 어울리는 장소 등이 포함될 것이다.

이 장소들에서 무슨 일이 벌어지는지 조사하고, 그러면서 자연스러운 갈등 지점을 찾고 싶어지지 않겠는가.

CIA에 대해 쓰고 싶다면 그 집단의 문화를 알아야 한다.

교회 성가대에 관해 쓰려면 설교단 뒤에서 벌어지는 일을 알아야 한다. 거기서도 역시 수많은 갈등 지점을 찾아낼 수 있을 것이다.

한편 소설 속 세계에 대한 정보를 찾기 좋은 곳으로 특정 블로그를 들 수도 있다. 주인공이 한 베네딕트 수도원에 몸을 숨겨야 했던 스릴러 시리즈를 쓰면서, 나는 베네딕트 수도원 수녀들이 블로그에 올린 포스팅 몇 개를 찾았다. 수녀들이 묘사한 수도원의 일상은 아주 소중한 정보였다.

세계관과 배경은 다르다. 엄격히 말해 배경은 물리적 장소니까. 그보다 우리는 인물의 활동 영역에서 벌어지는 일을 이야기하고자 한다. 한 인물이 개인적·사회적·직업적으로 접촉하는 영역과 그 영역이 어떻게 인물에게 영향을 미치는지를 말하는 것이다.

역사적 배경

역사물을 쓴다면 과거에서 갈등 지점을 찾아보자. 그렇게 하면 장소에 대한 느낌은 물론, 무엇보다도 인물이 그 장소를 인식하는 관점을 보여줌으로써 두 가지 임무를 수행할 수 있다.

1920년대의 로스앤젤레스를 다룬 역사소설에서, 나는 로스앤젤레스에 도착한 중서부 출신 인물을 등장시켰다.

그는 정거장을 지나가며 일부 승객과 호의를 베풀고자 하는 사람들의 시선을 한 몸에 받았다. 그의 행색이 초라한 것은 분명한 사실이지만, 도대체가 저들은 곤경에 처한 사람을 처음 본 걸까?

계속 걷다가 정신을 차리고 보니 그는 멕시코처럼 보이는 곳에 와 있었다. 광장과 활기 넘치는 시장이 눈에 들어왔다. 대다수 사람들의 피부색은 갈색이었다. 거리 표지판 하나가, 도일이 지금 그 오래된 거리 올베라 스트리트에 들어섰음을 알리고 있었다.

계속 걸음을 옮기던 그는 어떤 장막을 통과했고, 그러자 완전히 다른 영역에 들어선 것 같았다.

전차와 자동차가 요란한 소리를 내며 혼잡한 도로를 오갔다. 인도는 사람들의 물결로 가득했다. 남자들은 정장에 납작한 밀짚모자를 썼고, 여자들은 챙이 넓은 모자에 외출복 차림이었다. 건물마다 다양한 상점의 간판이 붙어 있었다. 부스 브로스 카페, 뢰스 국립극장, 너니네 식료품점, 울워스 잡화점, 내셔널 호텔, 몰린 자동차 부품점, F. W. 피어스 가구점 그리고 높은 우체국 건물.

도대체 여기가 어디지?

도일은 모퉁이에서 걸음을 멈추고 쓰레기통을 뒤져 구깃구깃한 신문을 꺼냈다. 「로스앤젤레스 타임스」에서 찢어낸 종이였다. 랭커심이라는 지역의 부동산에 관한 광고가 있었다. "부지 가격이 1,450달러! 원더랜드가 온다! 아름다운 샌페르난도 밸리로 가는 관문!" 자동차 타이어를 판매하는 세이빙 샘이라는 남자의 캐리커처도 있었다. 콧수염이 말린 모습이 마치 옛 서부 시대의 싸구려 소설에 나오는 허풍쟁이 장사꾼처럼 보였다. 로스앤젤레스는 얼치기 사기꾼들이 몰려드는 곳이라고 도일은 생각했다. 이곳은 무방비 상태였고, 사기당하기 쉬운 양처럼 순진한 사람들로 가득했다.

묘사가 상세하면서도 동시에 물 밖으로 나온 물고기와 같은, 또는 사기꾼의 표적이 될지도 모를 인물의 감정까지 담겨 있다.

이런 식으로 독자들에게 등장인물들이 배경을 체득하는 과정을 안내해주자.

사회적 배경

인구통계학적으로 주인공은 어떤 유형의 인물인가? 아이비리그 출신의 상류층에 속하는 인물인가? 상류층에 혐오감을 느끼는 인물인가? 아니면 '빈민가' 출신으로 사회에 잘 적응하지 못하는 인물인가?

주인공의 과거를 현재의 사회적 배경과 대립되도록 설정하자. 톰 울프가 쓴 『내 이름은 샬럿 시먼스I Am Charlotte Simmons』에는 명문대에 입학한 어느 보수적인 남부 도시 출신 소녀가 등장한다. 아버지의 도움을 받아 짐을 기숙사로 옮기던 샬럿은 듀폰트대학의 친구들과 처음 마주치게 된다. 아버지의 팔뚝에 있는 인어 문신이 유독 도드라져 보인다.

샬럿은 연보라색 셔츠를 입은 두 소년이 몰래 인어 문신을 훔쳐보는 모습을 봤다. 한 소년이 목소리를 낮춰 말했다. "문신 멋진 걸." 다른 한 소년은 애써 웃음을 참았다. 샬럿은 수치심을 느꼈다.

듀폰트대학의 관례와 관습이 샬럿에게는 완전히 낯설다는 점이 즉시 분명해진다. 새로운 룸메이트 베벌리와 기숙사 방으로 돌아왔을 때, 샬럿은 밤에 놀러 나가느라 한껏 차려입은 베벌리를 관찰한다.

그녀는 검은색 바지에 연한 자주색 실크 셔츠 차림이었다. 민소매에 단추 서너 개 정도는 풀어 헤친 듯 앞섶이 파인 셔츠가 선탠을 한 그녀의 피부를 돋보이게 했다.

손톱에는 복숭아색 매니큐어가 칠해져 있었다. 멋지게 그을린 손가락과 역시나 아주 잘 어울렸다.

"레스토랑에서 친구들 좀 만나려고." 베벌리가 변명하듯이 말했다. "그런데 좀 늦었네. 돌아와서 다 치울게." 그녀는 여기저기 산더미처럼 쌓아놓은 가방과 상자를 손으로 가리켰다.

샬럿은 깜짝 놀랐다. 아직 첫날이 지나기도 전인데 레스토랑에 간다니. 자신으로서는 상상도 할 수 없는 일이었다.

하지만 샬럿이 처음으로 남녀 공용 욕실에 갔을 때와 비교하면 그건 아무 일도 아니다. "거대한 돼지 방광이 풀리고 괄약근이 경련을 일으켜 대장이 폭발한 것 같은 소리에 이어 곧장 '풍덩, 풍덩, 풍덩' 하는 소리와 굵은 남자 목소리가 들려왔"기 때문이다.

그때 옆 칸에서 또 다른 남자가 그 시끄러운 소리에 대해 몇 마디를 하고, 두 남자의 목소리가 서로 엇갈린다. 세수만 하고 황급히 나오면서 그녀는 거울로 두 남자를 본다.

두 사람 모두 손에 맥주 한 캔씩을 들고 있었다. 하지만 그건 교칙에 어긋나는 일이었다.

그 외에도 더 이어진다. 작가는 샬럿이 새로운 환경 속에서 접하게 되는 낯선 경험을 하나도 놓치지 않고 보여준다. 자신이 만든 인물의 삶에서 그런 부분을 주의 깊게 살펴보자. 소설에서 사회적 갈등이 가장 좋은 이야기 소재가 되는 이유는 인물의 외형만큼이나 내면에도 영향을 미치기 때문이다.

강박관념이 있는 인물을 설정하기

강박관념을 가진 인물을 만들어내자. 레이 브래드버리의 조언이다. 그는 인물이 달리기 시작하면 어디든 따라가라고 권한다.

그러다보면 인물은 장애물에 부딪치게 될 것이다. 인물을 가로막고, 능력을 발휘하지 못하게 방해하고, 심지어 죽이려는 사람들을 마주하게 될 것이다(세 가지 종류의 죽음이 있다는 것을 기억하자. 지금부터는 그것을 늘 염두에 두어야 한다).

주된 강박 대상은 무엇인가? 사랑? 섹스? 돈? 권력? 명성? 입증? 복수?

이 집착 대상은 각각 주제에 따라 무수히 다양한 형태로 바뀔 수 있다. 열 살 소녀와 쉰 살 남자 모두 명성에 집착할 수 있지만, 이유는 전혀 다를 것이다. 그 이유를 제대로 파악하면 갈등이 있는 이야기가 자랄 만한 비옥한 토양이 마련되는 셈이다.

주인공의 강박을 방해하는 인물의 유형을 열거해보자. 가족, 라이벌, 친구, 적 등이 있을 것이다. 이들 가운데 주인공과 가장 적대적인 관계의 인물을 선택해볼 수 있다.

유명한 작품의 플롯을 훔쳐 오기

언젠가 사람들이 인육을 먹는 생명체로 변하는 작은 마을에 관한 스릴러를 읽은 적이 있다. 그 마을에 사는 등장인물 가운데 한 아이는 부모가 더 이상 자신의 부모가 아님을 분명히 깨닫는다.

소설을 읽다보니 내가 가장 좋아하는 영화 중 하나인 「시체 강탈자들의 침입Invasion of the Body Snatchers」이 떠올랐다. 이 영화 초반에는 한 어린 소년이 엄마가 더 이상 자신의 엄마가 아니라며 도망치는 장면이 나온다. 생각건대 이 스릴러 작가는 영화를 자유롭게 차용해 온 듯했다.

소설을 조금 더 읽어나가자, 마을 사람들이 인육을 먹는 생명체로 변한 이유는 한 미치광이 천재의 생물학 실험 결과 때문인 것으로 드러났다. 이번엔 허버트 조지 웰스의 『모로 박사의 섬The Island of Dr. Moreau』을 차용했다는 생각이 드는 순간이다.

이쯤에서 나는 작가의 의도를 모두 간파했다고 생각했는데, 그는 마지막 반전 하나를 남겨두었다. 소설 전체의 상황이 「신체 강탈자들의 침입」을 연상시킨다고 생각하는 인물과 『모로 박사의 섬』을 언급하는 또 다른 인물을 내세운 것이다. 나와 같은 독자들을 향해 윙크를 날리는 셈이다!

자신이 하는 일에 대해 잘 알고 있는 이 작가는 바로 딘 쿤츠이고, 소설은 『미드나이트Midnight』다.

이미 있는 플롯을 차용하거나, 훔치거나, 새로 고치거나, 다른 플롯과 뒤섞어 갈등을 추가하는 시도를 결코 두려워하지 말자.

사회적 논쟁거리에서 아이디어 얻기

우리를 정말로 화나게 하는 논쟁거리는 무엇일까? 정치적인 것일지도 모른다. 우리의 삶에서 선택할 만한 논쟁거리는 대단히 많다. 사회적이거나 법적인 이슈, 또는 정신적인 것이 될 수도 있다.

자신이 주로 생각하는 이슈들을 지금 즉시 열거해보자. 그런 뒤, 이제 그 이슈를 소설의 메인플롯이나 서브플롯의 하나로 이용하면 어떨지 생각해보자.

하지만 여기에 비밀이 있다. 어떤 이슈를 두고 양쪽의 입장에 대해 공정해야 한다. 그렇지 않다면 설교하려는 듯 여겨지거나 과도하게 감상적인 분위기가 되어버릴 테니 말이다.

예를 들어 낙태와 같은 뜨거운 이슈를 생각해보자. 이보다 더 논쟁을 불러일으키는 이슈는 생각해내기 어렵다.

각자의 관점이 어떻든지, 작가로서 할 일은 '다른 사람의 입장이 되어보는 것'이다. 양쪽의 관점에서 상황을 보고 인물들의 생각을 통해 각 입장의 타당성을 보여줘야 한다. 작가는 의회에 나가 논쟁하고자 하는 게 아니다. 인간이라는 복잡한 존재에 대한 이야기를 쓰고 있는 것이다.

어느 한쪽을 옹호하면서도 양쪽 입장을 모두 공정하게 대하면 단순히 상황을 흑백논리로 만드는 경우보다 훨씬 더 의미 있는 책이 될 것이다. 내 말을 믿어도 좋다. 한 이슈를 둘러싼 실제적인 갈등은 다름 아닌 회색 지대에서 나타난다.

첫 문장을 위한 브레인스토밍

딘 쿤츠는 저서 『베스트셀러 소설 이렇게 써라How to Write Best-Selling Fiction』에서 줄거리 만드는 법에 대해 다음과 같이 조언한다.

> 타자기 앞에 앉아서[그렇다, 딘 쿤츠는 '타자기'라는 단어를 썼다] 너무 깊이 생각하지 말고 머리에 떠오르는 첫 문장이나 단락을 쳐본다. 타자를 치기 전에 이야기가 어떻게 전개될 것인지 또는 어떤 내용이 될 것인지 미리 생각해둘 필요는 없다. 그냥 타자를 친다. 이 연습을 할 때는 계획을 덜 세울수록 머릿속에서 맴돌던 이야기의 실마리가 더 막힘없이 풀려나온다. 그럴수록 첫 문장이나 첫 단락 쓰기에 성공할 가능성은 커진다.

한 가지 예로 쿤츠는 어느 날 이 훈련을 하다가 한 문장을 타이핑하게 된 과정을 이야기한다. "'뭘 죽여본 적 있어?' 로이가 물었다." 그는 잠시 이 문장을 응시했다. 그가 보기에 로이는 열네 살 소년일 것 같았다. 갑자기 그의 작가 정신 속에서 모든 이야기가 펼쳐지는 듯했고, 그는 10분 만에 두 쪽을 써 내려갔다. 로이와 그보다 더 어린 콜린이라는 소년의 대화였다. 아이디어는 거기서 멈추지 않았다. 쿤츠는 재빨리 개요를 짰다. 이후 그는 자신의 여러 필명 가운데 하나로 『어둠의 목소리The Voice of the Night』라는 소설을 발표했고, 소설은 큰 인기를 얻었다.

모든 것이 첫 문장 게임에서 비롯되었다.

조지프 헬러는 아직 아무것도 알지 못한 채 이런 문장을 썼다. "사무실에는 내가 두려워하는 사람 다섯 명이 있다. 나는 그곳에서 일한다." 헬러의 풍자소설 『무슨 일이 벌어졌다Something Happened』는 그 문장에서 시작되었다(소설을 완성했을 즈음에는 더 뒤쪽에 배치했지만, 이 거대한 작품을 상징하는 것은 바로 이 문장이었다).

1. 30분쯤 시간을 내어 첫 문장 게임을 시작해보자.
2. 한 쪽에 한 줄씩, 첫 문장을 여러 개 써본다.
3. 대화, 인물의 행동 등 다양한 방법으로 시도한다.
4. 마음이 내키면 첫 문장을 한 단락으로 늘려본다.
5. 첫 문장을 10개 이상 썼다면 그만 쓰고 써놓은 문장들을 살펴보자. 어떤 문장이 마음에 드는가?

자신만의 뜨거운 관심사 찾기

요즘 형사 전문 변호사들이 유난히 비난을 받긴 하지만, 그들은 여전히 사법제도에서 중요한 역할을 하는 이들이다. 특히 국선

변호인의 역할은 고되다. 사실 대다수의 의뢰인이 정말로 유죄이기 때문이다.

그래서 형사 전문 변호사들은 "범죄를 저질렀다는 걸 알고서도 어떻게 의뢰인을 변호할 수 있나요?"라는 질문을 가장 자주 받는다.

답은 그들이 헌법에 명시된 재판받을 권리를 믿는다는 데 있다. 즉, 재판을 받을 의뢰인의 권리를 옹호하는 것이다. 그런 까닭에 내가 아는 대부분의 형사 전문 변호사들은 범죄 혐의를 받고 있는 사람들의 권리 보장을 위해 열정적으로 변호에 매진한다. 이처럼 변호사들은 자신의 역할을 충실하게 수행하고, 결국 그렇게 해야만 사법제도가 제 기능을 하게 된다. 미국의 헌법이 형사 전문 변호사들이 가진 열정의 중심인 셈이다.

작가 개인이 가진 열정의 중심에는 무엇이 있을까? 자신이 생각해낸 모든 아이디어를 깊이 파고 들어가면 그곳에서 자신만의 열정의 씨앗을 발견할 수 있다.

앞서 예로 들었던 노숙자 변호사를 잠깐 생각해보자. 만약 그가 자신이 사는 도시의 노숙자들이 받는 처우에 대해 유독 화가 나 있다면 어떨까? '당신'은 어떤 느낌이 드는가? 입장을 분명히 정하고 그런 다음 열정의 강도를 높여보자. 아니면 다른 것에 대해 느낀 감정으로 대신할 수도 있다.

이렇게 해보자.

자신이 가장 좋아하는 것 열 가지의 목록을 작성한다. 그런 다음 이 열 가지가 자신에게 중요한 '이유'를 한두 단락 길이로 써보자. 이렇게 만든 목록은 아이디어를 작성할 때 출발점으로 이용할 수 있다.

아이디어가 막힐 때는 사전을 펼치자

다른 모든 방법이 실패했을 때, 언제 어디서나 할 수 있는 한 가지 아이디어 생성 게임이 있다. 사실 한창 이야기를 쓰던 도중 다음에 무엇을 써야 할지 생각나지 않을 때도 이용할 수 있는 게임이다.

사전을 펴서 나온 책장을 손가락으로 짚는다. 손가락에 걸린 단어를 두고 머릿속에 떠오르는 것을 2분 정도 써보자. 그런 다음 한발 물러나서 분석한 뒤 이를 갈등의 근거로 만들어보는 것이다.

나도 지금 당장 이 게임을 해볼까 한다. 온전히 자발적으로 말이다.

내가 짚은 단어는 '섬광flash'이다. 나는 이렇게 써보았다.

번쩍하고 번개가 친다. 그러면서 빗속의 누군가를 비춘다. 나는 숲속의 작은 오두막 밖에 서 있다. 마치 한 편의 공포 영화 같다. 진부한 공포 영화. 나를 향해 다가오는 거대한 형체가 연쇄살인범처럼 보인다고 생각하지만, 사실 어떤 여자다. 길을 잃은, 덩치가 아주 큰 여자. 그녀는 왜 빗속에 길을 잃었을까? 여자는 울고 있다.

정신이 반쯤 나가 있다. 농부의 아내처럼 수수한 옷차림이다. 아마 여긴 켄자스시티인 모양이지. 도대체 내가 어디 있는 거야? 여자가 무릎을 꿇는 바람에 자세히 살펴볼 틈이 없다. 그녀를 부축해서 일으킨 다음 화롯불을 켜놓은 오두막으로 데려간다. 여자의 어깨에 둘러줄 담요를 가지러 갔다 오니 여자가 자리에서 일어나 말한다. "나는 벅시 시걸이 100만 달러를 어디에 묻었는지 알아요."

이제 한 걸음 물러나 내용을 살펴본다. 모두 '섬광'이라는 단어에서 영감을 받은 내용이다. 이 내용 중 조금이라도 나를 자극하는 아이디어가 숨어 있을까?

음, 벅시 시걸이 어딘가에 100만 달러를 묻었다는 아이디어가 흥미를 끈다.

나는 비에 젖은 이 불쌍한 여자를 오두막에 홀로 남겨둘 생각이다. 언젠가 이 여자의 이야기를 할 수 있기를 바라며.

지금은 일단 전직 경찰을 생각해낸다. 그의 아버지는 벅시 시걸을 알고 있으며 임종 전에 100만 달러에 대해 귀띔했다. 그리고 느닷없이 아주 나쁜 놈들이 나타나서는 이 전직 경찰과 이야기를 하고 싶어 한다.

여기까지 생각한 뒤 나는 이야기가 숙성되도록 손을 놓는다.

이 모든 과정에 걸린 시간은 총 5분이다. 나 혼자의 힘으로는 벅시 시걸의 100만 달러 이야기까지 도달하지 못했을 것이다. '섬광'이라는 단어가 어떤 장면으로 이어졌고, 이 장면에서 무심코 나온 말 한마디가 플롯의 아이디어가 되었다.

이것이 사전 게임의 묘미다. 이야기가 어디로 가게 될지 전혀 알 수 없다는 점. 플롯이 될 만한 이야깃거리를 발견했다면 이제는 이야기에서 갈등이 최고조에 이를 수 있도록 탄탄한 토대를 만드는 것에 대해 생각할 차례다. 바로 다음 장의 주제다.

3 갈등의 토대를 쌓는 법:
인물, 목표, 대결, 결말 설정하기

처음부터 모든 것을 제대로 이해한다면
작가의 춤은 훨씬 더 만족스러울 것이고,
소설은 훨씬 더 탄탄해질 것이다.

갈등과 긴장, 서스펜스로 가득한 소설(굳이 왜 다른 종류의 소설을 쓰는가?)의 구상을 시작하려면, 그에 앞서 기초 작업을 해두어야 한다. 다시 말해, 개별 장면마다 갈등이 표출되고 긴장감이 넘치기를 바란다면 이 장면들을 되는대로 연결하는 일은 없어야 한다는 뜻이다.

이야기의 지점마다 필요한 갈등이 표출되는 탄탄한 토대를 구축하는 것이 중요하다. 토대를 제대로 쌓지 않은 이야기는 흥미와는 동떨어진 채 피사의 탑처럼 기울어진 모양새가 되기 십상이다. 일단 공사가 시작되면 건축가는 지나치게 연약한 지반에 대해 손을 쓸 수 없다. 건물에 버팀목을 대줄 수도, 균형을 잡아줄 수도 없다. 그런 건물은 영원히 기울어져 있을 수밖에 없는 운명이다. 이런 상황이 소설에 일어나는 일은 없도록 하자.

이야기의 토대를 단단하게 만드는 네 가지 요소가 있다. 나는 이 네 요소의 알파벳 머리글자를 따서 'LOCK 체계'라고 정리한다.

1. 흥미로운 주인공(Lead)

2. 죽음의 위협이 있는 목표(Objective)

3. 대결(Confrontation)

4. 녹다운을 시키듯 통쾌한 완승(Knock-out ending)

작가 지망생들 가운데 일부는 이른바 NOP, 즉 '개요를 잡지
않는 부류No Outline People'다. '직관적으로 작업하는 작가Seat-of-the
Pants writer'라 해서 '팬서Pantser'라고 부르기도 한다. 이 유형의 작
가들은 상상 속 튤립 정원을 자유롭게 거닐기를 좋아한다. 매일
아침 들판에서 야생동물처럼 뛰어다니고, 글쓰기와 사랑에 빠지
며, 무엇보다 글쓰기의 경이로움에 도취된다.

그와 달리 OP, 즉 '개요를 잡는 부류Outline People'가 있다. 프로
이센의 군사전략가 카를 폰 클라우제비츠가 이들의 정신적인 아
버지다. 모든 것이 조직화되고 제자리에 있어야 한다. 그것이 바
로 전쟁에서 이기는 방법이기 때문이다.

두 부류 모두 장점이 있고, 두 입장의 중간 지점을 고수할 수
도 있다. 하지만 어느 쪽을 선호하든 이야기의 탄탄한 토대를 외
면할 수는 없다.

팬서 부류의 사람들에게 하는 말이다. 혹시 이 글을 읽는 당신
이 팬서라면 내 말을 믿는 게 좋다. 처음부터 모든 것을 제대로 이
해한다면 작가의 춤은 훨씬 더 만족스러울 것이고, 당신의 소설
은 훨씬 더 탄탄해질 것이다.

흥미로운 주인공의 세 가지 유형

무작위로 사람들을 모아놓고 골칫거리를 생각해낸다고 그것을 갈등이라 부를 수 없다. 한 쪽 정도는 넘어갈지 모르지만, 독자들은 결국 이렇게 물을 것이기 때문이다. "도대체 이 사람들은 누구이고, 왜 내가 이들의 문제에 관심을 가져야 하는 거지?"

소설 속 갈등을 일으키려면 타협할 수 없는 첫 번째 비결이다. 즉, 독자가 갈등을 벌이는 사람들에게 관심을 가져야 한다는 점. 그래야 인물들에게 감정을 투사할 수 있고 골치 아픈 사건이 어떻게 진행되는지 보고 싶은 마음이 생기지 않겠는가. 그러니 흥미를 끌 만한 주인공을 만드는 일부터 시작하자.

독자들은 아이디어나 배경 또는 문체가 아니라 등장인물을 통해 이야기 속 세계를 신뢰하게 된다. 그리고 가장 중요한 인물은 이야기를 이끌어가는 인물(또는 주인공)이다. 성공한 소설에는 독자들의 흥미를 끄는 주인공이 한 명 이상 등장한다.

우선 각자가 어떤 유형의 주인공을 만들고 싶은지 알아야 한다. 여기 세 가지 유형이 있다.

긍정적인 주인공

긍정적인 주인공은 우리가 전통적으로 '영웅'이라 부르는 유형에 해당한다. 대체로 공동체의 가치를 대변하는 인물. 여기서 말하는 공동체란 독자들이다. 자신의 일에 충실히 임하는 주인공에게는 모두가 지지를 보낸다.

이것이 영웅신화의 목적이었다. 영웅은 어둠의 세계로 들어가 괴물들을 물리치면서 관객과 그들의 집단적인 양심을 대변했다.

그렇다고 해서 주인공이 완벽해야 한다는 뜻은 아니다. 독자가 주인공의 편이라는 점에 의미가 있다. 독자는 주인공이 승리하는 것을 보고 싶어 한다.

로빈 후드가 소설 속 세계에서 무법자이면서도 긍정적인 인물인 이유는, 그가 정의로운 편에 있기 때문이다. 로빈 후드는 정의를 상징하고 약자를 보호하는 인물이다.

또한 독자는 찰스 디킨스가 만들어낸 데이비드 코퍼필드와 올리버 트위스트를 응원한다.『양들의 침묵』의 클라리스 스탈링,『그래서 그들은 바다로 갔다』의 미치 맥디르,「스타워즈」시리즈의 루크 스카이워커, 모두가 곤경에 처했어도 올바른 일을 하려고 애쓴다.

부정적인 주인공

부정적인 주인공은 공동체의 가치에 상반되는 행동을 하는 유형이다. 완전한 염세주의자일 수도 있다. 끊임없이 돈을 세고, 불쌍한 점원을 착취하고, 자선 행위와 크리스마스를 매도하며 하루하루를 보내는 스크루지 영감처럼 말이다. 또는 하고 싶은 일은 반드시 해야만 직성이 풀리는 스칼렛 오하라처럼 자기중심적인 사람일 수도 있다.

문제는 이것이다. 어떻게 독자가 그런 인물들에게 감정을 투사하도록 끌어들일 것인가? 예를 들어, 독자는 왜 스크루지 영감처럼 불쾌한 인물의 뒤를 이야기 내내 따라다니는 걸까?

답은 희망과 욕망의 감정에 있다.

부정적인 주인공을 제대로 소개하면 주인공이 마침내는 부정적인 방식을 바꾸게 되리라는 기대를 높일 수 있다. 사실 이것은 구원에 대한 기대다. 우리가 살면서 가장 강력한 감정적 변화를 경험하는 순간 중 하나는 저지른 잘못에 대해 용서를 받고, 그 결과 스스로를 바꿀 때가 아닌가.

영화 한 편을 예로 들어보자. 「그랜 토리노Gran Torino」에서 클린트 이스트우드가 연기한 월트 코왈스키라는 인물은 괴팍하고 성미가 급하며 인종 편견을 가진 노인이다. 그는 이웃집으로 이사 온 '베트남인들'을 아주 싫어한다. 노동자 계층의 백인 일색이었던 이웃 사람들이 차츰 마을을 떠난 것도 못마땅하다.

그렇다면 우리는 왜 이런 인물을 주시해야 할까?

한마디로 말해 '구원' 때문이다. 부정적인 주인공이 구원을 받을 것인지, 아니면 자신의 행동에 대해 '응분의 대가'를 치를 것인지 확인하기 위해 주시하는 것이다.

다만 이러한 경우에는 상황을 있는 그대로 들여다볼 만한 이유가 제시되어야 한다. 이 작품의 감독이기도 한 클린트 이스트우드가 아내의 관 옆에 서 있는 월트의 모습으로 영화를 시작한 이유다. 월트는 아내를 잃었고, 이는 그의 처지를 동정할 직접적인 요인이 된다. 손녀가 적절치 않은 차림으로 교회에 들어오는 모습, 소원한 가족 관계를 암시하는 그의 두 아들을 보면서 이 동정의 요소는 강화된다.

그런 다음 월트가 젊은 목사에게 속내를 살짝 털어 놓으며, 한국전쟁에 참전하여 겪었던 공포와 함께 죽음이 얼마나 우리 가까이 있는지 언급하는 장면이 이어진다. 그는 자신이 인생을 충분히 이해하지 못한다는 점을 인정한다.

이제 관객은 월트의 반사회적 언행을 이해하게 되고, 이러한 기반 위에 월트와 그의 이웃인 지역 갱단과 한 소년 사이에 빚어지는 전반부의 갈등은 내면에 인간적 품위를 갖춘 한 남자가 다시 외부 세계로 나가기를 고대하는 맥락 속에서 벌어진다.

부정적인 인물과 관련한 또 다른 강력한 감정은, 그 인물이 마땅히 치러야 할 대가를 보고자 하는 욕구가 될 수도 있다. 바꿔 말하면, 정의가 실현되는 모습을 보고자 하는 욕구다. 그런 식으로 다시 한 번 공동체의 가치를 입증하려는 것이다. 즉, 독자는 나쁜 사람이 결국 붙잡혀서 벌을 받고, 우리의 세계는 다시 질서를 회복하는 과정을 고대한다.

물론 마지막에 부정적인 주인공이 '상황을 모면하게' 만들 수도 있다. 현실을 표현하는 새로운 방식이다. 다만 그런 식으로 결말을 맺어 성공한 소설은 그리 많지 않다는 점을 기억해두자.

반영웅

반영웅적 주인공은 공동체에 신경을 쓰지 않는 유형의 인물이다. 외떨어져 지내고, 자신만의 규칙을 따르며, 타인의 곤경에 개입하고 싶어 하지 않는다.

부정적인 주인공과는 달리 이 유형의 주인공은, 어쩌다 예외는 있을지언정 대개는 타인에게 해로운 영향을 미치는 목표를 적극적으로 추구하지 않는다.

타인과 물리적으로 떨어져 살고 있는 경우도 잦다. 영화 「수색자The Searchers」에서 존 웨인이 연기한 이선 에드워드가 그렇다. 이선 에드워드는 홀로 황야에서 나왔다가 다시 홀로 황야로 돌아간다.

물론 반영웅적 주인공이 사람들 속에서 지낼 수도 있지만, 여전히 공동체의 심각한 분쟁에 개입하는 것은 꺼리는 경우가 많다. 영화 「카사블랑카Casablanca」의 릭(험프리 보가트)은 제2차 세계대전 중 한 프랑스 점령지에서 인기 있는 술집을 운영하고 있다. 그가 술집을 운영할 수 있는 이유는 전쟁과 관련해서 어느 편에도 서지 않기 때문이다. 그는 이렇게 말한다. "난 누구의 일에든 머리를 들이밀지 않습니다." 반영웅적 주인공이 가진 전형적인 지침이다.

영화 「더티 해리Dirty Harry」의 샌프란시스코 수사계 형사 해리 캘러핸을 떠올려 보자. 그는 베테랑이고, 그의 공동체는 법을 집행하는 집단이다. 하지만 그는 공동체의 규칙과 규정을 좋아하지 않아 그런 것들과는 '거리가 먼 삶을 산다'. 그가 계속 곤경에 처하는 이유다.

반영웅의 이야기에서 갈등은 주인공이 타인의 곤경에 끌려 들어가 어쩔 수 없이 그 상황에 대처해야 할 때 일어난다. 그런 뒤 결말에 이르면 공동체로 되돌아가거나 다시 한 번 공동체를 거부한다.

「카사블랑카」의 릭은 공동체로 되돌아간다. 빅터 라즐로와 그의 아내(릭의 옛 연인)를 둘러싼 곤경에 휘말렸던 릭은 문제를 해결하고, 다시 어느 한쪽 편에 서기 위해 새롭게 친구가 된 루이와 떠난다.

반면 「더티 해리」의 해리 캘러핸 형사는 마지막까지 자신의 공동체를 거부한다. 영화 말미에 기발한 계획으로 악당을 잡은 해리는 경찰 배지를 샌프란시스코만에 던져버림으로써 공동체를 떠난다는 인상을 남긴다(하지만 영화사 임원이 달려가 배지를 건져내서는 다시 되돌려줬다. 해리가 영원히 떠나도록 내버려 두기에는 영화 수익이 엄청났으니까).

반영웅적 주인공은 미국의 독자들과 관객들에게 꽤나 인기가 있다. 미국의 개척 정신과 엄격한 개인주의에 호소하기 때문이다.

관심 요소 만들기

어떤 점이 인물을 흥미롭게 만들까? 독자들은 책 전체를 읽어서 얻어낼 이득을 어떻게 계산할까?

소설은 일종의 감정적 경험이며, 따라서 주인공은 반드시 독자에게 특정한 감정을 불러일으켜야 한다. 소설가로서 궁극적인 임무는 그러한 감정적 개입을 활용하는 것이다. 즉, 독자를 감정적으로 계속 끌어당겨야 한다. 감정적으로 끌어들이지 못한다면 갈등이나 행동, 서스펜스를 가지고 무슨 짓을 해도 아무 소용이 없을 것이다. 독자들이 전혀 신경 쓰지 않을 테니 말이다.

어떤 사람들은 이것을 '관심 요소'라고 부른다. 그렇다면 이런 관심은 어디서 비롯되는 걸까?

주인공을 만드는 방식은 작가마다 천차만별이다. 성장 배경, 사회생활, 신념, 신체적 특징, 가족 등 수많은 질문이 담긴 자료 작성을 선호하는 작가들이 있다.

어떤 작가들은 즉석에서 인물을 만들어내고 이야기를 진행하면서 스스로 그 인물을 알아가는 편을 선호한다. 이런 방식을 이용하면 이야기의 필요에 따라 인물들을 유기적으로 발전시킬 수 있다.

생각건대 대다수의 작가들은 이 두 가지 유형의 중간쯤에 있는 것 같다. 초반에 인물의 성장 배경을 어느 정도 설정한 뒤 글쓰기 작업에 들어가, 필요한 경우 부족한 부분을 채우는 방식이다.

어떤 방법을 선호하든 각 단계에서 갈등의 요소를 활용해보기를 권한다. 그렇게 하면 주인공을 흥미로운 인물로 만들 만한 문제 요소가 저절로 생겨날 것이다(참고로, 이 방식은 주인공뿐 아니라 모든 중심인물에 맞추어 조정해가며 사용할 수 있다).

감정

우선 소설 속 인물이 독자에게 어떤 종류의 감정을 일으켰으면 싶은지 스스로에게 질문을 던지자. 독자들이 환호하기를 바라는가? 안타까워하기를 바라는가? 주인공을 따라 화를 내기를 바라는가? 주인공을 아주 좋아해주기를 바라는가? 주인공을 곧 폐인이 될 사람처럼 여기기를 바라는가?

영화나 소설에서 가장 좋아하는 주인공은 누구인가? 자신이 좋아하는 주인공 목록을 만든 다음, 독자가 느끼길 바라는 감정을 염두에 두면서 목록을 분석해본다.

나의 주인공 목록에는 레이먼드 챈들러가 탄생시킨 탐정 필립 말로와 마이클 코넬리의 소설에 등장하는 해리 보슈, 윌리엄 사로얀의 소설 『내 이름은 아람My Name Is Aram』의 주인공인 아람 가로라니안, 잭 셰이퍼의 소설 주인공인 서부의 방랑자 셰인, 수 그래프턴의 '알파벳 미스터리 시리즈'에 등장하는 사설탐정 킨지 말혼, 영화「리셀 웨폰Lethal Weapon」의 주인공 마틴 릭스, 영화「북북서로 진로를 돌려라North by Northwest」의 주인공 로저 손힐, 트라키아 출신의 노예 검투사 스파르타쿠스가 있다.

각각의 이름은 나에게 특정한 감정을 불러일으킨다. 그중 멜 깁슨이 연기한 마틴 릭스는 그의 자살 소망으로 동정심과 강한 흥미를 동시에 유발하며, 여기에 그의 월등한 업무 능력이 더해진다. 그는 임무 수행 중 죽고 싶어 하면서도 일을 아주 훌륭하게 해내는 인물이다.

기억에 남는 인물을 만들기 위해 갈등을 이용하는 첫 번째 단서가 바로 여기에 있다. 주로 함께 일어나지 않는 두 가지 감정을 찾아 주인공에게 부여한다. 이런 1단계 갈등은 곧장 인물을 훨씬 더 매력적인 모습으로 만든다. 글을 쓰기 전에 별다른 준비를 하지 않았다 해도 이런 연습이 글쓰기에 큰 진전을 가져다줄 것이다.

소설 쓰기의 처음부터 시작해보자.

오랫동안 쉬고 있는 연쇄살인범으로 오해를 받는 한 평범한 남자에 관한 서스펜스 소설을 쓴다고 하자. '만약에' 게임을 해보는 것이다.

자, 어떤 종류의 감정을 설정하고 싶은가? 나는 독자들이 이 남자에게 안타까움을 느끼도록 만들고 싶다. 히치콕 감독의 영화 「북북서로 진로를 돌려라」의 주인공 로저 손힐처럼 말이다. 악당들이 미국 정부 요원으로 착각하기 전까지는 더할 나위 없이 정직하고, 성공적이며, 즐거운 인생을 살던 인물. 손힐은 납치당해서 거의 죽을 뻔한 상황에 몰리고, 외교관에게서 사건 해결의 실마리를 얻기 위해 UN을 찾아가지만 그 외교관은 등에 칼을 맞는다.

주인공에 대해 안타까움과 공포의 감정을 선택하고, 여기에 몇 가지 연민의 요소를 추가해보자. 이 주인공은 위험이 닥친 상황에서도 흔들리지 않으며, 약간의 유머 감각도 가지고 있다.

히치콕 감독에 대한 오마주로 이 가상의 인물을 로저 힐이라고 부르기로 한다. 나이는 서른 살이다.

직업

곤란한 상황이 벌어질 수 있는 분야 가운데 등장인물은 어떤 직업을 가지고 있는가? 평범한 이 가상의 인물을 위해 어떤 종류의 직업을 생각해 내야 할까?

만약에 회계사라면? 갑자기 머릿속에 떠오른 회계사라는 직업을 잠시 생각해본다. 회계사라는 직업 어디에서 갈등을 찾을 수 있을까? 남자가 4대 회계 법인 중 한 곳에 근무한다고 해보자. 그는 끔찍할 정도로 오랜 시간 일을 한다. 아마도 어떤 중요한 기업 고객의 업무를 담당하는 바람에 매년 고객 상담 시간의 절반을 이 기업에만 할애하고 있을 것이다.

그의 업무 스트레스는 가정생활에 어떤 영향을 미칠까? 만약 그가 회사 장부에서 불법행위를 발견하고 그것을 폭로해야 한다면? 또는 그의 콧대를 꺾어 함께 일하지 못하게 하려는 라이벌이 있다면?

이런 식으로 여러 갈등을 생각해본다. 주저하지 말고 브레인스토밍을 통해 갈등이 일어날 가능성을 상상하자. 회계사가 아닌 다른 직업을 떠올려 볼 수도 있다.

성장 배경

로저 힐의 과거에 대해 몇 가지 설정을 더해보자.

어디에서 학교를 다녔는가? 로저는 로스앤젤레스의 멋진 교외 동네에서 중상류층으로 자랐고, 서부에 있는 한 사립 고교를 다녔다.

여기서 어떤 종류의 갈등을 끄집어낼 수 있을까?

만약 로저가 운동에 빠졌다면? 농구 팀에 있었다고 해보자. 하지만 어떤 이유로 코치가 그를 미워했다. 무슨 이유일까? 아마도 코치의 아들, 가출해서 강도질을 하다가 거리에서 죽은 망나니 아들을 생각나게 했을지도 모른다. 코치의 아들처럼 로저에게도 막무가내 기질이 있기 때문이다. 코치는 로저의 남자다운 성향을 공격해서 자신의 뜻에 고분고분 따르도록 만들겠다고 결심한다(스탠리 큐브릭 감독의 영화 「풀 메탈 자켓Full Metal Jacket」에 등장하는 훈련 교관을 떠올려 보자). 로저가 사립 고교 출신이라는 전제로 한 가지만 상상해보아도 파헤쳐볼 만한 성장 배경이 다양해진다.

그리고 여기 이론적 질문이 하나 더 덧붙는다. 로저의 연애 생활은 어떨까?

몇 차례 연애를 경험하고 로저는 아름다운 카트리나 호너캠프와 약혼했다. 그녀는 부유한 집안 출신이다. 로저가 여성에게 바라는 모든 것을 갖춘 사람. 그런데 결혼식을 2개월 앞두고 그녀가 돌연 파혼을 통보한다. 그만 다른 남자에게 빠져버린 것이다. 스스로를 제2의 조니 뎁이라고 생각하는 배우다.

이 사건이 로저의 내면에 어떤 영향을 미쳤을까? 어떻게든 갈등이 팽배해질 수밖에 없다. 그리고 이 갈등은 그가 비밀에 싸인 여인 벨 던컴을 만났을 때 특히 고조된다. 로저는 이 여인과 거리를 둘까? 그녀를 이용할까? 혹시 그녀를 사랑할까? 아니면 다른 어떤 일이 일어날까?

모든 것이 우리의 결정에 달려 있다.

각자가 원하는 만큼 많은 질문을 가지고 이 게임에 임할 수 있다는 점을 기억하자. 교각 측면을 감싸 올라가는 칡덩굴처럼 게임을 할 때마다 플롯의 소재가 풍부해진다는 사실을 깨닫게 될 것이다.

성장 배경을 활용하는 법을 익혔다면, 이제 한 가지를 더 알아볼 차례다.

동경

주인공이 갖고 있지 않아서 동경하는 것은 무엇인가? 동경이
란 인생에서 없으면 불완전하다고 느끼는 어떤 것에 대한 욕구라
할 수 있다.

시간적으로는 이야기에 선행되는 것, 주인공의 과거에서 비롯
한 무엇이다. 소설을 시작할 때 작가가 이야기를 잘 풀어나갈 수
있도록 돕는 요소이기도 하다. 동경하는 것이 충족되지 않은 형
태로 주인공은 이미 내면에 문제를 갖고 있는 셈이다.

어떤 것을 동경하는 마음은 예측할 수 없는 다양한 인물들의
행동을 보여줌으로써 시작부터 흥미를 유발할 수 있다.

진정한 동경이란 각자가 열두 살 때 되고자 했던 모습이라는
말이 있다. 내게도 해당하는 말이다. 나는 아직도 종종 생각하곤
한다. LA 다저스의 중견수로 뛸 수 있었으면 얼마나 좋았을까. 대
체 그건 내게 무슨 의미일까?

분석은 다른 사람들에게 맡기고, 다시 로저 힐을 생각해보자.
그는 일이 끝도 없는 회계 법인에 다니고 있다. 이것은 그가 열두
살 때 꿈꾸던 일이 아니다.

로저가 어렸을 때 되고 싶었거나 하고 싶었을 일의 목록을 적
어보자.

뗏목을 타고 미시시피강 건너기(그는 『허클베리 핀의 모험The
Adventures of Huckleberry Finn』을 읽었다)

영화배우 되기

하와이 해변에 살면서 매일 서핑을 즐기기

CIA의 스파이 되기

로데오 경기에 참가하기

자동차 경주에 참가하기

소설 쓰기

……

원하는 만큼 목록을 작성한 다음 마음이 끌리는 것 하나를 선택해서 마음대로 이야기를 만들어보자. 나는 주로 목록의 아래쪽에 있는 아이디어들을 좋아한다. 이 목록의 아래쪽에는 종합 격투기 항목도 있다.

이제 나는 열두 살의 로저가 종합 격투기를 하고 싶은 이유를 묻는다. 학교에서 괴롭힘을 당했기 때문일지도 모른다. 그래서 언제 어디서나 스스로를 방어할 수 있는 사람이 되기를 갈망했던 것이다.

여기에 과거를 조금 추가해보자.

로저가 처음 괴롭힘을 당했던 것은 열두 살 때였다. 체육 수업을 받으러 가는 도중 복도에서 머리를 팔 아래까지 기른 두 살 위의 상급생을 만났다. 상급생은 로저에게 돈을 내놓으라고 했고, 로저는 가진 돈이 없다고 대답했다. 상급생은 로저를 때렸다. 미처 저항하기도 전에 사물함으로 밀어붙이는 바람에 로저는 엉덩방아까지 찧었다. 엄밀히 말해 로저는 나이에 비해 체격이 좋은 편이 아니었다. 오히려 작고 마른 쪽에 가까웠다. 하지만 내면에는 스스로 끌 수 없는 불길이 타오르고 있었다.

어떻게 해야 하지?

이제는 대중문화가 된 종합 격투기에 도전해서 링 안에서 싸우는 선수가 되어볼까? 하지만 격투기 수업을 받고 싶다고 했을 때 아버지는 학업에나 신경 쓰라고 말했다. 아버지는 격투기 수업료를 내주지 않을 터였다. 그래서 로저는 '실속을 차리는' 쪽으로 선회했다.

그 밖에도 다른 내용을 더 추가할 수 있다.

이처럼 동경을 활용하는 과정의 마지막 단계는 그 동경의 대상이 현재까지도 여전히 로저에게 의미가 지니며 내적 갈등의 원인으로 작용하도록 만들어가는 것이다.

예를 들어 로저가 가진 동경의 근원은 불의에 대한 증오였다. 로저를 괴롭힌 상급생은 정의롭지 못한 불량배이므로 그 얼굴을 짓이겨놓아야 했다. 이후에도 로저는 인과응보의 정의가 필요한 그런 불량배들을 수도 없이 보았지만, 그들을 상대하는 일은 항상 타인에게 맡겼다.

이제 소설에서 골치 아픈 일이 전개되면서 로저는 아버지가 자신에게 말했던 것처럼 '실속을 차리는' 일과 정의로운 일 사이에서 갈등을 느낀다.

이 깊은 갈등의 토대를 외면하지 말자. 자신이 만든 주인공을 상대로 아마추어 심리학자 역할을 떠안고 상담을 통해 그의 감정을 훨씬 더 풍부하게 가꿀 수 있는 기회이니 말이다.

점프 오프

에이전트나 편집자는 이따금씩 자신의 마음에 드는 인물에 대해 이야기할 때 "지면에서 튀어 나왔다jump off the page"라는 표현을 사용하곤 한다. 기존에 보아온 인물을 훨씬 뛰어넘는다는 의미다. 또는 친숙한 유형의 인물에게서 무언가 기분 좋은 놀라움을 만들어내는 요소들을 발견하는 경우도 있다.

나는 『소설쓰기의 모든 것: 고쳐쓰기』에서 독자의 흥미를 끄는 인물의 세 가지 요소에 대해 언급했다. '용기', '재치', '매력'. 간단히 설명하면 이렇다.

'용기'는 배짱이다. 힘과 정신력. 고군분투의 상황에서 한 인물에게 필요한 요소다. 처음에는 인물에게 용기가 없을 수 있지만, 용기를 키우고 곧 드러낼 능력이 충분하다는 점을 독자에게 분명하게 보여주는 편이 좋다.

'재치'는 예민한 기질이다. 때로는 스스로를 비웃을 수 있는 능력, 또는 스스로를 그리 대단하게 생각하지 않는 능력이다.

'매력'은 다른 인물들이나 독자를 주인공에게로 끌어당기는 일종의 자력이다.

세 가지 요소를 각각 대표하는 인물들을 살펴보자.

용기: 로버트 크레이스의 『데몰리션 에인절Demolition Angel』에 등장하는 LA 경찰청 폭발물 처리반 출신의 캐롤 스타키.

재치: 할런 코벤의 스릴러 시리즈에 등장하는 마이런 볼리타.

매력: 마거릿 미첼의 『바람과 함께 사라지다Gone With the Wind』에 등장하는 스칼렛 오하라와 레트 버틀러.

이 세 가지 특성을 염두에 두고 자신이 가장 좋아하는 소설이나 영화를 떠올리다 보면 더 많은 예를 쉽게 찾을 수 있다.

또 다른 특별한 요소로는 '예측 불가능성'이 있다. 무슨 일이 일어날지 누구도 예측하지 못하는 바로 그 이유 때문에 거의 항상 갈등이 일어난다는 점에서 예측 불가능성은 유용하다.

영화 「문스트럭Moonstruck」의 로니 카마레리라는 인물을 생각해보자. 영화에서 로니(니컬러스 케이지)는 빵집 지하실에서 오븐을 고치는 모습으로 처음 등장한다. 그의 형과 약혼한 로레타 카스토리니(셰어)가 로니를 결혼식에 초대하려고 찾아온다. 알고보니 로니 형제 사이에는 해묵은 감정이 있고 로레타는 그 문제를 이야기하고 싶어 한다.

하지만 어른처럼 이야기를 나누려는 그녀의 시도는 전혀 예상치 못한 반응에 맞닥뜨린다.

로니: 조니 형과 결혼한다고요?

로레타: 그래요. 우리 다른 곳에 가서 좀…….

로니: 세상 살 맛이 안 나요.

로레타: 뭐라고요?

로니: 세상 살 맛이 안 나요. 조니 형이 내 인생을 망쳤어요.

누구나 예측할 수 있는 방식으로 문제를 해결하는 대신, 로니는 계속해서 큰 소리로 이렇게 물을 뿐이다. "사는 게 뭐죠?"

로레타도 말을 하고 싶지만, 로니가 가로막는다.

로니: 사람들은 빵이 인생이라고 하데요! 그래서 빵을 굽고, 굽고, 또 구워요. 땀 흘려가며 밀가루를 반죽해서는 벽에 있는 이 뜨거운 구멍에 넣고 빼기를 반복해요. 그럼 난 아주 행복해야 하지 않나요? 내가 조니 형의 결혼식에 참석했으면 좋겠다고요? 내 결혼식은요? 크리시, 벽 쪽으로 좀 와봐. 큰 나이프 좀 가져다줘.

크리시: 싫어, 로니!

로니: 큰 나이프 좀 줘. 내 목을 잘라야겠어.

성숙한 대화와는 한참이나 동떨어져 있다. 그렇지 않은가? 로니의 성격 때문에 다소 과장된 면이 두드러지기는 하지만, 그야말로 순수한 갈등이다.

또 다른 점프 오프 요소를 들자면, '고귀함'이 있다. 한 인물이 높은 이상에 따라 행동할 때 곤경에 빠지는 상황은 자연스럽다. 갈등은 양측이 올바른 일을 하고자 서로 충돌할 때 일어나기 마련이니까.

예를 들어 『앵무새 죽이기To Kill a Mockingbird』에서 애티커스 핀치는 자신의 의뢰인 톰 로빈슨에게 집단 린치를 가한 남자들을 상대해야 한다. 그는 교도소 밖에서 홀로 준비하며 대결을 기다린다.

결점

완벽한 사람은 흥미롭지 않다. 우리는 인물의 장점뿐 아니라 결점도 볼 필요가 있다. 결점으로 인해 갈등이 일어날 여지가 더 많아질 수 있기 때문이다.

스칼렛 오하라는 이기적이고, 자신의 목적을 충족하기 위해서라면 사랑하지 않는 남자와 결혼하는 데도 아무런 거리낌이 없다. 『앵무새 죽이기』에서 애티커스 핀치의 딸인 스카우트 핀치 역시 결코 모범적인 아이가 아니다. 아무 때고 자신의 의견을 말하며, 학교에서는 싸움을 일으킨다.

다른 인물들과 마찰을 일으킬 만한 결점을 주요 인물들에게 설정하자.

의지력

위대한 인물들의 특징으로 '의지력'을 꼽을 수 있다. 의지가 강할수록 매력적인 인물이 된다.

그 이유는 이렇다. 우리 모두는 한 개인의 자유로운 행위가 외부에 영향을 끼친다고 믿거나 믿고 싶어 한다. 의지력을 발휘하면 세계를 더 나은 곳으로 만들 수 있다고, 성공을 이루거나 다른 수많은 일의 일부라도 해낼 수 있다고 믿고 싶어 한다. 잘못을 지적당하고 좌절한다 해도, 우리는 이를 바로잡고(이것을 지혜라고 한다), 그런 다음 다시 행동한다.

그래서 특정한 목적을 향해 의식적인 의지를 갖고 행동하는 인물들은 공감을 얻을 수 있는 것이다.

소설의 목표 세우기

앞서 우리는 육체적, 직업적, 심리적 의미의 죽음을 수반하는 성공적인 소설의 이해관계를 살펴보았다.

이야기의 '목표'는 둘 중 하나의 형태를 취한다. 어떤 것을 얻거나, 어떤 것으로부터 달아나는 것. 달아나야 하는 '어떤 것'은 죽음의 위협이 잠재된 것이어야 한다.

영화 「도망자The Fugitive」를 예로 들어보자. 제목 자체가 가장 중요한 목표를 암시한다. 주인공 리처드 킴블 박사(해리슨 포드)는 자신을 잡으려는 연방 경찰 샘 제라드(토미 리 존스)로부터 '도망'쳐야 한다. 여기에는 육체적 죽음의 위기가 도사린다. 만약 붙잡히면 킴블 박사는 아내 살해 혐의로 사형 당할 처지이기 때문이다. 한편 심리적 죽음도 작동한다. 그는 아내의 진짜 살인자가 자유롭게 돌아다니고 있다는 걸 알고 있다. 사랑하는 여인을 위해 정의를 실현하지 못하는 것은 사형수 처지에 놓인 남자에게 견딜 수 없는 마음의 짐이 될 것이다. 직업적 죽음이라는 측면에서 보아도, 킴블 박사는 직업적으로 사망 선고를 받은 것처럼 '느끼기에' 충분하다.

『양들의 침묵』에서 FBI 수습 요원 클라리스 스탈링은 FBI 콴티코 연수원 행동과학부의 잭 크로퍼드 과장으로부터 중요한 임무를 받는다. 악명 높은 연쇄살인범이자 식인종 한니발이라고 불리는 한니발 렉터 박사로부터 그 자신에 대한 정보를 받아내는 것이다.

스탈링의 입장에서는 진급의 커다란 기회다. 그녀에게 FBI 요원이 되는 일은 매우 중요하다. 렉터 박사는 스탈링과의 첫 만남에서 겉모습만 보고 그녀의 출신과 배경을 간파하는 섬뜩함을 보인다. 독방 안에서 렉터 박사는 이렇게 말한다.

이리저리 살피면서 나를 재고 있군요, 스탈링 수사관. 아주 야심만만해요. 고급 가방을 들고 싸구려 구두를 신은 당신 모습이 나한테 어떻게 보이는지 알아요? 순진한 시골뜨기 같아요. 취향이랄 것 없이 번드르르한 모습으로 호들갑 떠는 시골뜨기 말이에요. 당신의 눈은 싸구려 탄생석 같군요. 어떻게 답이라도 얻으려고 집요해지면 이 탄생석의 표면이 반짝거리지요. 하지만 이런 겉모습에 뒤에 숨어 있는 당신은 똑똑해요. 어머니를 닮지 않으려고 애를 쓰는군요. 충분한 영양 섭취로 체격은 어느 정도 좋아졌지만, 기껏해야 내 세대보다 한 세대 정도 나아졌을 뿐이오, 스탈링 수사관. 웨스트버지니아 스탈링인가요, 오키 스탈링인가요? 대학과 여군을 두고 어디로 갈까 고민 좀 했겠군.

렉터 박사는 스탈링을 꼼짝 못 하게 할 뿐 아니라 그녀를 속속들이 파악하고 있다는 느낌을 주고, 그로써 두 사람 사이의 긴장감은 높아진다. 만약 렉터 박사의 정보를 얻어내는 데 실패한다면 그녀의 자신감에는 치욕적인 패배가 될 것이며, FBI 경력에도 치명타가 될 것이다.

렉터 박사와의 인터뷰를 끝냈을 때 적어도 그녀의 '느낌'은 그랬다.

　스탈링은 한껏 호기로운 모습을 보였지만 갑자기 공허한 기분이
들었다. 곧장 다리에 힘이 풀리는 바람에 필요 이상으로 천천히 서
류를 가방에 넣었다. 그녀가 그렇게 싫어하는 실패의 느낌이 온몸
에 속속들이 배어들었다.

　『양들의 침묵』에서는 소설 초반부터 직업적(그리고 심리적)
죽음의 긴장감이 고조된다. 감정적 갈등이 벌어질 수 있는 상황
이 조성된 것이다.

주인공의 목표 다듬기

　1. 소설 속 주인공에게 가장 중요한 목표는 무엇인가? 주인공
의 목표를 정하자. 어떤 것을 얻거나, 어떤 것으로부터 달아나거
나, 둘 중 한 가지여야 한다.

　2. 죽음은 어떻게 연관되어 있는가? 육체적, 직업적, 심리적
죽음 가운데 가장 중요한 유형 하나를 선택한다.

　3. 죽음이 관련된 이유를 말로 설명하며(예를 들어 1인칭 화법
의 음성 일기로) 한두 쪽 정도 써본 뒤, 그 견해를 입증하는 데 필
요한 배경 설명을 보충한다.

　4. 소설에 넣을 수 있는 형태로 단락을 편집한다. 예를 들어 음
성 일기로 쓴 1인칭 화법을 대화에 일부 사용할 수도 있다.

　5. 소설의 중간 지점 이전에 배치할 만한 곳을 찾는다.

이처럼 주인공의 목표와 관련된 내용을 넣는 이유는, 소설의 중간 지점에 도달하기 전까지 주인공이 자신의 일에 어떤 이해관계가 걸려 있는지 충분히 깨달아야 하기 때문이다. 이 지점을 지나면 주인공은 뚜렷한 목표 의식을 갖게 되고, 따라서 행동을 그만둘 수 없으며, 소설의 남은 부분이 진행되는 동안 죽음을 피하기 위해 전력을 다해야 한다.

이제 우리의 가상 인물 로저 힐의 기본 정보를 정리해보자. 로저의 중요한 목표는 법망과 그가 살해한 것으로 오인된 누군가의 복수에 찬 친척에게서 '달아나는' 일이다. 여기엔 분명 육체적 죽음이라는 이해관계가 걸려 있다. 만약 그 친척이 로저를 찾아내 복수를 감행한다면 로저의 이야기는 거기서 끝나버린다. 혹시 법망에 걸려든다면 사형이나 가석방 없는 종신형에 처해질 것이다.

하지만 만약에 로저가 도망을 간다면? 도망자 신세로 오랫동안 버틸 수 있다면 어떻게 될까? 일종의 심리적 죽음에 해당되지 않을까? 집도, 과거도, 가족도 없는 남자. 나는 그것이 곧 심리적 죽음이라고 생각한다.

당연히 직업도 없어진다. 그는 다시 어딘가에서 수입이 넉넉한 회계사로서의 손쉬운 성공을 누릴 수 없다.

그야말로 위기 상황이다.

이제 음성 일기를 이용해 로저의 입장을 생각해보자.

사람들은 내가 했다고, 그래서 내가 도망 중이라고 생각한다. 뻔한 상황이다. 만일 그 정신 나간 시골 촌놈이 나타나면 무슨 일이 벌어질지 난 분명히 알 수 있다. 이름이 뭐였더라? 루디였나? 아무튼 놈이 나를 찾으면 끝이다. 낸시 그레이스에서 그놈을 봤다. 그 눈빛과 온몸으로 내뿜는 증오의 기운을. 경찰의 말은 듣지도 않고 나한테 무슨 짓이든 할 것이다.

그건 그렇고, 경찰은 아예 신경도 쓰지 않는 것 같다. 차라리 놈이 나를 잡았으면 싶은 것일 수도.

어디로 도망을 가지? 얼마나 오랫동안 이렇게 정체를 숨긴 채 지낼 수 있을까?

이런 게 정말 사는 건가?

가족이 그립다. 동생들 그리고 엄마.

하지만 그들마저 다들 내가 범인이라 믿고 있다!

이런 식으로 갈등의 견고한 토대를 쌓아가자. 독자의 흥미를 불러일으키는 주인공이 있고 어떤 형태로든 죽음이 연관되어 있다면, 이야기를 제대로 장악하고 있다는 뜻이다.

이제 독자의 관심을 단계적으로 높이기 위해 한 가지 요소를 더 추가해야 한다. 바로 주인공과 대립하는 인물이다.

음성 일기

음성 일기는 가장 효과적인 작법 도구 중 하나로, 소설을 쓰는 모든 단계에서 유용하다. 인물들에게 알려주고 싶은 내용을 '인물의 음성'으로, 형식에 얽매이지 않은 채 의식의 흐름을 따라 작성하는 것이다. 인물이 스스로 말을 하게 놔둔 채 5분에서 10분

정도 멈추지 않고 쓴다.

초기 단계에서 음성 일기는 인물들이 자신만의 독특한 방식으로 말하는 내용을 '들을' 수 있도록 도와준다. 서로 다른 유형의 등장인물들을 만들기 위해 필요한 과정이다.

글을 쓰는 동안에도 잠깐 글쓰기를 멈추고 인물이 이야기에 대해 어떻게 생각하거나 느끼는지 물어볼 수 있다. 이 방법을 사용하면 인물의 감정이 풍부해지며, 갈등을 견고하게 고조시키는 데도 큰 도움이 된다.

모든 중심인물의 음성 일기를 마련해서 소설을 쓰는 동안 자유롭게 이용할 필요가 있다.

주인공과 적대자의 대결 구도를 만들자

이야기의 토대를 단단하게 만들기 위한 'LOCK 체계' 중 세 번째 머리글자 C, 즉 '대결Confrontation'은 그야말로 소설의 핵심이라 할 수 있다. 주인공과 그 주인공에 대립하는 세력 사이의 중요한 갈등이 소설 분량의 대부분을 차지하기 때문이다.

대부분의 소설에는 주인공과 더불어 그와 대립하는 또 다른 인물이 등장한다. 『레 미제라블Les Misérables』의 장 발장과 자베르 형사, 「도망자」의 리처드 킴블 박사와 연방 경찰 샘 제라드, 「뻐꾸기 둥지 위로 날아간 새One Flew Over The Cuckoo's Nest」의 랜들 패트릭 맥머피와 랫체드 간호사의 관계가 그렇다.

한 명 이상의 세력이 주인공과 대립하기도 하고, 한 사람이 그

대립 세력을 대표하기도 한다. 예컨대 존 그리샴의 소설 『그래서 그들은 바다로 갔다』에서 주인공과 대립하는 세력은 마피아(은밀하게 마피아를 대리하는 로펌)지만, 주인공 미치 맥디르에게 위협을 가해야 할 때는 드바셔라는 한 남자가 그들을 대표하는 집행자로 등장한다.

『바람과 함께 사라지다』의 스칼렛은 어떨까? 그녀는 심리적 죽음에 맞서 싸운다. 만일 남부의 생활 방식을 고수하면 모든 걸 잃을 것이다. 반드시 타라 농장을 살리고 상류사회로 되돌아갈 방법을 찾아야 한다. 이 힘든 여정에 나선 스칼렛을 방해하는 세력으로 수많은 인물이 등장한다. 농장 관리인 조너스 윌커슨은 세금을 조작하면 타라 농장을 다시 손에 넣을 수 있다고 생각한다. 약탈과 살상을 위해 타라 농장을 찾아온 연합군 병사도 있다. 물론 스칼렛의 마음을 얻기 위해 애쓰는 레트 버틀러도 등장한다. 그리고 이 모든 노력은 옛 남부의 생활 방식을 고수하고자 하는 스칼렛의 심리적 욕구에 포함된다.

물론 이야기의 배경 자체가 하나의 대립 세력으로 자리할 수도 있다. 『로빈슨 크루소Robinson Crusoe』처럼 고전적인 요소일 수도, 숲속에서 길을 잃은 한 소녀에 대해 쓴 스티븐 킹의 『톰 고든을 사랑한 소녀The Girl Who Loved Tom Gordon』처럼 단순한 요소일 수도 있다. 하지만 대부분의 경우 대립 세력은 주인공과 직접적으로 갈등을 이루는 한 명의 인물이라는 점을 기억하자.

적대자

주인공만큼이나 그와 대립하는 인물에도 많은 관심을 가져야 한다. 여기서 범할 수 있는 가장 큰 실수는 적대자를 한 가지 색으로 거칠게 칠하는 것이다. 평면적인 악역만큼이나 이야기의 흥미를 떨어뜨리는 것은 없다.

적대자를 설정할 때 선택할 수 있는 두 가지 기본 유형을 살펴보자.

¶ 사악한 상대역

주인공을 전통적인 영웅으로 설정한다면 기본적으로 그는 공동체의 가치를 지지하는 인물인 셈이다. 주인공은 독자가 통상 인정하는 행동을 하고, 그의 목표는 숭고하다. 주인공이 완벽하다는 뜻은 아니지만, 그는 일반적으로 공동체의 지지를 받는다.

악당은 주인공과 대립하고, 나아가 공동체에 저항하는 인물이다. 독자는 악당을 지지하지 않으며, 그가 실패하기를 바란다.

그렇지만 속임수를 쓸 수는 없다. 절대 악, 옛 멜로드라마 속 콧수염을 비비 꼬는 악당 같은 인물은 일종의 만화 캐릭터인 셈이다. 그런 식의 묘사를 마주하면 독자들은 속았다는 느낌을 받을 것이다.

그러므로 작가는 공정해야 하며, 실은 악당을 사랑해야 한다.

1. 악당을 공정하게 대하라

나는 할런 코벤이 『라이터스 다이제스트』의 인터뷰에서 했던 이야기가 마음에 든다. "나는 선과 악의 차이를 보는 것을 좋아한다. 그 둘의 차이점은 야구 경기의 파울라인과 같다. 파울라인은 석회처럼 지워지기 쉬운 가루로 얇게 긋는다. 파울라인을 밟고 지나가면 경계가 흐릿해지면서 페어가 파울이 되고 파울이 페어가 된다. 바로 내가 놀고 싶은 지점이다."

그 파울라인이 바로 우리가 악역을 활용해야 하는 지점이다. 이를 위해 다음과 같이 해보자.

- 악당의 과거를 완벽하게 설정한다. 현재 악당이 벌이는 행동의 이유를 설명할 수 있는 근거를 그의 과거에서 찾는다.
- 공감 요소를 찾아보자. 독자도 이를 느낄 수 있게끔 한다면 독서 경험에 강력한 감정의 흐름을 부여하게 되는 셈이다. 이로써 독자는 악당의 행동에 동의하지는 않되, 악당을 진정한 악마 같은 인물로 여기지도 않게 된다.
- 악당의 입장을 정당화한다. 아무리 나쁜 인물이라 해도 악당은 자신이 옳은 일을 한다고 생각한다. 악당이 사악한 행동을 하는 이유는 스스로 그럴 자격이 있다고 믿기 때문이다.
- 악당의 명분이 분명히 드러나는 장면을 한 번 이상 보여주자. 다시금 독자의 감정을 역류시키는 것이다. 바로 우리가 원하는 바 아닌가.

2. 왜 악당을 사랑하는가?

우리를 진정 거대한 갈등의 영역으로 내몰 수 있는 한 가지 질문이 있다. 우리는 왜 악당을 좋아할까? 그렇게 끔찍한 사람을 어떻게 사랑할 수 있을까?

왜냐하면 그것이 힘든 사랑이기 때문이다. 악당은 우리의 형제나 아버지나 아들일 수도, 우리의 자매나 어머니 또는 딸일 수도 있다.

¶ 선한 상대역

대결 단계에서 중요한 것은 주인공과 대립할 강력한 이유가 있는 상대역이다. 이 상대역이 반드시 사악할 필요는 없다.

「도망자」의 연방 경찰 샘 제라드가 그 완벽한 예다. 샘 제라드는 악당은커녕, 법을 준수하고 자신의 임무에 지극히 충실한 인물이다. 그의 임무는 도망자를 체포하는 것이고, 그 도망자가 바로 주인공 리처드 킴블 박사일 뿐이다.

제라드에게 이 사건의 진실이 무엇인지는 중요하지 않다. 진실을 밝히는 건 사법 체계의 몫이다. 제라드는 법을 집행해야 하며, 법에 따르면 킴블은 탈옥수다.

제라드에게 항변할 수 있는 단 한 번의 기회가 왔을 때 킴블은 "난 결코 내 아내를 죽이지 않았소!"라고 말한다. 제라드의 답변은 간단하다. "그건 상관없어!"

빅토르 위고의 『레 미제라블』 속 자베르 경감도 이와 비슷하지 않은가?

갈등의 장소

소설의 대결 요소에서 마지막으로 고려할 것은 갈등의 장소다. 때로 '도가니'라 불리기도 하는데, 양쪽을 치열한 싸움 속에 붙들어두는 이 요소를 나는 소설을 유기적으로 잇는 '필연성'이라 생각하고 싶다. 어느 쪽도 그 상황에서 벗어날 수 없기 때문이다.

이는 소설에서 결정적인 역할을 한다. 독자가 느끼기에 곤란한 상황이 그저 체념으로 해결될 수 있다면 진정한 불안 요소는 없을 테니 말이다.

이런 상황을 생각해보자. 한 여자가 폭력적인 남자와 결혼한다. 견딜 수 있는 한 오랜 세월 동안 결혼 생활을 유지하던 여자는 마침내 떠나겠다고 결심한다. 어느 날 남편이 일하러 간 사이 짐을 싸서 차를 타고 다른 주로 간다. 거기서 그녀는 일자리를 얻어서 새로운 인생을 시작한다.

이 이야기에서 대결은 어디 있는가? 몇 장의 법적 서류가 오가는 것 외에 대결이라 할 만한 것은 없다. 왜 없을까? 여자가 상황을 벗어남으로써 자신의 문제를 해결했기 때문이다.

『로즈 매더Rose Madder』를 쓴 스티븐 킹은 두 가지 요소가 결합된 상황을 만들어야 한다는 사실을 잘 알고 있었다. 그는 남편을 경찰이자 사이코패스로 설정했다. 그는 아내에게 만약 떠나려 한다면 죽여버리겠다고 으름장을 놓는다. 그는 살인을 하고도 무사히 빠져나가는 법을 알고 있으며, 아내가 어디로 가든 추적할 수 있다. 그는 수년간 아내를 사실상 포로로 삼는다. 그녀는 운전도 하지 않고, 일자리를 구할 줄도 모른다. 말 그대로 나약한 존재다.

마침내 그녀가 떠날 때, 독자는 이것이 체념이 아니라 남편으로부터 도망치기 위한 '죽음을 무릅쓴' 도전임을 인식한다.

그렇다면, 이렇게 상황을 결합시키는 방법에는 어떤 것들이 있을까?

1. 살인 동기

상대에게 주인공을 죽여야 하는 확실한 이유가 있다면, 이는 자연스럽게 이해관계를 이어주는 역할을 한다. 스릴러물에서 주인공이 알아낸 비밀 같은 것이 그 대표적인 예다. 『그래서 그들은 바다로 갔다』에서 로펌을 가장한 마피아 조직은 자신들의 비밀이 폭로되도록 내버려 둘 수 없고, 그리하여 젊은 변호사 미치 맥디르는 마피아 조직의 공격 대상이 된다.

심리적 죽음도 필연성을 부여하는 요소 될 수 있다. 영화 「나우 보이저Now, Voyager」에서 사사건건 간섭이 심한 엄마는 사랑에 빠진 딸에게 나타난 독립심의 싹을 '죽이려고' 한다. 엄마는 딸의 독립심을 없애기 위해 온갖 방법을 동원한다.

2. 직업적 의무

변호사는 자신이 맡은 사건을 샅샅이 살펴볼 의무가 있다. 살인 사건을 맡은 형사는 현장을 그냥 떠날 수 없다. 주인공과 특정 행동을 연결하는 직업적 의무들이다.

독자들은 직업적 의무를 하나의 필연성으로 인식하고 받아들인다. 인물에게 직업이 얼마나 중요한지 반드시 보여주자.

3. 도덕적 의무

딸이 유괴를 당한다. 아버지는 딸을 찾기 위해 악당이 몇 명이든 백방으로 쫓아다닐 것이다(스티븐 킹의 소설 『초능력 소녀의 분노Firestarter』가 그런 경우다). 이것이 도덕적 의무다. 아버지가 딸을 찾는 일을 그만두리라 생각하는 사람은 없을 것이다.

친구 사이에도 도덕적 의무가 있을 수 있다. 닐 사이먼이 쓴 「희한한 한 쌍」의 이야기 방식이 그렇다. 펠릭스는 늘 빈둥거리며 지내는 오스카의 행복한 일상을 엉망으로 만들지만 오스카는 그를 내버려 둔다. 자연스럽게 의문이 제기된다. 오스카는 왜 펠릭스를 아파트에서 내쫓지 않는 걸까? 어쨌든 아파트의 주인은 오스카이고, 두 사람의 생활 방식은 맞지 않는데 말이다. 말하자면, 오스카는 왜 그냥 펠릭스에게 나가라고 함으로써 문제를 해결할 수(그리고 두 사람의 대립을 유발하는 필연성을 제거할 수) 없는 걸까?

작가 닐 사이먼은 가장 친한 친구 펠릭스에 대한 오스카의 도덕적 의무라는 절묘한 답을 내놓는다. 펠릭스는 자살 충동을 느끼고 있다. 펠릭스의 아내는 떠났고, 친구들은 모두 펠릭스가 자해를 할까봐 걱정한다. 그래서 오스카는 펠릭스를 계속 지켜보고 위로할 수 있도록 자기 아파트에서 같이 지내는 것이다.

도덕적 의무는 강력한 필연성을 부여한다.

4. 물리적 장소

때로는 장소 그 자체가 대립하는 인물들을 결집시키기도 한다.

영화 속 카사블랑카가 바로 그런 장소다. 사람들은 통행 허가증 없이 카사블랑카 밖으로 나갈 수 없고, 결국 릭의 카페에서 한바탕 사건이 벌어지게 된다. 영화 「샤이닝Shining」에서처럼 폭설로 고립되고 유령이 가득한 호텔도 마찬가지다.

직장 생활의 공간인 도시도 그런 결집이 일어날 수 있는 장소다. 예를 들어 경찰의 활동은 정해진 순찰 구역에 제한된다.

본격적으로 플롯 짜기를 시작하기 전에 스스로에게 이런 질문을 던져보자. '죽음의 사투'를 벗어날 구멍이 있는가? 어느 한 쪽이 포기하거나 자리를 옮기거나 다른 간단한 변화를 시도함으로써 문제를 해결할 수 있는가?

모든 탈출로를 차단한다. 그것이 대결과 서스펜스를 형성할 수 있는 유일한 방법이다.

아는 것, 또는 미지의 것?

주인공과 대립하는 인물에 관해 생각해봐야 할 것이 한 가지 남아 있다. 과연 독자가 그 적대자가 누구인지 알고 있는가 하는 문제다. 미스터리나 스릴러에서 주인공은 마지막 대결 전까지 자신의 진짜 상대를 알지 못하는 것이 보통이다.

미스터리는 전통적으로 미지의 것에 의지한다. 애거사 크리스티 추리소설의 주인공인 에르퀼 푸아로의 뛰어난 추리를 막으려 애쓰는 교활한 범인을 생각해보자. 푸아로는 단서를 모은 다음 마지막에 이르러서야 진실을 밝히기 위해 용의자들을 불러 모은다.

하지만 주인공이 위험이 어디서 비롯한 것인지 모르거나 왜 그 위험이 자신을 겨냥하고 있는지 알지 못한다면 동일한 상황이 반복되는 것 자체로 스릴러가 된다. 그 위험이 '밝혀지는' 과정은 이야기 속에서 충분히 전개될 수 있고, 결말에 이르러 한꺼번에 밝혀질 수도 있다.

할리우드 영화들은 대개 양쪽을 모두 보여준다. 「스피드Speed」의 이야기는 '속도를 줄일 수 없는 버스'에 탄 승객들과 배우 데니스 호퍼가 맡은 미치광이 폭파범 사이를 오가며 전개된다. 경찰과 승객의 관점에서 보면 그들은 목소리만 나오는 인물을 상대하는 셈이다.

소설에서 무엇을 드러낼 것인지에 대한 선택권은 바로 우리, 작가에게 있다.

조율

거금을 주고 티켓을 사서 한껏 차려입은 뒤 콘서트에 갔다면 좌석에 앉아 오보에로만 이루어진 악단의 연주를 듣고 싶지는 않을 것이다. 모든 악기가 정확히 같은 음을 연주하는 것도 그리 달갑지 않다. 다양한 악기의 매력적인 소리가 서로 알맞게 어우러져 훌륭한 음악적 경험을 한 단계 높여주는 선율과 여운을 만들어내기를 바라는 것이다. 그것이 바로 조율이다. 원하는 효과를 얻기 위해 부품을 조립하는 일.

소설에서 갈등을 조율하기 위해 사용하는 부품은 등장인물이다. 모든 것이 인물에서부터 시작한다. 평범하고 특징 없는 인물을 만들면 숨 막히는 갈등을 구축할 가능성은 사라지고 만다.

재닛 에바노비치가 쓴 '스테파니 플럼 시리즈'의 가장 큰 장점 중 하나는 갈등에 처한 인물들을 조율하는 작가의 능력이다. 시리즈 첫 권 『원 포 더 머니One for the Money』의 1장부터 곧장 조율이 시작된다. 1장에 등장하는 조 모렐리는 문자 그대로 불량소년이고, 훗날 소년다운 순수함을 지닌 훨씬 더 사악한 인물로 성장한다. "그는 거만하고 사악한 인물로 자랐다. 한순간 눈에서 검은 불꽃이 이글거리다가도 금세 입에서 살살 녹는 초콜릿 같은 눈빛이 되었다."

작가 에바노비치가 조 모렐리의 인물 묘사에서 곧바로 갈등을 구축한다는 점에 주목하자. 이는 이야기가 진행되며 조 모렐리에 대한 스테파니의 엇갈린 감정으로 나타난다. 독자들은 책장을 몇 장 넘기기도 전에 '처녀 전문가'인 모렐리가 테이스티 페이스트리라는 베이커리 전문점의 초콜릿 에클레르 한 상자로 스테파니를 유혹하는 모습을 보게 되고, 그런 뒤 그는 스테파니의 인생에서 사라져버린다. 3년 후, 스테파니가 나이트클럽 앞에 있는 모렐리를 발견하기 전까지 말이다.

스테파니는 아버지의 뷰익 자동차를 몰고 가다가 속도를 높여서는 도로 경계석을 넘어가 보닛으로 모렐리를 가볍게 민다. 그녀가 차에서 내려서 어디 부러진 곳이 없는지 묻자 모렐리는 다리가 부러졌다고 대답한다. "잘됐네." 그녀는 그렇게 말하고는 다시 차를 타고 가버린다.

이것이 바로 인물 간의 갈등을 만드는 방법이다! 처음 몇 쪽만에 확실한 인물 묘사와 행동, 대결의 모습을 확인할 수 있다. 누군가를 향해 차로 돌진하는 것. 갈등을 정의하는 행동이라 할 만하지 않은가.

하지만 에바노비치는 거기서 멈추지 않는다. 스테파니가 모렐리를 상대하고 있을 때 그녀의 인생에 리카르도 '레인저' 마노소라는 또 다른 불량소년을 등장시키는 것이다. 갈등을 조율하는 차원에서, 작가는 레인저를 특수부대 출신의 쿠바계 미국인이자 윤기 나는 검은 머리를 질끈 묶은 스타일에 간섭을 싫어하는 인물로 설정한다.

두 사람의 첫 만남에서는 일종의 사업적 관계가 구축된다. 레인저는 현상금 사냥꾼으로서 스테파니를 훈련시키려 한다. 그리고 예상할 수 있듯이 두 사람의 첫 번째 사건에는 조 모렐리가 연루되어 있다. 이야기 초반부터 삼각 갈등이 설정된 셈이다.

'스테파니 플럼 시리즈'에는 훌륭한 조연과 보조 인물이 많이 등장해 갈등이 벌어질 만한 상황을 끝없이 만들어낸다. 예를 들어 스테파니 플럼은 "헝가리-이탈리아 연합에 의해 만들어진 푸른색 눈동자와 하얀 피부를 가진 생산품"이며, 그녀가 우연히 마주친 다른 인물들도 각양각색이다. 룰라는 스판덱스에 억지로 살을 밀어 넣은 신경질적인 아프리카계 미국인 문서 보조원, 70대 노부인인 마주르 할머니는 남성용 속옷을 즐겨 입는 인물로 수프에 빠진 치킨을 닮았다.

그 밖에도 많은 인물이 등장한다. 작가의 뛰어난 인물 설정 능력 덕분에 있을 법한 온갖 다채로운 갈등을 엿볼 수 있다.

마구간 만들기

과거 영화사 시절에는 계약을 맺은 배우들을 두고 '마구간에 있다'고 표현했다. 듣기 좋은 말은 아니지만, 사실에 가깝기는 했다. 계약을 맺은 배우들은 자신이 캐스팅된 작품 촬영에 대해 발언권을 가지지 못했다. 사실 어떻게 보면 소와 다를 바 없었던 셈이다.

그런 계약을 맺는 시절은 이미 오래전에 사라졌지만, 그렇다고 나만의 마구간을 가질 수 없는 것은 아니다. 아무도 모를 뿐!

자, 이제 마구간을 만들어보자.

1. 배우

정말 좋아하는 영화 속 인물을 모두 떠올려 보자. 주연과 조연을 가리지 않고 말이다. 그 인물을 연기한 배우들이 누구였는지도. 그렇게 자신만의 목록 작성을 시작한다.

예를 들어 나는 늘 고전 배우 앨런 헤일을 좋아했다. TV 영화 「길리언의 섬」에서 스키퍼를 연기했던 아들 앨런 헤일 주니어 말고, 「로빈 후드의 모험The Adventures of Robin Hood」, 「어느 날 밤에 생긴 일It Happened One Night」 등 수많은 고전 영화에 출연했던 아버지 앨런 헤일 말이다.

헤일은 다재다능했고 자신이 맡은 역할에 늘 자신감 넘치는 분위기를 불어넣었다. 나는 가끔 이야기의 상황이나 분위기를 전환하기 위해 넣는 희극적인 코믹 릴리프에서 그를 떠올린다. 젊게 그리든 늙게 그리든, 어쨌거나 그는 여전히 앨런 헤일일 것이다.

또 내가 가장 좋아하는 배우로는 스펜서 트레이시가 있다. 그는 아주 폭넓은 역할과 다양한 연령대의 인물을 소화해낸다. 젊은 트레이시는 거친 범죄자 유형에도, 사제에도, 까칠한 어부에도, 자식만 바라보는 아버지 역할에도 어울렸다. 그러니 몇몇 역할에는 스펜서 트레이시를 염두에 둘 생각이다.

자, 각자 자신만의 목록을 만들어보자.

2. 허구의 인물

다른 이야기에 등장하는 허구의 인물이 우리가 쓰고 있는 이야기에 슬며시 등장해 도움을 줄 수도 있다는 사실을 알고 있었는가?

다른 사람들까지 그 인물이 어디서 왔는지 알아봐야 할 필요는 없다. 그 허구의 인물은 나만의 인물로 충분히 모습을 바꿀 테니까 말이다.

가장 좋아하는 작가의 최신 스릴러를 읽고 있다고 생각해보자. 우연히 심령술사가 된 괴짜 택시 운전사라는 인물이 정말 마음에 든다. 말투도 그렇고 기이한 버릇도 마음에 든다. 그렇다면 몰래 그 인물을 가져와서 목적에 맞게 바꿔보자.

다른 작가들이 만든 인물을 몰래 가져오는 것이 과연 정당한 일일까? 정당할 뿐 아니라 이야기 소재를 얻는 가장 좋은 비결 중 하나다. 이것은 표절이 아니다. 외부 집단의 창의적인 사고를 관찰하고 자신이 필요한 것을 손에 넣는 과정이다.

멋진 인물들이 등장하는 책을 읽을 때는 놓치지 말고 그 인물들을 고용하자. 성별이나 나이를 바꿔보자. 아니면 성별과 나이는 그대로 둔 채 인물들의 과거를 새롭게 만들어보자.

3. 실존 인물

실존 인물을 바탕으로 소설 속 인물을 만드는 것은 작가들의 오랜 습관이다. 이때 명예를 훼손하는 어설픈 묘사를 하지 않도록 조심해야 하는 것은 당연하다.

현실의 인물을 차용하려면 인물의 세부에 조금 변화를 주는 것을 고려해보자. 우선 '여성'을 '남성'으로 바꿀 수 있는가? 또는 실존 인물의 중요한 특징에 또 다른 실존 인물이나 허구의 인물을 합칠 수도 있다.

마음껏 바꿔보자. 현실의 인물을 차용하는 것을 부끄러워할 필요는 없다. 그것이 현실의 존재 이유 아닌가.

종합하기

배우와 인물 유형을 다양하게 확보했으니 이제 오디션을 진행할 차례다.

진짜 오디션 얘기다. 자신이 쓰고 있는 이야기를 생각하며 머릿속으로 배우들을 데리고 와 역할에 따라 연기 테스트를 해보자. 머릿속에 장면을 떠올리고 배우들에게 즉흥 연기를 주문해보자.

¶ **등장인물 표 작성하기**

'등장인물 표'는 캐스팅 과정에 있어 매우 유용한 도구다. 좌측

한 칸에 중심인물의 이름을 적는다. 맨 위쪽 칸에는 한눈에 보고 싶은 인물의 정보를 구체적으로 적는다. 그중 한 칸은 오롯이 '갈등'과 관련된 내용에 할애한다. 다음은 내가 만든 등장인물 표다.

중심 인물	인상 착의	목표	과거의 상처	비밀	성격 유형/ 별명	타인과의 갈등	감정 환기	캐스팅

보조 인물	인상착의	역할	독특한 별명	타인과의갈등	캐스팅

이제 각 인물의 상호 관계를 설정하기 위해 과거나 현재, 또는 미래의 갈등 지점을 찾는다. 예컨대 '메리'라는 인물의 갈등에 관한 칸에는 이런 내용을 적을 수 있다.

고등학교 시절 션과 데이트함. 션은 메리와 헤어진 일을 두고 아직도 괴로워함.

션이 갑자기 메리의 세계에 등장하면 거기에는 둘 사이에 남아 있던 긴장감이 약간 모습을 드러낼 것이다. 표로 정리하면 이런 관계를 한눈에 파악할 수 있다.

이번엔 메리와 힐러리의 관계를 보자. 두 사람은 친구로, 같은 사무실에서 일한다. 둘 사이에 어떻게 갈등이 생길 수 있을까?

힐러리는 5년째 메리의 친구로 지내고 있지만, 때로 메리를 짜증 나게 함. 메리를 싫어하는 사람과 관계가 좋지 못함.

통쾌한 결말을 쓰려면

역대 최고의 베스트셀러 소설가 중 하나인 미키 스필레인은 이렇게 말했다. "1장 덕분에 소설이 팔리지만, 마지막 장 덕분에 다음 책이 팔린다."

결말은 소설에서 가장 어려운 부분이다. 예측할 수 없었던 만족감을 주면서도 독자를 더 궁금하게 만들어야 한다. 갈등을 해결하고 서스펜스를 완화하는 것이 중요하다. 느슨한 부분을 마무리 짓고 이야기에 설득력을 부여해야 한다.

반전과 충격, 놀라움을 덤으로 넣는 건 사실 그리 어렵지 않다. 어려운 것은 그러한 반전과 충격, 놀라움을 독자가 이해할 수 방식으로 정당한 이유를 들어 설명하는 일이다. 줄곧 숨 막힐 듯 빠르게 읽다가 마지막 장에 와서 이해할 수 없거나 너무 억지스러워 진지하게 받아들일 수 없는 결말에 실망을 느낀 책이 많이 있을 것이다.

작가가 이야기를 쓰기 시작하기 전에 결말을 알아야 할까? 필수적인 일이라고까지 할 수는 없지만 어쨌든 필요한 일이다. 이야기를 어떻게 전개할 것인지에 대해서는 대략적인 아이디어를 갖는 것이 좋다. 그러면 경우에 따라 바뀔 수도 있다는 사실을 염두에 둔 채 그 지점까지 쓸 수 있다. 절정 장면을 구체적으로 상상할 수도 있다. 누구도 애초의 아이디어에 매달리도록 우리를 강요하지 않는다. 그보다 그 아이디어는 우리가 이야기를 써나갈 때 일종의 가이드라인 역할을 할 것이다.

우리가 고민해야 할 것은 마지막 싸움, 즉 이해관계가 복잡하고 결과를 알 수 없는 마지막 갈등 지점이다. 그 싸움은 인물의 내면이나 외면, 또는 두 가지 측면 모두에서 일어날 수 있다.

내면의 경우, 예컨대 정체성을 찾으려는 싸움이 있다. 주인공은 정말 어떤 인물일까? 그는 성장하고 바람직한 인물이 되는가? 영화 「카사블랑카」의 주인공 릭을 생각해보자. 릭은 기본적으로 냉소적인 사람이고 세상에 대한 관심을 접은 술꾼이다. 자신이 카사블랑카에서 여생을 보내며 서서히 늙어가다가 죽어버린다 해도 개의치 않는다. 그는 오래전 일자(잉그리드 버그만)라는 한 여인에게 배신을 당한 일이 있다. 그것은 한 남자가 쉽게 극복할 수 있는 일이 아니다.

그리고 바로 그 여인 일자가 전쟁 영웅인 남편 빅터 라즐로와 카사블랑카에 나타났을 때, 릭은 선택의 기로에 놓인다. 일자 부부가 처한 상황을 모른 척할 수도, 또는 상처를 딛고 일어나 다시 인간적인 존재가 될 수도 있다.

하지만 곧 반전이 일어난다. 일자가 여전히 릭을 사랑한다면서 함께 떠나고 싶다고 밝히는 것이다. 릭은 카사블랑카를 탈출

할 수 있는 통행 허가증 두 장을 가지고 있다. 이제 릭 앞에는 꿈에 그리던 여자가 있고, 그의 내면에서는 싸움이 시작된다. 과연 그녀와 함께 떠나는 게 옳은 걸까?

동시에 외적인 싸움도 일어난다. 릭과 독일군 소령 스트라세는 라즐로의 등장을 놓고 서로 기회를 엿보는 참이다. 단 한 번의 실수로 릭은 이 싸움에서 지고 자신의 목숨까지 잃는 상황에 처할 수 있다.

희생

강력한 결말에는 희생과 관련한 비유가 등장하곤 한다.

문명의 문화적 모방 요소를 통해 되새겨보자. 아브라함은 아들을 제물로 바치라는 명령을 받는다. 그는 정말로 아들을 제물로 바치려 하지만 마지막 순간 그의 행동은 저지되고, 후손을 통해 모든 민족이 복을 받으리라는 신의 약속으로 보답받는다.

아테네 민주주의와 극작가 에우리피데스를 떠올려 볼 수도 있다. 에우리피데스가 선보인 「알케스티스Alcestis」라는 비극에서 아드메토스 왕은 선물을 받는다. 자신을 대신해 죽을 사람을 찾아낸다면 그는 죽을 필요가 없다는 것이다. 하지만 그의 아내 알케스티스를 제외하면 그렇게 해줄 사람이 없다. 알케스티스는 사랑 때문에 남편을 대신하여 죽고 죽음의 신과 함께 떠난다. 그러자 이 이야기를 들은 헤라클레스는 죽음의 신과 싸워 알케스티스를 죽음의 세계에서 다시 데려오겠다고 결심한다. 결국 헤라클레스는 알케스티스를 이승으로 데려오고, 최고의 희생을 한 알케스티스는 다시 부활한다.

희생의 주제는 여전히 강력한 힘을 지닌다.

대실 해밋이 쓴 『몰타의 매The Maltese Falcon』에서 샘 스페이드 옆에는 브리지드 오쇼네시라는 여인이 있다. 그들은 연인 사이다. 스페이드는 그녀를 사랑한다. 그녀는 거짓말쟁이에 상대를 조종하는 데 능한 사람이지만, 스페이드는 자신이 그런 면을 뜯어고칠 수 있으리라 생각한다. 어쩌면 그녀를 믿고 그녀에게서 안식을 찾을 수 있다고도 생각한다.

하지만 스페이드는 이 모든 것을 희생해야 한다. 자신의 동료가 살해당한 일에 대해 누군가는 '책임을 져야' 하기 때문이다.

"누가 누굴 사랑하든 난 관심 없어요. 난 당신의 꼭두각시 노릇을 하지 않을 거예요……. 남자란 자기 동료가 살해되었을 때 그냥 있으면 안 되는 거예요. 그 동료를 어떻게 생각했는지는 전혀 중요하지 않아요. 그가 자기 동료라면 뭔가 해야 할 뿐이지."

스페이드는 브리지드에게 자신의 입장을 설명한 뒤 이렇게 말한다.

"그러면 이 반대편에는 무엇이 있을까요? 아마도 당신이 나를 사랑할지도 모르고, 내가 당신을 사랑할지도 모른다는 사실뿐이겠죠."

"당신 자신이 알잖아요, 사랑하는지 사랑하지 않는지." 그녀가 속삭였다.

"난 몰라요. 당신에게 미쳐서 빠져 있는 건 쉬운 일이지만." 그는 갈구하는 눈빛으로 그녀의 머리부터 발끝까지, 그리고 발끝에서 다시 눈까지 훑어봤다. "하지만 그게 무슨 뜻인지는 모르겠어요. 누구든, 이제껏 그런 걸 알았던 남자가 어디 있었답니까?"

이 희생에서 스페이드는 자기 세계의 도덕적 질서를 지켰기 때문에 '승리한다'. 동료가 살해되었을 때 남은 동료는 "그냥 있으면 안 되는 것"이다. 그리고 그는 꼭두각시 노릇을 하지 않을 것이다.

멜 깁슨이 감독한 영화 「브레이브하트Braveheart」에서 스코틀랜드의 독립을 위해 노력하던 영웅 윌리엄 월리스는 죽는다. 그것도 아주 잔인한 방식으로 죽음을 당한다. 반역을 인정하기만 해도 고문을 끝낼 수 있지만 그는 거부한다. 결국 자신의 죽음을 통해 부하들과 무엇보다도 스코틀랜드의 귀족 로버트 더 브루스에게 자유인처럼 싸울 수 있는 열의를 불어넣음으로써 '승리하는' 셈이다.

영화 「카사블랑카」의 술집 주인 릭에게로 돌아가보자. 지금 그는 사랑하는 연인 일자와 공항에 있고, 그녀는 그와 떠날 준비가 되어 있다. 하지만 그는 그녀를 막아서고 말한다. 안 된다고, 이건 잘못된 일이라고. 지금은 아니더라도 남은 인생 내내 후회하게 될 거라고. 우리에겐 파리에서의 추억이 남아 있다고.

자신이 가장 원하던 것을 희생한 릭은 다시 인간적인 모습을 되찾는다. 그는 내면의 싸움에서 이겼고, 외부와의 싸움에서도 마찬가지다. 릭은 독일군 소령을 죽이지만, 이제 그와 새로운 우정을 쌓게 된 프랑스 경찰서장 루이는 그를 체포하지 않는다.

희생에 대한 보답으로 릭은 부활한다. 그는 더 이상 걸어 다니는(또는 술 취한) 망자가 아니다. 릭과 루이는 전선을 향해 떠난다.

희생이 강력한 힘을 갖는 이유는, 격렬한 갈등이 없으면 희생이 존재할 수 없기 때문이다. 버스에서 자리를 포기하는 것을 희생이라고 할 수는 없다. 반면 어떤 대의나 타인을 위해 자신의 목숨을 내어주는 행위는 가장 격렬한 종류의 갈등을 동반한다.

또는 소중히 간직해온 꿈을 포기하는 것도 희생이다. 『바람과 함께 사라지다』에서 결국 스칼렛 오하라는 옛 남부의 품위를 지키겠다는 자신의 꿈과 그 꿈들을 온몸으로 보여준 애슐리 윌키스에 대한 사랑을 포기해야 한다는 것을 깨닫는다(비록 레트 버틀러의 마음을 되돌리기에도 너무 늦었지만 말이다).

예상할 수 있는 결말 피하기

결말을 생각할 때가 되면 그 내용을 예상할 수 있는 정도에 비례해서 서스펜스도 약해지기 마련이다.

다시 말해, 독자가 결말을 추측하는 것을 오래 막을수록 더 좋다. 도대체 이 사건이 어떻게 끝날지 마지막 순간까지 궁금해하도록 사건을 엮어나가야 한다. 또한 되돌아봤을 때 완전히 수긍할 수 있는 쪽으로 이야기를 마무리해야 한다는 점도 잊지 말자.

물론 이것은 결코 쉬운 일이 아니다.

1. 작가로서 이 이야기가 어떻게 끝나리라 예상하는지 적어보자.

2. 대안이 될 만한 다섯 가지 결말을 생각한다.

3. 결말로 가장 어울리는 것을 선택한다.

4. 나머지 결말 가운데 맨 마지막에 '반전'으로 활용할 만한 것을 하나 고른다. 이 방법은 통할 수도 있고, 별 효과가 없을 수도 있다. 하지만 선택의 여지가 있다는 건 좋은 일 아닌가.

통쾌한 요소

녹다운 시키듯 통쾌한 완승을 쓰고 싶다면 이렇게 해보자.

1. 떠오르는 질문들, 또는 답변이 필요한 질문들을 모두 기록한다. 별도의 종이나 질문용 파일에 적어두거나 그때그때 작업 문서에 의견을 남겨서 나중에 쉽게 확인할 수 있도록 한다. 예컨대 등에 칼을 맞은 남자가 주인공의 차 앞에 불쑥 나타났다면? 이유가 뭘까? 작가도 아직 모른다. 간단하게 다음과 같이 의견을 남겨놓을 수 있다.

누가 이 사람을 죽였지? 나중에 관계를 연결할 것.

또는 이 의견을 브레인스토밍 과정에서 꺼낼 수 있다.

남자는 로저를 도우려던 요원일 수 있다. 하지만 악당들이 남자를 찾아내 마치 로저가 그를 죽인 것처럼 꾸몄다. 아니면 악당들이 로저라고 착각한 노숙자일 수도 있다. 만일 노숙자라면, 그냥 노숙자가 아니라 로저가 알던 사람인지도 모른다. 누구라고 하지? 지금은 알 수 없음. 생각해볼 것.

2. 마지막 장을 다 썼으면 몇 개의 이야기 줄기가 연결되어 있는지 살펴보자. 생각해보니 없어도 되지만 군더더기처럼 붙어 전개된 이야기가 있는가? 그렇다면 그 부분을 잘라낸다.

만일 부연이 필요한 이야기가 있다면 보조 인물을 등장시켜 그에게 맡기는 방법을 고려한다. 앞서 등장시킨 인물(또는 고쳐쓰기 과정에서 등장시킨 인물)이 결말에 등장해 무슨 일이 벌어졌는지 설명할 수도 있다.

3. 마지막 여운에 신경을 쓰자. 맨 마지막 단락의 여운을 말하는 것이다. 적절한 울림과 분위기가 형성될 때까지 시도해본다. 소설을 읽은 사람이라면 바로 이 부분이 떠오를 것이다.

재미있지. 아무한테도 말하지 마. 만약에 말하면 모든 사람이 그리워지기 시작할 테니까.
- 『호밀밭의 파수꾼』 중에서

게다가 이 마지막 여운은 갈등과 서스펜스가 넘치는 소설의 토대이기도 하다. 소설을 쓰기 시작하기 전에 이런 요소들을 잘 알고 있어야 한다. 독자는 말할 것도 없고 작가가 쓰려는 이야기 역시 작가에게 고마워할 것이다.

이제 마지막 질문 하나가 남아 있다. 이야기의 흐름 위에서 이런 요소요소를 어디에 배치해야 할까?

3막에 걸쳐 배치한다.

소설의 표지에 들어갈 문구를 미리 쓰자

자, 이제 갈등과 서스펜스가 가득한 소설의 탄탄한 토대는 마련되었으니, 이제 나만의 표지 문안 쓰기를 시도해보자. 생각하는 것만큼 어렵지 않다.

표지 문안이란 무엇일까? 독자의 관심과 구매욕을 불러일으키기 위해 마케팅 담당자들이 책표지나 뒤표지에 붙이는 문구다.

여기에 마케팅 담당자들의 비밀이 있다. 표지 문안은 갈등과 서스펜스를 모두 담고 있어야 한다. 독자(또는 잠재적 구매자)에게 '무슨 일이 일어났는지' 알고 싶은 욕구를 일깨우는 것이다.

책을 쓰기 전이라도 다음 사항을 고려하여 표지 문안 작업을 해보는 것이 좋다.

첫째, 표지 문안 작업은 소중한 시금석이 된다. 이야기를 쓰는 동안 궤도에서 벗어나지 않도록 해주기 때문이다. 끝내주는 표지 문안은 재미있는 이야기를 쓰는 데 필요한 모든 요소를 갖추었다는 사실을 알게 될 것이다.

둘째, 좋은 표지 문안에는 이야기의 중요한 물음에 대한 답이 담겨 있다. 그런 경우 문구는 더 간결해질 것이다.

셋째, 이야기를 만들고 상황을 전개하면서 표지 문안은 언제든지 바뀔 수 있음을 기억하자. 가장 중요한 것은 소설이 성공적으로 완성되는 데 필요한 '갈등'을 포착하는 것이다.

그렇다면 멋진 표지 문안을 쓰는 법은 어떻게 배울 수 있을까? 간단하다. 전문가들이 하는 법을 연구하는 것이다. 자신이 쓰는 장르의 다른 책을 찾아서 많이 읽어보자. 느낌과 리듬을 얻게 될 것이다. 아마존 사이트에 접속해 책 소개 부분을 읽는 방법도 있다.

예를 들어 현재 서스펜스 장르의 소설을 쓰고 있다면, 로버트 크레이스의 『파수꾼The Sentry』 같은 책을 찾는다. 책 소개의 내용은 이렇다.

드루 레인과 그녀의 삼촌은 허리케인 카트리나 때문에 LA로 피신해 왔다. 그러나 5년이 지난 지금 두 사람은 새로운 위험에 직면해 있다. 조 파이크는 드루의 삼촌이 갱단에게 폭행당하는 것을 목격하고 도와주려 하지만, 두 사람 모두 그의 도움을 원치 않는다. 그는 연방 요원들이 두 사람들 지켜보고 있는 수상한 상황 역시 알지 못한다. 폭력의 강도가 세지고 그 자신도 공격 대상이 되면서 조 파이크와 엘비스 콜은 드루와 그녀의 삼촌이 자신들의 생각과는 다른 사람이라는 사실을 알게 된다. 그리고 그들에 대해 알고 있다고 생각했던 모든 것이 거짓이었다는 사실도. 그들의 과거를 둘러싸고 복수심에 불타는 무자비한 세력이 그들을 뒤쫓는 가운데 파이크와 콜은 방해가 될 뿐이다…….

갱단, 연방 요원, 범죄, 가족의 배신, 복수심에 불타는 무자비한 세력. 벌써부터 갈등이 감지되지 않는가. 그리고 파이크가 공격 대상이 된다는 내용, 파이크와 콜이 "방해가 될 뿐"이라는 내용은 이야기의 서스펜스를 조성한다.

흥미진진한 소설의 토대가 바로 여기에 있다.

만일 로맨스소설을 쓴다면, 수전 메이 워런이 쓴 『레이프 길들이기Taming Rafe』 같은 책을 찾아본다.

호텔 상속녀 캐서린 브레켄리지는 돌아가신 어머니의 자선 재단을 운영해 자신의 세계를 영원히 바꾸고 싶은 마음뿐이다. 하지만 어머니만큼 성공하기에는 자신에게 열정과 용기가 부족하다는 점이 두렵다. 재단에 들어온 자금이 사라지고 자금을 되찾으려는 캐서린의 노력이 레이프 노벨에 의해 무산되면서 그녀는 이 두려움을 실감하게 된다. 두 차례나 세계 챔피언에 오른 로데오 경기의 불 라이더인 레이프 노벨이 최상의 경기를 펼치는 동안 비극적인 사건이 일어나고, 가장 친한 친구를 잃었다는 죄책감에 사로잡힌 레이프는 느닷없이 차를 몰고 캐서린의 모금 행사가 진행 중인 브레켄리지 호텔 로비로 돌진한다. 무릎 부상과 곤두박질친 명성, 몇 건의 소송에 휘말릴 위협 가운데 그는 치료를 위해 가족의 목장 실버 버클로 되돌아간다. 재단을 살리고 싶은 절박한 마음에 캐서린은 필요한 자금 확보를 위해 도움을 청하고자 레이프를 설득하러 실버 버클로 향하지만 빛나는 몬태나의 하늘 아래에서 보낸 며칠 사이 그녀는 자신이 기대했던 것이 아닌, 그 이상의 것을 얻게 된다. 그녀는 자신과 레이프 노벨 사이에 더 중요한 것이 있다는 점을 깨닫는데…….

또한 표지 문안은 되돌아갈 수 없는 첫 관문까지 작가를 이끄는 요소이기도 하다. 이야기를 계획할 때 그 점을 미리 확실히 염두에 두고 첫 관문까지의 내용을 문안 초안으로 작성해보자.

그런 다음에는 지속되는 갈등의 요점을 한 줄로 정리한다.

이제 알겠는가? 갑자기 마케팅 천재가 된 것이다.

한 가지 예를 더 살펴보자. 이번에는 순수소설이다. 처음에는 재미를 찾기가 다소 어려울 수 있겠지만, 노력하면 할 수 있다. 존 그리샴의 순수소설 『하얀 집A Painted House』의 작품 소개를 보자.

1952년 9월까지 루크 챈들러는 비밀을 지키지 않은 적도, 단 한마디라도 거짓말을 한 적도 없다. 하지만 그가 일곱 살 되던 그해 한여름에 두 무리의 떠돌이 일꾼들, 그리고 아주 위험한 두 남자가 챈들러 가족의 목화 공장에서 일을 하려고 알칸소 삼각주를 건너왔다. 이제 갑자기 루크의 세계는 이해할 수 없는 일들로 넘쳐난다. 잔혹한 살인 사건이 일어나면서 온 마을에 소문과 의심이 들끓는다. 아름다운 젊은 여성은 금지된 열정에 불을 붙이고, 아버지 없는 아기가 태어난다……. 그리고 누군가 몰래 챈들러 가족 농장의 노출된 물막이 판자에 페인트칠을 시작한다. 낡아빠진 구조물을, 천천히, 공을 들여, 반짝반짝 빛나는 흰색 페인트로 칠한다. 어린 루크는 자신을 둘러싼 세상을 지켜보며 사람들의 삶을 뒤흔들고 그의 가족과 마을을 영원히 바꿀 수 있는 비밀을 파헤친다.

이제 우리 차례다.

우리만의 'LOCK 체계'를 만들어두었고 관문도 이미 알고 있다. 지금 곧 표지 문안을 쓰고, 소설 구상에 들어가자.

4   갈등의 구조 분석:
소설의 긴장과 흥미를 유지하는 법

"깔개 위에 앉아 있는 고양이는 소설의 시작이 되지 않는다.
그러나 고양이가 개의 깔개 위에 앉아 있으면
소설의 시작이 될 수 있다."

_존 르 카레

갈등 설정에 있어서 구조의 역할은 교역에 있어서 현수교가 하는 역할만큼이나 중요하다. 트럭이 아무리 많아도 금문교가 없다면 무슨 수로 푸아그라를 샌프란시스코에 배송하겠는가?

구조가 탄탄하지 않으면 소설의 긴장이 떨어지고 원하는 만큼 흥미를 일으키지 못한다.

그 이유는 이렇다. 소설을 만드는 것은 대결, 즉 목숨이 위태로운 상황에서 상대방과 벌이는 싸움이기 때문이다. 그 대결이 중요한 일이 되려면 독자들의 관심을 끌어야 하고, 독자들의 관심을 끌기 위해서는 적절한 설정이 필요하다. 설정은 초반에 나타나야 한다. 그것이 금세 보이지 않으면 독자들은 그 책을 한쪽으로 치워버릴 테니까 말이다.

설정은 1막, 대결은 2막이다.

그런 다음 마지막 3막에는 강력한 클라이맥스가 있어야 한다. 그렇지 않으면 이야기 전체가 허무하게 느껴질 것이다.

구조는 작가를 방해하는 요소가 아니다. 그보다는 사람들이 읽다가 내려놓을 수 없는 종류의 이야기를 만드는 데 도움을 주는 요소에 가깝다.

구조는 제약을 가할 뿐 불필요하다고 말하는 사람들도 있다. 소설을 쓰는 다른 방법이 있다고 말이다. 에피소드를 연이어 생각해보라고, 그냥 자신만의 흐름에 맡기라고 말한다.

이런 방식으로 출판한 책은 두 가지 종류로 나뉜다.

A. 구조라는 걸 모르는 채 구조를 이용한 책이 된다. 구조가 너무 자연스럽고 깊게 뿌리박혀 있는 셈이다. 아니면,

B. 책이 팔리지 않는다.

예외가 있을까? 물론 있긴 하다. 구조를 버리고 더 실험적인 형태의 스토리텔링으로 나아가 독자들을 혼란에 빠뜨리는 경우가 있다. 하지만 그러한 종류의 혼란은 갈등과 잘 어울리지 않는다. 엄밀히 말해 이 방식이 효과가 없다는 뜻은 아니지만 훨씬 난해한 작업이 될 것이고, 그런 책을 찾는 독자들은 훨씬 적다.

선택은 각자에게 달려 있다.

이렇게 항변할 수도 있다. "하지만 그건 단순히 공식에 따르는 거잖아요!" 좋다, 그렇다면 다 잊어버리고 이렇게 생각해보자. 공식은 왜 만들어질까? 효과가 있기 때문이다. 몸이 아플 때, 효과가 있는 주사를 맞고 싶은가? 아니면 의사가 여가 시간에 연구해온 실험적인 방식의 치료를 받고 싶은가?

구조는 현수교가 공식에 따라 설계된 것과 같은 방식으로 공

식에 따를 뿐이다. 원하는 대로 설계할 수 있고, 마음에 드는 요소는 무엇이든 넣을 수 있다. 마음껏 인물을 만들고 반전을 설정할 수 있다. 목소리, 문체 등 다른 모든 것을 활용할 수 있다.

주인공의 일상을 바꾸는 사건으로 시작하자

이야기를 어디서 시작할 것인가? 방해 요소로 시작할 것인가? 첫 쪽부터 사건이 벌어졌으면 싶은가? 말하자면 주인공의 일상에 무언가 '특이한' 일이 벌어지는 것으로 시작하려 하는가?

존 르 카레는 이렇게 말했다. "깔개 위에 앉아 있는 고양이는 이야기의 시작이 되지 않는다. 고양이가 개의 깔개 위에 앉아 있으면 이야기의 시작이 될 수 있다." 방해 지점에서 소설을 시작하자. 방해는 곧 갈등이기 때문이다.

대단한 일이 벌어질 필요는 없다. 시작부터 자동차 추격이나 끔찍한 살인 사건이 일어나야 하는 것은 아니다. 그저 주인공의 일상 세계에 잔물결을 일으키는 일이면 족하다. 예를 들어 누군가 잠들어 있을 때 어떤 일이 벌어질 수도 있다.

요나손 박사는 헬리콥터 도착 5분 전에야 간호사가 깨워서 일어났다. 새벽 1시 30분이 채 되지 않은 시각이었다.

_스티그 라르손의 『벌집을 발로 찬 소녀The Girl Who Kicked the Hornet's Nest』 중에서

또는 이렇게 할 수도 있다.

문 두드리는 소리에 이어 개 짖는 소리가 들렸다. 그녀는 문득 잠에서 깨어났다. 꿈은 닫힌 문 뒤로 사라졌다. 따뜻하고 친근한 기분 좋은 꿈이어서 깨고 싶지 않았는데. 그녀는 억지로 눈을 떴다. 커튼 뒤로 불빛 하나 들어오지 않는 작은 침실은 어두웠다. 램프로 손을 뻗어 스위치를 더듬으며 생각했다. '뭐야? 뭐지?'
_아니타 슈리브의 『조종사의 아내The Pilot's Wife』 중에서

방해 요소를 선택했다면 소설의 시작에서 가장 중요한 일을 하고 있는 셈이다. 독자와 인물의 유대를 형성하기 시작한 것이다.

바로 그것이 독자들이 소설을 읽는 이유다(3장 '흥미로운 인물'을 참고할 것). 인물에게 문제가 발생하면 즉각적인 관심을 불러일으킬 수 있다.

되돌아갈 수 없는 관문

구조에 대해 배우려고 수많은 시행착오를 겪으며 아리스토텔레스에서 시작하여 시드 필드까지 연구하던 시절, 나는 한 가지 질문에 사로잡혔다.

3막 구조에서 첫 번째 '플롯 포인트'는 아주 중요하다. 영화에서는 특히나 그렇다. 플롯 포인트란 2막이 시작하기 직전에 나타나는 지점이다.

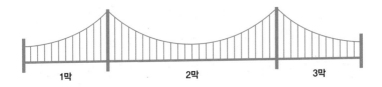

1막   2막   3막

¶ 첫 번째 되돌아갈 수 없는 관문

첫 번째 플롯 포인트에서 가장 빈번히 확인할 수 있는 내용은 어떤 식으로든 '진행의 방향이 바뀌었다'는 점이다. 누군가는 이 것을 '발단'이라고 부른다. 물론 발단이라는 말은 이야기의 다른 부분을 다룰 때도 사용된다.

내 질문은 이것이었다. '이게 통하는 이유는 뭘까?' 그러다가 문득 고대부터 내려온 3막 구조가 떠올랐다. 이야기 중간에 '목숨 을 건 싸움'이 벌어지는 플롯을 떠올리면 자연스럽게 이런 질문 이 따라붙는다. '주인공은 왜 그 싸움에 연루되는가?'

그 이유를 생각하자. 목숨이 위태로운 상황이다! 신화 구조의 용 어를 쓴다면 주인공은 죽을 수 있는 '어둠의 세계'에 있는 셈이다. 굳이 그럴 필요가 없다면 과연 누가 그런 곳에 가고 싶어 하겠는 가? 그러므로 여기서 무슨 일이 일어나야 한다. 주인공을 2막으로 '몰아가는' 일 말이다. 목숨을 건 싸움이나 어둠의 세계로 몰아가 는 일. 주인공은 가능하면 1막에 머물고 싶어 한다. 그곳이 집이 고, 안전하기 때문이다.

하지만 주인공을 '되돌아갈 수 없는 관문'으로 밀어내는 어떤 사건이 벌어진다. 주인공은 그곳으로 가야 한다. 가장 중요한 점 은 뒤에서 문이 큰 소리를 내며 닫혀야 한다는 것이다. 이제 주인공은 '어쩔 수 없이' 싸움과 갈등, 대결, 곤경에 빠지게 된다. 어떻게 하면 독자들이 주인공을 걱정하게 만들 수 있을까? 그저 부주의한 실수로 어둠의 세계에 들어가 헤매는 주인공, 또는 "산책 삼아 어둠의 세계로 들어가서 무슨 일이 벌어지는지 봐야겠어"라고 말하는 주인공은 아무런 걱정도 불러일으키지 않는다.

플롯의 추진력은 첫 번째 되돌아갈 수 없는 관문에 달려 있다. 그 몇 가지 예를 살펴보자.

「스타워즈」에서 루크는 고향 행성에서 삼촌 부부의 농장 일을 도우며 살고 있다. 모험을 꿈꾸지만 떠날 명분이 없다. 삼촌 부부가 살해당하고 농장이 파괴되기 전까지는 말이다. 그 비극이 루크를 2막으로 내몬다. 이제 루크는 상황을 이렇게 만든 세력들과 싸울 수밖에 없다.

『바람과 함께 사라지다』에서 스칼렛은 딱히 하는 일 없이 남자들의 구애를 즐기고 애슐리와 결혼할 계획을 세우는 일상에 만족하며 살아갈 수도 있었을 것이다. 하지만 어떤 일이 벌어지면서 그녀는 온갖 곤란한 상황에 대처할 수밖에 없는 처지에 놓인다. 여기에는 남북전쟁이라는 시대 상황도 영향을 미친다. 스칼렛의 바람과 상관없이, 상황은 벌어진다. 그녀는 떠밀리듯이 관문에 들어서고, 그녀 뒤에서 문이 쾅 하고 닫힌다. 예전의 삶은 결코 돌아오지 않을 것이다.

『앵무새 죽이기』의 경우, 대략 소설의 5분의 1쯤 되는 지점에서 스카우트의 첫 번째 되돌아갈 수 없는 관문이 등장한다. 스카우트의 아빠 애티커스는 톰 로빈슨이라는 흑인을 변호하고 있다.

그 때문에 스카우트는 학교에서 놀림을 받는다. 처음에 그녀는 아빠가 흑인을 변호하고 있다는 것을 믿지 않지만, 아빠는 그녀에게 사실이라고 말한다. 이제 스카우트는 편견에 맞서고, 사람들의 태도를 관찰하고, 어떻게 성장할 것인지 생각해야 한다.

경험에 비춰보건대, 소설에서 첫 번째 되돌아갈 수 없는 관문은 5분의 1을 넘기기 전에 등장해야 한다.

¶ 속도

첫 번째 관문을 어디에 배치할 것인가는 추진력과 관련된 문제다. 시작에서 가까울수록 이야기는 더 빨리 도약한다.

딘 쿤츠가 쓴 『굿 가이The Good Guy』의 티모시 캐리어는 평범한 남자의 전형이다. 그런데 어느 날 술집에서 맥주를 마시는 티모시를 보고 자신이 고용한 살인 청부업자로 착각한 낯선 남자가 다가온다. 남자는 현금으로 1만 달러와 함께 티모시가 살해해야 하는 여자의 사진을 건넨 뒤 자리를 떠난다.

아직 첫 번째 관문은 아니다. 이 시점에서 티모시는 그냥 나가버릴 수도, 돈을 자선단체에 줘버릴 수도, 살해 대상으로 지목된 여자에게 경고해줄 수도 있다.

그런데 이번에는 진짜 살인 청부업자가 나타나 티모시를 자신을 고용한 사람으로 착각한다. 티모시는 여자의 목숨을 구하기 위해 그녀를 '죽이지 않는' 조건으로 절반의 돈을 주겠다고 제안한다. 하지만 살인 청부업자가 술집을 나서는 순간 그는 청부 살해 계획이 시작되었음을 알게 된다. 그는 대결의 상황으로 떠밀려 들어간다. 여자의 목숨을 건 싸움에 휘말리게 된 것이다.

이것이 2장 마지막에 일어난 일이다. 딘 쿤츠는 늘 그랬듯 속 사포같이 빠른 속도를 설정한다. 이 독특한 이야기의 분위기와 이보다 더 어울릴 수 없다.

다른 이야기들의 경우 첫 관문은 아마 조금 더 뒤에 나올 것이다. 어쨌든 시작부터 방해 요소가 나오고 곤란에 빠진 인물들이 등장하기만 하면 우리는 기다릴 수 있다. 그렇다고 너무 오래는 아니지만.

영화의 플롯 구조에서는 첫 관문이 약 4분의 1 지점에 나타난다. 상영 시간이 2시간이라면 대체로 30분이 지나기 전에 나온다. 소설에서는 그보다 조금 빨리 나오는 것이 좋다. 더 늦으면 곤란하다. 이야기가 늘어지기 시작하기 때문이다.

두 번째 되돌아갈 수 없는 관문

이야기는 적절한 시점에 마무리되어야 한다. 그것이 두 번째 관문의 역할이다. 두 번째 관문은 주인공이 최후의 결전에 개입하여 상황을 완전히 해결할 수 있도록 유도하는 사건이다. 주로 클라이맥스로 향하는 데 반드시 필요한 정보의 중요한 단서를 발견하거나, 어쩔 수 없이 사건을 파헤쳐 들어가 해결을 위한 마지막 시도를 하게 되는 중대한 위기나 좌절이 이에 해당한다.

『앵무새 죽이기』에서 심각한 좌절은 무죄가 명백한 톰 로빈슨이 재판에서 유죄판결을 받는 일이다. 너무나 부당한 이 판결은 스카우트와 오빠 젬에게 청천벽력과도 같다. 더하여 밥 이웰

이 스카우트 남매를 죽이려 했던 일련의 사건들도 이 판결로 인해 드러난다. 이 모든 일이 소설의 마지막 5분의 1정도를 남긴 지점에서 일어난다.

영화 「오즈의 마법사The Wizard of Oz」에서 도로시는 마녀에게 붙잡혀 궁전으로 끌려간다. 이에 세 친구는 도로시를 구하기 위해 궁전으로 몰래 들어가고, 마지막 결전이 불가피한 상황이 만들어진다.

「리셀 웨폰」에서 릭스(멜 깁슨)와 머터프(대니 글로버)는 마약 조직 소탕에 골몰하는 동료 형사 관계다. 악당들이 머터프의 십대 딸을 납치하며 큰 위기가 발생한다. 이제 악당들과의 대결을 피할 방법은 없다.

기본 구조에 대해 알아야 하는 것은 이것이 전부다. 사실 자신의 'LOCK 요소'(3장을 참고할 것)를 알고 있고, 방해 요소와 두 가지 관문을 설계했다면, 이제 필요한 것은 '개요'뿐이다.

매일 즉흥적으로(소위 직감에 따라) 글을 쓰고자 하는 사람들도 최소한 이런 요소들을 알고 있으면 이제껏 해오던 것보다 훨씬 더 순조롭게 작업을 해나갈 수 있을 뿐 아니라, 다들 그렇게 좋아하는 '숨 돌릴 여지'를 많이 가지게 될 것이다.

물론 개요를 더 광범위하게 확장하고 싶다면 그렇게 할 수도 있다. 두 관문의 적절한 지점을 파악하여 장면을 배치하면 된다.

인물 중심 대 플롯 중심

인물 중심의 작품에서 가장 중요한 것은 인물의 '내면'에서 무슨 일이 일어나는가, 또 인물이 어떻게 변하는가 또는 변하지 않는가 (비극의 경우)일 것이다. 반대로 플롯 중심의 작품에서는 '외부 사건'으로 인해 인물'에게' 무슨 일이 일어나는지가 가장 중요하다.

두 경우 모두 플롯은 필요하다. 인물 중심의 작품에서 사건은 주인공이 자신의 과거, 상처, 비밀 등을 직면하는 원인이 된다. 플롯 중심의 작품에서 사건은 어떤 의미에서 주인공을 육체적으로나 직업적으로 살아 있게 하는 원인이 된다.

플롯 중심의 이야기에서 첫 번째 관문은 '사건'이다. 주인공이 '어쩔 수 없이' 2막으로 들어가야 하는 일이 벌어진다. 주인공은 가고 싶지 않다. 굳이 그럴 필요가 없는 한, 갈등과 죽음이 있을지 모를 어둠의 세계로 들어가고 싶은 사람은 없다.

「스타워즈」에서 루크의 삼촌 부부가 살해당한 일은 루크가 제국과 갈등을 일으킬 수밖에 없는 사건이 된다. 『오즈의 마법사』에서 회오리바람에 휩쓸려 오즈로 가게 된 도로시는 자신을 죽이려고 혈안이 된 사악한 마녀와 싸우면서 집으로 되돌아갈 방법을 찾을 수밖에 없다. 「도망자」에서 호송 버스를 타고 교도소로 향하던 킴블 박사는 몇몇 죄수의 탈주 시도로 버스가 전복하고 열차와 충돌하는 사이 죽을 고비를 넘기며 도망치게 되고, 이제 자신의 부인을 살해한 진범을 찾을 때까지 어쩔 수 없이 연방 경찰 샘 제라드를 앞질러 가야 한다. 「다이하드」에서 존 맥클레인은 탈취

당한 건물에서 테러리스트가 기업 회장을 살해하는 장면을 목격하는 바람에, 이제는 테러리스트 집단의 손아귀에서 벗어나는 동시에 경찰의 주의를 끌 방법을 찾아야 한다.

주인공이 2막의 갈등으로 들어갈 수밖에 없는 사건들이다.

그렇다면 인물 중심의 이야기는 어떨까? 이 경우 기폭제가 되는 사건은 '감정적'인 것으로, 주인공은 어쩔 수 없이 스스로를 돌아보고 '변화'의 위험을 각오하게 된다.

영화 「워터프런트On the Waterfront」에서 테리 멀로이(말론 브란도)는 지역 범죄 조직 보스의 오른팔로 사는 것에 만족하며 지내지만, 어느 날 어린 시절의 친구가 조직의 손에 살해당하고 그 일로 친구의 여동생이 그를 찾아온다. 그녀는 살인 사건을 해결하고자 테리에게 도움을 청하고, 거절하려던 테리는 그녀의 눈물에 마음이 흔들린다. 그는 이제 어떤 사람으로 살아갈 것인지 어쩔 수 없이 선택해야 한다. '동물'처럼 살 것인가 아니면 '다른 사람들'과 어울리며 지낼 것인가. 처음으로 감정을 자극한 이 사건은 첫 번째 관문에서 일어난다.

인물 중심의 이야기에서 주인공은 스스로를 돌아보고 자신이 누구이며 변화할 용기가 있는지 의문을 제기하는 강력한 감정적 압박을 받지 않을 수 없다. 그 변화의 작은 걸음이 첫 번째 관문을 통과하도록 이끌어 2막의 갈등을 불가피하게 만든다.

누구도 '되돌아갈 수 없는 관문'을 통해 다시 나갈 수는 없다. 인물 중심의 이야기에서 주인공은 2막을 통과해야 하며, 자신의 존재와 대면하도록 강요하는 장애물들을 마주해야 한다. 이야기가 끝날 때쯤 주인공은 새사람이 되었거나 또는 그러한 시도가 실패로 돌아감으로써 어떤 식으로든 '내면이 죽어 있을' 것이다.

플롯 중심의 이야기에서 주인공이 육체적으로나 직업적으로, 또는 두 가지 측면 모두에서 어떻게든 살아남기 위해 싸울 수밖에 없다면, 인물 중심의 이야기에서 두 번째 관문은 거대한 감정적 타격으로 나타난다. 스스로의 변화를 완성할 수 있는 용기를 갖게끔 인물을 이끌어야 하기 때문이다.

「워터프런트」에서는 테리의 형 찰리가 살해당한 사건이 그렇다. 이는 테리의 증언을 막으려는 일종의 경고인 셈이다. 절망한 테리는 처음에는 폭력적인 복수를 노린다. 하지만 신부가 찾아와 범죄 조직의 비리를 증언하는 일이 훨씬 더 효과적이라고 설득한다. 테리는 동물이 아니라 인간으로서 살기 위해 용기를 낸다.

인물에게 '중요한 것'이 사소해도 괜찮다

아카데미 작품상을 받은 인물 중심의 영화 한 편을 자세히 살펴보자.

「킹스 스피치The King's Speech」에서 주인공 앨버트 왕자(콜린 퍼스)는 영국 왕실의 일원이지만 심각한 문제를 갖고 있다. 그는 말을 더듬는다. 연설을 해야 하는 입장에서 결코 하찮은 단점이 아니다. 영화는 주인공을 방해하는 일화로 시작한다. 웸블리 스타디움에 모인 대규모 청중에게 연설을 하는 장면이다. 그는 연설을 망친다. 그의 얼굴과 사랑하는 아내 엘리자베스의 얼굴에서도 알 수 있다. 앨버트 왕자에게는 정말 끔찍한 경험이다.

관객은 영화의 시작과 함께 이 이야기가 심리적 죽음에 관한 내용이 되리라는 점을 인식하게 된다. 왕실의 의무를 수행한다는 것이 앨버트 왕자에게 얼마나 중요한 일인지 그들은 안다. 만약 이 의무를 수행하지 못하면 가족과 엄격한 아버지로부터 인정받지 못할 뿐 아니라 영국 국민들마저 실망시키게 될 것이다. 동시에 전쟁의 위협이 점점 현실로 다가오면서, 관객은 이런 의문에 휩싸인다. 국민들에게 제대로 말도 할 수 없는데 어떻게 그들을 독려할 수 있을 것인가?

그러므로 여기에는 분명 '죽음이 연관'된다. 심리적인 죽음이다. 또는 직업적 죽음이기도 하다. 왕으로서 의무를 수행하는 그의 능력이 위태로운 상황이다. 이 이야기를 두고 우리는 한 가지 유형 이상의 죽음을 연관 지어볼 수 있다.

인물에게 '중요한 것'이 우리가 보기에는 상대적으로 사소한 것일 수 있다는 점을 기억하자. 하지만 '인물의 인생에서 그것의 의미를 정당화'할 수 있으면 설득력을 갖게 된다.

이와 같은 인물 중심 이야기에서 되돌아갈 수 없는 첫 번째 관문은 '감정적' 압박인 경우가 많다. 인물 내부에서 일어난 압박이 인물로 하여금 첫 번째 관문을 지나 2막에서는 반대 세력을 마주하게 만든다.

그렇다면 앨버트 왕자에게 반대 세력은 무엇일까? 다름 아닌 왕자의 말더듬증이다. 어느 누구도 왕자와 대립하지 않지만 사람들이 나타나면 그의 문제가 심각해진다. 형 데이비드는 그를 놀리고 다소 우습게 보기도 한다. 캔터베리 대주교와 성공회의 다른 사람들도 그에게 그리 신뢰를 보내지 않는다. 그의 아버지 역시 실망을 감추지 못하며 아들의 말더듬증을 어떻게 해결해야 할지 모른다.

그래서 2막의 대결에서는 앨버트 왕자가 말더듬증에서 비롯한 심리적 죽음을 피하고자 애쓰는 에피소드들이 등장한다. 긴장이 고조되고, 이는 '마지막 결투'에서 정점에 이른다. 영국이 독일과의 전쟁에 개입한 직후 그에게 주어진 연설이 바로 그것이다.

첫 번째 되돌아갈 수 없는 관문은 영화가 시작된 후 4분의 1지점에서 등장한다. 앨버트 왕자가 언어치료사 라이어널(제프리 러시)과 첫 수업 시간에 녹음한 내용을 듣는 장면이다. 앨버트 왕자는 헤드폰으로 모차르트의 음악을 들으며 햄릿의 독백을 조금 읽었다. 놀랍게도 녹음 내용에는 거의 흠잡을 구석이 없다. 앨버트 왕자의 내면에서는 일말의 희망을 향한 감정의 동요가 나타난다. 그는 언어 치료를 받기로 한다. 이는 일종의 용기가 필요한 일이다. 그동안 다른 모든 치료사들이 아무런 도움도 되지 않았기 때문이다.

이 지점에서 관객은 앨버트 왕자에게 커다란 연민을 느낀다. 앞서 그의 '애정 넘치는 에피소드 모음'을 본 참이다. 그는 정말로 다정한 아버지이고, 말을 더듬는다는 이유로 어린 딸들에게 이야기 들려주는 것을 주저하지 않는다.

그리고 이것은 우리가 이야기했던 또 다른 비결을 드러낸다. 독자나 관객은 주인공에게 몰입해야 한다는 것이다. 이 인물에 관한 이야기를 계속 읽거나 보고 싶은 이유가 필요하다. 약자이지만 용감하게 어려움을 마주하기 때문에 호감과 연민이 생기는 인물을 만들었다면 거의 성공한 셈이다. 이제 그 인물이 난관을 극복하기 위해 적극적으로 노력하는 모습을 보여줄 일만 남았다.

영국이 독일과의 전쟁에 공식적으로 개입하면서 영화의 두 번째 되돌아갈 수 없는 관문이 열린다. 이제 앨버트 왕자는 가장 중요한 시기에 말더듬증과 최후의 결전을 벌여야 한다. 긴장이 최고조에 이른다. 그의 연설은 국민들을 독려하거나 실망시킬 것이다.

여기서 심리적 죽음이라는 위기는 어떻게 드러날까? 앨버트 왕자 역을 맡은 배우 콜린 퍼스의 섬세한 연기를 통해서다. 그의 연기는 영화 「하이 눈High Noon」의 게리 쿠퍼를 연상시킨다. 그 영화 역시 자신의 두려움을 마주한 한 남자에 관한 이야기를 다룬다. 시계가 째깍거리며 최후의 결투를 향해 가고, 그 어려움에 맞설 사람은 주인공뿐이다.

그러나 앨버트는 완전히 혼자는 아니다. 「킹스 스피치」는 앨버트 왕자와 언어치료사 라이어널 로그의 우정에 관한 영화이기도 하며, 이 우정은 2막에서 중요한 비중을 차지한다.

여기서 어떻게 갈등을 보여줄까? 두 협력자에 관한 갈등이라는 점을 기억하자. 그런 의미에서 버디 무비가 떠오르기도 한다. 갈등에 설득력을 부여하는 열쇠는 두 협력자 사이의 갈등 지점을 보여주는 데 있다. 이러한 지점이 「킹스 스피치」에서 여러 차례 나타난다. 상대방을 어떻게 부를 것인지, 어떤 연습을 할 것인지를 두고 앨버트 왕자와 라이어널은 실랑이를 벌인다. 앨버트 왕자가 라이어널에게 어떤 자격증도 없다는 사실을 알게 되면서 더 이상 그의 말을 들으려 하지 않고 두 사람이 서로 더 이상 보지 않을 것처럼 격하게 싸우는 순간도 있다. 소소한 입씨름도 꾸준히 나타난다. 갈등은 이 영화 구조의 일부다. 이러한 갈등이 없다면 행복한 두 친구와 따분해진 관객만 남았을 것이다.

물론 앨버트 왕자는 가족과도 갈등을 빚는다. 그를 믿지 못하는 사람들과도 마찬가지다. 따라서 플롯 중심의 이야기 구조와 아주 유사한 방식으로 모든 요소가 설정되어 있는 셈이다. 다만 「킹스 스피치」에서는 어려움을 극복하고 성장하려는 주인공이 행동을 주도할 뿐이다.

인물 자체의 궤도도 있을까? 당연히 존재한다. 앨버트 왕자는 자신의 두려움에 사로잡힌 채 말을 더듬는 인물에서 모든 것을 극복할 용기와 방법을 찾아내는 인물로 성장한다. 그리고 마침내 국가가 자신을 가장 필요로 하는 순간 그 용기를 발휘한다.

어떤 면에서는 스포츠 영화와도 비슷하다. 어느 누구도 큰 경기에서 이길 수 있으리라 생각하지 않는 별 볼 일 없는 팀이 있다. 하지만 팀원들은 도전을 위해 열심히 훈련하고, 결국 모두가 언제든지 나설 준비를 마친 채 중요한 경기에 임한다.

「킹스 스피치」의 클라이맥스인 라디오 연설이 바로 중요한 경기인 셈이다. 물론 앨버트 왕자가 어려움을 이겨내지 못하리라 생각할 법한 순간들이 존재한다. 하지만 라이어널이 그를 도우면서 왕자는 연설을 해내고 승리를 거둔다. 약체 팀의 키 작은 소년이 마지막 순간 버저 비터를 성공시켜 팀의 승리를 이끄는 것처럼.

5 시점을 어떻게 쓸까?:
갈등을 효과적으로 드러내기

모든 소설가는 필수적으로 시점에 대해 이해해야 한다.
소설의 성공에 가장 필요한 두 가지 요소인 갈등과
서스펜스가 바로 그것과 관련을 맺기 때문이다.

소설의 시점 선택은 작가가 해야 하는 가장 중요한 결정 중 하나다. 하지만 많은 작가들은 소설의 시점에 대해 혼란스러워한다. 심지어는 책을 출간한 작가들도 그렇다. 시점의 차이에 대해 표면적으로 이해하고 있을지는 모르나, 그게 전부인 것이다.

모든 소설가는 필수적으로 시점에 대해 이해해야 한다. 소설의 성공에 가장 필요한 두 가지 요소인 갈등과 서스펜스가 바로 그것과 관련을 맺기 때문이다.

시점에 관한 책이나 자료는 오히려 혼란을 가중시킬 수도 있다. 몇몇 작문 교사들은 그 자신조차 여러 시점의 중요한 차이점을 정확하게 알지 못한다.

그래서 여기 아주 간단하게 설명하려고 한다.

작가는 두 가지 시점 중에 선택할 수 있다. 1인칭 시점 또는 3인칭 시점이다.

1인칭 시점에서 다시 두 가지 선택을 할 수 있다. 현재 시제 또는 과거 시제. 3인칭 시점에서도 두 가지를 선택할 수 있다. 제한적 시점 또는 비제한적 시점.

아마도 이런 질문이 나올지 모르겠다. "그런데 '2인칭 시점'은요?" 2인칭 시점은 이런 경우다. "너는 방에 들어와 많은 사람들을 본다. 그들이 너를 돌아본다. 다들 방금 네가 한 일을 알고 있는 듯하다. 너는 사람들의 시선을 무시하고 로버트에게 다가간다. '안녕, 친구.' 너는 손을 내밀며 말한다."

그렇다. 어떤 소설가들은 2인칭 시점을 사용한다. 나의 조언은, 그들의 선례를 따르지 말라는 것이다.

정말로 2인칭 시점을 선택하고 싶다면 이 조언을 마음에 새겨두자. "너는 책상에 앉아서 2인칭 시점으로 글을 쓰기 시작한다. 너의 문학 스타일을 펼치기에 좋은 방법 같아 보인다. 너는 책이 출판될 가능성이 줄어든다는 것을 알고 있으며, 대부분의 독자들이 불만을 가지리라는 것도 알고 있다. 하지만 너는 2인칭 시점에 대해 할 수 있는 모든 것을 배우고, 2인칭 시점으로 쓰면 어떻게 될지 알아보기로 한다. 너는 스스로에게 행운을 빈다."

전지적 시점은 어떨까? '전지적'이라는 단어가 모든 걸 다 알고 있다는 의미를 지니기에, 전지적 시점은 때로 '신과 같은' 시점이라고도 불린다. 화자는 자신이 원하는 곳은 어디든지 자유롭게 갈 수 있고, 언제든지(심지어 같은 장면 속에서도) 모든 인물의 생각을 들여다보거나 카메라처럼 위에서 사건을 내려다보며 설명할 수도 있다.

전지적 목소리는 사건에 대해 의견을 말하거나(가령 "최고의 시절이었고, 최악의 시절이었다" 하듯이) 아예 의견을 내지 않을 수도 있다. '신의 시점'이기 때문에 개입의 정도가 매우 유동적이다.

오늘날 전지적 서술은 거의 사용되지 않지만, 서사 역사극처럼 분량이 긴 소설 형식에는 어울리는 선택일 수 있다. 작가가 독자들에게 커다란 캔버스 같은 배경 정보를 전해줄 수 있기 때문이다. 하지만 제약 없이 전지적 서술을 사용하면 지루해지기 십상이라는 점을 염두에 두자. 장편소설에 반드시 전지적 시점을 사용하라는 법은 없다. 보다 친밀한 느낌을 주는 3인칭 시점 또한 효과적이며, 오히려 더 좋을 수도 있다.

때로는 어떤 장을 전지적 시점으로 시작한 다음 3인칭 시점으로 '돌아가는' 방식도 있다. 예를 들어 이런 식이다.

오랫동안 셔우드 숲은 마을 사람들에게 어둡고 다소 무서운 장소로 알려져 있었다. 방심한 기병들을 기다리는 강도들이 그곳에 숨어 있곤 했다. 마구간에서 술집으로 소문이 퍼졌다. 강도를 당하지 않으려면 마음을 놓지 말라는 소문이 노래 후렴구의 마지막처럼 이어졌다.

록슬리 가문의 로빈은 긴 활을 들고 커다란 떡갈나무 아래 서 있었다. 든든하니 기분이 좋았다. 존 왕자에게 전갈을 보내야겠다고 그는 생각했다.

첫 단락은 전체적인 풍경을 보여주고, 그런 다음 인물의 시점으로 옮겨 가서 그 시점을 유지한다.

어느 경우든 전지적 목소리를 사용한다고 해서 그것이 무슨

19세기 문체 같은 해설처럼 들리지는 않는다는 사실을 기억해두자. 사실 작가가 시대에 얼마나 신경을 쓰든, 독자는 별로 관심이 없다. 그러니 얼른 인물을 등장시켜 보여주자.

인물 내면의 생각을 묘사하지 '않은' 채 전지적 시점으로 쓰는 것도 가능하다. 드물기는 하지만, 특정 장르에서는 효과적일 수 있다.

전지적 시점을 영화 카메라에 빗대어 생각해보자. 카메라는 관객이 볼 수 있는 것만 포착할 뿐이다. 다음은 대실 해밋의 『몰타의 매』에서 발췌한 내용이다.

스페이드는 회전의자에 털썩 앉더니 90도 정도 몸을 돌려 그녀를 마주 보고는 점잖게 미소를 지었다. 입술을 떼지 않고 미소 지은 탓에 그의 얼굴에 있는 모든 V 자가 더욱 길어졌다.

에피 펠린이 타자기를 두드리는 소리, 희미한 전화벨 소리, 웅얼거리는 낮은 말소리가 닫힌 문 밖에서 들려왔다. 주변 사무실 어딘가에서 전동기 소리가 둔중하게 울렸다. 스페이드의 책상 위 담배꽁초로 가득한 놋쇠 재떨이에서는 피우다 만 담배 한 개비가 가늘게 연기를 피워 올리고 있었다.

이것은 카메라의 시점이다. 만일 우리가 스페이드의 머릿속에 있다면 스페이드의 얼굴에 있는 모든 V 자가 더욱 길어지는 것을 볼 수 없었을 테니 말이다. 또한 우리는 스페이드의 생각도 알 수 없다. 그리고 스페이드의 책상 위에 놓인 담배에 대한 묘사는 마치 카메라를 줌인 한 것 같지 않은가.

마지막으로, 전지적 시점에서 작가의 목소리가 더 분명해질수록 어떤 장르에서는 좋은 효과를 낼 수 있다는 점을 기억하자. 사변소설 같은 경우가 그렇다.

더글러스 애덤스의 『은하수를 여행하는 히치하이커를 위한 안내서The Hitchhiker's Guide to the Galaxy』에서 작가의 목소리는 분명하게 드러난다. 『안녕히, 그리고 물고기는 고마웠어요So Long and Thanks for All the Fish』의 프롤로그를 보자.

은하수 서쪽 나선형 팔 끝의 지도에도 없는 후미진 곳 저 멀리, 아무도 주목하지 않는 작은 노란색 항성 하나가 있다.

이 항성에서 대략 9800만 마일 떨어진 곳에 정말 별 볼 일 없는 작은 청록색 행성이 공전하고 있다. 이 행성에 사는 생명체들은 원숭이의 후손으로, 아주 원시적이어서 아직도 전자시계가 상당히 멋진 아이디어라고 생각한다.

마찬가지로 조 홀드먼의 재기 넘치는 귀여운 사변소설 『헤밍웨이 위조 사건The Hemingway Hoax』은 독자들에게 이야기의 시작을 명확히 알리며 펼쳐진다.

우리의 이야기는 얼마 전, 키웨스트에 있는 어느 허름한 술집에서 시작된다. 이 술집은 헤밍웨이가 술을 마시던 곳도 아니고, 그가 술을 마신 적이 있다고 홍보하는 곳도 아니다. 그런 곳들은 너무 비싸고 관광객들로 넘쳐나기 때문이다. 이 술집은 시내에서 더 흥미로운 구역에 자리한 쿠바풍의 가게다. 깨끗한 곳도, 밝은 곳도 아니지만 시원한 맥주와 향이 진하고 좋은 쿠바 커피가 있는 곳이다. 저렴한 가격과 저속한 매력이 학자와 건달 모두를 끌어당기는 곳.

1인칭 시점에서 갈등 만들기

1인칭은 무슨 일이 일어나는지를 이야기하는 인물이다.

나는 상점에 가서 프랭크를 봤다. "여기서 뭐 해?" 내가 물었다.

1인칭 시점을 쓴다면, 당연히 모든 것을 한 인물의 눈을 통해 봐야 한다. 주인공은 프랭크가 본 것이나 느낀 것이 아니라 (프랭크가 주인공에게 알려야겠다고 생각하지 않는 한), 자신이 보거나 느낀 것만을 말할 수 있다. 화자가 목격하지 않은 장면은 어떤 것도 묘사할 수 없다. 물론 또 다른 인물을 시켜 화자에게 '화면 밖의 장면'에서 무슨 일이 벌어졌는지 알려줄 수는 있다.

1인칭 시점은 과거 시제나 현재 시제와 함께 사용할 수 있다. 그중 보다 전통적인 방식은 과거 시제다. 화자가 지난 일을 회상하며 자신의 이야기를 하는 식이다.

하지만 이렇게도 할 수 있다. "나는 상점에 가고 있다. 프랭크가 보인다. '여기서 뭐 해?' 나는 그에게 묻는다."

스티브 마티니가 법정 스릴러 '폴 만다리니 시리즈'에서 했듯이 문체를 능숙하게 다룬다면 그 매력이 즉각 드러날 것이다. 하지만 이러한 문체가 이전과는 전혀 다른 새로운 것도 아니며, 따라서 이 문체를 사용하지 않는다고 해가 될 일은 없다.

1인칭 시점은 아주 친근하고 기억에 남을 만한 이야기를 만들어낸다. 하지만 갈등의 가능성을 극대화하려면 화자의 목소리를 강하게 설정해야 한다. 화자의 '태도'에 대해 고민하자. 그 이유는 이렇다. 화자는 자신의 태도로 인해 곤란한 상황에 부딪친다. 그와 다르게 생각하거나 주인공의 관점을 좋아하지 않는 사람은 항상 있기 마련이다. 따라서 분명한 태도 자체가 앞으로 일어날 갈등의 분위기를 조성하는 셈이다.

예컨대 『호밀밭의 파수꾼』의 첫 문장은 이제부터 독특한 인생관을 가진 누군가의 이야기를 코앞에서 듣게 될 거라고 곧장 말해준다.

만일 정말 내 이야기를 듣고 싶다면 아마도 제일 먼저 내가 어디서 태어났고, 구질구질한 어린 시절은 어땠는지, 나를 낳기 전에 부모님은 어떤 일을 하셨는지 같은 데이비드 코퍼필드식의 허접스러운 이야기부터 듣고 싶을 테지만, 사실을 알고 싶다고 해도 난 그런 것은 말할 생각이 없어.

재닛 에바노비치의 '스테파니 플럼 시리즈'에서 주인공 스테파니는 어떤 태도를, 즉 어떤 목소리를 가지고 있는가? 『하이파이브High Five』의 도입부를 보며 판단해보자.

어렸을 적 나는 바비 인형에 옷을 입힐 때 속옷은 빼놓고 입혔다. 겉보기에 바비는 완벽한 숙녀처럼 보였다. 근사한 플라스틱 하이힐과 맞춤 슈트. 하지만 속에는 아무것도 걸치지 않은 모습. 이제 나는 보석금 집행 요원이 되어 있다. 도망자 체포 요원이라고도 하고 현상금 사냥꾼이라고도 한다. 나는 그들을 죽거나 산 채로 데려온다. 적어도 그러려고 한다. 보석금 집행 요원의 일은 속옷을 입지 않은 바비 인형이 되는 것과 비슷하다. 비밀을 감추고 있다는 점에서 그렇다. 속옷을 입지 않은 채 움직이려면 엄청난 허세를 뒤집어써야 한다.

각기 다른 장에서 여러 인물에 대해 써나가며 1인칭 시점을 다채롭게 사용할 수도 있다. 어떤 작가들은 이야기를 서술하는 인물의 이름을 각 장의 소제목으로 붙이고, 그 화자의 목소리로 소설을 전개한다. 물론 이렇게 하려면 엄청난 기술이 필요하다. 인물마다 목소리도 달라야 하고, 인물 각자의 관점도 독특해야 하니 말이다.

3인칭 시점을 유지하려면

3인칭 시점은 한 인물이 인식한 것을 마치 작가가 '속속들이 본 것처럼' 묘사하는 방식이다. "나는 봤다" 대신 "그녀는 봤다"가 된다.

내가 보기에 3인칭 서술의 가장 큰 난관은 작가가 한 장면 내내 이 시점을 일관되게 유지하는가에 있다. 3인칭 시점을 인물이 볼 수 없는 관점이나 다른 인물의 시점으로 갑자기 바꾸는 실수를 저지르기 쉽기 때문이다. 요새 나는 '핫한' 젊은 스릴러 작가의 두 번째 소설을 읽는 중인데, 이 작가가 바로 그런 실수를 저지르고 있다. 한 인물의 머릿속을 누비고 다니다가 느닷없이 두 번째 인물의 머릿속으로 들어가고, 곧 다시 되돌아오는 식이다.

바로 이렇게.

램지는 벽돌의 열기를 피부로 느끼며 모퉁이를 돌았다. 닉도 그럭저럭 그를 따라잡고 있었지만 숨을 헐떡이는 소리가 거칠어졌다. 이 아이가 해냈으면 좋겠는데. 그는 생각했다.

"얘야, 기운 내." 램지가 말했다. "할 수 있어."

"노력하고 있어요." 닉이 대꾸했다.

램지는 속도를 늦추고 손을 내밀었다. 닉이 손을 잡자 아드레날린이 새롭게 분출되어 램지의 온몸으로 빠르게 퍼졌다. 그는 무슨 일이 있어도 이 아이를 보호할 생각이었다.

닉은 램지의 손을 꽉 쥐었다. 그는 이제 램지를 믿는다고 말하고 싶었지만, 말이 목에서 걸려 나오지 않았다. 말을 할 수 없을 정도로 지쳤음에도, 그는 램지에게 빨리 달리는 모습을 보여주리라 다짐했다.

고개를 든 램지는 모퉁이에서 그들을 지켜보며 서 있는 두 남자를 발견했다.

닉이 "말하고 싶"기 전까지는 우리가 램지의 머릿속에 있었다는 점에 주목하자. 램지는 닉의 마음속에서 무슨 일이 일어나고 있는지 알 수 없을 텐데 말이다.

이야기의 시점을 갑자기 바꿔서 흐름을 방해하는 이런 식의 '헤드 호핑'이 일어나면 갈등의 힘이 약해진다. 갈등을 경험하는 사람, 즉 이야기를 서술하는 인물로부터 독자를 떼어놓기 때문이다. 이는 오직 전지적 화자만이 할 수 있는 일로, 여기서는 경솔한 시도다. 비록 독자들이 이를 의식하지 않는다 해도 책을 읽어나가는 데 있어 작은 방지턱을 만드는 셈이다. 그런 턱이 반복적으로 나타나면 이야기를 읽는 여정의 만족감은 떨어질 수밖에 없다.

3인칭 제한적 시점에서는 이야기 내내 한 인물의 시점을 유지하자. 다른 인물의 시점은 절대 이용하지 않는다. 제대로 쓰기만 한다면 3인칭 제한적 시점은 1인칭 시점만큼이나 친밀한 시점이 될 수 있다.

한편 다른 인물들에게 3인칭 시점을 허용하면(이것을 '3인칭 비제한적 시점'이라고 한다) 자연스럽게 한 인물의 머릿속에서 보내는 시간이 줄어들면서 친밀함을 여러 인물로 분산시킬 수 있다. 그럼에도 '한 장면, 한 시점'의 원칙은 고수하도록 하자. 시점을 바꾸어야 하는 경우엔 새로운 장을 시작하거나 여백을 남기는 방식으로 신호를 보내야 한다.

시점을 선택하기 전에 꼭 염두에 두어야 할 것들

시점 선택은 대체로 느낌에 달려 있지만, 몇 가지 염두에 둘 점이 있다.

1. 주인공의 목소리가 분명하고, 독창적이고, 태도가 다양한 경우가 아니라면 1인칭 시점은 사용하지 말자.

2. 1인칭 시점은 주인공이 상관없는 이야기를 너무 많이 하거나 옆길로 샐 위험이 있다. 그러면 갈등은 희석된다.

3. 내면의 생각을 1인칭 시점과 연결하는 것은 쉽지만, 그럴 경우 반드시 내적 갈등이 반영되도록 한다.

4. 3인칭 시점도 1인칭 시점만큼 친밀한 분위기를 조성할 수 있다. 단, 인물 자신의 목소리처럼 들리도록 서술한다면 말이다.

존은 메리가 방을 가로지르는 모습을 봤다. 그는 와인 잔을 떨어뜨릴 뻔했다. 그녀는 눈부셨다. 그녀의 금발 머리도.

이렇게 바꿔보자.

존은 메리가 방을 가로지는 모습을 봤다. 그는 보르도산 와인을 떨어뜨릴 뻔했다. 금발의 그리스 여신이 올림포스산에서 내려온 것 같았다.

5. 이제 막 작가로 첫발을 내딛는 경우라면 3인칭 시점으로 시작해 그것을 일관되게 유지하는 법(한 장면, 한 시점)을 익히라는 오래된 조언을 참고하는 것이 좋다. 이 원칙을 지키면 도움이 될 것이다.

6. 인물 중심의 소설이나 소위 순수소설에는 1인칭 시점이 더 적합한 경우가 많다. 1인칭 시점이 주인공의 내적 갈등을 더 깊이 파고들기 때문이다.

7. 플롯 중심의 소설, 특히 스릴러물이라면 3인칭 시점을 사용하자. 작가가 한 시점에서 다른 시점으로 이동하는 '컷 어웨이'를 허용하여 독자들을 기다리게 할 수 있기 때문이다.

8. 여전히 확신이 서지 않는다면 첫 3장까지 3인칭 시점으로 쓴 다음, 다시 처음으로 돌아가 1인칭 시점으로 써보자. 어떤 방식이 잠재 독자들에게 반향을 일으킬 것인지 피드백을 구한다. 적어도 시간 낭비는 아니다. 다른 관점을 통해 인물들에 대한 더 깊은 통찰을 갖게 될 테니 말이다.

6 갈등으로 시작하기:
도입부를 쓸 때 염두에 둘 것들

"좋은 이야기는 지루한 부분을
빼버리고 남은 인생이다."

_앨프리드 히치콕

매일 똑같은 기분으로 글을 쓸 수는 없다. 독창적인 전개에 몰입되어 단어들이 수월하게 쏟아져 나오는 듯한 날이 있는가 하면 천연 아스팔트로 된 연못에서 테니스를 치는 기분이 드는 날도 있다. '무아지경'에 빠져 있든 아니든, 소설의 어디쯤을 쓰고 있든 상관없이 놓쳐서는 안 될 한 가지 일관된 주제가 있다. 바로 갈등이다.

앨프리드 히치콕은 좋은 이야기는 "지루한 부분을 빼버리고 남은 인생"이라고 했다. 이 격언은 모든 이야기에 적용된다. 갈등이 없다는 것은 곧 지루하다는 뜻이고, 골치 아픈 문제가 없다는 것은 독자들이 책을 내려놓고 싶어 한다는 뜻이다.

3막 구조의 요소에 대해 알아보고, 이 요소들이 갈등과 서스펜스와 어떻게 연관되는지 살펴보자.

간단히 말해서, 시작에서는 방해 요소를 드러내는 한편 앞으로 일어날 중요한 문제를 예고해야 한다. 중간에서는 중대한 대결을 유발시키고 이야기가 전개되면서 이 대결이 어떻게 심화되는지 보여준다. 결말에서는 독자들의 긴장감을 유지하는 동시에 최종적으로 문제가 해결될 때까지 갈등을 고조시킨다.

각 단계에서 명심해야 하는 것들이 있다. 앨프리드 히치콕의 유령이 나타나 지루한 부분 잘라내는 걸 잊지 말라고 잔소리를 늘어놓기를 바라지는 않을 테니 말이다.

행동을 먼저 보여주고 설명은 나중에 하자

지난 몇 년간 내가 본 신인 작가들의 원고 대부분은 시작이 너무 잔잔하거나 지루하거나 때로는 이미 파손되어 배달된 물건 같았다. 그렇게 느낀 가장 큰 세 가지 이유를 들자면 설명의 통념, 행복의 블랙홀, 서정성의 유혹이라고 말할 수 있겠다.

설명의 통념에 따르면 독자는 소설의 시작에서 배경과 관련된 내용을 전부 다 알아야 한다. 결국 작가는 인물의 성장 배경과 환경 등을 생각해 내는 데 거의 모든 시간을 쓰게 된다. 적어도 인물의 이미지를 가지고, 아마도 인물의 이야기가 전개됨에 따라 그 성장 배경을 만들어나갈 것이다.

우리 대부분은 이렇게 생각한다. 독자가 이야기에서 벌어지는 일을 이해하려면 이 모든 내용을 알아야 한다고. 하지만 이것은 근거 없는 통념이다.

사실 독자들은 상황을 이해할 때까지 꽤 오래도록 기다려준다. 관심만 있다면 말이다. 독자들의 관심을 끄는 것은 행동하는 인물과 잔잔한 일상의 물결을 휘젓는 어떤 것이다. 나는 이것을

'시작의 방해 요소'라고 부른다. 자세한 설명은 뒤에 하겠다.

우선 이 규칙을 기억하자. 행동을 먼저 하고 설명은 나중에 하라. 설명을 뒤로 미룬다고 잘못될 것은 없다. 소설의 1장에 뒷 이야기나 상황 설명을 조금이라도 포함시키지 말라는 뜻은 아니 다. 이야기를 전개하면서 '대리석 무늬처럼' 슬쩍 끼워 넣는 것 은 가능하다. 다만, 분량 제한에 있어 실수를 저지르지 않도록 주 의하자.

시작 부분에서 갈등을 유발하는 확실한 한 가지 방법은 실제 장면을 설정하는 것이다. 즉, 벌어지고 있는 일을 요약하는 것이 아니라 지면 위에서 실시간으로 보여주는 방식이다.

또한 대화가 들어가는 장면도 갈등을 표면화하는 데 도움이 된다. 다른 의중을 가진 두 사람 이상이 대화를 하도록 설정하면 대결의 가능성을 장면 안에 자연스럽게 포함시킬 수 있다.

"먼저 무슨 얘기를 할지 생각나는 게 있나요?"

"뭐에 대한 생각요?"

"글쎄요, 아무거나 좋아요. 사건에 대해서도 좋고."

"그 일에 대해서요? 아, 생각한 게 있긴 하죠."

그녀는 기다렸지만 그는 더 이상 말을 이어가지 않았다. 차이나 타운에 오기 전부터 이렇게 하기로 결심한 터였다. 그녀는 그에게 서 한마디씩 일일이 끄집어낼 수밖에 없을 것이다.

마이클 코넬리의 『라스트 코요테』는 이렇게 시작한다. 곧바로 갈등이 나타난다. 장면이 진행되면서 독자는 차츰 로스앤젤레스 경찰청 소속 해리 보슈 형사가 임무 수행 과정에서 보였던 몇몇 행동에 대해 정신과 의사에게 상담을 받고 있다는 사실을 알게 된다. 정신과 의사는 답변을 원하고 해리는 답변을 피한다. 서로 의중이 다른 것이다.

왔다 갔다 서로 말을 주고받으며 꽤 오래 이어지는 이 장면에서, 코넬리는 이따금씩 대화나 서술의 형식을 통해 몇 가지 설명을 전달한다.

해리 보슈는 말없이 그저 그녀를 바라보았다. 담배 생각이 간절했지만 결코 여자에게 묻지는 않을 생각이었다. 그녀 앞에서 흡연 습관을 인정할 마음은 없었다. 그녀가 구강기 고착이나 니코틴중독에 대해 잔소리를 늘어놓을지 모른다. 그는 대신 심호흡을 하고는 책상 너머에 앉아 있는 여자를 바라보았다. 카르멘 히노조스는 호의적인 표정과 태도를 지닌 아담한 여자였다. 그녀가 나쁜 사람이 아니라는 건 보슈도 알고 있었다. 차이나타운에 다녀온 다른 동료들이 그녀에 대해 좋은 말을 많이 했었다. 그녀는 단지 자신의 일을 하고 있을 뿐이며, 그의 분노는 사실 그녀를 향한 것이 아니었다. 그녀도 그 정도는 알 만큼 현명해 보였다.

때로는 대화를 통해 상황을 설명하기도 한다.

"다들 아직도 '그 일'이라고 해요. 사람들이 어쩌다 베트남 전쟁이 아니라 베트남 충돌이라 부르게 되었는지가 떠오르더군요."

"그러면 당신은 뭐라고 부르고 싶은데요?"

"모르죠. 하지만 '그 일'이라니. 마치 이건 뭐, 잘 모르겠네요. 꼭 소독약 같아요. 자, 박사님, 다시 하던 얘기나 하지요. 난 도시를 벗어나는 여행 같은 건 하고 싶지 않다고요, 아시겠어요? 난 강력계 형사입니다. 그게 내 일이에요. 정말 복귀하고 싶다고요. 어쨌든 내가 도움이 될 겁니다."

"본부에서 허락하면요."

이 시작 장면이 전혀 지루하지 않은 이유가 처음부터 대결의 양상을 띠기 때문이라는 점을 기억하자. 덕분에 독자의 관심을 즉각 불러일으킨다.

반대로 대하소설처럼 초반부부터 더 광범위한 관점을 요구하는 소설을 쓴다면 어떻게 해야 할까? 자신의 직감을 따르되, 첫 쪽에 앞으로 일어날 갈등에 대한 암시를 넣을 수 있는지 살펴보자.

데니스 루헤인의 역사소설 『운명의 날The Given Day』은 이렇게 시작한다.

제1차 세계대전이 벌어지는 동안 국방부가 메이저리그에 실시한 여행 제한 조치 때문에 1918년 월드 시리즈는 9월에 치러졌을 뿐 아니라 두 개의 홈 스탠드 경기로 나뉘어 열렸다. 시카고 커브스는 처음 세 경기를 홈에서, 마지막 네 경기는 보스턴에서 치러야 했다. 9월 7일, 시카고 커브스가 세 번째 게임에서 패한 뒤, 양 팀은 미시건 센트럴 열차를 함께 타고 27시간의 여행길에 올랐다. 기차 안에서 보스턴 레드삭스 선수 베이브 루스는 술에 취한 채 남의 모자를 가로채기 시작했다.

루혜인은 독자로 하여금 이 시작 단락이 다큐멘터리 방식의 설정이라고 생각하게 만든다. 하지만 마지막 구절이 갑자기 뒤통수를 치며 앞으로 일어날 갈등을 암시한다. 술에 취한 것도 모자라 남의 모자를 가로챈다고? 그것도 베이비 루스가? 왜? 누구의 모자를 빼앗는다는 거지? 사람들은 어떻게 대처했을까?

물론 위기에 처한 인물을 곧바로 등장시키며 역사소설을 시작할 수도 있다.

그의 몸을 갈가리 찢듯이 강풍이 몰아쳤고 그는 뼛속까지 아렸다. 사흘 안에 육지에 도달하지 못하면 모두가 죽을 터였다. 이번 항해 동안 너무 많은 사람이 죽었다고 그는 생각했다. 나는 버려진 함대의 조타 책임자다. 다섯 척의 배 가운데 한 척만이 남았고, 107명의 선원 중 스무 명 남짓 살아남았는데 그나마도 열 명만 제 몸을 움직일 수 있을 뿐 나머지는 거의 시체나 다름없다. 총사령관도 그중 한 명이다. 식량은 다 떨어진 지 오래고 물도 거의 없다. 남은 거라고는 소금기와 악취뿐이다.

- 제임스 클라벨의 『쇼군Shogun』 중에서

갈등이나 갈등의 징후로 소설을 시작하는 방법은 무수히 많다. 반대로 그렇게 시작하지 '않는' 방법도 있다. 그중 몇 가지를 살펴보자.

인물에게 곤경을 안기자

많은 경우 작가는 행복한 가정이나 더할 나위 없이 화목한 가족을 그려내면서 이런 장면에 등장하는 인물들이 독자들의 호감을 얻으리라 생각한다. 곤란한 일이 발생하면 독자들은 이런 선량한 사람들의 입장에 동조하고 걱정하겠지.

하지만 사실은 대체로 그 반대다. 독자들은 그들에게 신경 쏠 이유가 없다. 멋진 인생이군! 이 사람들은 내가 없어도 잘만 지내겠지.

「오즈의 마법사」의 첫 장면을 떠올려 보자. 도로시는 햇살이 환하게 비치고 새들이 지저귀는 깨끗하고 따뜻한 잠자리에서 일어나지 않는다. 만약 그랬다면, 도로시가 어딘가에 있을 무지개를 노래하기 시작할 때 다들 의아하게 생각할 것이다. 애는 뭐가 문제야? 다 가졌잖아. 불평 좀 그만해.

실제 영화는 도로시가 겁에 질려 뒤를 돌아보며 달려가고, 토토는 도로시를 뒤쫓는 장면으로 시작한다. 도로시는 농장으로 돌아와서는 아저씨와 아주머니, 농장 식구들에게 미스 걸치가 토토를 죽이려 한다고 말하지만, 아무도 귀를 기울이지 않는다.

자, 이제 우리에게는 행복한 세상의 행복한 소녀가 아니라 문제에 부딪친 소녀가 보인다. 소녀가 무지개 너머로 도망치는 내용을 노래할 때 우리는 그녀를 응원한다.

다음은 원고 도입부에 너무 흔하게 나타나는 유형이다.

딸들의 아침을 준비하던 재닛은 주방 창가에 멈춰 서서 자신에게 에이프릴과 다코타가 있다는 게 얼마나 행운인가를 생각했다. 두 아이는 모든 걸 다 가진 듯 보였다. 둘 모두 예쁘고 똑똑했다. 얼마 전 에이프릴은 '바이마르공화국이 오늘날 아이들에게 중요한 이유'라는 제목의 에세이로 3학년 중 1등을 차지했다.

그리고 둘째 다코타는 뭐가 있을까? 네 살 때 이미 프루스트의 작품을 읽었다. 다코타를 임신했을 때 독서로 오랜 시간을 보낸 것이 효과를 낸 모양이다.

재닛은 유기농 밀로 만든 콘플레이크를 그릇에 쏟으며 만족스러운 한숨을 내쉬었다.

"엄마, 아침 잘 먹겠습니다." 에이프릴이 말했다.

"난 밀 콘플레이크가 좋아요." 다코타가 말했다.

"엄마도 알아." 재닛이 대꾸했다.

"아빠는 어디 있어요?" 다코타가 물었다.

"아빠는 아직 출장 중이시지." 재닛이 대답했다. 프랭크에게 생각이 미쳤다. 어떻게 그렇게 멋진 남편을 만날 수 있었을까?

이런 식으로 이야기는 이어진다. 딸들은 학교 갈 준비를 하고, 재닛은 자신의 일과를 생각한다. 그러다 이 장 마지막 무렵 노크

소리가 들린다.

재닛은 문을 열었다.

보안관이 서 있었다. 서른 살쯤 되어 보였고 딱딱한 표정을 짓고 있었다.

"재닛 로빈슨 씨인가요?" 남자가 물었다.

"그런데요. 무슨 일이죠?"

"이거 받으시죠." 보안관이 세 겹으로 접힌 종이를 건넸다. 재닛은 종이를 받았다.

"안녕히 계세요." 보안관은 돌아서서 가버렸다.

재닛은 종이를 펼쳐 무슨 서류 같아 보이는 종이의 상단을 훑어 보았다. 이혼 청구서였다.

재닛의 평온한 세계를 방해하는 요소다. 하지만 너무 늦게 등장했다. 행복한 세상에 사는 행복한 사람들을 이렇게 오랫동안 지켜보는 건 무리다. 실망한 독자들은 첫 쪽도 넘기지 않을 것이다.

나라면 이렇게 쓰겠다.

재닛은 주방 창문 너머 보안관이 그녀의 집 앞에 순찰차를 세우는 모습을 보았다.

도대체 무슨 일이지?

"내 시리얼은!" 다코타가 소리를 질렀다.

"조용히 해." 재닛이 말했다. "지금 주잖아."

첫 줄에서 방해 요소가 등장한다. 보안관의 순찰차가 집 앞에 멈추는 것은 흔한 일이 아니다. 주로 나쁜 소식이다. 이제 재닛과 함께 독자들이 순찰차를 두고 걱정하는 가운데 장면이 전개된다. 게다가 투정하는 아이들이 갈등을 부추기니, 지루할 틈이 없다.

서정적인 묘사의 함정

날씨 묘사로 시작하는 것을 두고 편집자나 에이전트가 주의를 주는 말을 종종 들을 것이다. 당연한 지적이다. 대부분의 날씨 묘사는 단순한 서술에 그칠 뿐, 앞으로 일어날 곤경의 분위기를 조성하지 않기 때문이다.

많은 훌륭한 소설이 서정적인 단락으로 시작하는 것은 사실이다. 소위 순수소설로 분류되는 경우가 대부분 그렇다. 순수소설에서는 문체가 이야기만큼이나 중요하다. 그런 글쓰기에 공감하는 독자들이라면 문체가 마음에 드는 한 서정적인 단락으로 시작하는 초반부를 참을 수 있다.

여기서 나는 한 가지만 짚고 넘어갈 생각이다. 스스로 얼마나 좋은 작가인지 보여주고 싶은 욕구 때문에 서정성의 유혹에 넘어가지 말라는 것이다. 설사 셰익스피어 이후 최고의 작가라 해도, 항상 이야기와 독자의 요구를 먼저 충족시켜야 한다. 물론 예외는 있다. 독자와의 교감에 크게 개의치 않고 오로지 자기 자신을 위해서 글을 쓰는 거라면 마음대로 써도 그만이다.

만약 곤경의 전조나 소설 전체를 반영하는 분위기를 작가만의 문체와 결합할 수 있다면 일거양득일 것이다. 켄 키지가 쓴 『때로는 위대한 생각Sometimes a Great Notion』의 유명한 도입부가 정확히 그렇다. 이 소설은 벌목꾼 남자들의 욕망이 교차하는 묵직한 이야기로, 그 공간적 배경은 향후 벌어질 갈등의 배경으로써 중요한 역할을 한다.

오리건주 해안산맥의 서쪽 경사면을 따라가다보면 와콘다 아우가강과 합쳐지는 여러 지류들이 요란한 소리를 내며 서로 부딪치는 모습이 보인다.

첫 번째 작은 여울은 휙 스쳐 가는 바람처럼 애기수영과 클로버, 양치식물과 쐐기풀 사이를 빠르게 지나쳐 방향을 바꾸며 가로지르다가 실개천을 이룬다. 그러고 나면 월귤나무, 새먼베리, 블루베리, 블랙베리 덤불을 통과한 실개천이 요란한 소리를 내며 시내를 이루어 강으로 흘러든다. 낙엽송과 사탕소나무, 아카시아의 나무껍질과 종비나무, 더글라스 전나무가 어우러진 청록색 모자이크 같은 숲을 지나 마침내 산기슭의 작은 언덕에 다다르면 강은 500피트 높이에서 떨어지고, 바닥에 닿는 순간 더 넓게 퍼진다.

멀리 고속도로에서 나무들 사이로 바라보면 처음에는 일종의 금속을 보는 듯하다. 마치 알루미늄으로 만든 무지개나 합금으로 만든 달 조각 같다.

언어를 이리저리 활용하면서 문체를 개발하려는 시도를 방해하고 싶지는 않다. 다만 언어에 대해 진지한 자세를 가져야 한다는 점, 그리고 문체는 누군가의 평가를 받기 위한 것이 아니라는 점을 기억하자. 문체의 목적은 의미심장한 언어로 갈등을 엮어내는 데 있다.

시점을 분명하게 설정하자

문학 에이전트 크리켓 프리먼은 이렇게 말한다. "내가 싫어하는 것은 조잡하고 모호한 시점이다." 여기서 모호함이란 이야기에서 누구의 시점인지 알 수 없거나 화자의 목소리가 분명하지 않은 상황을 의미한다. 각 문제를 차례로 살펴보자.

다음은 시작 부분에서 흔히 나타나는 실수다.

밤하늘을 배경으로 보이는 나무들은 마치 해골 유령 같았다. 멀리서 들리는 야행성 새의 울음소리가 앞으로 닥칠 어려움을 예고하는 듯했다. 숲속에서 길을 잃다니, 누구의 계획에도 없던 일이다. 하지만 이렇게 되고 말았다.

리즈는 담요로 몸을 감싸며 말했다. "여기는 오싹한 기분이 들어."

문제는 처음에 독자가 누구의 머릿속에 있는지 알 수 없다는 점이다. 묘사를 통해 어느 정도 분위기는 짐작할 수 있지만, '선명한' 시점이 제거되었다. 시작 부분에서부터 독자의 친밀감이 떨어질 수밖에 없다. 기회를 허비한 셈이다.

해결책은 간단하다. 처음에 시점을 설정하면 된다.

리즈는 담요를 몸에 두르며 말했다. "여기는 오싹한 기분이 들어."

밤하늘을 배경으로 보이는 나무들은 마치 해골 유령 같았다. 멀리서 들리는 야행성 새의 울음소리가 앞으로 닥칠 어려움을 예고하는 듯했다. 숲 속에서 길을 잃다니, 누구의 계획에도 없던 일이다. 하지만 이렇게 되고 말았다.

이렇게 첫 문장을 바꿈으로써 독자는 인물 내부로 들어간다. 인물이 관심을 충분히 끌었기 때문에, 독자는 처음부터 몰입하게 된다.

커다란 캔버스 같은 도입부로 시작하면 안 되는 걸까? 물론 그래도 된다. 쓰고자 하는 소설의 분위기와 필요에 맞는다면 말이다. 전지적 시점으로 시작한 뒤 한 인물의 시점으로 '내려오는' 것은 전통적인 방식이다. 하지만 시대가 바뀌면 취향도 변한다. 독자가 등장인물에 빨리 몰입하게 만들수록 더 좋다.

목소리에 독특함이나 태도가 부족하면 시점의 모호함은 1인칭 시점에서도 일어날 수 있다.

물결무늬 유리로 된 문에는 다 벗겨져가는 검은 페인트로 글자가 붙어 있다. "필립 말로…… 사설탐정" 온통 타일을 붙인 화장실이 문명의 기초가 되던 시절에는 새로웠을 그런 건물의 적당히 더러운 복도 끝에 있는 적당히 낡은 문이다. 문은 잠겨 있다. 하지만 그 옆에 똑같은 글자가 붙은 다른 문은 잠기지 않았다. 들어오세요. 안에는 나와 커다란 청파리 말고는 아무도 없습니다. 다만 캔자스의 맨해튼 출신은 사절입니다.

레이먼드 챈들러의 『리틀 시스터The Little Sister』에서 주인공 말로의 이야기에 모호함을 일으킬 만한 태도는 찾아볼 수 없다. 독자로 하여금 바로 앉아서 주목하게 만드는 유형의 목소리다.

1인칭 시점으로 쓴다면 단조롭게 시작하지 말자.

정보만을 나열해서는 안 된다

앞서도 말했듯이 나한테는 규칙이 있다. "행동 먼저, 설명은 나중에."

독자를 사로잡기를 바란다면 특히나 시작 부분에 집중하자. 경험을 통해 체득해야 하는 이유가 거기에 있다. 첫 30쪽이 지나갈 때까지는 짧은 한 단락 이상의 설명은 하지 않는다. 설명을 해야 하는 경우라 해도 다음과 같이 오롯한 정보 덩어리로 만들지 않도록 주의해야 한다.

조지프 독스는 시카고에서 두 번째로 큰 로펌인 맥킨리, 건터 앤드 카츠에서 일했다. 시카고 최대 로펌인 케첨, 켈럼 앤드 스키넘과 길을 두고 마주 보는 건물이었다. 두 로펌은 오랫동안 시카고에서 최고 자리를 놓고 다퉜다. 1954년 스티브 맥킨리가 사무실을 열었을 때, 대형 철도 회사를 변호하면서 돈을 벌 기회가 생겼다. 급부상한 변호사 맥킨리는 첫 번째 거물 고객인 유니언 퍼시픽 덕분에 미시건 애비뉴에 자기 건물을 지을 수 있게 되었다. 그는 제임스 잉고 프리드라는 이름의 유망한 젊은 건축가를 고용했다. 이제 막 일리노이 공과대학을 졸업한 프리드는 전설적인 건축가 미스 반데어로에와 일하고 있었다. 맥킨리는 어느 날 우연히 미시건 호숫가에서 프리드를 만났다.

짧은 순간에 너무 많은 관계를 다루려다보니 정보가 지나치게 많이 들어가버리고, 그러는 사이 독자는 이 단락 맨 처음에 등장했던 조지프 독스를 잊고 만다.

과도한 배경 설명을 피하자

배경 설명(이전 이야기)이란 소설이 시작하기 전 인물들에게 일어났던 일 등의 필수 정보를 가리킨다.

때로 이 정보는 플래시백을 통해 나중에 나오기도 한다. 이 방법은 뒤에서 다루겠다.

시작하는 장에서는 배경 설명을 하지 말라고 주장하는 사람들도 있지만, 내 생각에 그런 제한은 다소 지나친 듯하다. 배경 설명은 독자로 하여금 주인공에게 공감하게 만드는 데 도움을 줄 수 있다. 이는 첫 몇 쪽에서 우리에게 주어지는 가장 중요한 임무다.

그러므로 과도한 정보를 넣지 않거나 아예 어떤 정보도 넣지 않은 채 인물의 행동에 정보를 적절하게 섞는 방법을 사용해보자 (품질 좋은 붉은 고기의 지방 사이에서 볼 수 있는 '마블링'처럼 말이다. 채식주의자라면 정교한 디자인의 옷감을 떠올리는 것도 좋다).

데이비드 모렐의 『퍼스트 블러드First Blood』는 (영화 「람보 Rambo」 시리즈의 원작 소설이다) 곧장 두 주요 인물인 존 람보와 매디슨 경찰서장 윌프레드 티즐 사이의 갈등으로 들어간다. 티즐 소장은 람보를 방랑자로 단정하고 마을 밖으로 호송한다. 람보는 먹을 것을 찾아 다시 마을로 돌아오지만, 티즐 소장은 다시 그를 마을 밖으로 쫓아내며 돌아오지 말라고 경고한다.

별다른 중요한 배경 설명 없이 이 이야기는 3장에 이른다. 람보는 마을 외곽에서 햄버거를 다 먹고서는 햄버거가 들어 있던 종이봉투에 불을 붙인다.

전쟁에서 돌아온 지 6개월이 지났지만, 자신이 있던 흔적을 남기지 않기 위해 먹고 남은 것조차 모두 없애버리고 싶은 충동은 여전했다.

그는 머리를 가로저었다. 전쟁 생각을 하는 게 아니었다. 그는 곧 전쟁에서 비롯된 다른 습관을 떠올렸다. 툭 터진 공간에서 잠들기 어려워하는 습관, 아주 미약한 소음에도 잠을 깨는 습관, 포로로 잡혀 들어가 있던 구멍의 생생한 기억.

"다른 생각을 하는 게 좋겠어." 람보는 큰 소리로 말하고는 자신이 혼잣말을 한다는 걸 깨달았다. "이제 어떻게 될까? 어디로 가지?" 그는 마을로 향하는 길과 마을과 정반대 방향으로 뻗은 길을 번갈아 바라본 다음 결정을 내렸다. 이제 침낭에 달린 끈을 잡아 어깨에 두른 뒤 다시 매디슨 마을을 향해 걷기 시작했다.

모렐은 가장 중요한 세부 사항만 선별함으로써 배경 설명의 분량을 한 단락으로 제한한다. 이로써 독자는 람보가 여러 문제를 안고 있는 참전 퇴역 군인이며 포로로 잡힌 경험이 있다는 사실을 알게 된다.

그런 뒤 이야기는 모든 문제가 시작된 마을로 다시 향하는 람보의 행동으로 곧장 이어진다.

부자연스러운 대화를 경계하자

TV 단편극에 흔히 등장하는 진부한 장면 중 하나로, 작가가 초반에 즉석에서 등장인물들의 장소를 설정하는 경우를 들 수 있다. 두 인물이 주변을 돌아보며 걷다가 한 사람이 이렇게 말하는 식이다. "와, 햇살 좋은 스페인에 왔네."

이것 말도고 수많은 버전이 있다.

단편 코미디에는 통하지만 소설에는 통하지 않을 방법이다. 이유가 무엇일까? 두 인물이 자연스럽게 이야기를 나누는 게 아니라 작가가 독자들에게 정보를 흘리고 있다는 사실을 독자가 알아채기 때문이다.

　"어이, 레이철." 톰이 말했다. "다시 비아 델로로사로 가려면 어느 방향으로 돌려야 하지? 보아하니 자동차 협회에서 준 예루살렘 지도는 올해 우리의 유일한 휴가에 그리 도움이 되지 않겠어."

　"톰, 제발." 레이철이 대꾸했다. "크루즈를 타고 여기까지 오는 내내 불평이잖아."

　"나 건드리지 마. 크루즈 여행은 당신 아이디어였잖아. 지난 2월에 내 마흔다섯 번째 생일 선물로 크루즈 여행 티켓을 준 게 당신이라고. 내가 뭘 어떻게 해야겠어? 반년이 지난 지금까지도 뭘 어떻게 해야 할지 모르겠다고. 난 그저 저 빌어먹을 비아 델로로사로 가는 길을 찾아서 우리 딸 엘리자베스에게 사진 몇 장 보낼 수 있으면 할 뿐이야."

　"이제 막 열여섯 살이 된 아이 말이지?"

　"그래."

단편 코미디에는 어울린다. 소설에는 아니지만.

7 중반부의 긴장 유지:
충격, 갈등, 미스터리,
서스펜스 다루기

소설에는 슈퍼맨이 없다.
연속되는 두려움 속에서 모든 사람이
무언가를 느껴야 한다.

나는 종종 나만의 작업실에서 글쓰기를 한다. 내 작업실은 전 세계 곳곳 여러 도시에 있고, 각 작업실의 외부에는 둥근 녹색 표지판이 달려 있다. 무료 인터넷과 값비싼 커피는 기본이요 추가적인 것도 있으니, 다름 아닌 사람들의 행렬이다.

리모델링을 하기 전 수년 동안 우리 동네 스타벅스에는 내 전용 테이블이 있었다. 저 너머 주차장이 보이는 창가 자리로, 이곳에서는 매장 전체를 한눈에 바라볼 수 있었다.

나는 할 수 있는 한 다양한 인간의 조건을 살폈다. 그 조건은 바로 갈등으로 이루어진다.

어느 날 볼품없는 옷차림에 숱 많은 머리는 며칠째 빗 구경도 하지 못한 모양새를 한 여인이 들어왔다. 그녀는 커피를 주문하지 않았다. 대신 테이블 하나를 차지하고 앉아서는 있는 힘껏 고함을 치기 시작했다. "지미 호파 어디 있어? 지미 호파 어디 있냐고!"

매장 매니저가 나와서 여자와 대화를 시도했다. 보아하니 여자의 목소리를 낮추려는 것이 주목적인 듯했다.

그러나 여자는 목소리의 데시벨을 높여서 다시 호파를 찾았다. 매니저는 손을 뻗어 휴대폰을 집어 들고는 밖으로 나갔다. 여자는 매니저가 호파를 숨겼다며 비난했다. 여자의 비난은 몇 분이나 지속되었다.

곧 매니저가 경비원을 대동하고 매장으로 다시 들어왔다. 그러자 여자는 경비원에게 스타벅스 측에서 매장 뒤쪽에 지미 호파의 시신을 숨기고 있다고 말했다. 경비원은 여자를 밖으로 데리고 나갔다. 내가 여자를 본 것은 그것이 마지막이었다.

이제 이 장면을 드라마의 조건에 맞추어 생각해보자.

별다를 것 없는 공간, 여느 때와 다르지 않는 아침 시간에 의외의 인물이 나타나 잘 알려진 미스터리에 대해 큰 소리로 떠들기 시작한다.

단골손님들이 방해를 받으며 갈등이 발생한다. 장광설을 막으려는 시도가 실패하고, 매니저와 더 큰 갈등을 일으키는가 싶더니 경비원이 등장하면서 위기가 고조된다. 독자는 마음을 졸이며 여자의 운명이 어떻게 될 것인지 궁금해한다.

아, 그리고 독자는 여전히 지미 호파의 행방에 관한 미스터리를 풀지 못한 상태다.

충격, 갈등, 미스터리, 서스펜스가 이 한 장면에 모두 들어 있다. 자동차 엔진 실린더처럼 이 요소들은 하나의 장면을 움직이는 역할을 한다.

우리가 소설의 중반부에 쓰고 싶은 것은 이런 종류의 장면들이다. 이것이 없다면 누군가의 말마따나 중반부는 '혼란'이 되어

버린다. 하지만 무엇보다 중반부는 결국 곤경에 관한 내용이어야
한다.

장면을 유기적으로 배치하려면

영화 「아라비아의 로런스Lawrence of Arabia」 중 로런스(피터 오툴)가
알리 족장(오마 샤리프)에게 자신의 아랍 군단이 사막 쪽에서 아
카바를 공격할 수 있다고 설득하는 장면을 떠올려 보자.

아카바를 공격하기 위해서는 한 번도 건너본 적 없는 광활한
네푸드 사막을 지나야만 한다. 로런스의 군단이 사막을 건너기
전에 알리는 그들 앞에 펼쳐진 광대한 황무지를 가리키며 여기
서부터는 물이 없을 거라고 경고한다. 낙타들이 죽으면 사람들도
죽을 것이다.

지옥의 가마와도 같은 이 황무지는 끝도 없이 이어진다. 몇몇
작가들이 자신의 소설 중반부를 바라보는 방식이기도 하다. 마치
메마른 사막처럼 펼쳐져 있어서 과연 햇볕에 새까맣게 타지 않은
채 사막을 건널 수 있을까 두렵기만 하다.

물론 우리는 할 수 있다. 뿐만 아니라 낙타도 살아남을 것이므
로 마침내는 물이 많은 곳에 도착할 것이다. 우리에겐 우리를 인
도할 갈등이 있기 때문이다.

지도를 제대로 펼쳤다면 첫 번째 되돌아갈 수 없는 관문을 통
과함으로써 사막 가장자리에 도달할 것이다. 우리에게는 흥미를
가질 만한 주인공이 있고, 죽음이 걸려 있는 위태로운 상황이 있

으며, 주인공보다 강한 상대가 주인공을 막겠다고 기다린다. 사막 반대편에는 녹다운을 시키듯 통쾌한 완승도 있다. 모든 이야기 요소가 탄탄하니 문제없다.

시작하는 방법은 간단하다. 우선 다음 장면에 도달하는 것. 그런 다음에는 다시 그다음 장면으로 이동하는 것.

하지만 그게 어떤 장면들일까? 어느 쪽의 오아시스를 향해 가야 하는지 어떻게 알아낼까?

우리는 이제 'LOCK 체계'를 알고 있으므로 장면을 유기적으로 배치할 수 있다. 방향을 잘못 잡거나 모래 폭풍 속에서 길을 잃을 걱정은 하지 않아도 된다.

행동과 반응을 이용하자.

인물의 행동과 반응 다루기

소설에는 두 가지 기본 비트가 있다. 행동과 반응. 이 둘의 역학 관계를 이해하면 갈등과 긴장감 넘치는 장면을 쓸 때 어떻게 해야 하는지 90퍼센트는 알게 될 것이다.

소설의 정의를 기억하자. '한 인물이 죽음의 위협에 대처하는 과정을 기록한 것.' 이제 독자의 마음속에 질문 하나를 제기한다. 그 인물은 자신의 죽음을 막기 위해 무엇을 '할' 것인가?

인물은 뭔가를 해야 한다. 만약 하지 않는다면 죽음이 찾아오고, 인물은 죽음이 찾아오게 내버려 둔 줏대 없는 바보가 될 것이다. 그러므로 소설에서는 행동 요소가 중요하다. 말하자면 소설은 인물이 목표를 이루기 위해(이 경우에는 죽음을 막는 것) 한 일들의 기록인 셈이다.

「도망자」에서 우리는 주인공 리처드 킴블이 법의 포위망에 붙잡히지 않고 아내를 죽인 범인을 알아내기 위해 무슨 일을 하는지 보게 된다.『호밀밭의 파수꾼』에서는 홀든 콜필드가 이 세상의 진정성을 찾기 위해 무엇을 하는지 본다(만약 찾지 못한다면 홀든은 내면의 죽음을 맞이하고, 아마도 자살에 이를 것이다).

그렇다면 반응 비트는 무엇일까? 이는 인물이 사건에 반응하고, 사건을 감지하거나 반추하는 순간들을 말한다. 어쩌면 어느 장 전체가 반응 비트일 수도 있다. 하지만 그 반응으로 나타나는 감정과 생각은 유기적이며, 최종 목표(죽음을 피하는 것)와 연결되어 있어야 한다. 이 과정에서 긴장감을 유발하는 것은 인물이 이기고 목숨을 구할 것인지, 아니면 패배해서 죽게 될 것인지, 답이 정해지지 않은 열린 질문의 상태다.

행동 장면

자, 우리는 '무한 플롯 생성기'를 만드는 방법에 대한 지식을 갖추고 있다. 목표와 연관된 장면을 거의 끝없이 연이어 만들어낼 수 있다. 지금부터 할 일은 소설에 포함시킬 수 있는 최고의 장면을 선별하는 것이다.

각각의 행동 장면에는 최종 목표와 관련된 문제를 해결하는 방법이 포함되어야 한다(8장에서 다룰 '서브플롯'을 참고할 것).

「도망자」를 예로 들어보자. 주인공 리처드 킴블은 죽음을 마주하고 있다. 아내를 살해한 혐의로 유죄판결이 내려져 사형을 선고받았다. 만약 이 문제를 해결하지 못하면 그는 끝이다. 여기에는 또한 심리적 죽음도 관련되어 있다. 진짜 살해범을 찾지 못한다면 아내의 죽음에 대한 정의 구현은 없을 것이다.

교도소 호송 버스를 탄 죄수들의 어설픈 탈출 시도는 끔찍한 교통사고로 이어지고, 이 사고 때문에 킴블은 도망칠 수 있게 된다.

작가에게 필요한 모든 행동 소재가 제공된 셈이다. 작가는 킴블이 붙잡히지 않으면서 동시에 살인 사건의 단서를 찾는 과정만 설계하면 된다.

행동 장면의 구조를 생각해보자. 여기에는 세 가지 구성 요소가 있다. 목표, 장애물, 그리고 결과.

목표

매 장면의 목표는 이야기의 중심 목표와 다르다. 그보다는 죽음을 피하려는 중심 목표를 이루기 위해 특정 과정에서 인물이 해야 하는 일을 말한다.

「도망자」의 킴블은 탈출 이후 부상을 당한 데다 죄수복 차림이다. 다른 행동으로 들어가기 전에 그는 상처를 치료하고 겉모습을 바꿔야 한다. 이것이 장면의 목표다.

더불어 작가는 몇 가지 장애물을 제시해야 한다. 이 경우 가장 큰 장애물은 그를 알아보고 신고하는 사람들이다.

킴블은 한 시골 병원을 찾아낸다. 병원 옆에 서 있는 견인차에 작업복이 몇 벌 걸려 있다. 그는 (사람들의 눈에 띄지 않도록 주의

하며) 작업복을 훔친다.

이제는 병원에 들어가 상처 부위를 꿰매고 수염을 깎아야 한다. 주변에 다른 사람들이 있는 상황에서 어떻게 하면 좋을까? 그는 병원 뒤편 짐 싣는 곳으로 가 일하는 사람들 사이에 섞여들고, 짐을 하나 내려서 병원 안으로 가지고 들어간다.

그다음은? 킴블은 소독약과 봉합 도구가 있는 곳으로 들어가야 한다. 그는 혼수상태 환자가 누워 있는 병실을 발견한다(휴, 살았다). 그곳에서 상처를 닦고 치료한다.

턱수염도 없애야 한다. 그는 욕실에서 찾은 면도기를 이용한다. 그런데 갑자기 간호사 한 명이 환자 상태를 체크하기 위해 들어와서는 물을 담기 위해 욕실로 들어오려 한다. 장애물이다.

장애물

킴블을 욕실 문 뒤에 숨어 가까스로 모습을 감춘다.

그는 음식이 필요하다(육체적 허기라는 장애물). 운 좋게도 환자에게 막 식사가 배달되었고, 킴블은 허겁지겁 먹어치운다.

이제 그는 흰색 겉옷을 걸치고 의사 행세를 하며 병실을 나선다. 그 순간 경찰관 한 명이 수염이 있는 킴블의 사진을 손에 쥔 채 그를 향해 다가온다. 다시 장애물 등장!

경찰관은 사진 속 인물과 인상착의가 비슷한 남자를 봤느냐고 묻는다. 킴블은 그가 할 수 있는 유일한 방법으로 이 문제를 해결한다. 바로 유머. "거울 볼 때마다 보는 모습이군요. 물론 수염만 빼면 말이죠." 경찰관은 그를 보내준다.

이렇게 이 장면이 마무리될까? 아직 아니다! 작가는 긴장감을 한층 더 끌어올린다. 킴블 덕분에 목숨을 구한 교도관이 들것에 실려 병원으로 들어온다. 그가 고개를 들어 "이봐, 저기 리처드 킴블이잖아"라고 말하려는 찰나, 킴블은 교도관의 얼굴에 산소마스크를 씌우고 응급 요원에게 흉골을 검사하라고 지시한다(잠깐 보기만 하고 어떻게 그것을 알았는지 수련의들은 의아해한다).

그러고도 이 장면은 아직 끝나지 않는다. 킴블은 도망가야 한다. 구급차를 이용하는 게 좋을 것 같다. 그는 조금 전 교도관을 싣고 온 구급차에 올라탄다.

결과

장면이 끝났을 땐 기본적으로 두 가지 결과가 나온다. 인물이 자신의 목표를 달성하거나, 또는 실패하거나.

이 두 가지 결과를 염두에 두고 이런저런 변화를 줄 수 있다. 일반적으로는 인물이 처음 행동을 시작했을 때보다 상황이 나빠지는 결과를 바라게 되는데, 왜냐하면 우리의 오랜 친구 '걱정' 때문이다. 독자들은 인물을 걱정하고 싶어 하고, 작가는 독자들이 그렇게 하도록 돕는다.

앞서 살펴본 장면에서 킴블은 제지를 받지 않고 병원을 빠져나오지만(성공적인 결과) 곧바로 더 큰 곤경에 부딪치게 된다. 병원에서 했던 여러 행동이 의심을 받아 거의 곧바로 연방 경찰 제라드에게 보고되기 때문이다. 이에 제라드가 대대적인 추적을 위해 헬리콥터에 오르고, 이야기는 또 다른 행동 장면으로 이어진다.

반응 비트

이 부분을 반응 '비트'라고 부르는 것은, 하나의 반응이 장면 전체를 차지할 필요는 없기 때문이다.

인물이 행동 장면에서 어떤 결과에 처하게 되었다고 상상해보자. 그 결과란 대개 일종의 좌절일 것이다. 그것이 극적인 목적에 가장 잘 어울리니 말이다.

그러므로 가장 먼저 일어나는 반응은 인물의 내면에서 일어나는 감정적 반응이다. 예를 들어 악당이 총을 쏘기 시작했다면, 총을 맞은 사람이 순식간에 자기 위치의 기하학적 변수를 계산하지는 않을 것이다. 그는 아드레날린이 분출되는 것을 느끼며 오직 살아남고자 애쓰게 된다.

마찬가지로 남편이 다른 여자를 안고 있는 것을 본 아내가 차분하게 시간을 기록하고 커피를 마시러 가지는 않을 것이다. 그녀는 속이 타고, 부글부글 끓고, 감정이 폭발하고, 마음이 무너지고, 상처를 입는다.

인간이 무언가를 해보려고 생각하는 건 대개 감정이 가라앉은 다음이다. 그제야 고민하며 시간을 좀 보낸다. 이제 어떻게 하지? 나쁜 놈들이 쫓아오는데 골목 더 멀리까지 달릴까? 잠깐, 이 끝에는 벽이 있잖아. 좋은 방법이 아니야. 저 대형 쓰레기통은 어떨까? 안으로 뛰어들까? 쥐도 있고 쓰레기도 있겠지, 웩. 이 멍청아, 차라리 총을 맞을래? 사건을 맞닥뜨린 상태에서는 이 모든 고민이 불과 몇 초 안에, 또는 몇 부분으로 나뉘어 거칠게 일어난다.

마침내 결정이 내려진다. 인물은 행동해야 한다. 그는 대형 쓰레기통 쪽으로 결정하고, 이것은 또 다른 행동 비트로 이어진다.

어떤 방식인지 알겠는가? 어찌 보면 우리 스스로 인식하지도 못한 채 뒤죽박죽 인생을 살아가는 과정을 논리적으로 보여주는 셈이다.

행동 장면 끝나고 결과를 알게 되면 인물 내부에서는 다시 다음 과정이 일어난다.

1. 감정
2. 분석
3. 결정

반응 비트를 이해하는 것이 중요한 까닭은 바로 그것이 소설의 속도를 조절하는 열쇠이기 때문이다. 아드레날린 분출이 극도에 달하는 소설을 쓰고 있다 해도 속도를 조절할 필요가 있다. 반응 비트는 우리가 인물에 몰입하고 상황을 잠시 늦출 수 있는 일종의 기회다.

예를 들어보자. 로저는 악당의 총에 맞아 목숨을 잃을 상황을 겨우 모면한 뒤 자신이 침입했던 아파트에 몸을 숨기고 있다. 누구의 아파트일까? 그는 전혀 모른다.

로저는 아파트 안에 아무도 없다는 사실에 안도했다. 그는 소파에 앉아 숨을 가라앉혔다. 믿기지 않았다. 그들은 정말로 그를 죽이려 했던 것이다. 살면서 그가 곤경이라 할 만한 상황에 빠진 것은 7학년, 교장실에 불러간 때였다. 심지어 그 일은 오해에서 비롯된 것이었다.

나를 죽인다고? 누가? 왜?

그는 숨을 들이마시고 다시 크게 내쉬었다. 천천히 심호흡을 이어갔다.

좋았어. 그는 혼잣말을 했다. 나는 목표 지향적인 사람이잖아. 이제 뭘 어떻게 해야 할지 생각해낼 수 있을 거야.

경찰에 전화를 걸자. 그런데 그래도 될까?

그들이 어떤 놈들인지 알잖아. 내가 그랬다는 걸 금방 알게 되겠지. 총으로 쏴달라고 등에 커다란 표적을 매다는 꼴이야.

그럼 누구한테 알리지? 형한테 연락해볼까? 스티브 형은 여기저기 아는 사람들이 많았다. 다들 로저가 어울리고 싶어 하지 않을 부류였다. 지금까지는.

스티브 형이라니. 말도 안 하고 지낸 지가 벌써 5년인데.

그들은 친했던 적이 없었다. 두 사람이 어렸을 때…….

이 장면은 과거에 대한 회상과 함께 계속되고, 마침내 로저가 스티브에게 연락하기로 결정을 내리면서 다음 행동 장면으로 이어진다.

동전의 양면처럼, 행동의 반대편에서 작가는 반응 비트를 줄임으로써 상황의 속도를 올릴 수 있다. 순간적인 감정이나 분석만으로도 행동에서 행동으로 전환할 수 있고, 때로는 완전히 반응 비트를 배제한 뒤 나중에 빈 곳을 채울 수도 있다.

로저는 아파트 안에 아무도 없다는 사실에 안도했다.

스티브. 형 스티브에게 연락할 필요가 있었다.

아파트 안에는 아무도 없었다.

그는 형 스티브에게 전화를 걸었다.

장면을 이루는 세 가지 구성 요소 쓰기

갈등과 긴장감이 넘치는 장면을 써보자. 우선 행동 장면의 세 가지 구성 요소를 설정한다.

목표: 이 장면에서 로저의 목표는 눈에 띄지 않게 LA 시내의 브로드웨이로 걸어가 6번가와 브로드웨이의 모퉁이에 자리한 작은 상점에 들어가는 것이다. 그곳에는 진짜 연쇄살인범의 정체를 알고 있는 사람이 있다. 로저에게 필요한 정보다.

장애물: 이 장면에서 중요한 장애물은 상점에 있는 남자다. 그 남자를 '미스터 킴'이라고 부르자. 그는 로저에게 필요한 정보를 주려 하지 않을 것이다.

다른 장애물은? 그 장소는 로저에게 불길한 느낌을 줄 것이다. 그는 누군가 자신을 주시하고 있음을 느낀다. 아마도 어떤 이유로 경찰차가 상점 앞에 주차할지 모른다. 이런 상황은 로저가 상점에 들어가기 전이나 직후에 일어날 수 있다.

직후에 일어나는 것으로 결정하자. 그렇게 하면 로저가 밖으로 나왔을 때 조심해야 하는 이유가 추가로 생기게 된다.

결과: 장면 마지막에 로저는 필요한 정보를 얻을 것인가? 다시 말해, 그는 이 장면의 목표를 달성할 것인가?

대개 작가는 장면이 좌절이나 곤경, 실패로 끝나기를 바란다. 우리가 이미 이야기했던 '걱정'의 관점에서 보면 일리가 있다. 또는 주인공이 장면의 목표를 달성하게 만들고, 이후 상황을 더 나쁘게 만드는 다른 사건이 발생하도록 설정할 수도 있다.

이 시점에서는 로저에게 연쇄살인범의 정체를 계속 숨기자. 서스펜스가 고조된다. 미스터 킴이 정보를 내어주지 않게 만드는 것이다. 대신 로저에게 일종의 경고로써 피해야 할 곳을 알려주게 할 수도 있다. 또는 로저가 계속 압박하는 바람에 그가 화를 내버릴지도 모른다.

여기서 브레인스토밍을 한다. 이 장면의 가능한 결과를 목록으로 작성하자.

미스터 킴이 엽총을 꺼내 로저를 쫓아낸다.

또는 미스터 킴의 부인이 엽총을 들고 뒤에서 나온다.

또는 어떤 남자가 하필 그 순간 상점을 털려고 들어온다.

아니면, 경찰이 차 밖으로 나오고, 미스터 킴이 경찰을 향해 로저를 가리키며 이 남자를 잡으라고 소리를 지른다면?

가능한 선택지를 더 생각해낼 수 있다. 창의성의 비결은 많은 아이디어를 떠올린 뒤 가장 좋은 것을 선택하는 데 있다. 마음에 들지 않은 아이디어부터 하나씩 삭제해나가는 것도 방법이다.

자, 강도 사건 시나리오는 별로다. 지나치게 단순한 우연 같다. 인물의 상황을 더 나쁘게 만드는 것이 권장된다고 해도(반대로 인물을 구해주는 상황은 대개 금지 사항이다) 이 정도 우연은 너무 억지스럽다. 반면에 경찰이 출동하는 상황은 괜찮아 보인다. 나는 그 시나리오가 마음에 든다. 경찰이 로저의 정체를 눈치챘다면 엄청나게 곤란한 상황이 이어질 테니 말이다.

이제 나만의 세 가지 요소는 정해졌다. 이젠 이 장면을 시작하기에 적절한 장소를 찾을 차례다.

장면의 속도 조절하기

일반적으로 장면을 시작하는 두 가지 방법이 있다.

1. 장소를 결정하고 행동을 진행한다.
2. '인 메디아스 레스in media res' 즉 '사건 한가운데서' 바로 행동으로 시작하고, 필요할 경우 장소에 관한 자세한 내용은 슬쩍 흘린다.

속도는 결국 작가에게 달려 있다. 첫 번째는 상황의 속도를 늦추는 방법이고, 두 번째는 빠르게 진행하는 방법이다. 매번 얼마나 많은 단어를 사용하느냐에 따라 속도를 추가로 조절할 수 있다.

나는 이 장면의 속도가 빨랐으면 하기 때문에 장소 설명에 많은 시간을 할애하지 않을 것이다. 행동이 진행되는 사이 세부 사항만 조금씩 흘릴 생각이다.

로저는 퍼싱 스퀘어 지하철역에서 내렸다. 순간 그는 방향감각을 잃었다. 어느 쪽이 북쪽이고 남쪽인지 알 수 없었다. 미로 한가운데 갇혀버린 건지도 몰랐다.

이제 우리는 로저가 어디에 있고 어떤 기분인지 조금은 안다. 인물과 독자 사이의 유대감 형성 비결은 감정에 있다는 점을 기억하자. 길을 잃거나 갇힌 것 같다는 로저의 내면을 살짝 엿보는 것으로 분위기는 조성된다.

마침내 그는 방향감각을 되찾아 브로드웨이로 향했다. 태양은 건물들이 만든 콘크리트 협곡에 가려 보이지 않았다. 오래된 건물도 있고, 새 건물도 있고, 당장 보수 작업이 필요한 건물도 있었다.

그는 챙을 꺾으며 모자를 더 깊이 눌러썼다. 마치 험프리 보가트라도 된 듯. 하지만 그는 보가트가 아니다. 그는 사립탐정이 아니고, 이것은 1940년대 누아르 영화도 아니다. 그는 회계사였고 이것은 실제 상황이었다. 그를 알아보는 단 한 사람만 나타나도 그의 인생은 끝장나버릴 현실이었다.

아니면 뭔가 효과를 입힐 수도 있다. 첫 초고 작업에서 분위기를 활용해보는 것이다. 우리 모두 거쳐야 할 일이다.

여러 가지를 시도하되, 장면의 분위기와 일관성을 유지하도록
신경 쓰자. 행동 장면을 구성하는 세 가지 요소를 알고 있으니, 우
리는 제대로 된 구장에서 뛰는 셈이다.

주류 판매점 남자의 이름이 뭐였더라? 킴. 그래 미스터 킴이었
어. 6번가와 브로드웨이 사이에 있는 가게라고 했지. 톰슨 말이 옳
다면 미스터 킴은 로저의 악몽을 끝내는 열쇠가 될 터였다.

카페 스타일의 간이식당과 살사가 요란하게 울리는 싸구려 옷가
게 사이 눈에 띄지 않는 공간에 도착하기까지 5분이 걸렸다.

브로드웨이 맞은편에서 경찰 순찰차가 배회하는 모습이 눈에 띄
자 로저는 옷가게의 벽에 바싹 붙어 섰다.

수상쩍게 보이면 안 돼. 그는 생각했다. 하지만 수상쩍게 보이지
않으려는 모자 쓴 남자보다 더 수상쩍은 게 있을까?

그는 유리창 안쪽의 티셔츠를 바라봤다. 멕시코 축구 선수와 여
성 캐스터가 프린트된 티셔츠가 이번 시즌의 인기 품목인 모양이
었다.

순찰차가 충분히 멀어졌을 때 로저는 주류 판매점 안으로 황급
히 몸을 숨겼다.

미스터 킴이라고 짐작되는 남자가 카운터 뒤에 선 채 앞에 펼쳐
놓은 신문을 읽고 있었다. 50세쯤 되어 보였고, 숱 많은 검은 머리
에 검은 테 안경을 썼다.

남자는 로저를 흘긋 쳐다보더니 다시 신문으로 눈길을 돌렸다.

"당신이 미스터 킴입니까?" 로저는 다가가며 물었다.

남자가 고개를 들었다. "뭐라고?"

"미스터 킴?"

남자의 눈이 가늘어졌다. "당신 누구요?"

이제 이 장면과 장애물들이 모두 마음에 든다.

두려움은 장면의 본질이다

오래전 무하마드 알리가 비행기에 탔을 때 난기류를 만난 적이 있다고 한다. 기장은 모든 승객에게 좌석 벨트를 매라고 지시했다.

알리는 지시를 따르지 않았다. 승무원이 알리에게 다가와서는 좌석 벨트를 매줄 것을 정중하게 부탁했다. 알리는 말했다. "슈퍼맨에게 좌석 벨트 같은 건 필요 없습니다." 승무원은 주저하지 않고 대답했다. "슈퍼맨에게는 비행기도 필요 없지요."

소설에는 슈퍼맨이 없다. 연속되는 두려움 속에서 모든 사람이 무언가를 느껴야 한다.

미지의 것에 대한 두려움

『앵무새 죽이기』를 관통하는 두려움의 끈은 부 래들리라는 미지의 유령이다.

젬 오빠가 바지를 제대로 입고 있었다 해도 우리는 잠을 푹 잘 수 없었을 것이다. 뒤쪽 베란다에 있는 내 간이침대에 누워 있자니

매일 밤 들려오는 소리가 세 배는 더 커졌다. 자갈을 밟는 발소리는 마치 부 래들리가 앙갚음을 하려는 소리처럼 들렸고, 밤에 울리는 흑인의 웃음소리는 부 래들리가 풀려나 우리를 뒤쫓는 소리처럼 들렸다. 방충망에 부딪치는 벌레들은 부 래들리가 미친 듯 손가락으로 철망을 조각조각 끊는 소리 같았고, 멀구슬나무는 마치 악의에 차 살아서 흔들리는 것 같았다.

하지만 두려움의 형태는 미지의 것(미래)을 두려워하는 단순한 걱정으로도 나타날 수 있다.

로버트 B. 파커의 '제시 스톤 시리즈' 중 『스톤 콜드Stone Cold』에서, 제시는 파라다이스 비치에 혼자 앉아 자신이 해결하고자 하는 살인 사건에 대해 생각한다. 하지만 사실을 낱낱이 늘어놓는 대신 작가는 몇 가지 걱정의 실타래만 슬쩍 엮어놓는다.

잭 러셀 테리어 한 마리와 달리기를 하는 핑크색 재킷 차림의 한 여자를 제외하면 마을 해변에는 사람의 왕래가 없었다. 제시는 무용지물이라 단언할 수 있는 작은 가건물 아래 잠깐 서 있었다. 그의 왼편으로 20피트 떨어진 곳이 케네스 아이슬리의 사체가 파도에 휩쓸려 내려갔다가 다시 떠밀려 온 지점이었다. 첫 번째 사건. 제시는 잿빛 하늘과 만나는 잿빛 바다의 가장자리를 바라봤다. 사건이 아주 오래전 일처럼 느껴졌다. 케네스 아이슬리의 사체를 찾은 것이 11월이었고, 지금은 2월 초였다. 개는 여전히 발렌티와 같이 있었다. 너무 길어. 개를 그렇게 오랫동안 보호소에 두어서는 안 돼. 개를 맡아줄 사람을 찾아봐야겠군.

제시는 수사 기간뿐 아니라 보호소에 맡겨진 살해당한 남자의 개도 걱정하고 있다.

2월의 해변은 춥다. 제시는 터틀넥 스웨터와 양가죽 재킷 차림이었다. 귀까지 덮이도록 모직 모자를 푹 눌러썼고, 양손은 재킷 주머니에 넣었다. 케네스, 누가 당신을 죽였는지 난 알아.

제시는 '알고' 있지만 증거가 없다. 모두 직감이다. 그 점이 제시를 괴롭힌다. 수색영장조차 집행하지 못하고 있다. 연인이었던 애비 테일러 사건을 포함해서 그가 '알고 있는' 다른 살인 사건들도 있다.

그는 작은 가건물에서 나와 모래사장으로 들어섰다. 만조 때 파도가 밀려오는 지점이었다. 해조와 표류물이 뒤엉켜 들쭉날쭉한 선을 만들어놓았다. 그의 앞에는 탐지견 잭 러셀 테리어가 구르고 짖으면서 바다로 달려갔다가 물에 가까워지면 재빨리 다시 도망쳤다. 개는 바다를 도발하고 있었다. 쇼핑몰에서 누가 그 여자를 죽였는지, 교회 주차장에서 누가 그 남자를 죽였는지, 그리고 누가 애비를 죽였는지 나는 안다. 제시는 모래사장을 따라 터벅터벅 걸으며 발밑으로 조금씩 움직이는 모래를 느꼈다. 이제 내 차례일까?

이제 제시 자신이 표적이 되었다는 걱정이 더해졌다. 이는 스스로의 삶에 대한 깊은 생각으로 이어진다.

나는 그들의 관심을 얻었다. 그들은 나에게 반응하고 있다. 이제 시작이다. 만약 내가 그들과 함께 있으면 그들이 나를 공격할 수 있고, 나는 그들을 잡을 것이다. 그는 혼자서 웃었다. 아니면 그들이 나를 잡거나. 그는 걸음을 멈추고 바다를 쳐다봤다. 하늘 저 높이 재갈매기 한 마리가 아래를 내려다보며 먹잇감을 찾아 바다 위를 천천히 선회했다. 수평선 위로 아무것도 움직이지 않았다. 그들이 나를 잡는다고 해도 난 크게 개의치 않을 것이다.

이런 생각은 더 이어지고, 마침내 단락이 끝을 맺는다.

쓸모없는 작은 가건물로 돌아와서 제시는 다시 걸음을 멈추고 바다를 쳐다봤다. 생명체는 보이지 않았다. 그는 혼자였다. 숨을 들이마시고는 바다의 조용한 소리와 자신의 부드러운 호흡에 귀를 기울이며 서 있었다. 그들이 성공할지 궁금하군.

인물 혼자서 생각하는 장면을 쓸 때는 이렇게 하자.

1. 인물이 걱정하는 이야기 요소를 모두 열거한다.
2. 인물이 가지고 있을지 모를 삶의 문제도 열거한다(제시 스톤의 경우 자신이 살해당한다 해도 크게 개의치 않을 거라는 점).

3. 인물이 배경을 오랫동안 지켜보는 부분(제시 스톤의 경우 잿빛의 외딴 장소)에 위에서 열거한 내용들을 엮어 넣는다.

4. 이 부분을 길게 늘이자. 할 수 있다면 모든 감정을 넣어본다.

5. 원하는 분위기에 맞게끔 이 부분을 편집한다.

이렇게 생각에 잠기는 단락이 소설에서 가장 강력한 힘을 가질 수도 있다. 독자들은 인물 내면의 갈등을 들여다볼 때 즉시 높은 관심을 보인다.

독자들은 왜 감정적으로 반응하는 것일까? 그리고 그런 일은 언제 일어날까? 보통 독자들의 반응은 인물이 스스로의 행동으로 인해 불안을 경험할 때 나타난다. 그중에서도 변화를 기대했지만 오히려 절망적인 결과를 맞이할 때 특히 그렇다.

소설에서 좌절은 핵심 요소다. 이때의 좌절은 "아, 나 좌절했어" 같은 경우가 아니라, 결과를 가리키는 하나의 명사다. 인물이 원하거나 기대하는 바가 외면당하는 것이다. 그러한 상황은 모든 장면에 걸쳐 역동성을 부여하기도 한다.

소설은 현실이 아니다

얼마 전 나는 동료 스릴러 작가 세 명과 함께 공개 토론회에 참여했다. 질의응답 시간에 객석에서 이런 질문이 나왔다. 멋진 행동 장면을 쓰는 법을 어떻게 배울 수 있을까요?

나는 이렇게 대답했다. 행동 장면이란 이야기의 핵심이 되는 인물의 '내면'에서 벌어지는 일이므로 대화, 생각, 묘사, 행동 등 소설 쓰기의 모든 요소를 이용해 함축적으로 또는 명확하게 표현할 수 있다고 말이다.

그런 뒤 작가 딘 쿤츠가 어떻게 하는지, 특히 최고의 베스트셀러로 평가받는 『어둠 속의 속삭임Whispers』을 읽어보라고 추천했다. 그 책에서 딘 쿤츠는 열일곱 쪽에 걸쳐 이어지는 행동 장면(성폭행을 시도하는 장면)을 썼다. 그렇다, 무려 열일곱 쪽이다! 그 장면은 집이라는 밀폐된 한 공간에서 벌어진다.

다른 토론 참가자가 (온화하면서 전문가다운 태도로) 항변했다. 행동은 '현실적'이어야 한다는 말이었다. 예를 들어 엽총이 발사될 때는 누구도 생각할 겨를이 없다. 모든 일이 너무 순식간에 벌어진다. 만약 누군가 총에 맞아 통증을 느끼면 그는 그 어떤 것도 생각하지 않을 것이다. 그저 아플 뿐이다.

훌륭한 토론회를 위한 유익한 내용이었다. 나는 입술을 달싹였지만 불행히도 토론은 거의 막바지였고 곧 끝날 시간이었다. 나에게는 대답할 기회가 없었다.

드디어 여기서 그 기회가 왔다.

우선 나는 총이 넓은 의미에서 행동을 포괄하지 않는다고 말했을 것이다. 앞서 언급한 『어둠 속의 속삭임』의 그 장면에는 주인공을 스토킹하는 인물이 등장한다. 총은 없다. 따라서 이 경우 총의 예는 설득력에 한계가 있다.

그뿐만이 아니라 훨씬 더 중요한 것이 있다. 소설은 현실이 아니다! 소설은 감정적인 효과를 위해 일정한 양식에 맞춰 현실을 해석한 것이다. 아주 중요한 점이기 때문에 다시 한 번 강조하고 싶다. '소설은 감정적인 효과를 위해 일정한 양식에 맞춰 현실을 해석한 것이다.'

현실은 지루하다. 현실은 드라마가 아니다. 현실은 어떤 대가를 치르더라도 피해야 한다(레이 브래드버리는 이렇게 말했다. "글쓰기에 흠뻑 취해 있어야만 현실이 우리를 파괴할 수 없다."). 좋은 이야기는 지루한 부분을 빼버리고 남은 인생이라는 앨프리드 히치콕의 명언도 같은 맥락이다. 현실에는 지루한 부분이 있다. 그것도 아주 많이. 현실은 그럴 수밖에 없지만 소설은 아니다.

스릴러 작가는 독자가 이야기를 대리 경험 한다고 믿기를 바란다. 우리가 이런저런 기법을 이용하는 것은 독자의 감정을 계속해서 붙잡기 위함이다. 만약 감정적인 고리가 없다면 그 내용이 아무리 '진짜'처럼 보인다고 해도 스릴은 없을 것이다.

『어둠 속의 속삭임』 중 몇 장면을 살펴보자. 성공한 시나리오 작가 힐러리 토머스는 집에 돌아왔을 때 전에 한 번 만났던 브루노 프라이라는 남자가 자신을 기다리고 있다는 것을 알게 된다. 남자는 카드놀이나 하러 온 게 아니었다.

그녀는 불안한 듯 헛기침을 하며 물었다. "여기서 뭐 하는 거죠?"

"당신을 만나러 왔어요."

"왜요?"

"그냥 다시 봐야 했으니까요."

"뭐 때문에요?"

남자는 여전히 히죽거리고 있었다. 긴장한 약탈자의 표정이었다. 그의 미소는 궁지에 몰린 토끼를 굶주린 턱으로 물기 직전인 늑대의 것과 같았다.

쿤츠는 약간의 설명을 대신해서 대화에 끼어든다. 이것은 슬로모션의 효과를 낸다. 슬로모션은 좋은 행동 장면을 만드는 또 다른 열쇠다. 이 기법의 핵심은 작가가 기대하는 감정과 분위기를 만들기 위해 실제 시간을 늦추는 것이다.

이제 그녀는 남자가 무엇을 원하는지 확실히 알았다. 하지만 그것은 미친 짓이고 생각할 수도 없는 일이었다. 부유한 데다 사회적 지위도 높은 남자가 도대체 왜 잠깐의 폭력적인 강제 섹스를 위해 자신의 재산과 명성, 자유를 감수하면서까지 수백 마일을 이동해 온 걸까?

이제 쿤츠는 생각을 집어넣는다. 현실에서라면 강간범이 한 걸음 다가오는 순간 곰곰이 생각하거나 자신을 들여다보는 일은 없을 것이다. 하지만 소설은 이처럼 순간을 늘인다. 쿤츠는 긴장을 고조시키고 있다. 그는 독자들이 분노에 차 책장을 넘기는 사이 긴장을 멈추지 않기를 원한다.
하지만 열일곱 쪽을 그런 식으로 쓰다니. 쿤츠는 미친 것인가? 아니면 역사상 뛰어난 베스트셀러 작가로 꼽히는 것에는 그럴 만한 이유가 있는 것일까?

사실 쿤츠는 자신이 하는 일을 정확히 알고 있는 완벽한 프로다. 두어 쪽에서는 그 용어를 정확히 거명하기도 한다.

돌연 세상이 한 편의 슬로모션 영화 같았다. 1초가 1분처럼 느껴졌다. 그녀는 악몽 속의 생명체처럼 다가오는 남자의 모습을 지켜봤다. 불현듯 주변 공기가 시럽처럼 걸쭉해졌다.

이것이 바로 감정적 효과를 얻기 위해 양식에 맞춘 행동이다.

영화적 기법을 활용하자

우리는 시각의 시대를 살아간다. 영화, TV, 유튜브, 인터넷이 정보를 처리하고 오락을 즐기는 방법을 바꾸고 있다.

19세기에는 좀 달랐다. 찰스 디킨스와 조지 엘리엇 같은 당대의 소설가들은 장소를 묘사하고, 배경을 설정하고, 독자들을 매혹하기 위해 엄청난 양의 잉크를 써야 했다. 독서를 방해하는 게 거의 없었던 시대의 독자들은 그것을 잘 참아냈다.

이제 상황이 변했다. 모두가 빠르게 움직인다. 최대한 빨리 마음속에 그림을 그린다. 이 일을 하다가 저 일로 뛰어들고, 때로는 두세 가지 일에 동시에 뛰어들기도 한다. 영화 속의 끊임없는 점프 컷과 같은 삶이다.

그렇다면 소설도 영화를 유리하게 모방할 수 있다. 컷, 클로즈업, 슬로모션 같은 영화의 기법을 이용해 독자에게로 다가가는 것이다. 이러한 기법은 상상력을 번역하는 소프트웨어가 된다.

또 다른 행동 장면을 살펴보자. 이번에는 스릴러의 거장 데이비드 모렐의 작품이다. 『보호자The Protector』에서 사설 경비원 카바노프는 대니얼 프레스콧이라는 저명한 생화학자를 보호하기 위해 고용되었다. 아주 비열한 악당들이 프레스콧을 노리고, 그를 데려오기 위해서라면 살인도 마다하지 않을 기세다.

이 장면에서 카바노프는 감시 카메라, 모니터, 전자 계기판이 설치된 창고에 숨어 지내던 프레스콧을 만난다. 카바노프가 프레스콧에게 뭐라 지침을 내리기도 전에 폭발 사고가 일어나 그가 타고 온 평범한 자동차를 날려버린다.

스피커를 통해 전달된 엄청난 굉음에 방 전체가 흔들렸다. 자동차가 콘크리트에 부딪쳐 연기가 피어오르고 불이 나는 모습이 모니터에 똑똑히 떠올랐다.

프레스콧은 입을 다물지 못한 채 그 장면을 바라봤다.

모렐은 폭발 이후 프레스콧의 반응을 클로즈업해서 보여주며 뜸을 들인다. 이어지는 일들의 배경이 된다 할 만한 이 '설정 쇼트'는 이후에도 반복된다.

두 번째 폭발이 방을 뒤흔들었다. 다른 모니터 화면에는 카바노프가 창고에 들어올 때 통과했던 문이 보였다. 안쪽을 향해 폭발하여 계단 아래까지 연기와 화염에 휩싸인 모습이었다. 남자 셋이 잽

싸게 들어왔다. 머리가 엉망이고 짧은 수염으로 뒤덮인 얼굴은 더러웠지만, 눈빛은 노숙자의 것처럼 멍하지도 않았고 마약중독자의 것처럼 절망적이지도 않았다. 남자들의 눈빛은 카바노프가 우연히 마주쳤던 총격대원의 것처럼 경계심을 늦추지 않고 있었다.

'현실'에서 이처럼 두 번째 폭발이 일어난다면 누구도 생각할 여유가 없을 것이다. 하지만 소설은 감정적인 효과를 위해 일정한 양식에 맞춘 현실이라는 점을 기억하자. 모렐은 이 행동이 카바노프에게 미친 영향을 설명하기 위해 적절한 시점에 몇 가지 비트를 제공한다. 그는 남자들의 얼굴, 특히 눈빛을 관찰한다. 이에 카바노프는 다음과 같이 반응한다.

"여기서 나가는 다른 길이 있습니까?"
프레스콧은 계속 화면을 주시했다. 모니터에는 남자 셋 중 하나가 권총으로 엘리베이터 문을 겨누는 사이 나머지 두 명이 총을 위쪽으로 올린 채 계단을 뛰어오르는 모습이 보였다.
"프레스콧?" 카바노프는 재차 그를 부르며 무기를 꺼냈다.

프레스콧의 얼굴 '쇼트'로 돌아가면 독자는 영화의 효과와 비슷한 방식으로 공포가 임박했다는 느낌을 받는다.
앨프리드 히치콕의 영화 「새The Birds」에는 아주 유명한 장면이 있다. 멜러니 대니얼스(티피 헤드런)가 탱크에 쏟아진 휘발유를 따라 획획 치솟는 불길을 보며 결국 탱크가 폭발하리라는 생각에 공포에 떠는 장면이다. 히치콕은 불길과 멜러니 사이를 번갈아 비추고, 멜러니는 매번 다른 표정을 지으며 머리의 각도를 바꾼다(한 쇼트 안에서는 전혀 움직이지 않는다). 관객에게 진정한 감정을 일으키는 순수한 방식이다.

그러니 영화 기법을 통해 행동 장면을 생각해보자. 독자에게 우리가 기대하는 감정을 불러일으킬 수 있을 것이다.

장면의 특징에 따른 문체 쓰기

행동 장면과 기법은 스릴러 작가만을 위한 것이 아니다. 문학성을 중시하고 순수한 스타일을 선호하는 경우에도, 스릴러 설정에서와 마찬가지로 감정적 효과를 위해 일정한 형식에 맞추어 현실을 해석할 수 있다.

팻 콘로이의 『사랑과 추억The Prince of Tides』에서 화자인 톰 윙고와 형 루크는 여동생 서배너가 그리니치빌리지 교회에 마련한 시 낭송회에 참석한다.

서배너가 대기실에서 나왔을 때 교회는 거의 만원이었다. 판초와 베레모 차림에 가죽끈이 달린 샌들을 신고 수염을 기른 거만한 표정의 남자가 그녀를 소개했다. 프로그램에 따르면 남자는 뉴욕파의 수석 대변인이었고 헌터 칼리지에서 '시, 혁명 그리고 오르가슴'이라는 과목을 가르쳤다. 나는 보자마자 그가 마음에 들지 않았지만, 서배너를 소개하는 모습에서 진심과 관대함이 느껴지자 곧 마음을 바꿨다.

보조 인물을 묘사하는 데 왜 이렇게 많은 시간을 할애하는 걸
까? 행동의 본질이 인물 '내부'에 영향을 미치기 때문이다. 콘로
이는 다음과 같이 이어간다.

나는 늘 여동생의 목소리를 좋아했다. 서배너의 목소리는 맑고
경쾌하다. 도시의 신록 위로 울리는 종소리나 난초 뿌리 위에 내려
앉은 눈처럼 계절이 느껴지지 않는 목소리. 폭풍우와 어둠, 겨울의
적수인 초록을 띤 목소리. 서배너는 마치 과일을 맛보는 양 한 단
어 한 단어 세심하게 발음한다. 서배너의 시에 등장하는 단어들은
아주 은밀하고 향기로운 과수원과 같았다.

한 여성이 자작시를 읽는 단순한 행동 장면임에도 서정적인
문장이 감정적인 효과를 자아낸다. 그렇게 콘로이는 분위기를 조
성할 뿐 아니라 화자의 마음속을 살짝 보여주는 것이다.

이러한 의외의 전환 또한 정당한 방식이다. 나는 스릴러, 범
죄, 미스터리, 서스펜스 등 장르 작가들이 쓴 행동 장면에서도 문
체에 강점을 두는 글쓰기가 역시나 효과를 발휘한다는 점을 언
급하고 싶다. 다시 한 번 말하지만, 작가는 현실의 관념에 얽매일
필요 없이, 목적을 위해 현실을 일정한 양식에 맞추어 해석할 수
있다. 작가의 즐거움이 그렇게 큰 이유다.

가장 냉소적인 하드보일드 작가로 평가받는 미키 스필레인

의 경우를 보자. 그는 상황 전개를 늦추고 행동의 본질이 자리한 인물의 '내면'을 움직이기 위해 문체를 사용하는 작가다.

『고독한 밤One Lonely Night』의 주인공 마이크 해머는 밀실에 갇혀 비열한 공산주의자들에게 고문당하고 있는 자신의 아름다운 비서 벨다를 구하기 위해 소형 기관총으로 무장한다. 제2차 세계 대전에 참전했던 퇴역 군인 해머는 밀실로 뛰어들기 직전 스스로에 대한 의문에 사로잡힌다. 나는 왜 이렇게 살상을 좋아할까. 사회의 기준으로 봤을 때 왜 이렇게 침울하고 비뚤어졌을까. 그리고 어쩌다 이렇게 살게 된 것일까.

해머는 밀실 가까이 다가가 악당들이 무고한 벨다에게 고통을 가하는 광경을 목격한다. 그렇다면 스필레인은 해머를 곧장 밀실로 뛰어들게 할까? 아직은 아니다!

그리고 영원처럼 느껴진 그 순간 나 자신에게 던져진 물음을 들었고, 그 답을 깨달았다! 다른 사람들이 죽는 동안 왜 나는 살게 되었는지 알게 되었다! 왜 형편없는 모습으로 계속 살아 있는지, 왜 죽음의 신을 데리고 온 남자가 나를 잡지 못했는지 나는 알았다. 내 목소리가 하늘에 울리도록 소리를 지르며, 나는 소형 기관총을 쥔 채 밀실의 문을 부수고 들어갔다.

그렇게 해머는 기관총을 발사한다. 스필레인은 이 장면 역시 '현실적으로' 묘사하지 않는다. 그는 다시 해머의 속마음을 보여준다.

나는 스스로를 죽이고 싶어 하는 기생충 같은 놈들과 인간쓰레기를 죽이기 위해 살았다. 나는 죽이기 위해 살았다, 다른 사람들이 살 수 있도록. 내가 죽이기 위해 살았던 건, 살인을 업으로 삼는 놈들의 피를 보겠다는 생각에 빠져 내 영혼이 굳어버렸기 때문이다. 내가 살았던 건, 그것을 웃어넘길 수 있었고 다른 이들은 그럴 수 없었기 때문이다. 나는 악에 대항하는 악이다! 그 중간에 있는 선하고 약한 자들이 세상을 물려받아 살 수 있게 하려는 악.

스필레인은 해머의 내면에서 드러난 행동의 본질을 보여준 뒤에야 외적인 행동으로 넘어간다.

내 고함 소리와 기관총의 무시무시한 굉음이 그들의 귓가에 울렸다. 그들이 마지막으로 들은 것은 총알이 자신의 뼈와 내장을 파고드는 소리였다. 그들은 도망치려다가 바닥에 쓰러졌고, 내장이 찢어지고 터져 벽에 흩뿌려지는 것을 느꼈다.

이 마지막 단락이 스필레인보다 못한 작가가 썼을 법한 유일한 장면이다(그는 이제껏 평론가들이 보내온 찬사보다도 훨씬 훌륭한 작가다). 스필레인은 과장된 언어, 접속사 없이 이어지는 문장 구조, 인물 내면을 들여다보는 슬로모션 기법을 이용해 행동을 보여줄 뿐 아니라, 오랫동안 기억에 남을 인물을 만들어낸다.

이렇게 해보자.

자신의 원고에서 행동 장면을 찾는다. 예컨대 주인공이 이야기 속 죽음의 문제를 해결하도록 도와줄 목표를 좇는 장면이라고 해보자.

- 장면을 쭉 한 번 돌이켜본 뒤 새 문서를 열어 멈추지 말고 10분 동안 써보자. 인물 내면의 생각만 쓴다. 현재의 감정, 인생관, 자기 성찰, 과거에 대한 생각, 짧은 회상, 글을 쓰는 동안 생각난 다른 것 등등, 모든 측면에서 인물의 내면을 충분히 살펴보자. 멈추지 말고, 자체 검열도 하지 않는다. 의식의 흐름을 따른다.
- 그렇게 쓴 내용을 1시간 이상 그대로 둔다. 일정에 따라서는 하루나 이틀을 기다려도 좋다. 다시 읽으면서 눈에 띄는 문장이나 단어에 강조 표시를 한다. 참신하거나 통찰력을 보여주는 부분이다.
- 이렇게 강조한 부분을 장면에 넣는다. 한 단락에 모을 수도, 전략적으로 여러 단락에 나눠 배치할 수도 있다. 중요한 것은 인물의 머릿속을 독자에게 보여주는 것이다.
- 행동이 강렬할수록 독자가 이러한 문체를 더욱 쉽게 받아들이리라는 점을 기억하자. 단, 인물의 내면이 외적인 강렬함과 조화를 이루도록 한다.

특정한 유형의 장면 활용하기

소설에는 반복되는 특정한 유형의 장면들이 있다. 이 장면들은 행동의 강도를 높이는 좋은 기회를 제공하기도 한다. 이를 최대한 활용하는 몇 가지 방법을 살펴보자.

추격 장면

오랫동안 액션 영화의 소재가 된 추격 장면은 영화 못지않게 소설에서도 아주 유용하다. 추격 장면은 주로 스릴러에 등장하지만 적절하게 사용하면 다른 어떤 장르에서도 쓸 수 있다.

알 수 없는 이유로 주인공이 누군가에게 쫓기는 인물 중심의 소설을 생각해보자. 한 여자가 고향 동네의 거리를 걷던 중, 문득 어둠 속에서 자신을 뒤따라오는 한 남자의 존재를 알아챘다.

그저 자신만의 생각에 빠진 채 걷는 생판 모르는 사람일까? 아니면 예전 친구일까?

그 사람이 누구든 추격 설정을 이용하여 불안감을 끌어올릴 수 있다. 이를 위해서는 다음과 같은 요소가 필요하다.

1. 쫓기는 사람
2. 쫓는 사람
3. 아슬아슬한 탈출
4. 인물의 감정 관찰

다음은 내 단편집『등 뒤를 조심하라』에 실린「분노의 길Rage Road」중 일부를 발췌한 내용이다. 한 남자가 약혼녀와 함께 멋지게 뻗은 길을 따라 차를 달리고 있다. 그러던 중 남자가 경적을 울리자 트럭을 몰던 어떤 남자가 보복을 하겠다고 마음먹는다.

"트리시아, 우린 그럴 수 없어……." 백미러에는 속도를 내며 왼편으로 추월하려는 한 남자의 차량이 비쳤다. 왼편은 반대 차선이었다. 아직은 텅 비어 있었다.

"그렇게는 안 되지, 친구." 존은 그렇게 중얼거리며 액셀을 세게 밟았다. 다리 사이에 9밀리미터 베레타 권총을 끼우고 양손으로 운전대를 잡았다. 몇 초간 존과 남자의 차는 같은 속도로 달렸다. 존이 알티마 3.5 V6 차량의 속도를 부드럽게 올리며 남자의 트럭보다 차체 절반쯤 앞선 채 차선을 유지했다.

다음 순간 긴 직선 도로 저 앞쪽에서 대형 트럭이 달려오는 모습이 보였다. 트럭을 모는 남자가 뒤로 물러나 차선을 지키지 않으면 충돌할 터였다.

하지만 남자는 속도를 높였다. 어떻게든 존의 차를 앞서가려는 것이다.

존도 액셀을 밟았다.

"앞지르게 둬!" 트리시아가 말했다.

존은 말없이 고개를 좌우로 돌리며 남자의 트럭과 앞에서 다가오는 대형 트럭을 주시했다. 남자의 트럭은 이제 존의 차와 거의 나란히 달리고 있었다.

존은 더 세게 액셀을 밟았다.

"끼워주라니까!"

이제 대형 트럭이 경적을 요란하게 울리며 무자비한 경고를 보내기 시작했다.

존은 다시 한 번 옆으로 눈길을 돌렸다. 트럭 안의 남자와 시선이 마주쳤다. 이십 대로 보이는 민머리 남자의 깊숙한 두 눈동자는 짙었고 사시였다. 그저 악에 받쳐 존의 차를 들이받으려는 것 같았다. 순간 존은 그자가 정말 그러려나보다 생각했다.

하지만 마지막 순간, 사시 남자는 다시 속도를 늦춰 존의 차 뒤로 물러났다.

대형 트럭이 경적을 울리며 지나갔다.

열이 나는 듯 얼굴에서 흐르는 땀과 화끈함이 느껴졌다. 트리시아의 숨죽인 울음소리가 들렸다.

"울지 마."

"흐윽."

"제발."

"아무 말 하지 마."

존은 트리시아의 왼쪽 다리에 손을 얹었다. "자기야, 제발. 이번 일은 내 편을 들어줬으면 해."

백미러를 통해 사시 남자가 자동차 한 대 정도 거리를 두고 계속 따라오는 모습이 보였다.

트리시아는 서글프게 울음을 터뜨리며 그의 손 위에 자신의 손을 얹었다. "존, 난 자기를 믿어. 정말이야. 난 그저 아무 일도 일어나지 않기만 바랄 뿐이야."

몇 마일을 달리는 동안 처음으로 존은 스쳐 가는 푸른 언덕을 바라보았다. 비가 세차게 쏟아진 이후의 언덕은 언제나 멋져 보였다.

"자기야, 아무 일도 일어나지 않아. 당신이 나와 함께 있는 한 그럴 거야."

하지만 사시 남자는 어떨까? 방금 일어난 일에 대해 뭔가 생각이 있을까?

아마도 그런 모양이었다. 남자는 다시 한 번 빠르게 다가와 존의 차와 나란히 트럭을 몰았다.

존은 트리시아의 다리에서 손을 떼고 총을 잡았다. 분명하게 알려줄 때였다. 계속 자신들을 괴롭히면 무슨 일이 벌어질지 보여줄 것이다.

물론 정말로 총을 사용할 생각은 아니었다. 그저 보여주려는 것뿐이었다. 하지만 제대로 보여줄 것이다. 결코 만만한 놈으로 취급받아서는 안 되었다.

존은 왼손으로 운전대를 잡고 오른손을 뻗어 총을 잡은 뒤 집게손가락으로 창문을 내렸다.

바람이 들이쳤다.

"뭐 하려고?" 트리시아가 물었다.

"겁주려고."

"그렇다고 누군가를 총으로 겨누면 안 돼."

"위협받는 상황이라면 괜찮아."

그리고 이제 사시 남자의 차량은 거의 일직선상으로 다가왔다.

좋았어, 존은 생각했다. 놈의 사시안이 휘둥그레지는지 한번 보자고.

존은 기다렸다가 시간을 재고는 속도를 살짝 높였다.

사시 남자가 조수석 쪽 창문을 내렸다. 두 차량이 나란한 위치에 놓이자 남자가 욕설을 마구 퍼부었다. 존은 웃으며 총을 들었다.

그는 사시 남자에게 총을 겨눴다.

추격 장면을 쓸 땐 다음 내용을 염두에 두자.

1. 누군가의 뒤를 쫓을 만한 충분한 동기가 있는가? 오해에서 비롯한 이유일 수도 있다. 그렇다면 오해의 명분을 만들어내야 한다.

2. 이야기의 시점을 서술하는 인물이 이 추격 상황에 대해 어떻게 '느끼는가'? 어느 편이든 간에 그가 상황을 어떻게 느끼고 있는지 알아야 한다. 이는 상투적인 전개와 '진부한' 추격 장면에서 벗어나는 데 도움이 될 것이다.

3. 추격은 긴장감을 고조시킬 좋은 기회다. 다양한 비트(행동, 대화, 생각, 묘사 등)를 이용해서 긴장감을 높여본다.

싸움 장면

소설에서 싸움 장면이 제 역할을 하려면 다음 세 가지 요소가 필요하다.

1. 싸우는 사람들
2. 폐쇄된 공간
3. 감정적 요소

다음은 내 소설 『죽음의 시도Try Dying』 가운데 일부를 발췌한 내용이다.

랏소는 야구 배트를 들더니 나를 향해 배리 본즈처럼 스윙을 했다. 나는 몸을 웅크렸다. 배트가 문 안쪽 기둥을 강타하며 큰 소리를 냈다.

나는 뒤로 물러서서 비틀거리며 노숙자 캠프로 들어갔다. 쇼핑 카트와 부딪쳤다. 랏소가 다시 스윙 준비를 하는 모습이 보였다.

랏소의 야구 배트가 쇼핑 카트의 내용물을 사정없이 내려쳤고, 나는 몸을 돌려 카트 반대편 쪽으로 방향을 바꿨다. 주먹으로 베개를 치는 것 같은 소리가 났다. 그것도 커다란 주먹으로.

이제 카트를 사이에 두고 배리 본즈와 마주 볼 수 있었다. 자동차 주위에서 술래잡기 놀이를 하는 아이들처럼. 하지만 그렇게 영원히 지속될 수는 없었다.

랏소의 눈은 무언가를 물고 싶은 미친 해충처럼 번득였다.

내게도 무기가 필요했다. 한쪽에 가구가 좀 있었다. 낡은 소파. 망가진 의자. 상처가 많이 난 오래된 작은 탁자. 하지만 탁자 다리 네 개는 모두 온전했다.

"넌 이제 죽었어." 랏소가 말했다.

"너도 이러고 싶진 않잖아."

"응, 그럼." 그는 웃었다. 약에 취한 걸까? 아니면 그냥 미쳤거나.

"그거 내려놓고 얘기하자."

"성한 몸으로는 못 나가."

랏소가 야구 배트로 쇼핑 카트의 가장자리를 두드리기 시작했다. 철컹. 철컹. 철컹.

나는 한 걸음 뒤로 물러서서 카트 옆에 오른발을 놓은 뒤 랏소의 몸통을 향해 밀었다. 랏소가 무언가에 걸려 미끄러지지 않고서야 나로서는 작은 탁자가 있는 곳까지 갈 방도가 없었다.

그는 미끄러져 넘어졌고 나는 작은 탁자에 이를 수 있었다.

나는 사자 조련사처럼 그를 향해 탁자를 들었다. 아니면 쥐 조련사처럼.

그의 눈이 살짝 커졌다가 가늘어졌다. "넌 아무것도 아니야, 흰둥이." 그가 웃었다. "뚱뚱한 흰둥이, 싸우는 법도 모르면서."

나는 움직이지 않고 그를 응시했다.

"말 좀 해보시지, 흰둥이?"

침묵.

"뭐라고 말해봐!"

"난 뚱뚱하지 않아."

나는 이렇게 말한 뒤 작은 탁자를 들고 돌진했다.

랏소가 한 발짝 비켜섰다. 예상한 바였다. 이제 어느 쪽으로 움직일까? 그는 내 왼편으로 와서 야구 배트를 힘껏 젖혔다.

나도 왼쪽으로 움직이며 탁자를 높이 쳐들었다. 탁자 다리 하나가 그의 오른뺨을 세게 쳤다.

랏소도 배트를 휘둘렀으나 허공을 가를 뿐이었다. 내 어깨를 살짝 스치긴 했지만 겨우 1루 베이스 라인까지 갈 정도의 힘이랄까.

그는 고통에 못 이겨 소리를 질렀다.

나는 탁자로 그를 벽에 밀어붙여 꼼짝달싹 못 하게 했다.

그가 발길질을 하는 통에 급소를 차일 뻔했다.

나는 탁자를 뒤로 뺐다가 다시 앞으로 내던졌다. 탁자 다리 하나가 그의 오른쪽 눈 바로 아래를 쳤다.

그는 소리를 지르며 손으로 얼굴을 감쌌다. 배트가 떨어졌다.

이번에는 탁자로 그의 정수리를 세게 내려쳤지만, 힘은 아주 조금만 실었다.

그가 죽는 것은 바라지 않았다.

아직은 아니야.

그는 낡은 침낭처럼 바닥에 널브러졌다.

나는 배트를 집어 들고 그의 몸을 살짝 뒤틀었다. 그런 다음 배트의 손잡이 부분으로 등을 찔렀다.

"일어나."

그가 팔을 뒤로 돌려 내게 찔린 자리를 문질렀다.

나는 그의 손을 발로 찼다. 그가 다시 소리를 질렀다. 복도에서 랩 음악이 쾅쾅 울리고 있는 것이 다행이었다. 그가 내지르는 소리가 훨씬 듣기 힘들 테니까. "일어나, 무릎 하나 나가고 싶지 않으면." 나는 말했다.

"넌 뭐야?"

"변호사야. 이쯤에서 그만둬."

다시 그를 찔렀다. 그는 손과 무릎을 바닥에 댄 채 겨우 몸을 일으켰다.

"거기 앉아." 내가 소파를 가리키며 말했다.

이 장면에서 싸움의 주인공은 화자인 타이 뷰캐넌과 그가 '랫소'라는 애칭으로 부르는 범죄자다.

그들은 밀폐된 공간, 즉 랫소의 지저분한 아파트에 있다.

랫소가 약한 모습을 보이자 그를 고통스럽게 하는 타이의 행동을 통해 감정이 드러난다. 이 지점에서 타이의 내면에 동물적인 면모가 나타나는 것이다. 어쩌면 그도 약간 미쳤을지 모른다. 크게 울리는 랩 음악을 들으며, 랫소에게 훨씬 더 큰 해를 가할 수 있어서 다행이라고 생각하다니.

1. 싸움에 뛰어드는 인물의 동기를 분명히 하자.

2. 싸움이 일어나는 공간을 그림처럼 생생하게 묘사한다. 많은 작가들이 실제로 싸우는 장면을 면밀하게 계획해서 장소를 살피고 인물의 동선을 짠다. 좋은 습관이다.

3. 싸움 장면에서 이야기를 서술하는 인물이 어떤 감정을 느끼는지 드러낸다. 싸움이 벌어지고 있는 바로 그 순간, 시점 인물은 무엇을 느끼고 있는가?

설정 장면

다른 장면을 위한 '설정' 장면도 갈등이 개입하면 제 역할을 톡톡히 해낸다. 단순히 정보 제공을 목적으로 하는 장면은 피하도록 하자.

내 소설 『어둠의 시도Try Darkness』에서 주인공인 변호사 타이 뷰캐넌은 원래 민사소송 전문이지만 변호사 생활 처음으로 강력

살인 사건을 맡게 된다. 법정에서 그는 자신의 상대인 미치 로버
츠를 만난다.

　그의 이름은 미치 로버츠였다. 키는 나와 비슷하고 눈빛이 아주
매서웠다. 강력 사건을 다루는 검사들은 대개 그렇다고 국선변호
인 사무실에서 일하는 로스쿨 친구로부터 들었다. 강력 사건이 진
짜 사건이지. 친구는 그렇게 말했다. 사람들을 사형수 수감 건물에
격리하고, 휠체어에 묶어 독극물 주사를 맞게 하는 일이거든. 장난
이 아닌 사건들이야. 그런데 형사사건을 해결한다면서 넌 뭐 하는
거야, 이 얼빠진 놈아?

　좋은 지적이다. 로버츠가 나에게 다가와서 손을 내밀었을 때, 이
자가 바로 법정을 소유한 사람이라는 생각이 들었다.

　"뷰캐넌?" 그가 아는 체를 했다.

　"안녕하세요?" 나는 인사치레로 대꾸했다.

　그는 미소를 지었다. "TV에서 봤어요." 내가 채닝 웨스터브룩이
라는 인기 리포터를 살해한 혐의를 받았을 때 많은 사람들이 나를
TV에서 봤다. 그 이력은 영원히 사라지지 않겠지.

　"어때 보였죠?" 내가 물었다.

　"지금 같은 모습이었죠. 긴장한 모습."

　"법정에 들어가면 괜찮을 겁니다."

　"민사 담당 변호사 아닌가요? 형사사건 해봤어요?"

　"몇 번요."

　"재판은요?"

"한 번. 작은 회사의 CEO가 회계장부를 위조한 사건이었죠."

"형사사건은 완전히 다른 일이에요. 살인 사건은 그거랑 또 다르고. 강력 사건은 그 자체로 하나의 세계죠. 감당할 수 있겠어요?"

좋았어, 마초 게임이 시작되었군. 주먹으로 가슴을 치고, 우위를 찾아 나서고. 딱 내 취향이다.

"날쌘돌이 에디라고 불러줘요." 내가 말했다.

"뭐라고요?"

"「허슬러」 봤어요? 폴 뉴먼은 알죠?"

"그게 무슨 상관인지······."

"폴 뉴먼이 한 남자랑 당구를 치는 장면이 있어요. 그는 당구를 한 번도 쳐본 적이 없죠. 그런데도 포켓 게임을 하는 거예요. 그때 조지 스콧이 연기한 매니저가······."

"이봐요, 뷰캐넌."

"그냥 가자고 그러거든요. 그러자 날쌘돌이 에디는 이렇게 말하죠. 이봐, 똑같아. 테이블이 있고, 볼이 있고, 그냥 감으로 치면 돼. 그리고 에디가 이기는 거지."

로버츠는 아무런 감흥도 없는 눈빛으로 나를 쳐다봤다. "의뢰인을 변호하고 싶겠죠?" 그가 물었다. "특별한 상황은 없을 겁니다. 사형은 면하게 할 거예요."

"꽤 괜찮은 거래군요." 내가 대꾸했다.

"이보다 좋을 수는 없죠."

"포켓볼 한번 쳐보자고요."

1. 원고에서 다른 플롯 지점이나 장면을 설정하기 위해 썼던 부분을 찾아보자.

2. 그 장면에서 갈등이 사라져 있는지 살펴본다.

3. 갈등을 넣거나 갈등의 강도를 한층 높일 수 있는 방법을 열거한다.

4. 대화를 이용해 인물들 간의 사소한 말다툼이나 논쟁을 만든다.

로맨틱한 장면

사랑 장면은 갈등의 좋은 소재이며, 그래야만 한다.

모든 것이 장밋빛인 사랑 장면은 지루하다. 긴장을 유발하는 어떤 일이 벌어질 필요가 있다. 그 일은 인물의 내면이나 외부의 사건 어느 것도 가능하지만, 어떤 식으로든 관계의 진전을 방해해야 한다는 점을 염두에 두자.

먼저 외부의 힘은 연인들에게 걸림돌로 작용할 수 있다. 로미오가 줄리엣에게 사랑을 고백할 때, 줄리엣은 이렇게 경고한다. "사람들이 당신을 본다면 당신을 죽일 거예요." 줄리엣이 말한 위협은 극이 끝날 때까지 두 사람을 따라다닌다.

위협의 이면에는 또한 연인들 스스로 상대를 의심하는 방식이 여러 형태로 나타난다.

로빈 리 해처가 제2차 세계대전을 배경으로 쓴 소설 『빅토리 클럽The Victory Club』에서 루시의 남편 리처드는 전쟁에 참전하기 위해 집을 떠난다. 집에 홀로 남은 루시는 자신이 하워드라는 남자에게 끌리고 있음을 깨닫는다. 불을 보듯 뻔한 내적 갈등은 이렇게 표현된다.

루시는 손님이 없으리라 짐작하고 문을 닫기 몇 분 전에 식료품점에 들어갔다. 그녀의 생각이 맞았다.

하워드는 계산대 뒤에 서서 장부를 정리하고 있었다. 그녀가 가까이오자 그는 고개를 들었다. 마지막 손님에게 이제 문 닫을 시간이라고 말하려는 걸까?

그녀를 본 그의 눈이 커다래졌다. 그는 허리를 펴고 펜을 내려놓았다. "루시."

"하워드."

인사하듯 부른 서로의 이름에는 말하지 못한 여러 감정이 담겨 있었다. 옳고 그름, 유혹과 저항, 갈망과 후회의 고백이었다. 루시는 그제야 깨달았다. 자신이 다가가지 않으면 그가 자신에게 다가오는 일은 없을 터였다. 그는 루시를 원하지만, 그녀를 붙잡지는 않을 것이다.

돌아서…….

도망쳐…….

거부해야 해…….

그 끈질긴 경고의 목소리. 그녀는 그 소리가 침묵했으면 했다.

"보고 싶었어요." 하워드가 어렴풋하게 미소 지었다. "더 좋은 식료품점을 찾은 거예요?"

그녀는 고개를 가로저었다. "아니요."

"어떻게 지냈어요?"

외로웠어요. 하워드, 그동안 외로웠어요. 더 이상 외롭고 싶지 않아요.

그는 앞치마를 벗어 계산대 위에 올려놓았다. "배가 고픈데. 저녁 같이 먹을래요?"

거부하라고…….

달아나라고…….

"클로에 식당에 가려던 참이에요." 그가 말했다. "하지만 당신이 원하면 다른 곳에 갈 수도 있어요."

"클로에 식당 괜찮아요."

그는 시간이 멈춘 듯 그녀를 바라보더니 입을 열었다. "잠깐 마무리 좀 할게요. 그러고서 우리 나가요."

리처드…….

그녀는 고개를 끄덕였다. "기다릴게요."

1. 어떤 로맨틱한 상황에서도 갈등을 활용하자.

2. 인물 안팎의 장애물을 모두 살펴본다. 장애물 목록을 작성한 다음 목적에 가장 부합하는 것을 선택한다.

3. 두려움의 요소를 활용하자. 열정이 타오르는 순간 각 인물이 두려워하는 것은 무엇인가?

코믹한 장면

코미디도 다른 어떤 장르만큼이나 갈등이 필요하다. 사실 갈등이 없으면 재미가 있을 수 없다.

「말괄량이 길들이기The Taming of the Shrew」부터 「희한한 한 쌍」까지 훌륭한 희곡을 떠올려 보자. 대개는 사소한 것을 두고 등장인물들이 갈등에 빠지는 이야기를 다룬다(1장의 「사인펠드」부분을 참고할 것). 물론 반대의 경우, 즉 사소한 것이 아니라 아주 극단적인 사건일 수도 있다. 다음은 더글러스 애덤스가 쓴 『삶, 우주 그리고 모든 것Life, the Universe and Everything』에서 발췌한 내용이다.

이른 아침 주기적으로 울리는 공포의 절규, 아서 덴트가 잠에서 깨어나 문득 자신이 어디에 있는지 기억해내는 소리였다.

동굴이 추워서도, 눅눅하고 냄새가 나서도 아니었다.

동굴이 아일링턴 한가운데 있고, 그곳에는 200만 년 동안 버스가 한 대도 오지 않을 예정이기 때문이다.

시간은, 말하자면 길을 잃기에 최악의 장소다. 아서 덴트가 입증했듯이 시간과 공간 양쪽에서 길을 잃는 일은 비일비재하다. 적어도 공간에서만 길을 잃으면 그저 바쁘기나 할 텐데.

복잡한 사건이 연속해서 일어나는 바람에 그는 선사시대의 지구에 발이 묶였다. 꿈에도 생각지 못했던 은하계의 기이한 지역들에서 한껏 들떴다가 욕을 보는 일이 번갈아 일어난 뒤였다. 이제 그의 삶은 아주, 아주 고요해졌지만 울렁거리는 느낌은 여전했다.

최근 5년 동안은 기분이 들뜬 적이 없었다.

불쌍한 아서 덴트가 거대한 은하계에 홀로 발이 묶여 있다는 점에서 위의 내용은 아주 '진지하다'. 하지만 그런 다음 장면들은 실제 상황을 바탕으로 자연스러운 코미디처럼 펼쳐진다.

덧붙이자면 이것은 모든 코미디 글쓰기에서 아주 중요한 요소다. 「희한한 한 쌍」을 쓴 닐 사이먼의 형이자 TV 연출가 대니 사이먼은 우디 앨런과 닐 사이먼에게 내러티브 코미디 쓰는 법을 가르친 사람으로, 수년 동안 로스앤젤레스에서 유명한 코미디 쓰기 수업을 했다. 나는 그의 마지막 수업을 들었는데, 처음부터 그는 코미디란 농담의 문제가 아니라는 점을 주입시켰다. 코미디는 탄탄한 전제와 인물의 자연스러운 반응, 그리고 이 두 요소에서 유머를 찾는 문제였다.

그런 의미에서, 그저 나에게 웃기게 들린다는 이유로 쓰는 일은 없도록 하자. 장면의 갈등에서 비롯한 이야기를 쓰자. 다시 한번 말하지만, 갈등은 우리의 글쓰기 친구다.

반대로, 강렬한 액션물을 쓰는 와중에 코미디가 짧지만 커다란 안도감을 주기도 한다. 이것은 독자가 이야기를 읽으며 느끼는 여러 경험에 더해지며, 독자를 이야기 속으로 한층 몰입시키는 새로운 갈등을 일으킨다.

앨프리드 히치콕은 영화에서 언제나 코믹 릴리프를 이용했다. 「북북서로 진로를 돌려라」에서는 주인공 캐리 그랜트가 악당인 제임스 매디슨을 쫓던 중 뉴욕의 화려한 경매장으로 들어가는 장면이 있다. 하지만 거기 매디슨의 부하들이 나타나고 그들에게 잡힐 위험에 처하자, 캐리 그랜트는 이를 모면하기 위해 경매에 참여해 급기야는 스스로를 경매에 붙인다. 경매인과 경매에 참석한 다른 사람들을 당혹스럽게 하는 상황이다.

　내 소설『전체의 진실The Whole Truth』을 예로 들어보자. 주인공이 누군가를 찾는 장면이다.

　　그들은 '자원봉사자'라고 쓰인 노란색 명찰이 붙은 푸른 작업복을 입고 있었다. 그중 한 사람은 진눈깨비가 내려앉은 듯 희끗희끗한 머리를 동그랗게 말아서 높이 묶었다. 다른 한 사람은 자연에는 존재하지 않는 특이한 붉은색으로 염색을 했다.

　　스티브가 들어오자 그들은 마치 요새에 도착한 포니 익스프레스(Pony Express, 미국 서부 개척 시대 조랑말을 이용한 속달우편 사업-옮긴이) 우편물이라도 본 양 놀라면서도 반가워했다.

　　서로 먼저 나서서 말을 건네려고 난리였다. 묶은 머리와 붉은 머리가 "뭘 도와드릴까요?"와 "어떻게 오셨는지"라며 동시에 입을 열었다.

　　둘은 말을 멈추고 반쯤은 화가 나고 반쯤은 재미있다는 표정으로 서로를 바라보더니 다시 스티브를 쳐다봤다.

　　그러고는 다시 앞다투어 말을 건넸다.

　　"용건을 말씀드리죠." 스티브가 말했다. "의사를 찾고 있습니다. 그러니까……."

　　"다치셨나요?" 묶은 머리가 물었다.

　　"비상구는 옆으로 돌아가면 있어요." 붉은 머리가 말했다.

　　"아니요, 저는……."

　　"아, 그런데 조금 전 총격이 있었어요." 묶은 머리가 말했다.

"유색인종 남자예요." 붉은 머리가 덧붙였다.

"흑인이지, 리브. 흑인들은 유색인종이라고 불리는 걸 좋아하지 않아."

"맨날 까먹는다니까." 붉은 머리가 고개를 저었다.

스티브가 말했다. "저는 의사를 찾고 있는 중입니다."

"여기서 의사 추천 같은 건 안 하는데." 묶은 머리가 답했다. "하지만 만약에……."

붉은 머리가 끼어들었다. "한 블록만 내려가면 병원이 있어요. 만약 당신이……."

"이분은 병원을 찾는 게 아니야." 묶은 머리가 말을 잘랐다.

"나도 그건 알아. 하지만 의사를 찾는다면 우선 거기부터 가봐야 하잖아."

"그냥 의사가 아닙니다." 내가 말했다. "워커 C. 필립스라는 사람이에요."

순간 자원봉사자들은 꿀 먹은 벙어리가 되었다. 어느 쪽도 그 이름을 언급하고 싶지 않은 듯했다.

"그 의사가 여기서 진료를 보나요?" 스티브가 물었다.

붉은 머리가 몸을 앞으로 기울이며 속삭였다. "의사 면허를 잃었어요."

"끔찍한 비극이었죠." 묶은 머리가 고개를 저었다.

"그 의사 선생이 술을 마셨거든요." 붉은 머리는 그렇게 덧붙이며 손으로 술 마시는 시늉을 했다.

"그게 언제였나요?" 스티브가 물었다.

"아, 그게, 10년은 된 것 같은데요, 최소한." 묶은 머리가 답했다. "아시겠지만, 부인이 그 선생을 떠났거든요."

"아, 아뇨, 전 몰랐습니다."

두 여자가 고개를 끄덕였다.

"그 의사는 아직 이 근처에 사나요?"

"아, 이사 갔어요." 붉은 머리가 답했다. "테하차피로."

"테메큘라 아니었나?" 묶은 머리가 말했다.

"아니야, 테하차피야."

"교도소가 있는 곳으로 갔잖아."

"거기가 테하차피야."

"아니야, 테메큘라지."

"아니라니까. 테메큘라에 내 손녀가 살아."

"그렇다고……."

"내가 그걸 기억 못 하겠어?"

"저, 잠시만요." 스티브가 말했다. "이 근처 병원에 확실하게 아는 사람이 있을까요?"

이야기에 코믹 릴리프를 넣고 싶다면 이렇게 해보자.

1. 이야기에서 가장 극적인 순간을 찾는다. 그 순간, 또는 그 전후로 약간의 유머를 넣을 만한 여지가 있는지 확인해보자.

2. 보조 인물들을 살펴본다. 엉뚱함을 강조할 수 있는가? 「햄릿Hamlet」의 무덤 파는 일꾼을 떠올려 보자. 그야말로 완벽한 인물

이다. 자신이 쓴 이야기의 보조 인물들을 살피고 그들 사이, 또는 주인공과의 사이에 생길 법한 갈등 요인을 생각해본다.

3. 코믹 릴리프를 억지로 넣어서는 안 된다. 상황에서 자연스럽게 코믹한 분위기가 나와야 한다. 사소한 것이 확대해석 될 수 있는 부분을 찾아보자.

앉아서 대화하는 장면

친구들과 모여 앉아 커피나 차를 마시며 즐겁게 이런저런 이야기를 나누는 시간을 싫어할 사람은 없을 것이다. 하지만 이야기 속 인물들이 그런 함정에 빠지지 않도록 주의하자. 소설이 두 인물의 잡담만으로 이루어지기를 바라지 않는다면 말이다.

우리가 원하는 건 갈등이다.

다음과 같은 유형의 장면을 나는 여러 차례 봐왔다.

돈이 들어와 테이블에 앉았다. "알, 어떻게 지내?" 그가 물었다.

뉴욕 경찰 소속 형사 출신인 알이 대답했다. "잘 지내지. 옷이 잘 어울리는군."

"그런가?" 돈이 대답했다. "좋은 유전자 덕분이지."

"내가 가진 유일하게 괜찮은 청바지가 옷장 안에 있지만, 맞지를 않아."

돈은 웃으면서 웨이터를 불러 마티니를 주문했다.

"여자 친구는 어때?" 알이 물었다.

"멜리사는 아주 잘 지내. 정말 멋진 여자야."

"내가 전부터 얘기했잖아." 알이 생색을 냈다.

"알아. 자네가 제대로 맞혔지. 멜리사가 자기 의류 브랜드를 시작했다고 말했던가?"

"그래? 사업 수완이 정말 대단하군." 알이 감탄했다.

"보석 같은 여자라니까." 돈은 맞장구를 쳤다.

웨이터가 마티니를 가지고 올 때까지 두 사람은 날씨 이야기를 주고받았다.

돈과 알은 서로 잔을 부딪치고 술을 마셨다. 알의 술은 맨해튼이었다.

"그래서, 오늘은 왜 보자고 한 거야?" 돈이 물었다.

"나한테 문제가 좀 생겼어." 알이 별일 아닌 듯 말했다. "상의 좀 하려고."

"말해봐. 들을 준비 됐어."

"그게, 얼마 전에 만났던 여자랑 관련이 있어. 그 여자가 실종이 돼서 말이야. 여자를 찾는 데 도움을 얻고 싶어."

"도와주고말고."

"좋아. 언제 시작할 수 있어?"

"지금부터?" 돈이 남은 마티니를 한꺼번에 들이켜며 대답했다.

"좋은 생각이군." 알도 맨해튼 잔을 비웠다.

두 친구는 자리에서 일어섰다. 알이 테이블에 20달러짜리 지폐를 놓았다. "내가 내지."

그들은 술집을 나와 뉴욕의 즐거운 저녁 속으로 들어섰다.

이것은 설정 장면이다. 두 사람이 단지 '이야기를 전개하기' 위해 대화를 한다는 뜻이다. 여러 정보가 교환된다.

하지만 이 장면을 읽으면서 혹시 머리에 쥐가 나는 기분이 들지는 않았는가?

다음과 같이 다시 써보자.

돈이 들어와 테이블에 털썩 앉으며 말했다. "이러려고 전화해서 밤에 불러낸 거야? 자네 미쳤어?"

뉴욕 경찰 소속 형사 출신인 알이 대꾸했다. "방금 전에 날 미친 놈이라고 부른 인간을 인도에서 기절하도록 때려줬어."

"저런."

"입 다물고 주문이나 해."

돈은 웨이터를 불러서 마티니를 주문했다.

"여자 친구가 내보내줘서 다행이네." 알이 말했다.

"멜리사 얘기는 빼." 돈이 말했다.

알은 관심 없다는 듯 어깨를 으쓱였다.

웨이터가 마티니를 들고 올 때까지 두 사람은 말없이 앉아 있었다. 돈은 술을 한 모금 홀짝이며 알이 입을 열기를 기다렸다.

"문제가 좀 생겼어." 알이 말했다.

"알고 있어." 돈이 선수를 쳤다.

"농담 그만해. 나 심각해."

"나도 마찬가지야."

"사람을 찾아야 해."

"누군데?"

"내가 알던 여자."

"행운을 빌어." 돈이 말했다. "난 더 이상 그런 일 안해."

이미 눈치챘을 것이다. 이 장면에 갈등을 더하는 데는 그리 많은 요소가 필요하지 않다. 문학상을 받을 정도는 아니라 해도, 확실히 처음 원고보다 수월하게 읽힌다.

긴장을 훨씬 더 추가할 수도 있었다는 점에 주목해보자. 웨이터가 잘못된 술이나 더 약한 술을 가져왔을 수도, 또는 술을 쏟았을 수도 있다. 아니면, 제3의 인물을 등장시켜 약간의 소란을 일으킬 수도 있다. 예를 들어 뉴욕 경찰 시절 알의 동료 형사라든가 돈에게 원한을 품은 사람이 될 수도 있다.

가능성은 무궁무진하다.

1. 원고를 끝까지 살펴보고 둘 이상의 인물이 앉아서 이야기하는 장면을 찾아본다.

2. 갈등을 넣을 수 있는 방법을 열거해보자.

3. 다른 인물들이 갈등을 부추길 만한 상황을 적어보자.

4. 장면의 분위기가 너무 편안하게 조성되지 않도록 등장인물 중 한 명에게 내적 갈등(두려움에서 기인한)을 겪게 하자.

8　흥미진진한 소설을 위한
세 가지 요소:
서브플롯, 플래시백, 인물의 과거

"비밀은 예상치 못한 온갖 행동의 동기로 작용한다."

_필리스 휘트니

주의하지 않으면 갈등이 늘어질 수 있는 세 가지 영역이 있다. 서브플롯, 플래시백, 인물의 과거다. 우리는 소설의 다른 부분과 마찬가지로 이 세 영역 역시 모두 흥미진진한 긴장감으로 가득하기를 원한다. 이 장에서는 그 방법을 알아보도록 하자.

갈등 설정을 위한 서브플롯

먼저 서브플롯과 병렬 플롯을 구분하는 것이 좋다.

'서브플롯'이 메인플롯과 연계되어 진행되는 이야기 흐름이라면 '병렬 플롯'은 독립적으로 진행되며 이야기 중간이나 거의 끝에서 교차되는 흐름이다.

예를 들어 설명해보자.

앞서 우리는 가상의 인물 로저 힐을 두고 그가 오해에 빠지는 플롯을 만들었다. 그는 연쇄살인범 혐의를 받고 있으므로 누군가에게 잡혀서는 안 되고, 동시에 누가 진짜 살인범인지 증명할 증거를 모아야 한다.

로저가 도망 다니는 내용이 바로 메인플롯이다.

하지만 로저가 아름답고 위험한 여인 이브 세인트의 도움을 받는다면 무슨 일이 일어날까? 두 사람은 서로에게 끌린다. 두 사람의 관계가 전개되는 흐름은 서브플롯이다. 보다 구체적으로 말하자면 로맨틱한 서브플롯이라 할 수 있다.

그런데 만약 진짜 살인범의 시점을 끌어온다면 어떻게 될까? 여기서 살인범이 다음 희생자를 찾고 있다면? 이것이 병렬 플롯이다. 살인범과 로저는 아직 서로에게 영향을 미치지 않는다. 심지어 로저는 그가 누구인지조차 모른다. 따라서 이 플롯은 메인 플롯과 동시에 진행될 수 있다. 또는 사건의 실마리를 쫓으면서 동시에 가정 문제를 안고 있는 형사를 둘러싼 병렬 플롯을 만들 수도 있다.

여기서 하나의 일반 원칙이 정리된다. 플롯 라인에 주인공과 또 다른 중심인물이 엮이면 그것은 서브플롯이다. 주인공은 관련되지 않고 다른 시점의 인물이 이야기를 주도한다면 그것은 병렬 플롯이다. 대체로 서브플롯은 갈등을 더하고, 병렬 플롯은 서스펜스를 더한다. 다시 말해 서브플롯은 중심 줄거리와 서로 영향을 주고받으면서 이야기를 복잡하게 만드는 역할을 한다(그렇게 해야 한다). 서브플롯은 또한 여러 면에서 도움이 되는데, 이 점은 뒤에서 자세히 다루겠다.

예컨대, 로저와 이브의 로맨틱한 서브플롯은 두 사람 모두의 삶을 복잡하게 만든다. 로저는 발각될지 모른다는 두려움 때문에 경계를 늦출 수 없다. 이브는 살인죄로 유죄판결을 받을 수도 있는 사람과 깊은 관계에 빠지는 상황을 경계해야 한다. 두 사람 사이의 로맨스는 로저에게 내적 갈등을 비롯하여 더 많은 감정을 불러올 것이다.

이제 서스펜스의 강도를 높이는 병렬 플롯을 보자. 연쇄살인범의 흉악한 행동을 보면서 독자는 로저의 안위를 점점 더 걱정하게 된다. 살인범이 곧 로저의 뒤를 쫓을지 모른다는 걱정도 추가된다.

구조적 관점에서 볼 때, 작가는 흥미가 커지는 순간 둘 중 하나를 플롯 라인에서 잘라냄으로써(16장 '클리프행어'를 참고할 것) 독자들은 계속 책에 묶어둘 수 있다.

출판 에이전트 도널드 마스는 저서 『독자를 사로잡는 소설 쓰기Writing the Breakout Novel』에서, 가장 해내기 어려운 비법은 "처음에는 아무 관련도 없는 두 인물에 관한 플롯 라인을 만든 다음 그것들을 합치는 것"이라고 했다.

무슨 이유에서인지 이 구조는 초보 소설가들에게 특히 매력적으로 다가온다. 이 비법이 성공할 수도 있지만, 내가 종종 경험한바 초보자들은 그만큼 빨리 플롯 라인을 합치지 못한다. 초보 소설가는 그 필요성과 상관없이 각 플롯 라인에서 장면을 정확하게 바꿔가며 보여주는 것이 중요하다고 느끼곤 한다. 그 결과, 긴장감 없는 행동으로 가득한 원고가 나온다.

마스의 말을 주목하자. 플롯 라인을 추가하면 실제로는 긴장감이 줄어들 수 있다.

간단한 예를 들어, 살인 사건을 해결하려는 형사에 관한 소설을 생각해보자(그것참 너무나 진부하다는 면에서 독특한 플롯 라인이다. 하지만 기억하자. 플롯 라인을 독창적으로 만드는 건 작가가 인물을 어떻게 움직이느냐에 달려 있고, 이럴 때 서브플롯이 제 역할을 해낸다). 메인플롯 라인에는 증거 수집과 분석, 용의자 탐문 수사 등 경찰의 수사 절차가 포함될 것이다.

하지만 가정에서의 삶은 어떨까? 형사의 아들이 연관된 서브플롯을 만들자. 이혼 후 형사는 아들과 살고 있다. 아들은 열다섯 살이고 마약에 빠져 있다. 주인공인 형사와 또 다른 중심인물인 아들이 엮인 서브플롯이다. 의사소통, 영향력, 자존감 등 아버지가 직면한 어려움에 관한 내용이 될 것이다. 인물의 역할이 부각되는 부분이다.

하지만 서브플롯에서 벌어진 일이 메인플롯을 '침범하지' 않는다면 갈등을 더 유발할 커다란 기회를 잃는 셈이다.

서브플롯이 침범할 수 있는 방법은 다양하다. 먼저 감정의 형태로 나타날 수 있다. 예를 들어 이 형사가 아들에 대한 분노를 직장까지 가져온다면 그것은 그가 목격자를 다루는 방식에 영향을 미칠 수 있다. 집에서 벌어진 일이 그의 삶을 복잡하게 만들어 목격자를 지나치게 몰아붙이는 것이다.

물리적 수단을 통해 서브플롯이 끼어들 수도 있다. 만약 형사의 아들이 아버지가 일하고 있는 범죄 현장에 나타난다면 어떻게 될까? 만약 아들이 범죄 현장과 어떤 식으로 관련이 있는 거라면? 아니면 형사에게 쫓기던 용의자가 형사의 아들을 납치한다면 어떻게 될까? 서브플롯이 메인플롯 안으로 곧장 들어가 온갖 혼란을 야기하는 사례다.

서브플롯을 만들 땐 다음과 같은 연습법을 사용해보자.

2개의 칸을 만든다. 왼쪽 칸에는 '메인플롯'이라고 쓴다. 옆에는 메인플롯을 간단하게 표현한 문구를 적은 다음 그 아래 메인플롯의 핵심을 짧은 문장으로 적어나간다.

오른쪽 칸에는 '서브플롯'이라고 쓰고, 옆에 이를 간단히 표현한 문구를 적는다. 핵심을 짧은 문장으로 적어나가며 서브플롯의 내용을 요약한다.

이제 오른쪽 칸에서 왼쪽 칸을 향해 화살표 두 개를 그린다.

메인플롯: 살인자 추적	서브플롯: 열다섯 살 아들과의 관계
사건 할당 범죄 현장 첫 번째 조사, 과학수사 ←감정적 목격자 탐문 수사 총상, 누가? 반장과의 언쟁 카메라를 들고 따라다니는 기자 ←물리적 술집에서 벌어진 싸움 첫 번째 중요 단서, 다리에서	집에 문제가 있다. 아들이 마약에 빠진 것 같다. 학업을 게을리하는 기미가 보이지만 존은 이 상황을 어떻게 처리해야 할지 감조차 잡을 수 없다. 아들과 마주 보고 앉아 이야기를 들으려고 시도해봐도(존에게는 힘든 일이다) 아무 성과가 없다. 친구를 시켜 아들을 미행하는 방법을 택하기로 했는데, 알고 보니 생각했던 것보다 상황이 훨씬 좋지 않다. 아들이 실제 마약 거래를 하고 있다.

메모를 추가할 수 있도록 화살표 사이에 여백을 둔다. 화살표 하나에는 '감정적', 다른 하나에는 '물리적'이라고 쓴다.

화살표별로 서브플롯을 메인플롯으로 들여보낼 만한 방법을 브레인스토밍 한다. 정리하면 앞 쪽에 제시한 형태의 표가 된다.

서브플롯은 몇 개가 있어야 할까?

서브플롯은 그저 이야기를 복잡하게 만드는 역할만 하는 것이 아니다. 서브플롯도 나름의 존재 이유를 지니고, 메인플롯을 지그재그로 누비며(또는 메인플롯을 오가며) 전개된다. 또는 이야기 후반 메인플롯과 연결되기 전까지는 단독으로 전개될 수도 있다. 하지만 중요한 점은, 서브플롯 또한 그 나름의 존재 이유가 있고, 따라서 상당한 분량의 지면을 차지하게 되리라는 점이다.

이제 소설의 단어 수를 기준으로 서브플롯의 최대 개수를 정한 내 공식을 참고하여 소설에 넣을 수 있는 서브플롯의 개수를 계산해보자.

단편소설: 서브플롯 1개(로맨스물이라면 여주인공의 플롯 라인과 상대의 플롯 라인이 있고, 이 두 플롯 라인이 교차한다)

단편~중편소설: 서브플롯 2~3개

중편~장편소설: 서브플롯 3~4개

장편소설~시리즈 소설: 서브플롯 5개

6개는 없다. 아무리 긴 소설이라 해도 6개의 서브플롯은 너무 많다. 스티븐 킹이 아니고서야 말이다. 서브플롯의 세계에 발을 들인다면 스스로 위험을 감수해야 하는 법. 위에 제시한 기준보다 서브플롯의 수가 많으면 메인플롯을 압도하거나 그 진행을 방해할 가능성이 높다.

플래시백이 정말 필요할까?

플래시백은 말 그대로 이야기의 추진력을 저해한다. 그러니 플래시백 안에 충분한 갈등 요소를 포함하여 독자의 관심을 유지시키기를 권한다.

가장 먼저 할 일은 플래시백이 정말 필요한지 자문하는 것이다. 플래시백을 사용하려는 이유가 오로지 설명을 위해서인가? 독자들과 꼭 공유하고 싶은 등장인물에 대한 배경 정보가 많이 들어 있는가?

그렇다면 플래시백을 사용하지 말자. 반드시 그래야만 하는 강력하고 설득력 있는 이유가 없다면 말이다. 다음과 같은 이유는 예외가 될 수 있다.

인물의 인생을 충분히 이해하는 데 꼭 필요한 정보
플롯 전개를 이해하는 데 꼭 필요한 정보
배경을 이해하는 데 꼭 필요한 정보

아름다운 문체를 자랑하고 싶다는 이유로 플래시백을 사용하는 것은 용납할 수 없다.

플래시백 소재가 있다고 결정을 내렸다면 직접적인 플래시백 장면의 대안이 될 만한 것을 생각해본다. 예를 들어 내가 '백플래시'라고 부르는 것을 이용할 수 있다. 인물이 장면 중간에 아주 잠깐 생각에 빠져 중요한 어떤 사건을 되돌아보는 것이다.

그녀는 거리를 달리기 시작했다. 예전 고등학교 육상 팀에서 달리던 시절이 떠올랐다. 아버지가 살아 계셔서 그녀를 응원했을 때. 그녀가 아버지를 기쁘게 하기 위해 달리던 때.

이제 중년이 된 그녀는 두 다리에 무리가 가는 것이 느껴졌다. 그리고 그녀의 아버지가 고용한 킬러들이 점점 따라붙고 있었다.

이제 플래시백의 사용에 따라 분위기가 어떻게 달라지는지 비교해보자. 다음은 플래시백을 사용하지 않는 방법이다.

십자가를 보니 어린 시절이 떠올랐다. 특히 처음으로 지옥에 대해 들었던 때가. 나는 다섯 살이었고 매우 엄격했던 양아버지가 내 거짓말을 알아챘다. 대단한 거짓말은 아니었지만, 거짓말이라는 건 분명했다. 나는 쿠키를 1개가 아니라 2개를 집었다. 엄밀히 말해 규칙을 어긴 것이다. 하지만 크기가 작은 쿠키도 있지 않은가.

어쨌든 나는 쿠키를 하나만 가져갔다고 말했고, 양아버지가 쿠키 개수를 세니 하나가 부족했다. 그가 쿠키 개수를 세리라고는 생각지도 못했는데!

　그때 양아버지가 지옥 이야기를 했다. 거짓말한 사람들은 지옥에 가서 영원히 산 채로 불에 탈 거라고. 그리고 거기가 내가 갈 곳이라고 말했다.

이 장면을 플래시백을 이용해 갈등이 부각되는 실제 장면으로
바꿔보면 다음과 같다.

　십자가를 보니 기억 하나가 떠올랐다. 다섯 살 때, 유리병에서
하나만 꺼내야 하는 쿠키를 2개 꺼낸 일이 있었다.

　양아버지가 나를 거실로 불렀다. "오늘 쿠키 몇 개 먹었니?"

　몸이 살짝 떨렸다. 팔에 소름이 돋는 것이 느껴졌다. "하나요, 아빠." 나는 대답했다.

　그는 한 발 가까이 다가왔다. 회색 눈동자가 나를 노려봤다. "몇
개라고?"

　다시 하나라고 말하려 했지만, 목이 메었다. 나는 손가락 하나를
들었다.

　양아버지는 내 귀를 잡아 주방으로 끌고 갔다. 소리를 질렀지만
소용없었다. 그는 내 귀를 머리에서 잡아 뺄 기세였다.

　주방에 이르자 그는 나를 거칠게 의자에 앉히며 말했다. "꼼짝하
지 마."

　나는 가슴이 움직이지 않을 정도로 숨을 죽인 채 꾹 참다가 숨을
들이쉬었다.

그는 벌써 조리대 위에 쿠키를 쏟아놓고는 하나씩 세고 있었다.

주방 벽이 나를 옥죄기 시작했다.

그가 몸을 돌렸을 때, 나는 그의 손에 나무 숟가락이라도 들려 있지 않을까 생각했다.

"지옥이 뭔지 아니, 응?" 그가 물었다.

나는 고개를 저었다.

"불이 뭔지는 알지?"

이번엔 고개를 끄덕였다.

"불이 얼마나 뜨거운지 알지?"

다시 고개를 끄덕였다. 그가 불을 말하는 방식을 듣자니, 마치 세상에서 가장 나쁜 게 바로 불인 것 같았다.

"만약에 네 손에 불이 붙으면 어떨까? 좋을 것 같니?"

나는 고개를 저었다.

"큰 소리로 대답해. 좋을 것 같아?"

"아니요."

"그렇지만 언젠가 넌 불에 들어갈 거야. 불이 네 온몸을 감쌀 거야. 넌 비명을 지르고 또 지르겠지. 하지만 불은 꺼지지 않을 거고 넌 절대 죽지 않아. 그냥 영원히 타고 또 탈 뿐이지. 그랬으면 좋겠니? 응?"

이것은 주인공의 과거에서 중요한 사건이다(그렇지 않다면 플래시백을 넣을 필요가 없다). 요약하는 대신 에피소드 장면을 비트별로 보여주자.

인물의 과거를 드러내기

인물의 과거를 드러내는 과정에서 설명 이상의 기회를 얻을 수 있다. 현재와 상반된 과거를 두고 인물 내부에서 일어나는 갈등을 만들어내는 경우다.

단순히 누설하는 식으로 정보와 세세한 내용을 전달하는 것은 금물이다. 그 세부적인 내용을 현재 인물에게 위협이 되는 감정으로 채워보자.

한 가지 방법은 인물의 어두운 과거가 현재에서 언제든지 반복될 수 있다는 분위기를 만드는 것이다.

앤 라모트의 『불완전한 새Imperfect Birds』에서 엘리자베스 퍼거슨은 십 대 딸 로지를 기다리고 있다. 그녀의 남편 제임스는 짜증을 내며 3분 안에 로지가 나타나지 않으면 그냥 가겠다고 말한다.

"언제부터 그렇게 권위적이었던 거야?" 하지만 그녀는 답을 알고 있었다. 그들이 아직까지도 종종 이야기하듯이, 엘리자베스가 트램펄린에서 약간의 신경쇠약 증세를 보인 이후 지난 몇 년 사이 그는 걱정이 늘고 조심성도 많아졌다. 3년 전 베이뷰의 이웃집 트램펄린 위에서 로지와 함께 뛰는 동안 그녀 내부의 무언가가 흔들리다가 느슨해지고 말았다. 앤드루의 죽음 이후 숨겨뒀던 온갖 억눌린 상실감과 황폐한 마음이 멈추지 않고 밖으로 쏟아졌다. 그녀는 한 달을 멍한 상태로, 또는 침대에서 울면서 지내다가 새로운 약을 처방받고 이틀에 한 번씩 정신과 의사에게 상담을 받았다.

그리고 2년 전부터는 알코올중독자 모임 카드를 갖고 다니기 시작했다. 오랫동안 완전히 끊었던 약물과 술에 다시 손을 대기 시작했다는 의미였다. 제임스는 엘리자베스가 일주일 내내 밤늦게까지 술을 마신다는 사실을 알아채지 못했다. 그날 새벽, 욕실 바닥에 쓰러져 있는 그녀를 발견하지 전까지는.

이 단락에서 라모트는 엘리자베스의 과거를 짧게 압축해서 보여준다. 트램펄린에서 감정적으로 무너진 일은 급작스럽고 돌발적인 사건이다. 독자는 그런 일이 다시 일어날 수 있음을 직감하게 된다. 게다가 그녀의 '알코올중독자 모임 카드' 또한, 말수 적고 기만적인 평생의 동반자 같은 물건이다.

과거와 현재가 서로 충돌하고 있다는 점에서 독자는 인물 내부의 취약성이 드러난 부분들을 파악하게 된다. 그리고 그 충돌이 다시 일어날 것인지 궁금해한다.

바로 이것이 서스펜스다. 그 일이 다시 일어날까?

때로는 과거 그 자체가 현재가 '될' 수 있다. 켄 그림우드가 쓴 시간 여행 소설의 고전 『다시 한 번 리플레이Replay』를 생각해보자. 이 책은 흥미로운 질문을 던진다. 모든 것을 기억한 채 인생을 다시 한 번 살 수 있다면 어떨까? 과거의 실수를 바로잡을 수 있을까? 그 상황이 얼마나 오래갈 수 있을까?

소설 도입부에서 주인공 제프 윈스턴은 1988년에 죽었다가 1963년 대학교 기숙사 방에서 깨어난다. 룸메이트가 다가와 시험에 늦었다고 말해준다.

한 손에는 콜라를, 다른 손에는 교과서를 잔뜩 든 마틴이 문앞에 서 있었다. 마틴 베일리. 제프의 대학 1학년 때 룸메이트. 대학 시절 내내 그리고 그 후로도 몇 년간 제프의 가장 친한 친구였다.

하지만 이혼을 하고 곧이어 파산하면서 1981년 자살했다.

두둥! 미래에 무슨 일이 벌어질 것인지 알고 있는 제프는 과거 속 그의 지금인 '현재'에 어떻게 대처할 것인가? 바로 이 책을 계속 읽게 만드는 이유다. 제프는 더 많은 사람들과 가족, 그리고 이미 겪었던 사건들을 마주하게 된다.

영화 「사랑의 블랙홀Groundhog Day」에도 비슷한 장면이 나온다. 필 코너(빌 머레이)는 같은 날을 반복해서 즐긴다. 그림우드의 소설에서처럼 여기서도 과거 그 자체가 갈등이다.

과거의 죄책감

존 하비는 독자와 문학평론가 모두를 만족시키는 데 성공한 범죄소설 작가다. 그 비결은 간단하다.

『재와 뼈Ash & Bone』에서 은퇴한 수사관 프랭크 엘더는 오래된 사건을 해결하기 위해 복귀해야 한다. 하지만 지난 몇 년간 그의 삶은 순탄치가 않았다. 결혼 생활이 파탄 났을 뿐 아니라, 훨씬 더 나쁜 일이 딸에게 일어났다. 프랭크는 여전히 죄책감에 시달리고 있다.

이제 3년이 된 조앤과의 결혼 생활은 파탄에 이르렀고 그는 기가 죽을 대로 죽은 채 노팅엄셔 경찰에서 은퇴했다. 딸 캐서린이 애덤 키치에게 납치되었던 지도 1년이 넘었다. 납치되어 성폭행을 당하고 거의 죽을 뻔했다. 열여섯 살의 캐서린이.

'캐서린에게 일어난 일은, 프랭크, 당신 잘못이야. 당신이 그 애를 거의 죽일 뻔했어. 당신이라고. 그 남자가 아니라.'

조앤은 그렇게 말했었다.

'개입해야 했잖아. 상황을 그대로 둬선 안 됐잖아. 당신은 늘 모든 걸 제일 잘 아는 사람이잖아.'

물론 그도 악몽에 시달렸다.

하지만 캐서린의 꿈만큼 지독하지는 않았다.

'프랭크, 당신은 이 일을 극복할 거야. 현실에 타협하고 방법을 찾겠지. 하지만 캐서린, 그 앤 절대 그러지 못해.'

봄에, 재판이 있기 전에, 그를 찾아왔다. 캐서린이.

부녀는 이야기를 나누고, 산책을 하고, 나란히 앉아 와인을 마셨다. 그날 밤 그는 캐서린의 비명 소리에 잠에서 깼다.

"이런 꿈들······." 그녀는 말했다. "언젠가는 사라지겠죠? 시간이 지나면 말이에요."

"그럼." 엘더는 그렇게 대답했었다. "틀림없이 그럴 거야."

캐서린을 보호하고 싶어서 그는 거짓말을 했었다.

이제 그녀는 그와 말도 하려 하지 않았고, 목소리만 들려도 전화를 끊었다. 휴대전화 번호도 바꿨다. 편지를 쓰지도, 쓰려 하지도 않았다.

'당신 잘못이야, 프랭크.'

프랭크의 배경 설명에서 느껴지는 감정의 무게는 소설의 현재를 맴돌며 그의 사생활을 복잡하게 만들고, 그의 일에도 영향을 미친다.

과거의 비밀

코닐리아 리드의 『어둠의 벌판A Field of Darkness』에 등장하는 상류층 상속녀 매들린 데어는 지나치게 예의 바른 자신의 사촌이 실은 젊은 여자 두 명을 살해했을 거라고 믿는다. 하지만 20년간 미제로 남아 있는 범죄 사건을 둘러싼 숨겨진 이야기가 펼쳐지는 와중에, 정말 무슨 일이 벌어졌는지 진실을 찾기에 나선 매들린에게 그 사건은 출발점에 불과하다.

아니면 아일린 구지의 『비밀의 흔적Trail of Secrets』이나 『거짓의 정원Garden of Lies』을 예를 들어보자. 두 소설 모두 비밀과 거짓말에 바탕을 두고 있으며, 그 두 가지가 플롯을 구성한다.

저명한 서스펜스 작가 필리스 휘트니는 『소설 쓰기 안내서 Guide to Fiction Writing』에서 현명한 조언을 한다.

기획 단계에서 나는 모든 등장인물에게 비밀을 부여한다. 비밀은 소설이 진행되는 동안 점차 드러나게 될 것이다. 비밀은 예상치 못한 온갖 행동의 동기로 작용하며, 내가 원하는 놀라움의 요소를 제공할 것이다. 글쓰기에 들어가기 전부터도 나는 인물들이 숨기고 있을지 모를 비밀들을 조사하며, 그런 비밀들이 이야기 속 다른 인물들의 삶에 영향을 미칠 수 있도록 계획을 세운다. 비밀은 놀라움의 요소를 끌어내는 훌륭한 공급원이다.

이렇게 해보자.

1. 이야기를 끌어가는 중요한 보조 인물의 목록을 작성한다.

2. 이름 옆에 인물이 가지고 있을지 모를 비밀 서너 가지를 열거한다. 특히 다른 인물들에게 영향을 미칠 수 있는 비밀을 찾아보자.

3. 각 인물의 비밀 중 가장 좋은 것을 선택해 극적이거나 놀랍거나 또는 충격적인 방식으로 소설에 나타낼 수 있는 방법을 브레인스토밍 한다.

4. 비밀이 드러나는 장면을 서너 개 써본 뒤 그중 하나 이상을 원고에 넣을 수 있는지 살펴보자.

9 내적 갈등:
흥미로운 인물을 만들기 위해
필요한 것

가장 흥미롭지 않은 주인공은 확신을 가진 인물이다.

가장 흥미롭지 않은 주인공은 확신을 가진 인물이다. 자신의 행동에 어떠한 의구심도 갖지 않고 앞으로 나가는 인물. 그 누구도 살면서 그렇게 행동하는 경우가 없기 때문에 흥미가 떨어질 수밖에 없다. 우리 모두는 의문과 의심, 두려움을 갖고 있다. 내적 갈등이 독자와 인물을 묶어주는 아주 강력한 힘이 되는 이유다. 갈등은 인물에게 인간다운 면을 불어넣고 공감하게 만든다.

내적 갈등 정하기

이 내적 충돌을 인물 내부에서 벌어지는 언쟁이라고 생각해보자. 만화에서 양쪽 어깨에 나란히 앉은 작은 천사와 작은 악마처럼 내부의 생각도 우위를 차지하려고 서로 다투는 셈이다.

하지만 내적 갈등이 작용하기 위해서는 갈등을 촉발하는 요인이 필요하다.

우리가 만든 가상의 인물 로저 힐을 다시 불러보자. 그는 악당들의 비밀을 알게 되었다. 미국의 붕괴로 이어질 수 있는 비밀이다. 로저는 이 비밀을 어떻게 해야 할까?

당연히 FBI를 찾는다. 지역 FBI 사무소의 전화번호를 찾아 서둘러 전화로 알려야 한다. 그것이 언쟁하는 한쪽의 생각이다.

그렇다면 이를 저지하는 것은 무엇일까? 예를 들어 FBI 요원들이 그가 직접 와서 몇 가지 질문에 대답하기를 요구한다면? 게다가 로저는 몇 시간 뒤에 시작하는 LA 레이커스 경기 티켓을 가지고 있다. FBI를 찾아가면 경기에 늦을 것이다. 어쩌면 경기를 통째로 보지 못하게 될지도 모른다.

이것도 내적 갈등일까? 그렇다. 하지만 약하다. 너무 약하다. 하나의 주장이 반대편의 주장을 압도할 만큼 강하지 않기 때문이다. 로저가 완전히 쓰레기 같은 사람이 아니라면 말이다(하지만 우리가 애초에 로저라는 인물을 그런 식으로 쓸 리가 없다). 그러므로 주장에 무게를 조금 더 실어주도록 하자.

로저가 비밀을 알고 있다는 사실을 악당들이 눈치챘다면 어떨까? 그들은 즉시 로저에게 문자메시지를 보낸다. "FBI를 찾아갈 생각이라도 한다면 네 조카는 죽은 목숨이야. 장래가 유망한 예쁜 치어리더 조카 말이야. 우리가 지켜보고 있다고……."

이제 비로소 진정한 내적 갈등을 이야기할 수 있다. 이것은 '당위성'의 대결이다.

한쪽에는 로저가 비밀을 알려야 하는 이유가 존재한다. 그는 애국자다. 미국을 사랑한다. 법과 질서의 가치를 믿는다. 사람들이 살해당하는 것을 보고 싶지 않다.

반대쪽에는 그가 비밀을 알리지 말아야 할 이유들이 존재한다. 이 경우엔 아주 강력한 한 가지 이유다. 사건과 아무 관계도 없는 사랑하는 조카가 죽을 수 있다.

상반된 두 가지 감정을 충돌시키기

같은 순간 상반된 두 가지 감정을 서로 엇갈리게 하는 기법은 강력한 효과를 발휘한다. 존 하비가 쓴 『재와 뼈』의 프랭크 엘더에게도 그와 같은 순간이 있다. 엘더는 은퇴한 수사관이지만, 한때 가깝게 지내던 여성의 살해 사건을 해결하기 위해 복귀하려는 참이다. 상황을 복잡하게 만드는 것은 엘더도 손쓸 수 없을 정도로 엇나가는 십 대 딸이다. 딸은 그에게 곁을 주지 않으려 하고, 그는 마음이 찢어진다.

딸이 마약을 판매하다가 체포되었다는 소식을 들은 엘더는 한계에 도달한다. 그는 전 부인에게 전화를 건다.

"캐서린은 어때?"
"괜찮아. 그러니까, 괜찮은 것 같아. 좀 그래, 프랭크, 당신⋯⋯."
"지금 차를 타고 가려는 참이야. 당신한테 미리 알려주려고."
"이러지 마, 프랭크."
"그럼 내가 어떻게 해야겠어?"
"알잖아, 애가 당신과 얘기하지 않으려 할 거야."
휴대전화를 주차장 저 멀리까지 던져버리고 싶었다. 하지만 그러는 대신 엘더는 휴대전화를 천천히 주머니에 넣은 뒤 잠시 선 채 완전히 평정을 되찾고서 숨을 고른 다음 자동차 열쇠를 집었다.

엘더의 분노는 육체적 반응을 억제하는 것으로 진정된다. 내면에서 벌어지는 감정 충돌은 내면의 묘사를 통해서만이 아니라 행동에 대한 묘사로도 지면 위에 나타낼 수 있다.

이렇게 해보자.

1. 원고에서 주인공이 가장 강렬한 감정을 느끼는 지점을 찾는다.

2. 거기서 인물이 느끼는 것과 상충되는 감정은 무엇인가? 그 감정은 어디에서 비롯되는가?

3. 주인공이 강렬한 감정과 상반된 감정을 느끼는 단락을 쓴 뒤, 육체적인 동작을 제시하여 갈등을 드러낸다.

예를 들면 이런 식이다.

존은 분노로 폭발했다. 그는 망치를 집어 들어 가구를 부수기 시작했다. 메리를 떠올리게 하는 모든 요소요소를 세차게 내리쳤다.

같은 내용을 이렇게 바꿀 수 있다.

존은 분노로 폭발했다. 그는 망치를 집었다. 그들이 처음으로 함게 산 커피 테이블 위로 망치를 들어 올렸지만, 이내 얼어붙은 듯 동작을 멈췄다. 커피 테이블을 부순다는 것은 그의 인생에서 가장 좋았던 한때를 부수는 것이나 마찬가지일 터였다. 사랑의 추억을 없애버리는 일, 그를 평범하게 살게 했던 추억을 지우는 일이다. 쇠꼬챙이에 끼운 돼지처럼 그의 속이 뒤집혔다. 그는 있는 힘껏 망치를 내려쳤다.

인물 내면의 목소리를 들려주자

스티븐 킹의 소설 『로즈 매더』에서 주인공 로즈 대니얼스는 폭력적인 남자와 결혼했다. 경찰인 남편은 구타 흔적이 보이지 않게 폭력을 휘두르는 법을 알고 있다. 그녀가 14년 동안 그렇게 살아올 수밖에 없었던 건 그가 자신을 부양하고 있고, 만약 도망치려해도 덜미를 잡힐 수밖에 없으리라는 것을 알기 때문이다. 그녀는 자신의 운명을 받아들였다.

어느 날 아침, 전날 밤 구타를 당해 흘렸던 핏자국이 그녀의 눈에 들어온다. 그 순간 로즈에게는 새로운 생각이 떠오른다. 이런 상황이 계속된다면 언젠가 그가 자신을 죽일 수도 있으리라는 생각이다. 이어 물음이 떠오른다. 만약 죽이지 않으면? 이런 일이 앞으로도 계속해서 이어진다면 어떻게 할 거지?

그러자 그녀의 '마음 깊은 곳'에서 도망치라고 말하는 소리가 들린다.

"말도 안 돼." 그녀는 흔들의자를 더욱 세차게 앞뒤로 흔들었다.

핏자국이 눈에 아른거렸다. 여기서 보니 느낌표 아래 붙은 점처럼 보였다. "정말 말도 안 돼. 내가 어디로 가겠어?"

'어디든 그가 없는 곳으로.' 목소리가 대답했다. '지금 당장 나가야 해. 그 전에…….'

"그 전이라니?"

답은 단순하다. 그러니까, 오늘 밤 다시 잠자리에 들기 전에.

그녀의 마음 한구석 — 길들여지고 주눅 든 부분 — 이 그녀가 진지하게 이런 생각을 품고 있다는 것을, 겁에 질려 소리를 지르고 있다는 것을 문득 알아차렸다. 14년이나 살아온 집을 떠난다고? 원하는 건 뭐든지 그녀 마음대로 할 수 있는 집을? 성질이 좀 급하고 주먹이 먼저 나오지만, 그럼에도 늘 좋은 부양자였던 남편을? 말도 안 되는 생각이었다. 그런 터무니없는 생각을 잊어야 한다. 그것도 즉시.

정말 잊어버렸을지도 모른다. 하얀 시트 위의 그 핏자국만 아니었다면 그녀는 아마 분명 잊었을 것이다. 그 검붉은 핏자국만 아니었다면.

'그러니까 그걸 보지 마!'

이 내면의 언쟁은 한층 격렬해진다.

갑자기 있는 힘을 다해 일어서는 바람에 흔들의자가 벽에 부딪쳤다. 그녀는 숨을 헐떡이며 검붉은 핏자국을 한동안 노려보다가 거실로 통하는 문으로 향했다.

'어딜 가는 거야?' 현실을 따지는 마음의 목소리가 물었다. 남편에게 맞아서 불구가 되거나 살해를 당한다 해도 티백이 찬장 어디에 있고 수세미를 싱크대 아래 어디에 보관하는지 알고 있다는 불변의 특권에 집착하는 또 하나의 그녀가 소리쳤다. '도대체 어디갈 생각인 거야?'

그녀는 목소리가 들리지 않게끔 마음의 귀를 닫았다. 그 순간까지는 그렇게 할 수 있다고 생각지도 못했던 일이었다.

로즈가 지갑을 들고 문을 향해 갈 때도 마음의 목소리는 그녀에게 멈추라고 소리를 지르고, 이어 로즈를 설득하려 든다.

'다칠 거야!' 현실을 따지는 마음의 목소리가 말했다. '그 사람 물건을 건드리면 많이 다칠 거야, 너도 알잖아! 많이 다친다고!'

"어차피 여기 없는걸." 그녀는 중얼거렸다. 하지만 있었다. 남편의 이름이 새겨진 머천트 은행의 자동 현금인출카드.

'만지지 마! 손도 대지 마!'

그러나 그녀는 카드를 집었다. 머릿속에 떠오르는 것은 하얀 시트 위에 말라붙은 한 방울의 핏자국뿐이었다.

이 장면은 거의 네 쪽에 걸쳐 이어진다. 작가의 역량이 부족했다면 로즈 대니얼스가 지갑과 자동 현금인출카드를 집어 들어 곧장 현관문으로 달려가는 장면뿐이었을 것이다. 하지만 스티븐 킹은 이 단순한 하나의 사건을 갈등과 서스펜스가 넘치는 장면으로 만들었으며, 갈등은 모두 한 인물의 마음속에서 벌어진다.

인물 묘사에서 상반된 감정을 무시하기란 거의 불가능하다. 서로 다른 감정들과 내적 갈등은 지극히 인간적인 것으로, 그로 인해 독자는 인물과 아주 강력하게 연결된다.

이것을 육체적으로나 감정적으로 가장 강렬한 상황, 즉 섹스 행위와 관련해서 상상해보자. 상반된 감정을 통해 이 잊을 수 없고 충격적인 순간을 묘사한 작가가 있다.

아니타 슈리브가 쓴 『그가 원했던 모든 것All He Ever Wanted』의 화자 니컬러스 밴 타셀은 뉴잉글랜드에 자리한 작은 대학의 교수다. 마침내 그는 그토록 집착했던 상대인 에트나의 마음을 얻었다. 아이러니하게도 그녀의 성은 '더없는 행복'을 뜻하는 블리스다. 그녀는 그를 사랑하지 않는다고 하면서도, 어쨌든 그와의 결혼에 동의한다. 그녀의 과거를 알지 못하는 밴 타셀은 이제 첫날밤을 맞이하고, 서술은 그 순간의 과장스러운 언어로 전달된다 (1900년대 초반의 일을 1933년에 되돌아보면서 이야기를 들려주는 형식이다).

그 자체로 변화가 많은 인체의 해부학적 원리 같은 것에 대해 결코 확실히 단정 지을 수야 없겠지만, 나는 이전 누군가가 내 새신부의 몸에 들어가는 입구를 보다 수월하게 드나들도록 만들어놓았음을 확신할 수 있었다. 한 남자가 경험할 수 있는 가장 위대한 육체적 쾌락의 순간을 맞이하면서도, 나는 오랫동안 나를 괴롭힐 질문지를 작성하고 있다. '누구지?' 나는 소리 죽여 울었다. '언제였지?' 모든 남자들이 그러는 방식으로 몸을 떨고 난 뒤 등을 대고 누웠다. 오늘 밤에는 어떤 생명도 잉태되지 않을 것이다. 생명을 잉태하려는 그 행위가 질투를 낳았으니. 강렬하지만 결실을 맺지 못한, 소모적이기만 한 행위. 불과 얼마 전만 해도 에트나에 대한 거의 초월적인 이 마음을 가리키기에는 너무나 평범하고 단조롭다고 생각했던 사랑이라는 이름의 감정이, 결코 적당한 이름을 찾을 수 없는 어떤 것에 의해 대체되었다. 소중히 간직했던 대상을 도난 당한 순간 찾아오는 무력감. 기만당했을 때 느끼는 분노.

소설이나 영화는 반드시 독자나 관객의 감정을 움직일 수 있어야 한다. 당연히 그래야 한다. 이야기란 무엇보다도 감정적인 경험 아닌가. 그렇지 않다면 이야기가 아닌 다른 무엇, 그저 지면에 쓰인 단어들이나 스크린 위에 나타난 영상에 불과할 것이다.

어떤 이야기가 의미와 힘을 지니려면 갈등에 반드시 감정이 개입되어야 한다.

이야기를 시작하는 다음 두 가지 유형에 대해 생각해보자.

폴 오즈번은 테이블에 앉아 레드와인을 홀짝거렸다. 무심코 고개를 들자 낯익은 사람이 보였다. 그의 아버지를 아는 사람이었다.

이것을 앨런 폴섬이 쓴 『모레The Day After Tomorrow』의 실제 시작 장면과 비교해보자.

폴 오즈번은 퇴근한 사람들로 북적이고 담배 연기로 자욱한 곳에 홀로 앉아 레드와인 잔을 들여다보고 있었다. 피곤하고 속상하고 혼란스러운 기분이었다. 그는 무심코 고개를 들었다. 순간 충격에 숨이 멎을 듯했다. 홀 건너편에 그의 아버지를 살해한 남자가 앉아 있었다.

두 시작의 차이점은 직접적인 감정과 간접적인 감정에 있다. 폴섬은 오즈번이 어떤 기분인지(피곤하고 속상하고 혼란스러웠다) 직접적으로 전달한다. 인물의 감정을 직접 말하는 것이 늘 독자에게 감정을 전달하는 가장 좋은 방법은 아니지만, 이 경우에는 일종의 설정이라 할 수 있다. 독자의 관심을 끄는 감정적 고리를 제공하는 셈이다. 다른 단어들, 즉 '홀로'와 '충격'이라는 단어도 이에 일조한다.

그리고 마지막 문장에서 풀섬은 독자를 놀라게 한다. 별다른 설명도 필요 없다. 스스로 빈칸을 채울 수 있기 때문이다. 이제 독자는 오즈번이 어떻게 반응하는지 살펴볼 수밖에 없다.

보여주기와 말하기

모든 사람이 아는 오래된 금언이 있다. 보여주되, 말하지 말라. 단순하지만 설명이 필요한 말이다. 실제로 우리가 소설 전체를 보여줄 수는 없다. 그랬다가는 소설의 길이가 2,000쪽은 될 테니 말이다. 말하기는 행동의 긴장감이 낮을 때 일종의 속기처럼 사용

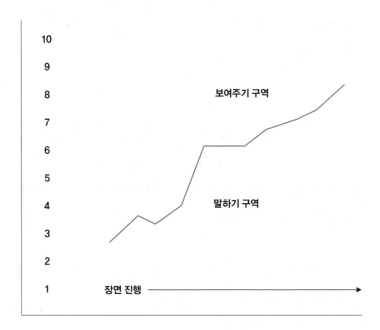

되는 기법이다.

위에 나타난 표의 의미는 이렇다. 한 장면에서 감정의 강도가 낮아지는 순간이라면 인물이 어떤 감정(또는 비트)인지 굳이 '말하기'를 하지 않을 수 있다. 하지만 이는 각자의 선택이다. 예를 들어 메리가 방으로 들어가는 중이고, 그곳에서 곧 존과 심한 언쟁을 벌일 예정이라면 이렇게 말할 수 있을 것이다.

메리는 아파트로 들어서며 긴장했다.

그리고 보여주기 기법을 선택한다면 이렇게 쓸 수 있을 것이다.

아파트 문을 열던 메리는 열쇠를 놓치고 말았다. 그녀의 손이 떨리고 있었다.

두 번째 방식이 더 강렬하다. 강렬한 감정을 원한다면 그렇게 하자. 감정의 강도에 따라 선택해야 하는 이유가 바로 이것이다.

요는, 독자들을 위해 진짜 감정적인 갈등을 만들기 위해서는 보여주기가 필요하다는 점이다. 존이 메리에게 화가 났다고 단순히 말하는 것으로 그 감정이 독자들에게 잘 전달된다고 할 수는 없다.

독자의 감정을 유발하려면 지면 위에 이를 드러내자. 이름을 붙이려 하지 말고 감정을 만드는 것이다.

간단한 예를 살펴보자.

존은 메리에게 화가 났다. (말하기)
존은 메리를 때렸다. (보여주기)

가상의 인물 로저 힐이 정말 잘 맞지 않았던 옛 상사와 대화를 나눠야 하는 상황을 생각해보자. 온전히 보여주기를 통해 다음과 같이 표현할 수 있다.

해링턴의 집 문을 두드리자 로저의 맥박이 빨라졌다. 머리까지 후끈거리는 것 같았다. 모든 사람들 앞에서 그를 호되게 몰아세우던 해링턴의 얼굴이 떠올랐다. 그 기억이 온몸의 말초신경을 자극

해, 그는 몸서리를 쳤다. 주먹을 쥐었다 폈다를 반복하며 심호흡을
했다. 심장박동이 정상으로 돌아오기 시작했다. 해링턴과 이야기
를 나눠야 한다. 그는 이를 악물고 주먹에 상처가 생길 정도로 문
을 세차게 두드렸다. 주먹이 욱신거렸다.

여기서 정말 이 모든 내용이 필요할까? 제시된 내용보다 훨씬
더 극적인 경우, 또는 그런 감정들이 플롯의 중요한 부분일 경우
라면 그렇다.

만일 그런 경우가 아니라면 다음과 같이 바꿔보자.

로저는 해링턴의 집 문을 두드렸다. 그는 옛 상사를 전혀 좋아하
지 않았다. 하지만 그와 이야기를 해야 했다. 그는 다시 문을 두드
렸다.

그런 다음 해링턴이 등장하는 장면에서 독자는 두 사람 사이
에 벌어졌던 갈등에 대해 대략적으로 알게 될 것이다. 독자가 진
짜 관심을 기울이는 곳, 즉 이 모든 감정이 나타나는 곳은 해링턴
과의 실제 대화다.

감정의 강도를 끌어올리는 연습
주인공이 멋진 집의 잘 정돈된 방에 있다고 상상해보자. 아름
드리나무가 있는 넓은 잔디밭과 푸른 하늘이 내다보이는 커다란
창이 있다.

주인공이 등받이가 높은 의자를 집어서 창문 밖으로 던진다.

그녀는 왜 그랬을까?

무엇이 그녀를 그렇게 자극했을까?

어떤 감정이 그녀를 무너뜨렸을까?

그 감정을 찾아서 이름을 붙인 다음 이유를 설명한다.

그녀의 배경 가운데 이런 행동을 설명할 만한 것은 무엇일까?

이 감정을 통해 새로운 인물에 대해 알 수 있는 것이 있을까?

이렇게 감정의 강도가 고조된 순간을 원고의 어느 지점에 배치할 수 있을까?

문자 그대로 의자를 창문 밖으로 던지는 장면일 필요는 없다. 하지만 그 정도 강렬한 감정이 드러나는 장면이어야 한다.

감정을 끌어올릴 수 있는 장면은 또 어디일까?

이 질문들에 대한 대답을 브레인스토밍 한 다음 가장 좋은 것을 골라 소설에 넣을 방법을 찾아보자.

잊어서는 안 된다. 독자가 등장인물과 유대감을 느끼지 않거나 느끼기 전까지는 갈등과 서스펜스로 독자를 사로잡을 수 없다. 내적 갈등은 유대감을 형성하는 훌륭한 요소 중 하나다. 주인공의 내면을 깊이 살펴보고 심리적인 어려움을 살짝 드러내자. 그렇게 하면 독자는 우리의 소설을 아주 흥미롭게 읽을 것이다.

10 생생한 대화 쓰기: 갈등과 긴장을 유발하는 법

"기억할 건, 대화를 통해 이야기를 전개하고,
갈등을 유발하고, 독자의 흥미를 끌고,
인물의 성격을 드러내야 한다는 거야."

"자, 대화의 모든 것을 알려줘."

"단 두 쪽으로?"

"넌 작가잖아. 그냥 하라고!"

"저기, 우리 이건 나중에 이야기하자……."

"지금 이야기할 거라고! 대화에 대해 알려줘."

"그래, 네가 방금 도왔으니까. 너의 말이 갈등을 증폭시키고 있어."

"어떻게?"

"나랑 말싸움을 벌이려고 하면서 말이야. 자, 의도가 다른 두 인물을 함께 놓는 거야. 의도가 서로 다르다는 건 두 사람의 대화에서 드러나야 해. 사실 그건 대화의 중요한 두 가지 목적 중 하나지. 일단은 갈등 유발하기."

"오, 그래? 다른 하나는 뭐야?"

"인물의 성격 드러내기. 지금 네가 하는 것. 독자들은 네가 다소 무뚝뚝한 친구라는 생각을 할 수 있겠지."

"그럴 리가!"

"봤지? 너는 나처럼 말하지 않잖아. 그게 또 다른 핵심이야. 인물마다 자기만의 말하는 방식이 있어야 해."

"그래서 니 말은, 내가 지금 뭔갈 드러내고 있단 거지?"

"거의. 그리고 나는 '니' 같은 비표준어나 준말를 과도하게 쓰지 않을 생각이야. 반드시 필요한 경우가 아니라면 말이지. 너무 불편해서 읽을 수가 없거든. 때로는 그냥 암시하는 것만으로도 충분할 때가 있어. 나머지는 독자들의 상상력이 채울 테니까."

"그렇다면 나는 제대로 하고 있는 것이 '아닌' 셈이구나. 이렇게 하는 거야?"

"진정해."

"나 지금 차분해!"

"적어도 말수는 적은 인물이군. 소설의 대화는 간결해야 해."

"만약에 내가 할 말이 많으면?"

"하늘도 무심하시지. 하지만 꼭 그래야 한다면 길게 이어서 말하는 것은 피해. 다른 인물이 끼어들게 하는 식으로 말을 자르고, 그리고 또……."

"끼어들게 하라고?"

"완벽해. 거기에 감정을 보여주는 약간의 동작을 하는 거야."

그는 말을 멈추고 손에 쥔 작은 권총을 빙글빙글 돌렸다. "이렇게?"

"맞아. 말귀가 빠르군."

"참, 다저스 선수들은 어때? 밖에 날씨는 괜찮나?"

"잠깐만. 잡담은 피해. 이야기 속에 실생활을 그대로 구현하려는 게 아니잖아. 기억할 건, 대화를 통해 이야기를 전개하고, 갈등을 유발하고, 독자의 흥미를 끌고, 인물의 성격을 드러내야 한다는 거야."

"만약 내가 만든 인물이 잡담을 좋아하면 어떻게 하지?"

"좋은 지적이야. 네가 만든 인물이 전개상 좀 산만한 성격이어야 한다면 효과가 있을 거야. 잡담 자체에 의도가 담겨 있으니 말이지."

"고맙군." 그는 총을 거두며 말했다. "이제 지갑 내놔."

"아주 좋은데. 예상치 못한 일이군. 반전이야. 이야기를 계속 읽게 만드는 요소지. 때로는 한 장을 끝내는 좋은 방법이기도 하고 말이야. 안 그래?"

"장난 아니야, 지갑 내놔, 친구!"

"그리고 훌륭한 전략이 하나 더 있는데, 엉뚱한 반응을 보이는 거야. 방금 네가 내 질문에 대답하지 않은 것처럼 말이지. 그런 점에 공을 많이 들여봐. 할 수 있을 때마다 인물들이 살짝 엉뚱한 반응을 하도록 만들어. 장면에 긴장감을 주는 데 도움이 되거든. 이봐, 나한테 총을 주는 게 어때, 응?"

"어서, 자, 덤벼라."

"윽! 전염병 같은 관용어는 피하라고."

"그 말 재미있으라고 한 거야?"

"약간의 유머는 항상 환영이지. 유머에 집착하지만 않는다면 말이야. 이제 총을 넘겨."

"뭘 어떻게 해야 대화를 제대로 완성할 수 있을지 알려주면."

"며칠 동안은 한쪽으로 치워놔. 그런 다음 단조로운 톤으로 크게 읽어봐. 아니면 읽어줄 친구를 구해도 좋고. 남이 큰 소리로 읽는 걸 들으면 다른 관점을 가질 수 있거든. 총 줄래?"

"좋아, 여기 있어. 그럼 이제 우리 뭘 할까?"

"이 대화를 끝내는 산뜻하고 재미있는 방법을 생각해봐야지."

"생각해둔 거 있어?"

"그럼."

"말해봐."

나는 총을 들었다. "지갑 내놔, 친구."

장난스럽게 쓰긴 했지만, 생각해볼 만한 대화다. 중요한 것은, 대화란 결국 갈등과 긴장의 씨앗을 뿌리는 비옥한 토양이라는 사실이다. 잡담이나 의미 없이 툭 던지는 대사로 대화를 낭비하지 말자. 때로는 대가가 쓴 책이라 해도 몇 권 읽다보면 대화를 지나치게 길게 늘렸다는 느낌을 받는 경우가 있다. 대화를 쓰는 게 너무 재미있는 탓이다.

마흔 번째 소설을 출판하기 전까지는(또는 그 이후에도) 갈등이 명확히 드러나는 간결한 대화를 쓰자.

대화를 통해 갈등을 유발하는 가장 좋은 작법 도구는 다음과 같다.

1. 조율

2. 서브텍스트

3. 상반된 의도

4. 한발 비켜서기

5. 대화를 무기로 이용하기

6. 부모-어른-어린이 역할 모델

인물 하나하나에 독특한 목소리를 부여하자

3장에서 조율의 개념을 다룬 바 있다. 좋은 대화는 이미 대화의 진행 전에, 상충되는 인물들로부터 시작한다는 점을 기억하자.

각각의 등장인물이 어떤 사람으로 보이는지 각별히 주의를 기울이자. 인물 하나하나에 독특한 목소리를 부여하면 지면 위에서 더 많은 갈등이 표출될 것이다. 주요 인물마다 이런 작업을 적용해보자.

1. 음성 일기를 이용해 각 인물에게 독특한 어감을 부여하자.

2. '이야기에 등장해야 하는 이유'를 인물 자신의 목소리로 서술해보자.

내 이름은 샘 제라드, 연방 경찰이다. 왜 내가 이 이야기 속에 있는지 궁금하다고? 나는 도둑을 지키는 개고, 내 일은 단 하나다. 도망자들이 정의의 심판을 받게 하는 것. 그들의 사건은 내 관심 사항이 아니다. 결백하다고 주장해도 신경 쓰지 않는다. 뭐, 어쩌면 결백할지도 모르지. 하지만 그건 내 일이 아니다. 반박은 듣기 싫다. 나는 놈들을 잡고 싶을 뿐이다. 그게 내가 하는 일이니까. 나는 내 일이 좋다. 우리 팀이 좋다. 그리고 실패란 내 선택지에 존재하지 않는다.

모든 중심인물을 대상으로 시도하자. 각 인물을 개별적으로 알아보고, 다른 인물들과 대비되는 성장 배경의 요소를 찾아본다. 특히 다음 '빅 5' 요소를 염두에 두도록 하자.

1. 교육
2. 종교
3. 정치관
4. 직업 유형
5. 경제 사정

하나의 장면에는 장면 이상의 것이 있어야 한다

하나의 장면은 장면 이상의 것을 담아내야 한다. 마치 빙산의 일각과 같이, 표면에는 인물들의 말과 행동이 담겨 있지만 그 이면에서는 축적된 다른 이야깃거리가 수면을 향해 부글부글 끓고 있다.

'과거의 인물 관계'를 이용할 수 있다. 이러한 관계를 작가는 알아도 독자들은 모를 수 있다. 아직은 말이다. 하지만 인물들이

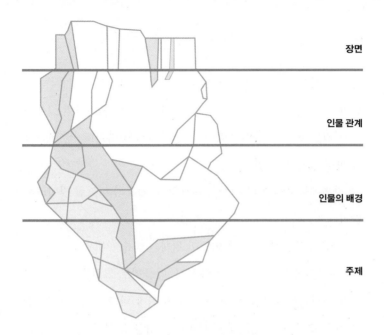

장면

인물 관계

인물의 배경

주제

이 숨겨진 내용을 어떻게 드러내는지에 따라 장면에서 궁금증을 유발하는 상황을 만들어낼 수 있다.

그 장면 이전에 일어난 사건들이 있을 것이다. 소설의 앞부분에 서술된 사건일 수도 있고 또는 소설이 시작하기 전, 즉 소설 속 시간보다 앞서 일어났던 일일 수도 있다. 하지만 과거의 사건들은 현재에 영향을 미치며 갈등을 표면에 드러낼 가능성을 지닌다.

또한 소설의 '주제'도 염두에 두자. 주제가 아직 분명치 않다 해도 조금만 생각해보면 서브텍스트의 요소가 저절로 떠오를 것이다. 자신의 이야기가 무엇에 관한 내용이 '될지' 몇 가지 가능성을 나열해보자.

인물이 원하는 것을 늘 기억하자

한 장면에서 각각의 인물이 원하는 바가 무엇인지 늘 기억하자. 만약 어떤 장면에서 인물이 단지 공간만 차지할 뿐이라면 그에게 어떤 의도를 부여하거나 또는 그 장면에서 빼버린다. 장면 자체를 아예 없앨 수도 있다.

장면에는 갈등이나 긴장이 필요하다. 지극히 미묘한 것이라도 말이다.

장면을 쓰기에 앞서 각 인물이 원하는 바를 주목하고, 그 동기를 다루는 데 잠시 시간을 할애하자. 인물별로 그럴듯한 동기 세 가지를 열거한 뒤 이리저리 짜 맞추며 가장 적합한 갈등이 될 만한 것을 결정한다. 협력자들 사이에 긴장을 조성하는 것도 중요하다.

소설을 쓸 때의 함정 중 하나는 두 친구나 적어도 같은 편인 사람들끼리 대화를 나누는 지점에 놓여 있다. 문제는 그들 사이에 아무런 문제가 없을 수도 있다는 것이다. 그러면 대화의 대부분이 소소한 잡담으로 이루어지게 된다. 이러한 흐름은 앨프리드 히치콕의 격언을 거스르는 셈이므로 우리는 여기에 대처해야 한다.

가장 신속한 대처법은 처음부터 분명히 긴장이 드러나도록 쓰는 것이다. 한 명 이상의 인물에게서 긴장을 조성한다. 가급적이면 이야기의 시점을 서술하는 인물이 좋다.

예를 들어 앨리슨이 대학 친구 멜리사를 만나 커피를 마시는 장면이라면, 두 사람이 앉아서 세상에 아무 문제가 없는 양 이야기를 시작하도록 내버려 두지 말자. 앨리슨의 마음과 신경에 언쟁거리를 심어놓고 이를 멜리사와 대화를 방해하는 요소로 만드는 한편, 멜리사에게는 앨리슨의 욕구와 대립되는 요소를 설정하자.

앨리슨은 멜리사에게 위기에 빠진 결혼 생활에 대한 조언을 구하고 싶지만, 아마도 멜리사는 멋진 남자와의 결혼을 앞둔 여동생 소식에 온통 정신이 팔려 그에 대한 기대만 장황하게 늘어놓을 것이다.

두 친구나 협력자들의 관계를 틀어지게 만들 방법에 대해 브레인스토밍을 하자. 그렇게 얻은 아이디어를 대화에 엮어 넣는다.

뻔한 대사를 피하자

'뻔한' 대답을 피할 때 대화에서는 곧바로 갈등이 조성된다.

여기서 뻔하다는 의미는 직접적인 답변을 말한다. 또한 때로는 직전의 대사를 되풀이하는 것도 답변 회피에 해당한다는 점을 기억하자.

"여보, 나갈 준비 됐어?" 밥이 물었다.
"금방 준비할게." 실비아가 대답했다.

"캐치볼 하고 싶니?" 코디가 물었다.
"응, 우리 캐치볼 하자." 재러드가 대꾸했다.

"거기서 콜린스가 한 짓이 마음에 들지 않아." 스탠이 말했다.

"나도 마찬가지야. 비열했지." 찰스가 맞장구를 쳤다.

이런 대화의 반응들이 본질적으로 잘못된 것은 아니다. 사실 우리는 현실에서 이렇게 말하고, 가끔은 소설에서도 그렇게 한다. 하지만 살짝 한발 비켜서면 즉시 갈등을 조성할 수 있다는 점에 주목해서 다시 살펴보자.

"여보, 나갈 준비 됐어?" 밥이 물었다.

"아까 시내에서 당신 봤어." 실비아가 말했다.

"캐치볼 하고 싶니?" 코디가 물었다.

"턱이 왜 그래?" 재러드가 말했다.

"거기서 콜린스가 한 짓이 마음에 들지 않아." 스탠이 말했다.

"자신의 집에 분란을 일으킨 자는 바람을 상속받을 것이니." 찰스가 말했다.

직접적인 답변을 회피하는 방법에는 어떤 것이 있을까?

- 대화를 유도하는 내용과는 관련이 없는 서술
- 질문에 질문으로 답하기
- 부연 설명이 필요한 한 줄의 대사

또한 침묵을 이용하는 방법도 고려할 수 있다.

"여보, 나갈 준비 됐어?" 밥이 물었다.
실비아는 아무 말도 하지 않았다.

또는 행동으로 반응하는 방법이 있다.

"여보, 나갈 준비 됐어?" 밥이 물었다.
실비아는 거울을 집어 들었다.

대화를 무기로 이용하기

대화를 하나의 무기로 이용할 수 있는 경우를 살펴보자. 대화 자체가 인물이 원하는 바를 얻기 위해 밀고 나가는 수단으로 작용하는 경우다. 대화 또한 행동이라는 점을 명심하자. 원하는 것을 얻기 위해 인물이 이용하는 일종의 물리적 행동인 셈이다. 인물이 어떤 장면에서 원하는 게 없다면, 그는 그곳에 있지 말아야 한다.

모든 무기가 폭발을 일으키는 것은 아니다. 작지만 날카로운 무언가로 작용할 수도 있다.

고전 영화 「카사블랑카」에 그 유명한 예가 있다. 독일군 소령 스트라세는 레지스탕스 리더 빅터 라즐로를 체포하기 위해 카사블랑카에 온다. 라즐로가 주인공 릭 블레인의 술집에 나타날 거라는 소문이 돈다. 카사블랑카의 경찰서장 루이 르노가 릭의 술집 운영을 묵인하는 것은 그가 어느 편도 들지 않기 때문이다. 릭은 '누구의 일에든 머리를 들이밀지 않는다'.

스트라세는 릭이 어느 편인지 알아내려 한다. 그것이 스트라세의 의도다. 다른 사람들은 무엇을 원하고 있는지 다음 대화를 통해 살펴보자.

르노: (큰 소리로 릭을 부른다) 릭!

릭은 걸음을 멈추고 그들이 있는 테이블로 향한다.

르노: (대사를 이어가며) 릭, 이분이 제3제국의 하인리히 스트라세 소령이시네.
스트라세: 처음 뵙겠소, 릭 씨.
릭: 네, 처음 뵙겠습니다.
르노: 그리고 제3제국의 하인츠 씨는 이미 알고 있을 테고.

릭이 스트라세와 하인츠에게 눈인사를 한다.

스트라세: 여기 좀 앉으시지요, 릭 씨.

릭이 테이블에 앉는다.

르노: 영광인 줄 알게, 릭. 스트라세 소령은 오늘날의 제3제국이

누리는 영광에 혁혁한 공을 세우신 분이야.

스트라세: 마치 우리 말고 다른 '제3제국'이라도 있다는 듯 말하는군.

르노: 소령님, 개인적으로 전 제게 오는 무엇이든 다 받아들이는 사람입니다.

릭이 대화에 참여하기도 전에 기싸움이 시작되었다. 스트라세는 나치 제국의 우월함을 강조하기 위해 르노에게 사소한 점을 지적하고, 르노는 '오는 무엇이든 다 받아들'인다는 자신의 기조를 공공연히 알린다. 릭의 술집은 그에게 소소하지만 즐거운 장소이기 때문이다(그 이유를 관객은 나중에 알게 되지만). 이곳에서 그는 게임으로 돈을 따고, 남편과 함께 카사블랑카에서 내보내주겠다는 조건으로 곤경에 처한 젊은 여자들을 농락한다. 그는 이 뒷거래를 망치고 싶지 않다.

스트라세: (릭에게) 몇 가지 질문을 해도 되겠소? 물론 비공식적으로.

릭: 공식적인 질문도 괜찮습니다.

스트라세의 첫 번째 공격은 부드러운 말로 전달된다. 그에 대한 릭의 대답은 질문을 방어하는 듯 다소 딱딱하다. 릭은 자신은 그들에게 전혀 가치가 없는 인물이라고 이야기한다.

스트라세: 국적이 뭐요?

릭: 전 그냥 주정뱅이입니다.

르노: 그렇다면 자넨 세계의 시민인 셈이군.

릭의 대답은 칼끝으로 찌르는 양 날카롭다. 르노가 이를 즉시 알아채고는 긴장을 누그러뜨리기 위해 한마디 끼어든다. 이제 릭의 의도는 분명하다. 강압적인 질문에 넘어가지 말 것. 르노의 의도는? 릭의 술집이 문을 닫는 일을 막을 것!

릭: 도움이 될지 모르겠지만 전 뉴욕 태생입니다.

스트라세: 파리가 점령되자 이곳으로 넘어왔다고 알고 있소.

릭: 그거야 비밀도 아닌 것 같은데요.

스트라세: 당신도 사랑하는 파리에 독일군이 들이닥치는 꼴을 볼 수 없었던 거요?

릭: 파리를 그다지 사랑하지는 않았지요.

릭의 마지막 답변에는 서브텍스트가 있다. 파리와 관련해서 그가 불편해하는 무언가가 있다. 관객은 그것이 무언인지 역시 한참 나중에야 알게 된다.

하인츠: 우리가 런던을 점령하는 건요?

릭: 우선 그렇게 하고 나서 물으시지요.

르노: 거참, 외교적 발언이구먼!

유머도 없고 매력도 없는 게슈타포 하인츠는 도전에 실패한다. 릭은 곧바로 그에게 한 방 먹이고, 이어 르노는 재차 긴장감을 깨뜨리려 애쓴다.

스트라세: 뉴욕은 어떻소?
릭: 글쎄요, 소령님, 몇몇 구역은 삼가달라고 부탁드리고 싶군요.

정말 재미있는 답변 아닌가. 자신의 중립적인 위치를 포기하지 않은 채 미국적인 방식으로 잽을 날린다.

스트라세: 그렇군. 전쟁은 누가 이기겠소?
릭: 저야 전혀 모르죠.
르노: 릭은 모든 문제에 중립적이지요. 그건 여자 문제에서도 마찬가지고요.

지금까지는 모든 사람이 장면이 시작했을 때와 거의 같은 위치에 있다. 초반의 공격들은 릭에게 별다른 피해를 입히지 않은 채 모두 넘어갔다. 르노 또한 릭을 어느 한쪽으로 치우치지 않은 사람으로 드러내는 데 성공했다. 지지부진함에 짜증을 느낀 스트라세는 이제 더 큰 무기를 선보인다. 바로 자료다.

스트라세: 항상 중립적인 건 아니던데. 여기 당신에 관한 자료가 전부 있거든. (스트라세가 주머니에서 작은 수첩을 꺼내 책장을 넘긴

다) "리처드 블레인, 미국인. 나이 37세. 귀국 불가 상태." 이유가 좀 모호하긴 하지. 블레인 씨, 우린 파리에서의 당신 행적은 물론 그곳을 떠난 이유도 알고 있소.

릭이 스트라세의 자료를 빼앗는다.

스트라세: 걱정 마시오, 떠벌리진 않을 테니.
릭: 내 눈이 정말 갈색이었나?

또다시 릭은 비꼬는 어조로 이 도전에 맞선다. 스트라세가 더 강력한 힘을 가진 위치에 있지만, 여기까지 대결은 무승부다.

스트라세: 내 호기심을 용서하시오, 블레인 씨. 요점은, 우리의 적이 카사블랑카로 왔고, 그래서 우릴 도울 사람을 찾고 있다는 거요.
릭: (르노를 쳐다보며) 빅터 라즐로가 여길 떠나느냐 마느냐는 제겐 그저 눈요깃거리에 불과합니다.
스트라세: 사냥감에 대한 동정심 같은 건 없단 말인가?
릭: 특별히 그런 건 없습니다. 사냥개의 입장 역시 이해하고 있으니까요.

이 장면에서 대화는 주거니 받거니 몇 차례 더 이어진다. 독일군은 릭을 공격하는 데 실패한다. 대결이 일어났지만 명백한 싸움으로 이어지지는 않는다(싸움이 벌어졌다면 아마 릭은 졌을 것이다). 릭과 르노가 이 교전에서 승리한 셈이다. 릭은 독일군에게 술집 문을 닫게 할 빌미를 주지 않았다. 르노 입장에서는 릭이 스트라세의 화를 지나치게 돋우거나 의구심을 사다가 술집 문을 닫는 일이 없도록 분위기를 가볍게 유지할 수 있었다.

살펴보았듯, 대화를 교묘한 무기로 사용하는 방식은 눈에 보이는 물리적인 대결과 대비된다. 미키 스필레인의 '마이크 해머 시리즈'에서 주인공 마이크는 섬세함과는 거리가 먼 인물이다. 『걸 헌터The Girl Hunters』 중 마이크가 술에 취해 체포된 뒤 아는 경찰과 이야기를 나누는 장면을 보자.

고개를 들자 팻이 나에게 담배를 내밀었다. "한 대 피우겠나?"

나는 고개를 저었다.

"끊은 거야?" 그의 목소리에서 낯선 냉담함이 느껴졌다.

"응."

그가 어깨를 으쓱이는 게 느껴졌다. "언제?"

"돈이 다 떨어졌을 때. 그러니 집어치워."

"술 마실 돈은 있었군." 이제 그의 목소리에서 진짜 경멸이 묻어났다.

아무것도 받아들일 수 없을 때가 있다. 농담도, 비난도, 그 어떤 것도. 말 그대로, 그 누구로부터 그 어떤 것도 원하지 않는 순간 말이다.

나는 양손으로 의자 팔걸이를 지탱하면서 바닥에 발을 디디고 몸을 일으켰다. 용을 쓰느라 허벅지 안쪽이 부들부들 떨렸다.

"팻, 도대체 나한테 왜 이러는지 모르겠군. 관심도 없어. 그게 뭐든 난 고맙지 않아. 그냥 나한테 관심 끄라고, 친구."

그의 얼굴에 맥 빠진 기운이 잠시 내비치다가 다시 냉담한 표정으로 돌아갔다. "우린 이미 오래전부터 친구가 아니야, 마이크."

"잘됐군. 계속 그러자고. 근데 도대체 내 옷은 어디 있지?"

그가 내 얼굴에 대고 담배 연기를 내뿜었다. 일어서느라 의자 등받이를 붙잡지 않았다면 그를 한 대 쳤을 것이다. "쓰레기통에." 그가 말했다. "너도 있어야 할 곳인데 이번에는 운이 좋았네."

"개자식."

다시 한 번 얼굴 앞이 담배 연기로 자욱해지더니 목이 따끔거렸다.

"넌 개자식이야." 내가 말했다.

「카사블랑카」에서 볼 수 있는 억눌린 분위기의 대화 장면부터 『걸 헌터』의 마이크 해머와 알리-프레이저가 나누는 치고받는 듯한 대화까지, 대화를 하나의 무기로 보면 이것을 통해 갈등을 유발할 수 있는 무한한 가능성을 확인할 수 있다.

또한 대화는 독자에게 '정보'를 주는 좋은 방법이기도 하다. 투박한 설명 대신(즉, 독자들이 알았으면 하는 내용을 서술로 전달하는 대신) 긴장감이 넘치는 대화를 활용하자. 대화가 유기적으로 이루어져 있다면, 다시 말해 인물의 상황을 제대로 반영한다면 완벽하게 제 역할을 해낼 것이다. 그 예를 살펴보자.

첫 번째 사례는 서술을 통한 설명이다.

아서 마크스는 그녀의 회계사였다. 그는 몇 년 전 오마하에서 로스앤젤레스로 이주해 이곳에 회계 사무소을 열었다. 네브래스카에서 벌어진 문제 ─ 제제 조치로 이어진 일종의 사기 행위 ─ 때문에 새로운 터전을 물색한 것이다.

어느 정도까지는 괜찮지만, 이처럼 정보가 너무 많으면 독자가 장면의 직접적인 갈등을 외면하게 될 수도 있다. 진취적인 소설가라면 대화를 고려할 것이다. 하지만 종종 대화가 다음과 같이 되어버리기도 한다.

메리는 문을 열었다. "어머, 안녕하세요, 아서. 오마하에서 온 우리 회계사님. 무슨 일이죠?"
"네브래스카를 떠나 여기 로스앤젤레스에 정착하려고요. 추천서를 부탁드려야겠다 싶어서 왔습니다."

진부하지 않을지는 몰라도, 이미 눈치챘을 것이다. 마치 독자에게 정보를 알려주겠다고 작정한 듯한 대화다. 많은 경우, 특히 원고의 도입부에서 우린 이런 식으로 정보가 전달되는 것을 보곤 한다.

단순하면서 효과적인 해결책은 이러한 대화를 '대립적'으로 만드는 것이다. 결국 갈등을 통해 정보를 전달하는 셈인데, 이것이 가장 좋은 방식이다. 첫 번째 예시를 다음과 같이 다시 써보자.

"여긴 무슨 일로?" 아서가 물었다.

"소득 신고서 때문에 온 건 아니에요." 메리가 말했다. "오마하 일을 알아요."

"무슨 말씀을 하시는지 모르겠네요."

"그래요? 시어스는요? 회계장부 조작은요?"

아서는 아무 말도 하지 않았다. 그의 뺨이 실룩거렸다.

"왜 나한테 털어놓지 않았죠?" 메리가 물었다.

"그냥 새롭게 출발하고 싶었어요." 아서가 대답했다. "그게 그렇게 이해가 안 됩니까?"

"지금 우리는 내 돈에 대해 얘기하고 있는 거예요."

"나는 깨끗합니다! 숨기는 거 없어요."

작가 콘퍼런스에서 어떤 학생이 한 장章 분량의 원고를 제출했다. 다음과 같은 내용이 담겨 있었다(승낙을 받고 여기 사용한다). 한 여자(베티)가 아들의 죽음에 대한 복수를 위해 폭탄을 설치했다. 이제 그녀는 법의학 수사관(그녀를 궁지로 몰아넣고 있는 케이트라는 여성)을 묶어놓고 죽이겠다며 위협하고 있다.

베티는 케이트를 내려다보았다. 아들의 죽음을 언급하자 여태 득의양양한 미소로 가득했던 그녀의 얼굴이 곧장 혼란스러운 표정으로 바뀌었다. "당신이 무슨 상관이야?"

"아들에게 끔찍한 일이 일어났고 그래서 아들을 보호하기 위해 그 일을 숨겨왔는데, 결국 아들이 진상을 알게 되고 그로 인해 죽게 됐다면, 나 같아도 그 사실을 알린 사람을 찾아 책임을 묻고 싶을 거예요." 케이트가 생각하기에는 공감 전략이 효과가 있을 것 같았다. 베티와 그녀의 비극적인 이야기에 큰 슬픔을 느끼기도 한 터였다. 하지만 베티는 냉담한 눈길을 보낼 뿐이었다.

케이트가 베티에게 사건에 대한 진실을 흘리는 이 긴장된 순간, 왠지 대화가 부자연스럽게 여겨진다. 긴 대사에 정보가 빼곡하게 들어차 있다. 마치 등장인물보다는 독자의 편의를 위한 것처럼 보인다.

나는 글을 쓴 학생에게 다시 살펴본 뒤 인물이나 감정적 비트에 어울리지 않는 대화를 모두 삭제해보라고 제안했다. 두 사람은 '정말로' 뭐라고 말할까? 고쳐쓰기를 거치자 원고는 다음과 같이 바뀌었다.

베티는 케이트를 내려다보았다. 아들의 죽음을 언급하자 여태 득의양양한 미소로 가득했던 그녀의 얼굴이 곧장 혼란스러운 표정으로 바뀌었다. "당신이 무슨 상관이야?"

"신경이 쓰여요."

"왜?"

"만일 내 아들이 그렇게 죽었다면……."

"당신 아들 이야기는 집어치워! 그 아이는 죽지 않았잖아."

"나도 당신처럼 아들을 보호하려고 했을 거예요."

"당신은 아무것도 몰라."

"나라도 말하지 않았을 거예요. 나도 같은 선택을 했을 거예요."

"이제 입 다물어. 한마디도 더 하지 마."

즉시 갈등을 조성하는 작법 도구

대화에서 즉각적으로 갈등을 조성하는 좋은 작법 도구가 있다. 바로 '부모-어른-어린이 역할 모델'이다. 나는 잭 비컴의 『잘 팔리는 소설 쓰기Writing Novels That Sell』를 읽다가 처음으로 이 개념을 보았다. 비컴은 에릭 번이 쓴 『심리 게임Games People Play』을 통해 대중심리학의 한 이론을 알게 되었다고 한다. '교류 분석Transactional Analysis'이라는 이론이다.

내가 『소설쓰기의 모든 것: 고쳐쓰기』에서도 설명한 바 있듯이, 교류 분석 이론에 의하면 우리에게는 삶과 인간관계에서 일정한 역할을 차지하려는 경향이 있다. 그중 가장 중요한 세 가지가 각각 부모, 어른, 어린이 역할이다.

부모는 '법칙을 세울' 수 있는 권위의 자리다. 결정을 내리고 실행하는 원초적인 힘을 가진 사람이 이 역할을 맡는다.

예컨대 영화 「십계The Ten Commandments」에서 율 브린너가 연기한 이집트 파라오는 이렇게 말한다. "기록하고 그대로 행하라So shall it be written. So shall it be done."

어른의 역할은 그보다 객관적이다. 사물을 이성적으로 보기 때문에 상황을 분석하기에 가장 좋은 위치에 있는 사람이다. 논쟁 중에 이런 말이 종종 나오지 않는가. "이 문제는 어른답게 해결합시다."

마지막으로 어린이 역할이 있다. 이성적이지도 않고 진정한 힘도 없다. 그렇다면 어린이는 어떻게 할까? 감정적으로 행동한다. 자기 마음대로 하려고 짜증을 부린다. 어른도 물론 이렇게 할 수 있다.

한 장면에서 각 인물이 담당하는 역할을 생각해보면 도움이 될 것이다. 각 인물은 스스로 어떤 역할을 한다고 생각할까? 그리고 실제 역할은 무엇일까(이 두 역할은 서로 다를 수 있다)?

특히, 하나의 장면에서 그들은 목표를 달성하기 위해 어떤 역할이 되어 행동할까?

이런 질문에 대답하다보면 긴장과 갈등이 지속되는 대화의 구성 방법을 알게 될 것이다.

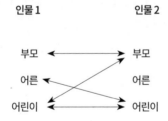

또한 인물들이 각자 원하는 바를 얻기 위해 역할을 바꿀 수도 있다는 사실을 고려해보자. 아마 갈등의 원인이 끝없이 생겨나, 순식간에 소설에 적용할 수 있을 것이다.

이렇게 해보자.

1. 모든 대화, 특히 한 쪽 이상 이어지는 긴 대화를 눈여겨본다.

2. 인물들이 각자 스스로 어떤 역할을 맡고 있다고 생각하는지 분석한다.

3. 각 인물이 맡은 역할을 더 적극적으로 수행하도록 대화를 고쳐보자(인물이 전략에 따라 역할을 바꿀 수 있다는 점도 주의해서 살피자. 예를 들어, 부모 역할이 제대로 통하지 않으면 자기가 원하는 바를 얻기 위해 어린이처럼 삐죽거리는 식으로 행동을 바꿀 수도 있다).

여러 원고에서 대화의 상당 부분은 허술하고 목적이 없는 듯 보인다. 이는 잠재적인 갈등을 낭비하는 셈이다. 이 장에서 다룬 지침을 따른다면 대화에 활력을 더할 수 있을 것이다. 에이전트나 편집자가 중요하게 생각하는 바로 그 활력 말이다.

11 주제 드러내기:
소설의 궁극적인 목표 세우기

핵심은 자신의 궁극적인 관심사가 무엇인지,
'논쟁'을 통해 어떻게 갈등을 일으키는지를
이해하는 것이다.

대형 출판사 한 곳에서 작품 출판을 담당하는 편집자가 블로그에 올린 글을 읽은 적이 있다. 편집자는 출판을 거절하는 이유에 대해 몇 가지 요인을 제시했는데, 그중에는 '뛰어나거나/놀랍거나/손에서 내려놓을 수 없을 정도는 아님'이라는 기준이 있었다. 그녀는 이렇게 썼다. "명확하게 설명하기 가장 어려운 기준이다. 그럼에도 불구하고 넘어서야 하는 가장 중요한 기준이다. 기획안이 사람들의 흥미를 끄는가? 영업 담당자와 구매 담당자들이 기꺼이 읽어보려 하고, 읽은 뒤에는 좋은 평을 해주는가? 20년 전 나의 첫 번째 상사가 풋내기 보조 편집자들에 경고했듯이, 가장 알아보기 어렵지만 반드시 피해야 하는 원고는 '능숙하고, 유능하고, 문학에 정통하고, 결국 쉽게 잊힐' 유형의 풋내기 보조 편집자와 같다."

핵심을 찌르는 경고라고 생각하지 않는가?

그렇다면 잊을 수 없는 소설을 쓰기 위한 비밀 무기라는 것은 과연 존재할까? 아주 오래전부터 작가들은 그것을 찾아왔다. 의식적이든 무의식적이든 말이다.

　마크 트웨인은 그것을 찾았다. 찰스 디킨스도 그랬다.

　레이먼드 챈들러는 그것을 이용했다. 마이클 코넬리도 마찬가지다.

　아인 랜드는 그것을 가졌고, 잭 케루악한테도 그것이 있었다. 그들의 소설 가운데 『아틀라스Atlas』와 『길 위에서On the Road』가 출판된 지 50년이 훨씬 지난 오늘날까지도 연간 1만 권 이상 계속해서 팔리는 이유다. 두 소설이 다른 것만큼이나 두 작가도 다른 개성을 가졌지만 말이다.

　그렇다면 이 비밀 무기는 과연 무엇일까? 나는 그것을 '주제와 관련된 논쟁'이라고 부른다.

　내가 아는 작가들 대다수는 '주제'라는 단어에 몸서리를 친다. 워크숍에서 강의할 때면 난 그것을 '무서운 단어'라고 부른다. 도저히 갈피를 잡을 수 없었던 고등학교 영어 시험지가 떠오르지 않는가? 스티븐 크레인이 쓴 『붉은 무공훈장The Red Badge of Courage』의 주제를 찾으라는 문제 같은 것 말이다. 우리는 완전히 헛다리를 짚곤 하지 않는가(용기나 배지, 붉은색은 언급도 하지 않으면서 말이다). 도대체 감을 잡을 수가 없다. 그리고 선생님이 이 문제에 대한 견해를 밝히면 혼자 이렇게 생각하는 것이다. '내가 완전히 잘못 이해했네. 바보가 맞나봐.'

　그래서 이제 소설을 쓰려니 주제를 생각하는 것조차 걱정이 된다. 이야기가 그냥 진행되었으면 한다. 작품의 의미는 다른 사람들이 고민하도록 놔두고 싶다.

어쩌면 많은 작가들이 그러듯이, 주제야 저절로 풀리도록 놔두었다가 마지막에 확인해야겠다고 생각할지도 모른다. 이 또한 지극히 합당한 방식이긴 하다. 하지만 내가 제안하는 방법을 익힌다면 주제를 처음부터 염두에 두든 나중에 고쳐쓰기를 할 때 결정하든, 언제나 편리하게 응용할 수 있을 것이다.

책의 주제와 관련해서 일관된 지점을 찾아 이야기다운 방식으로 풀어낸다면 장르에 상관없이 아주 흥미로운 이야기가 만들어지기 마련이다. 핵심은 자신의 궁극적인 관심사가 무엇인지, '논쟁'을 통해 어떻게 갈등을 일으키는지를 이해하는 것이다. 그러면 순간순간 즉각적인 만족을 주는 이야기를 뛰어넘어, 일관성 있는 이야기를 만들 수 있을 것이다.

주제와 논쟁거리

주제를 인물이 그 내면에 가지고 있는 하나의 논쟁거리라고 생각해보자. 내적 갈등과 비슷하다. 단지 한 단계 위에 있을 뿐. 주제는 삶에 대한 논쟁이다. 삶을 어떻게 볼 것인지, 어떻게 살아야 할 것인지에 대한 논쟁 말이다.

예를 들어보자.

『크리스마스 캐럴A Christmas Carol』은 세 유령의 도움을 받아 자신의 잘못을 뉘우치는 한 염세주의자에 관한 이야기다. 유령들은 스크루지에게 그의 과거, 현재, 미래의 모습을 보여준다. 그의 삶을 바꾸도록 하는 데 적합한 장면들이다.

이 이야기의 주제는 무엇일까? 보람 있는 삶은 타인에게 관대한 삶이라고 요약할 수 있다.

그러면 스크루지 내면에서 벌어지고 있는 논쟁은 무엇일까? 이런 목소리가 있다. '이생에서 의미 있는 것은 돈밖에 없어. 사람들은 믿을 수 없는 사기꾼이고 거짓말쟁이니까 모든 사람들과 거리를 둬야 해. 그러지 않으면 왕창 사기를 치겠지. 그리고 가난한 사람들이 빠른 속도로 자취를 감춘다면 잉여인간이 줄어드니 나한테는 더 좋은 상황이 될 거야.' 이런 식으로 논쟁은 계속 이어진다. 이야기 전체를 관통하는 '메타논쟁'이 있는 것이다.

아닌 게 아니라, 작가로서 내릴 수 있는 훌륭한 조치는 소설 1막의 어느 지점에서 주인공이 주제에 대해 반론을 제기하도록 만드는 것이다. 예를 들어 「오즈의 마법사」에서 도로시는 토토에게 골칫거리가 없는 곳, 자신이 살고 싶은 곳이 분명히 존재할 거라고 주장한다. 아마 무지개 너머에 있는 곳일지 모른다. 그곳에 대해서 노래도 부를 수 있다. 하지만 영화 마지막에서 도로시는 집과 같은 곳은 없다는 사실을 깨닫는다.

영화 「멋진 인생It's a Wonderful Life」의 주인공 조지 베일리(제임스 스튜어트)가 결국 터득한 것은 무엇인가? 한 사람에게 친구가 있다면, 그리고 항상 떠나고 싶었던 바로 그 고향에 친구들이 있다면, 그 사람은 실패자가 아니라는 것이다. 플래시백 장면 초반 메리와 바이올렛과 함께 약국에 있던 어린 조지는 언젠가 모험을 떠나 자신만의 하렘을 짓고 서너 명의 아내와 살 거라고 말한다. 주제에 대한 주인공의 반론인 셈이다.

소설을 마무리하고 주제가 확고해졌다면 소설 초반, 여지가 있는 곳을 찾아 반론을 집어넣도록 하자. 이렇게 하면 흐름이 매끄러워지고, 이야기는 주제와 관련된 갈등이 해소되는 과정을 보기에도 용이하다.

작가의 궁극적인 관심사를 다루자

영화 「굿바이 뉴욕 굿모닝 내 사랑City Slickers」에서 베테랑 카우보이 컬리(잭 팰런스)는 삶의 비밀은 '한 가지'라고 말했다.

어떤 철학자들은 이를 '궁극적 관심사'라고 부른다.

술집에 앉아 있는 남자라면 '목숨과도 바꿀 수 있는 것'이라고 말할 것이다.

뭐라고 부르든, 그것은 우리의 삶을 통합하고 의미를 부여하는 믿음이나 어떤 대상이다. 의미 자체를 받아들이지 않는다 해도, 그 역시 하나의 관점이다. 피할 수 없다.

소설에서 이런 문제를 치열하게 다뤄보는 것은 어떨까?

이렇게 해보자.

1. 자신이 목숨과도 바꿀 수 있다고 생각하는 한 가지 대상이나 사람을 적는다.

2. 소중한 이유를 오로지 자신의 관점에서 기록한다. 과거의 무슨 일 때문에 그 점을 깨달았는지, 그런 선택을 하게 된 상황을 떠올려 보자. 자신이 선택한 것을 위해 죽음까지 생각하는 일은

어떤 감정을 불러일으키는가? 이것은 소설이 건드려야 하는 감정을 알려주는 새로운 단서가 될 수 있다.

3. 다른 사람들에게 감탄하는 다섯 가지 특징을 적어보자.

4. 각 특징 아래 그것을 선택한 이유를 짧은 단락으로 써본다. 가까운 사람 중에 그런 특징을 지닌 이가 있는가?

5. 자신의 부고를 써보자. 농담이 아니다. 자신의 죽음에 대해 쓰인 이야기에 나타났으면 하는 내용을 적는다. 우울해할 필요 없다. 부고는 자신의 존재를 생생하게 느낄 수 있는 가장 좋은 방법 중 하나다. 이것이 바로 주제와 관련된 논쟁들을 구성하는 요소다.

이런 요소들이 불러일으키는 '감정들'을 인물들에게 불어넣는 데 이용해보자. 한 가지 주의할 것이 있다. 인물이 반드시 자신과 비슷할 필요는 없다. 하지만 인물들이 신경 쓰는 무언가가 있다면, 그것은 자신의 궁극적인 관심사와 같아야 한다.

격렬한 감정의 극치를 다룬 소설은 오랫동안 기억에 남는다. 그런 극단적인 감정은 등장인물들에 의해 어느 정도 부각될 수도 있겠지만, 궁극적으로는 표면 아래에서 흘러야 한다.

이제 우리의 이야기에 궁극적인 관심사를 넣을 차례다.

소설을 통해 던지고 싶은 질문을 명확히 하자

'해리 포터 시리즈'가 선과 악의 대립이라는 궁극적인 질문에 대한 서사라는 것을 깨닫지 못한 채 그 내용을 제대로 이해하기란 쉽지 않다. 선과 악의 대립이 해소되는 과정은 독자, 철학자, 신학자, 대학교수가 이야기할 문제일지 모른다. 하지만 이것은 분명 조앤 롤링의 마음속에 있는 질문이기도 하다.

해리는 그리스도 같은 인물일까? 아니면 내면에 악을 지닌 우리 모두의 대리인일까?

『해리 포터』는 외부에 있는 어둠의 세력을 정복하는 영웅 이야기일까? 아니면 수전 브룩스 시슬스웨이트가 「워싱턴 포스트」에 기고한 「해리 포터의 신학」에서 말한 것처럼 "친구, 이웃 그리고 궁극적으로는 자기 자신과의 너무나도 은밀한 투쟁"일까?

한편 탐정소설은 어떤 종류의 질문을 제기하는가? 물론 작가에 따라 다를 것이다. 하지만 최고의 작가들은 마음속에 분명한 질문을 가지고 있다. 그들 중 하나인 레이먼드 챈들러는 에세이 「심플 아트 오브 머더The Simple Art of Murder」에서 이렇게 표현했다.

예술이라고 부를 수 있는 모든 것에는 구원의 요소가 있다. 그것은 순수한 비극일 수도 있고, 연민과 아이러니일 수도, 강한 남자의 요란한 웃음일 수도 있다. 그러나 비열하지 않고 때 묻지도 않았으며 두려워하지도 않는 남자는 이 비열한 거리를 떠나야 한다. 이런 이야기 속의 탐정은 그런 사람이어야 한다. 그는 영웅이다. 그는 모든 것이다. 그는 완전한 남자여야 하고, 평범하지만 동시에 평범하지 않은 남자여야 한다. 진부하게 표현하자면, 그는 신의를 존중하는 남자여야 한다. 그것은 본능적이고 필연적인 조건이라,

누구도 굳이 생각하거나 입 밖에 내지 않는다. 그의 세계에서 그는 최고의 남자이며, 어느 세상에서도 충분히 선한 남자임이 틀림없다.

모두가 각자의 주제를 챈들러처럼 유려한 장문의 글로 표현하지는 못할 테지만, 다만 이와 같은 시도는 작가로서의 우리에게 유용할 것이다.

시도해보자. 자신의 이야기에서 제기하고자 하는 질문을 가능하면 직접적으로 적어보자. 이 연습은 새로운 경향을 찾아 탐구하는 일에도 도움이 될 것이다. 매들렌 렝글은 이렇게 말했다. "천천히, 천천히, 나는 기도를 듣는 것과 같은 방식으로 책이 하는 말에 귀 기울이는 법을 배우고 있다."

설교하지 말자

하지만 모든 것은 궁극적으로 등장인물들을 통해 전달되어야 한다. 또한 등장인물이 결코 작가만의 대변자가 되어서는 안 된다. 소설가이자 작문 교사인 존 가드너는 이렇게 설명했다.

소설을 쓸 때 인물과 배경 등을 선택하는 이유는, 그런 것들이 적어도 나에게는 답변할 수 없는 오래된 철학적 질문과 관련이 있어 보이기 때문이다. 그리고 행동을 풀어낼 때도 나는 항상 새로운 발견, 즉 실제 철학적인 발견에 관심을 가진다. 하지만 동시에, 그리고 결국 더 관심을 쏟게 되는 것은, 이런 발견이 인물과 그 주변 사람들에게 어떤 영향을 미칠 것인가이다. 실제 나를 철학자가 아닌 소설가로 만든 것은 바로 그런 관심이다.

하지만 아인 랜드는 어떤가? 그녀의 소설은 연설로 가득하며, 특히 『아틀라스』에서 존 골트의 긴 대사는 유독 두드러진다. 그런 것도 효과가 있을까?

지속적인 판매 수치가 증명하듯이 많은 사람들에게 효과가 있다. 아마도 이는 궁극적인 관심사에 대한 질문이 여전히 많은 독자들에게 중요하다는 점을 시사하는 것인지 모른다. 랜드는 근본적으로 서구 문명을 바꾸고자 했을 뿐이다(그게 전부다). 그리고 많은 독자들이 그녀의 주장을 주의 깊게 들었다.

만약 랜드처럼 철학적 열변을 쓰고 싶다면 당연히 시도해볼 수 있다. 그러나 등장인물들이 독자에게 설교만 늘어놓는 것보다는 독자들과 진정 소통하도록 하는 것이 가장 좋다. 따라서 다음을 분명히 하자.

1. 각 인물을 아주 복잡한 유형으로 만든다.
2. 모든 입장에 정당성을 부여한다. 다시 말하면, 인물이 하는 행동에는 반드시 이유나 동기가 있어야 한다. 독자는 좋아하지 않을 수 있지만, 인물들은 자신들이 옳다고 믿는다. 그 점을 명확히 해야 한다. 그리고 공정해야 한다.

그러고 나면 인물들 사이에서 주제와 관련된 논쟁이 벌어질 때 억지스러움 없이 자연스럽게 써나갈 수 있을 것이다.

인물의 목소리로 주제를 드러내기

그러면 주제와 관련해서 중요한 의미가 있는 내용을 열변을 토하듯 전달하면 절대로 안 되는 걸까? 물론 가능하다. 사람들이 '목소리'라 부르는 방식을 이용한다면 말이다.

작문 교사들은 목소리에 대해 말한다. 에이전트들과 편집자들은 목소리를 찾고 있다고 말한다. 하지만 아무도 목소리를 제대로 정의하지 못한다. 다음 장에서 보다 자세히 다루겠지만, 우선 목소리와 주제가 어우러지는 것이 왜 중요한지에 대해 생각해보자.

조디 피코는 『마이 시스터스 키퍼My Sister's Keeper』에서 아주 기괴한 과거를 가진 소녀 애나의 목소리로 주제를 잘 드러낸다. 애나는 백혈병을 앓고 있는 언니 케이트에게 장기를 기증하기 위한 계획 임신에 의해서 태어났다. 이것은 온갖 종류의 생명 윤리 문제를 제기한다. 열세 살 소녀 애나가 이런 생각을 하는 장면도 놀라울 것이 없다.

우리가 어떻게 여기에 오게 되었는지 궁금한 적이 있는가? 이 지구에 말이다. 아담과 이브에 대한 노래나 춤 따위는 잊어버리자. 내가 알기엔 다 헛소리다. 아빠는 포니족의 신화를 좋아한다. 포니족 신화에 따르면 별의 신들이 이 세상에 살았다. 저녁 별과 아침 별이 결혼을 해서 최초의 여자를 낳았고, 최초의 남자는 해와 달 사이에서 태어났으며, 인간은 토네이도의 등에 올라타 여기에 왔다는 것이다.

과학을 가르치는 흄 선생님은 천연가스랑 흙탕물, 탄소로 가득한 원시의 혼합물이 어쩌다 굳어서 깃편모충이라 불리는 단세포 생물이 되었다고 가르쳐주셨다. 내게 깃편모충은 진화 사슬의 시작이라기보다는 성병 이름처럼 들린다. 하지만 깃편모충은 아메바로, 다시 원숭이로, 그리고 생각할 줄 아는 사람으로 진화하기까지 엄청난 도약을 한 셈이다.

이 전 과정에서 정말 놀라운 부분은, 무엇을 믿든 간에 아무것도 없는 상태에서 모든 뉴런이 폭발해 우리가 사고하고 결정하는 상태에 이르기까지 상당한 노력이 필요했다는 사실이다.

더욱 놀라운 것은, 그러한 능력이 제2의 천성이 되었다는데도 여전히 우리는 어떻게든 그걸 망친다는 점이다.

확고한 세계관과 목소리를 갖춘 시리즈 주인공을 만들었다면 반복적인 주제를 보여주는 소설 연작을 시작할 수도 있다.

앤드루 바슈가 쓴 '버크 시리즈'에 등장하는 최고의 하드보일드 주인공 버크를 예로 들어보자. 버크는 희생양이 된 아이들을 지키는 데 집착한다. 그가 입양한 가족들 가운데 누군가를 해치는 자는 세상에서 오래 버티지 못할 것이다.

버크에게 세계관이 있는가? 물론, 당연하다. 그 세계관을 지칭

하는 이름도 있다. 마지막 시리즈『또 다른 삶Another Life』의 도입
부를 보자.

복수는 여느 다른 종교와 다를 바가 없다. 항상 예배 의식보다
설교 시간이 훨씬 더 긴 종교. 게다가 그 설교도 의식에 집착하지
말아야 한다는 내용이 대부분이다.

'복수는 내게 있다'라는 신의 말은 '그것은 너의 것이 아니다'라
고 번역된다. 카르마를 전파하는 사람들은 아무것도 하지 않는 것
이 왜 옳은지 알려주고, 만화책에 어김없이 나오는 고대의 지혜 같
은 것을 전달할 때나 어울릴 법한 잔뜩 무게 잡은 어조로 '자업자
득'을 설명한다.

버크가 생각이 있는 인물이라는 감이 오는가?

현실에서는 다르다. 우리는 카르마를 믿지 않는다. 하지만 이 말
만큼은 믿을 수 있다. 우리 가운데 하나를 다치게 하면 우리 '모두'
가 그에게 복수할 것이다.

마이클 코넬리의『탄환의 심판The Brass Verdict』에 등장하는 변
호사 미키 할러의 경우처럼, 확고한 철학은 지극히 단순할 수도
있다. 소설은 할러의 성찰로 시작된다.

모든 사람은 거짓말을 한다.

우리의 소설 속 주인공은 어떤가? 확고한 철학을 가지고 있는가? 세상을 바라보는 방식은? 태도는? 주인공은 이런 것을 가져야 한다. 반드시.

음성 일기를 쓰는 습관을 들이자. 음성 일기란 인물의 목소리로 1인칭 시점에서 형식에 구애받지 않고 쓰는 글이다. 소설은 3인칭 시점이라 해도 음성 일기는 마치 그 인물이 말하는 것처럼 1인칭 시점으로 쓴다.

먼저 인물을 자극한다. "도대체 네 철학은 뭐야?" 그런 뒤 인물이 대답하게 하자.

그다음엔 한층 자세한 조사와 질문이 필요하다. "왜 이렇게 생각하는 거야? 무슨 일이 있었기에 이렇게 생각하게 된 거야?"

다음은 내가 영화 「워터프론트」 주인공 테리 멜로이의 목소리로 쓴 음성 일기 일부를 발췌한 것이다.

내 인생 철학이 알고 싶어? 상대가 먼저 하기 전에 내가 먼저 한다. 이 말이 어떻게 들리든 상관없어. 당신은 이해 못 하니까. 현실에서는 각자가 제 일을 알아서 해야 해. 어떻게든 살아야 해. 주머니 속에 잔돈푼이라도 넣고 살려면 자기와 맞는 사람들과 어울려야 해. 다른 사람이 등을 돌렸다면 너나 네 형제를 다치게 하려는 사람이 한 명 더 늘어난 거야.

뭐라고? 어떻게 하다가 이 길로 들어서게 됐냐고? 당신이 상관할 바 아니잖아?

좋아, 입 좀 다물어봐. 딱 한 번만 말해줄 테니까. 나와 찰리 형이 어렸을 때 우리 아버지가 살해당했어. 어떻게 된 건지는 알 것 없어. 신경 쓰지 말라니까. 아무튼 그래서 사람들이 나랑 형을 소년원이라고 부르는 쓰레기 같은 곳에 처넣었어. 어쨌든 그것도 집이라고 말이지. 원장한테는 채찍이 있어서 원생을 묶어놓고 때렸어. 진짜 채찍이었다니까. 아무 이유 없이 나를 때리기도 했어. 그냥 내가 싫었던 거지. 내가 자기를 싫어하니까 분풀이를 하고 싶었던 거야. 나는 아무것도 할 수 없었어. 무슨 짓이라도 했다가는 거기서 쫓겨나게 되고 형은 혼자가 될 테니까. 형은 똑똑한 아이였지. 하지만 나는 강한 아이였기 때문에 형 옆에는 내가 있어야 했어. 하지만, 아, 언젠가 내가 그 원장 놈을 잡을 거고 그때 나는, 나는……

상징으로 주제를 더 선명하게 하기

주제의 일관성을 파악했다면 상징주의를 이용해 독자의 경험을 강화할 수 있다.

　　문학작품에서 가장 유명한 상징 중 하나는 『위대한 개츠비The Great Gatsby』 가운데 T. J. 에클버그 박사의 안과 진료를 선전하는 광고판이다.

　　하지만 잿빛 지면과 그 위로 끊임없이 떠다니는 희뿌연 먼지 너머로 이윽고 T. J. 에클버그 박사의 두 눈을 발견하게 된다. T. J. 에클버그 박사의 거대하고 푸른 눈. 그 망막의 지름은 1야드에 달한다. 얼굴의 형태는 없이 눈만 있는데, 존재하지 않는 코 위에 얹힌 거대한 노란색 안경 너머로 이쪽을 내다보고 있다. 어떤 재미난 안과 의사가 퀸스 지역의 손님을 늘리려고 세워두었다가 자신이 시력을 잃었거나, 아니면 광고판을 잊은 채 이사를 가버린 게 분명하다. 햇볕과 비에 시달리며 페인트가 많이 벗겨져 약간 흐릿해진 그 눈은, 이 재의 골짜기를 엄숙하게 굽어보며 곰곰이 생각에 빠져 있다.

작가 피츠제럴드가 이 상징을 통해 우리에게 말하고자 하는 것은 무엇일까? 분명 의미하는 바가 있을 것이다. 어떤 느낌일 수도 있다. 거대한 이 눈은 '재의 골짜기'를 굽어보며 '곰곰이 생각에 빠져 있다'. 잿더미가 되어가는 세상을 내려다보는 신적 존재의 상징이 될 수 있지 않을까? 또는, 상업에 기반을 둔 사회의 쇠퇴를 지적하는 것은 아닐까?

문학 수업 시간에 이 점에 대해 토론해볼 수 있을 것이다. 어쨌든 피츠제럴드는 우리가 지금껏 이야기해온 궁극적 관심사라는 문제를 지적하는 무언가를 전달하려 했던 것이 분명하다.

주제와 관련된 논쟁에 시간을 쓴다고 해서 글쓰기에 방해를 받거나 끝없이 좌절감에 휩싸이게 되는 것은 아니다. 누군가는 이렇게 말할지도 모른다. "나는 그렇게까지 공들일 생각 없어. 그저 즐기려고 쓰는 거야."

하지만 그런 말조차도 당신의 내면에 자리한 일종의 철학을 반영한다. 나는 스스로의 시야를 넓히라고 권하고 싶다. 책이 그저 원칙을 엄밀히 따른 장면들 그 이상임을 알아보는 수많은 독자들을 사로잡고 즐겁게 해주려는 목적을 달성하고 싶다면 말이다.

12   어떤 문체가 효과적일까?:
단어와 문장을 선별하고 연습하는 법

문체와 목소리는 골프 스윙과 비슷하다.

스윙 방식은 바꿀 수도 있고, 개선 방법도 찾을 수 있다.

'문체'나 '목소리'처럼 이해하기 까다로운 요소도 갈등을 고조시키는 작법 도구로 사용할 수 있다. 이는 기본적으로 언어와 그 사용법으로 요약된다. 우리에게는 단어와 문장의 길이에 관한 선택권이 있다. 한 쪽에 어떤 식으로 단어를 넣을 것인지, 그 단어들을 독자에게 어떻게 보이고 들리게 할 것인지에 따라 분량을 조절할 수 있다.

간단히 말하면 이런 의미다. 문체가 독특하고 유동적일수록 선택의 범위는 넓어진다. 선택의 범위가 넓어질수록 각 쪽에 갈등을 엮어 넣는 방법도 많아진다.

문체를 개발할 수 있을까? 목소리를 훈련할 수 있을까? 많은 사람들이 이에 대해 의구심을 가져왔다. 트루먼 카포티는 이렇게 말했다. "나는 문체가 의식적으로 도달할 수 있는 대상이 아니라고 생각한다. 자신의 눈 색깔을 결정할 수 있는 사람은 없다. 결국 당신의 문체는 곧 당신이다."

반면 서머싯 몸을 비롯한 여러 이름난 작가들은 각자 존경하는 작가의 글을 모방하면서 훈련했다. 그들에게 문체의 개발은 머릿속에 그 어감을 새기는 문제였다.

내 생각에 문체와 목소리는 골프 스윙과 비슷하다. 스윙 방식은 바꿀 수도 있고, 개선 방법도 찾을 수 있다. 연습하고 훈련해서 근육이 스윙하는 법을 기억하게 만들 수 있다. 하지만 골프 코스에 올라서면 스윙은 생각하지 않는다. 그저 공을 칠뿐이다.

지금껏 목소리에 대한 포괄적인 정의를 제시한 사람은 없었다. 하지만 나는 에이전트나 편집자들이 하는 말을 유심히 듣곤 한다. 그들의 얘기는 이렇다.

- 인물, 배경, 흥미로운 요소의 조합
- 독특한 스타일(세르지오 레오네의 영화처럼)
- 자기 자신의 모습
- 지면 위에 나타나는 개성
- 내면 가장 깊은 곳에 자리한 진실에서 나온 것
- 예술가로서 자신을 표현한 것

이제 좀 알겠는가?

그렇다면 어떻게 하면 목표에 도달할 수 있을까? 갈등을 유발하는 데 도움이 되는 목소리와 문체를 어떻게 개발하면 좋을까?

소설의 구성 요소를 살펴보고 '시도해보자'.

다음은 몇 가지 제안 사항이다.

세부 사항을 다듬자

"세부 사항 하나만 적재적소에 배치해도 한 쪽에서 절반에 달하는 묘사를 줄일 수 있다." 모니카 우드는 『묘사Description』에서 그렇게 썼다. "세부 사항은 한창 초고를 쓰는 중에 우연히 나타나기도 하지만, 곰곰이 생각하고 설정해서 인물이나 플롯이 특정한 이미지를 필요로 하는 지점에 의도적으로 넣을 수도 있다."

세부 사항이란 동작, 이미지, 행동처럼 다양한 의미가 포함된 하나의 서술 요소를 말한다. 이런 세부 사항 요소는 인물이나 배경, 주제를 곧바로 설명할 수 있다.

토머스 해리스의 『양들의 침묵』에서 FBI 수습 요원 클라리스 스탈링은 행동과학부 잭 크로퍼드 과장으로부터 악명 높은 살인마 한니발 렉터 박사를 면담하라는 지시를 받는다.

독방에 갇힌 렉터 박사는 스탈링의 신분증을 보자고 한다. 스탈링은 코팅된 FBI 신분증을 건넨다. 그는 신분증을 살펴본 다음 이렇게 말한다.

"수습 요원? '수습 요원'이라고 써 있군요. 잭 크로퍼드가 나를 면담하라고 수습 요원을 보냈다?" 그는 신분증을 자신의 작고 하얀 이에 대고 두드렸다가 숨을 들이마시듯 신분증의 냄새를 맡았다.

신분증을 이에 대고 두드리는 행동은 물론 인구조사원을 비롯한 여러 사람들의 인육을 먹었음을 암시하는 세부 사항이다. 또한 작은 치아는 야만적인 분위기를 풍기면서 위협을 가중시킨다.

하지만 정곡을 찌르는 것은 신분증의 냄새를 맡는 행동이다. 이는 렉터 박사가 독방 밖, 예전의 삶을 갈망한다는 것을 말해준다. 신분증은 자유의 냄새인 셈이다.

그뿐 아니라 이 행동으로 그는 자신이 전혀 알지 못하는 사람들을 속속들이 파악하는 비상한 능력을 가졌다는 사실도 드러낸다. 이제 스탈링의 힘을 좀 빼줄 작정이라는 신호이기도 하다. 앞으로의 갈등을 암시하는 셈이다.

갑자기 오싹하고 측은하면서도 위험한 기분이 든다.

세부 사항은 내적 갈등을 살짝 드러내기도 한다. 레이먼드 카버의 『제발 조용히 좀 해줘요Will You Please Be Quiet, Please?』 중, 남편과 아내는 주방에서 격렬한 대화를 나눈다. 아내는 오래전 파티에서 한 남자가 차에 태워주고 그녀에게 키스를 했던 일에 대해 꼬치꼬치 따지는 남편이 못마땅하다. 이야기를 듣는 남편의 반응이다.

그는 테이블보에 그려진 작고 검은 역마차들 중 하나에 온 신경을 쏟았다. 네 마리의 작고 활기찬 흰 말들이 검은 역마차 한 대를 끌었고, 말을 부리는 사람은 실크해트를 쓴 채 양팔을 위로 올리고 있었다. 마차 꼭대기에 여행 가방들이 끈으로 묶여 있고, 옆에는 등유 램프처럼 보이는 것이 매달려 있었다. 만약 그가 무언가를 귀기울여 듣고 있었다면 그건 검은 역마차 안에서 들려오는 소리였을 것이다.

테이블보의 이미지와 그 이미지에 어떻게 반응하는지를 통해서 현재 남편의 머릿속에서 벌어지는 있는 일이 가감 없이 드러난다. 카버는 지금 남편이 어떤 기분인지 굳이 '전달할' 필요가 없다.

그것이 바로 세부 사항의 힘이다.

그렇다면, 어떻게 이런 세부 사항을 찾을 것인가?

- 원고에서 감정이 격앙된 부분을 찾아보자.
- 그 장면을 반영할 수 있는 행동이나 동작, 배경 묘사를 목록으로 작성한다.
- 되도록 빨리, 20개에서 25개 정도의 아이디어를 열거해본다. 기억하자. 좋은 아이디어를 얻는 가장 좋은 방법은 최대한 많은 아이디어를 생각해낸 다음 마음에 드는 걸 고르는 것이다.
- 세부 사항을 집어넣어 한 단락을 길게 쓴 뒤 간결하고 설득력 있는 단락이 되도록 고쳐본다. 세부 사항은 섬세하고 그 자체로 충분히 제 역할을 해낼 때 가장 효과적이다.

가지각색의 리듬 익히기

코닐리아 리드의 『어둠의 벌판』에서 매들린 데어는 자신의 사촌을 용의자로 의심하며 두 젊은 여성이 살해당한 미제 사건의 오래된 미스터리를 풀려 한다.

이 소설의 내용 대부분은 완전한 문장과 단락의 형태를 갖추고 있다. 하지만 이 장면에서만큼은 긴장감을 높이기 위해 압축된 형태로 표현되었다. 스포일러가 되지 않도록 몇 가지 세부 사항은 생략했다.

나는 잠겨 있으리라 생각하며 여기저기 상처가 난 나무문을 밀었다. 생각과 달리 문은 안쪽으로 쉽게 밀렸고, 나는 암흑 속으로 발을 내디뎠다.

내 뒤로 문이 닫혔다.

아무것도 보이지 않았다. 나는 눈을 깜박였다.

어떤 소리도 없이 냄새만 났다.

짙은 악취. 단내.

나는 뭔가 죽은 것과 함께 어둠속에 홀로 있었다.

문을 향해 뒷걸음질을 쳤다. 보고 싶지 않았고, 어둠속에서 동공이 커지는 것도 원치 않았다.

너무 늦었다. 형체들이 나타나더니 점점 선명해졌다.

벽들…… 단단한 빗장…… 빗장을 따라 흩어지는 덩어리…….

압축된 문장과 문장의 파편들. 게다가 작가의 평소 문체가 아니기 때문에 그것들은 더욱 폭발력을 가진다.

동일한 효과를 대화로도 전달할 수 있다. 다음은 『레드 드래곤 Red Dragon』 중 FBI 요원 윌 그레이엄과 한니발 렉터 박사의 대화다.

"손이 거칠군. 경찰 손처럼 보이지 않아. 그 면도용 로션은 아이가 골랐을 법한데. 병에 배가 그려져 있지 않던가?" 렉터 박사는 좀처럼 고개를 똑바로 세우지 않는다. 약간 기울인 채, 마치 상대방의 얼굴에 호기심이라는 나사못을 돌려 박듯 질문을 던진다. 그레이엄은 여전히 침묵을 지키고 있었다. 렉터 박사가 말했다. "내 지적 허영심에 호소해서 설득할 수 있다는 생각은 말게."

"그럴 생각은 없어. 하든 말든 당신 마음이지. 어쨌거나 블룸 박사가 조사 중이니까. 그는 최고의⋯⋯."

"그 파일 가져왔나?"

"그래."

"사진도?"

"물론이지."

"이리 줘봐. 그럼 고려해볼 수도 있지."

"안 돼."

"꿈을 많이 꾸지 않나, 윌?"

"잘 있게, 렉터 박사."

"아직 내 책을 가져가겠다고 협박하지는 않는군."

그레이엄은 돌아섰다.

"파일을 보여줘. 내 생각을 말해줄 테니."

발췌한 대화가 권투 연습처럼 느껴진다는 점에 주목해서 살펴보자. 이 대화에는 10장에서 이야기한 '한발 비켜서기' 방식도 포함되어 있다. 글쓰기 경력이 계속되면 익숙해질 작법 도구들이다.

간단한 연습 방법이 있다. 원고 가운데 갈등이 고조되어야 하는 부분을 살펴보자. 그 부분에 혹시 일종의 커다란 덩어리처럼 포함되어 있는 내용이 있는가? 문장이나 대화를 줄여 상반된 감정을 높일 수 있는지 고려해보자.

단어를 선별하는 법

다음은 로버트 크레이스가 『LA 레퀴엠LA Requiem』의 첫 장에서 선택한 상상의 장면이다.

그 일요일, 태양은 로스앤젤레스 분지 위를 눈부시고 뜨겁게 떠다니며 더위를 피하려는 사람들을 해변으로, 공원으로, 뒷마당의 수영장으로 내몰았다. 바싹 마른 사막에서 화물열차처럼 불어오는 바람이 자동차 본체도 녹여버릴 화염을 일으키는 타르 가득한 불쏘시개로 산비탈을 굽는 한편, 대기는 몹시 어수선하여 사람들은 신경이 마비될 정도였다.

글렌데일 위쪽에 있는 버두고산맥이 불타고 있었다. 산타아나 계절풍에 휩싸인 능선에서 갈색 연기 기둥이 치솟아 도시를 가로질러 남쪽으로 퍼지면서 하늘을 말라버린 핏빛으로 물들였다. 만약 버뱅크에 있거나 선셋 스트립 너머 멀홀랜드 드라이브 위쪽에 있다면 멀티 엔진을 장착한 소화용 비행기들이 선홍색 발화 지연제를 싣고 불길 속으로 뛰어드는 동안 방송사 헬리콥터들이 현장을 이리저리 날아다니는 모습을 볼 수 있었을 것이다.

'어수선하여 신경이 마비될 정도', '화물열차처럼 불어오는',

'바싹 마른', '산비탈들을 굽는', '타르 가득한 불쏘시개', '자동차 본체도 녹여버릴', '말라버린 핏빛', '선홍색' 같은 표현에 주목하자.

단어는 이야기의 분위기와 각 장면에 딱 맞도록 선택되어야 한다. 그러면 대체 어떻게 알맞은 단어를 선택할 것인가?

스티븐 킹이 말하길, 동의어 사전에서 고른 낯선 단어는 분명 잘못된 단어다. 이 충고에는 약간의 지혜가 담겨 있다. 대다수 독자들에게, 또는 스스로에게조차 낯선 단어를 단지 듣기 좋다는 이유로 대체한다면 답답한 독서 경험의 경고음이 울릴지도 모른다. 게다가 인기 있는 책이 되려면 대략 열다섯 살 청소년 수준에 맞추어 글을 써야 한다는 말도 있지 않은가.

물론 예외는 있다. 자신이 사용하는 단어를 신체의 일부처럼 잘 알고 있다면 단어 수준을 조금 높여 적재적소에 사용하는 것도 나쁘지 않다. 독자들로 하여금 사전을 찾아보게 만들고 싶지는 않겠지만, 맥락에 따라 필요하다면 독자들이 지능을 아끼도록 애쓸 필요는 없다.

더 많은 단어를 알면 갈등에 어울리는 단어를 손쉽게 고를 수 있는 능력도 향상된다. 결국 문체란 자신이 원하는 효과를 위해 단어들을 매만지는 것 아닌가.

몇 가지 연습을 통해 문체의 세계를 넓힐 수 있다.

- **시 읽기**: 레이 브래드버리는 매일 조금씩이라도 시를 읽을 것을 적극 권한다. 시는 마음과 마음속 리듬을 확장시킨다. 선택할 수 있는 시는 무궁무진하다. 초급자용 시인 목록은 다음과 같다. 빌

리 콜린스, 로버트 W. 서비스, 로런스 펄링케티, 마야 안젤루, 시어도어 로스케, 톰 클라크, 셰익스피어, 루이스 캐럴, 닥터 수스, 로버트 프로스트, 에드나 밀레이, 스탠리 쿠니츠.

• **훌륭한 문장 다시 쓰기:** 초보 작가들은 자신이 좋아하는 작가들의 글을 단어 하나하나 타이핑하는 식으로 그들의 작법 기술을 배울 수 있다. 거장 작가들의 복제품이 되려는 게 아니라, 효과적인 문장의 '감각'을 배우는 데 그 목적이 있다. 작가마다 특별한 장점이 있음을 알게 될 것이다.

• **오디오북 듣기:** 누군가 읽어주는 내용을 듣는 것은 단어를 머릿속에 넣는 좋은 방법이다. 책 전체를 들을 필요는 없다. 좋아하는 작가의 오디오북을 찾아 하나의 장면을 몇 번이고 듣는다. 우리의 작가 정신에 단어의 리듬을 새기고 활성화시키자.

• **다른 장르의 책 읽기:** 논픽션이나 평소 선호하지 않는 장르의 소설 읽기에 도전해보자. 안전지대를 벗어나 정신적인 맨손체조를 실시하는 셈이다. 그런 다음 다시 자리를 잡고 앉아 스스로 할 수 있는 가장 멋진 이야기를 써보자. 이야기를 쓰는 온갖 종류의 새로운 방법을 깨닫게 될 것이다. 문체를 갖게 될 것이다.

13   갈등 고쳐쓰기:
           초고를 검토하는 법

초고를 검토할 땐 늘 스스로에게
중요한 질문을 던져야 한다.
내가 쓴 이야기 중 과로에 지친 피곤한 편집자가
원고를 내려놓고 싶을 만한 부분이 있을까?

고쳐쓰기는 이야기의 갈등 지수를 높이는 법을 찾을 수 있는 아주 소중한 기회다.

글을 쓸 땐 글쓰기에만 집중하자. 고개를 숙인 채 끈기 있게 쓰면서 이야기와 장면을 전개한다. 이런 식으로 초고는 가능한 한 빨리 마무리하자. 원한다면 전날 쓴 내용을 고쳐 쓰면서 거친 부분을 다듬고 갈등을 명확하게 드러낸다. 그런 다음 오늘 치의 글쓰기에 들어가는 식이다.

소설을 다 썼다면 적어도 2~3주 정도는 원고를 서랍에 넣어 두고 멀리하자. 다른 프로젝트를 진행하거나 휴가를 떠나는 것도 방법이다. 본업에 집중할 수도 있고, 오랫동안 병석에 있는 친구나 사랑하는 사람에게 관심을 쏟을 수도 있다.

마침내 원고를 출력한다. 완벽한 고쳐쓰기 전략은 내 책 『소설 쓰기의 모든 것: 고쳐쓰기』에 나와 있다. 여기서는 갈등을 고쳐쓰기 위해 할 수 있는 것을 살펴보자.

인물 고쳐쓰기

등장인물 가운데 특히 중심인물은 수동적인 특질을 드러내지 않는 것이 좋다. 달리 표현하자면, 상황이 등장인물에게 '문제가 되어야' 한다. 그러면 인물은 자연스레 행동을 취하기 마련이다. 또한 이러한 과정은 보조 인물의 관점에서도 의미가 있어야 한다.

인물이 행동을 멈추고 생각하는 지점이 있을 테지만, 이는 3장에서 다룬 '대결'의 맥락 속에서 일어나야 한다. 그리고 이야기의 흐름에 따라 특정 지점에서 인물은 과열 상태가 되어야 한다.

소설 속 인물은 '능동적'인가? 문제를 헤쳐나갈 때 갈등을 의식한다는 사실을 드러내는 방식으로 행동하는가?

1. 인물 소개

고쳐쓰기 단계에서는 중심인물을 소개하는 부분을 살펴본다. 인물이 이야기와 밀접한 관계가 있다는 사실은 어느 지점에서 암시되는가? 언제 이야기와의 관련성이 분명히 드러나는가?

만약 인물을 소개하는 장면의 첫 두 쪽 안에 없다면 그 부분에 집어넣는다. 그런 다음 이것이 어떻게 초기 갈등으로 이어지는지 보여주자.

그레그 아일스는 『24시간24 Hours』에서 윌과 카렌 부부를 소개하는 데 두 장章을 할애한다. 어떤 악당들 때문에 삶이 풍비박산의 위기에 처한 사람들이다.

이 가족은 차를 타고 있다. 남편 윌은 다른 도시로 출장을 가

느라 공항을 향해 운전 중이다. 아내와 뒷좌석에 앉은 다섯 살짜리 딸 애비는 윌을 배웅하러 함께 가고 있다. 실력이 부족한 작가라면 이 장면은 행복한 세상에 사는 행복한 사람들의 장면이 되었을 것이다(6장을 참고할 것).

하지만 아일스는 빼어난 작가다. 이 장의 2쪽에서 딸에게 필요한 인슐린을 두고 작은 말싸움이 시작되더니 급기야 윌의 출장과 관련한 더 큰 말싸움으로 번진다. 말싸움이 벌어지는 동안 독자는 윌의 생각을 알게 된다.

이 문제로 싸워봐야 아무 소용 없다는 것은 알고 있지만 그래도 시도해봐야겠다고 그는 생각했다. 지난 6개월간 부부 사이는 어색했다. 그리고 카렌 없이 혼자 떠나는 여행은 오랜만이었다. 어쨌든 이런 상황이 두 사람 사이를 상징하는 듯 여겨졌다.

그렇게 독자는 소설의 도입부에서 가족 간의 긴장 관계 때문에 갈등이 일어난, 어찌 보면 사소한 상황을 접한다. 하지만 이 세 가족에게 관심을 갖게 하기에 충분하다. 이 장면에서 긴장감은 사라지지 않지만, 독자는 세 가족이 얼마나 서로에게 마음을 쓰는지도 엿볼 수 있다.

이제 이야기 속 모든 중심인물을 소개한 부분으로 되돌아가 방해 요소로 인물의 소개를 시작해보자. 그런 다음엔 반드시 인물이 자기 주변에서 벌어진 행동들에 깊이 관여되도록 만들어야 한다.

2. 과열 장면

소설에서 감정적으로 가장 격한 장면을 찾아보자. 충분히 격렬한가? 작가 스스로 멜로드라마를 싫어하거나 '너무 자극적'으로 쓰는 것을 꺼려한 나머지 자제하지는 않았는가?

그런 것은 다 잊어버리고, 장면의 감정 강도를 10퍼센트만 올려보자. 내면의 상태, 대화, 행동 묘사를 통해 감정의 강도가 높아지는 것을 보여준다.

예를 들어 이렇게 말이다.

로저는 두 주먹을 꽉 쥐었다.

이 문장은 이렇게 바꿀 수도 있다.

로저는 두 주먹을 꽉 쥐었다. 손톱이 손바닥을 파고들었다.

로저는 손톱이 손바닥을 파고들도록 두 주먹을 꽉 쥐었다. 피가 난 것 같았다.

어떤 것이 너무 과하고, 어떤 것이 적절한가? 마찬가지로 대화도 몇 가지 가운데 선택할 수 있다.

"너 때문에 속이 뒤집혀."

이 대사는 이렇게 바꿀 수도 있다.

"내 입에서 너를 토하여 내치리라."

"네 간을 잡아 빼 그대로 먹어야 속이 시원하겠어."

어떤 것이 너무 지나치고, 어떤 것이 적절한가? 다른 대안도 생각해보자.

3. 조율

각각의 관계가 갈등을 유발할 수 있을 정도로 등장인물을 서로 차별화하는 것이 좋다. 차이점을 강조하는 방법을 찾아본다(3장을 참고할 것). 다음을 고려하자.

- 체격 조건
- 버릇
- 대화(각 인물은 독특한 '어감'을 갖고 있어야 한다)

장면 고쳐쓰기

개별 장면을 살펴볼 때 확인해야 할 부분을 잊지 않도록 체크리스트를 준비하자. 예를 들어 이런 부분을 확인한다.

- 갈등이나 긴장감 없이 대화만 많은 장면

- 설명이 과도한 장면

- 인물이 홀로 생각하는 장면

- 인물들이 서로 갈등하는 것이 아니라 같은 입장에 선 장면

지금껏 소개한 원칙을 이용하여 이 장면들을 '강렬하게' 바꾸도록 하자.

동작을 활용하라

앨프리드 히치콕은 사람들이 그냥 이야기만 나누는 장면을 싫어했다. 그런 장면이 생기도록 절대 내버려 두지 않았다. 항상 장면 안에 다른 흥미로운 요소를 배치했다.

움직임은 '인물들이 이야기만 나누는 장면'을 피하는 좋은 방법이다. 인물들을 각자의 의도에 따라 물리적으로 움직이게 하는 방법을 찾아보자. 미국 드라마 「성범죄 전담반」에서 형사들이 늘 누군가를 심문하기 위해 직장을 찾아간다는 사실을 눈치챘는가? 그리고 그 당사자는 늘 일하는 중이라는 것도 알아챘는가? 이는 움직임이 없는 장면을 막기 위한 장치로, 현명한 선택이 아닐 수 없다. 직장에 출근한 사람들은 회사 일을 해야 한다. 집에 있는 사람들은 집안일을 해야 한다. 탁구공이 테이블 곳곳을 공략하듯 이야기 속 인물들을 계속 움직이게 하자.

대화

10장의 내용 가운데 '대화를 무기로 이용하기' 부분을 참고하자.

원고 중 대화를 주고받는 장면을 전부 찾아 각 인물이 해당 장면에서 원하는 바가 분명하게 드러나도록 만들자. 인물들에게는 서로 상반되는 의도를 설정한다.

인물들이 저마다 가장 낯선 단어를 사용하는가? 인물의 설정은 일관성 있게 유지하되, 장면에서는 말로써 강경한 행동을 보여주자. 인물들의 대화가 정면으로 대립할 필요는 없다. 엉큼하고, 교묘하고, 불쾌하고, 솔깃하고, 애매하고, 신경을 긁는 말일 수도 있다. 인물의 특정한 의도에 도움이 되는 한 어떤 말도 할 수 있다.

장면마다 모든 인물은 의도를 지니도록 설정하자. 비록 그 의도가 눈에 띄지 않더라도 말이다.

삭제하기와 부각하기

초고를 검토할 땐 늘 스스로에게 중요한 질문을 던져야 한다. 내가 쓴 이야기 중 과로에 지친 피곤한 편집자가 원고를 내려놓고 싶을 만한 부분이 있을까?

그런 부분은 삭제한다. 설득력이 약한 장면도 마찬가지다. 이러한 장면들이 더 이상 나오지 않을 때까지 계속해서 삭제한다.

다음으로, 중요성이 부각되어야 하는 장면 세 곳을 찾는다. 물론 나머지 부분이 평범해도 된다는 의미는 아니다. 각각의 장면은 그 자체로 역할을 하고, 이야기 전체에 어우러져야 한다. 모든 장면이 긴장감을 지니고 가독성도 좋아야 함은 물론이다.

하지만 우리가 고른 세 장면은 나머지 장면들에 비해 상대적으로 부각되어야 할 지점들이다. 그야말로 '갈등', '감정', '놀라움'으로 가득 차 있어야 한다. '갈등'은 두말할 필요도 없이 소설의 원동력이다. 갈등을 유발하자. 어떻게? '감정'을 통해서. 독자들이 인물 내면의 이해관계를 알아챌 수 있도록 한다. 마지막으로 '놀라운' 것을 보여주자. 예상치 못한 좌절이나 반전, 폭로, 또는 사건 발생으로 제기된 새로운 질문 등을 제시한다.

시작과 끝

갈등을 위해 고쳐 쓰는 작업에서 마지막으로 눈여겨볼 지점은 장면의 시작과 끝이다. 아주 단순한 전략으로 장면의 가독성을 높일 수 있다. 시작 부분에서는, 장면의 중심 갈등과 '더 가까운 거리에서' 시작하자. 장면을 '훨씬 깊숙한 곳에서' 시작할 수 있는가? 몇 문장을 삭제하거나, 또는 단락 전체도 삭제할 수 있는가? 각 장면의 시작 부분을 살펴보고 삭제하면 어떤 느낌일지 생각해보자.

끝부분에서도 마찬가지로, 장면의 마지막 몇 문장이나 또는 단락까지도 삭제할 수 있는지 살펴보자. 많은 경우 이야기를 쓰는 데 몰두한 나머지 자신도 모르게 해결 지점까지 도달해버릴 수 있다. 그러기 전에 삭제하자. 이로써 갈등이 '해결되지 못한' 인상을 남기면(16장 '클리프행어'를 참고할 것) 결국 독자는 무슨 일이 벌어졌는지 알아내고자 책장을 넘기게 된다.

14 갈등을 조성하기 위한 작법 도구: 일상에서 실천할 만한 유용한 습관

이것만은 염두에 두자.

첫째도 곤경, 둘째도 곤경, 셋째도 곤경.

여러 면에서 우리는 훌륭한 자동차 정비공과 같다.

정말 그렇다. 이렇게 엉망인 원고를 써놓고(적어도 그걸 원고라고 생각한다면 말이지만), 이제는 재미있어 보이는, 심지어 실제로 출간까지 될 만한 이야기로 고치려고 하니 말이다.

그래서 도구를 이용해야 한다.

작법 기술의 모든 것은 바로 이 작법 도구다. 자주 사용할수록 더 능숙하게 사용할 수 있는 도구. 더 많은 작법 도구를 접할수록 작법 기술도 향상될 것이다.

갈등을 조성하기 위한 몇 가지 작법 도구가 있다. 이것들을 이용해 엄청난 마력에 멋진 외양을 갖춘 책을 만들어보자.

글쓰기의 과정을 매일 기록하자

나는 갈등 조성을 위해 가장 좋은 작법 도구 중 하나로 슈 그래프턴이 소개한 소설 일지를 선택했다. 소설 일지는 거의 일기처럼,

소설 쓰기를 시작하기 전에 매일의 상황을 적어두는 문서다.

그래프턴은 이렇게 말한다. "내 지론 중 하나는 글쓰기 과정은, 좌뇌와 우뇌 사이의 상호 교류를 수반한다는 것이다. 소설 일지는 좌뇌와 우뇌가 교류할 수 있는지 확인하는 시험장이 된다."

그래프턴은 자신의 삶에서 일어나는 일에 관해 몇 줄 적어 내려가는 것부터 시작한다. 그다음으로는 한밤중에 떠오른 아이디어에 관해 쓴다. 그러고 나면 책을 어느 정도 썼는지, 또 지금 쓰고 있는 장면이나 고민이 되는 지점에 대해 쓸 체례다.

이것은 '만약에' 게임으로 이어진다. 그녀는 개연성 있는 이야기들과 각 이야기의 장단점을 적은 뒤 이 내용을 하루나 이틀 정도 숙성시킨다. 그것들을 다시 확인할 때면 어떤 아이디어가 시간의 시험을 견뎠는지 판단할 수 있다.

소설 일지는 개요를 잡는 부류와 개요를 잡지 않은 부류 모두에게 도움이 되는 방법이다.

개요를 잡지 않는 부류에게 소설 일지는 상상 속 튤립 정원 사이를 발끝으로 조심스럽게 걷는 듯 아주 소중한 과정이다. 개요를 잡는 사람들이 정신 차리라고 따귀를 때리려 하면 그들은 이렇게 말한다. "매일 나는 내 글쓰기와 새롭게 사랑에 빠진다고!"

반면에 개요를 잡는 부류는 사실상 군대에 있는 것이나 다름없다. 철제 대들보와 산업용 배선을 갖춘 튼튼한 건물에 앉아 개요를 잡지 않는 부류를 비웃는다. 물론 개요를 잡지 않는 부류는 저들도 튤립 사이에 있었다면 아름다운 글을 썼으리라 한탄하며 고개를 가로젓겠지만.

소설 일지가 이들을 중재할 것이다. 소설 일지를 통해 심오한 장면 아이디어를 도출하고, 개요를 잡을 때 활용할 만한 놀라운 요소를 찾아내고, 소설을 써나가며 어쩔 수 없이 맞닥뜨리는 문제의 해결책을 찾아 반격해보자.

다음은 우리의 가상 인물 로저 힐이 등장하는 소설에 대해, 아마도 개요를 잡지 않는 입장에서 썼을 법한 소설 일지다. 현실이 아니라 이야기 속에서 곤란한 상황을 찾고 있다는 점에 주의하여 살펴보자.

좋아, 짐, 오늘 기분이 상당히 좋지 않아? 이 일을 꽤나 깔끔하게 정리했다고 생각하겠지만 사실 그렇지 않아. 로저가 처한 곤경이 충분하다고 생각하지는 않잖아. 몇 가지 더 고민해보는 게 좋겠어.

알았어. 꼬치꼬치 지적하지 마.

어라, 욕을 먹어야 할 사람은 너라고. 로저가 은행을 막 나섰는데 아무도 그를 알아보지 못하는 것 좀 봐. 그걸 좀 바꾸면 어떨까? 그 순간 가장 피하고 싶은 사람과 마주치는 건 어때? 1장에 나왔던 경찰을 만난다면? 아니면 로저를 붙잡고 수다를 떨고 싶어 하는 고등학교 시절 친구를 만난다면? 「사랑의 블랙홀」에 나오는 네드처럼 말이야. 약간 코미디 같을 수도 있겠지만, 로저로선 그 상황을 벗어나야 하니 긴장감이 생기겠지.

좋아, 나쁘지 않아. 이 고등학교 친구랑 또 뭘 할 수 있지?

로저한테 비밀로 감춰야 할 또 다른 임무가 그에게 있지 않을까? 어쩌면 우연히 로저를 만난 게 아닐 수도 있어.

이제부터 이 친구를 네드라고 하지. 네드가 CIA나 그 비슷한 일을 한다고 할까? 그러면 너무 뻔한가?

정신 차려, 짐. 너는 작가야. 예상치 못한 상황을 만들어야지.

영화에서처럼 일단 네드를 따분하고 무능한 인물로 보여주자. 분위기 전환을 위해 등장한 인물처럼 보이게 말이야. 그러고 나서 네드가 아주 비정하게 암살자를 보내는 충격적인 장면을 만드는 거지. 아니면 네드가 '평범한' 여자랑 결혼을 했는데 그 여자가 실은 암살자라거나.

계속 생각해, 짐. 생각한 것들은 지하실 소년들[작가의 무의식]에게 주고 오늘 하룻밤 자고 일어나서 결정하자고.

개요를 잡지 않는 부류가 자기들 소설 일지와 사랑에 빠져 있는 사이, 개요를 잡는 부류는 심사숙고해서 만든 계획에 깊이와 놀라움을 더하는 데 소설 일지를 이용할 수 있다. 개요를 잡는 입장에서 쓴 일지는 아마 다음과 같을 것이다.

좋았어, 짐. 로저가 은행을 막 떠나려는 그 장면을 어제 끝냈군. 머릿속에 그렸던 그대로 말이야. 이제 로저의 내면에는 온갖 두려움이 가득해.

그런데 말이야, 그 순간을 제대로 활용한 걸까? 로저의 감정에 대해서 충분히 설명했나? 그 부분을 다시 보는 게 좋겠어. 왜냐하면 로저에 대한 독자들의 연민을 강화할 정말 좋은 기회거든. 지금 플롯은 아주 잘 진행되고 있어. 로저가 은행을 떠나기 전에 독자를 조금 더 기다리게 해야겠어.

이제 로저는 네드를 만날 거야. 고등학교 때 친구처럼 보일 거고. 그는 셔먼 오크에서 조용히 교외 생활을 하는 사람 같지만, 사실 CIA에서 훈련을 받은 암살자야. 완전히 베일에 싸인 인물이지.

이 표면적인 이야기를 어떻게 독자에게 납득시키지? 로저가 은행에서 나오면 네드가 로저를 알아보게 할까? 아니, 만약 그걸 바꾼다면? 로저가 네드를 알아보고 먼저 움직이게 한다면? 그것이 의심을 피하려는 네드의 계획이라면? 그런 식으로 네드가 짜놓은 게 아니라 우연히 만나는 것으로 이야기가 흘러가면 독자들을 납득시키는 데도 도움이 될 거야.

와! 좋은데. 최근에 내가 그런 칭찬 했었나?

그렇다. 약간의 격려는 절대 상처를 주지 않는 법이다.

이제 우리 차례다. 소설 일지는 소재와 상관없이 이야기 자체에 집중할 수 있도록 도움을 주는 작법 도구다.

글을 쓰지 않을 때 소설 일지가 자신의 생각을 자극한다는 것도 깨닫게 될 것이다. 누가 알겠는가? 아카데미 시상식의 카메라 플래시처럼 아이디어가 마구 터지기 시작할지.

스스로 답해야 할 질문 목록을 만들자

답변이 필요한 질문의 목록을 계속 추가하자. 이것은 주로 조사 작업에 유용하게 쓰인다.

작가들마다 조사 방식은 다르다. 조사를 실시하면 혼자서는 생각해내지 못했을 갈등의 영역이 드러난다고 생각하는 작가들이 있는가 하면, 이야기 쓰기를 좋아해서 조사해야 할 분야가 갑자기 튀어나와도 나중으로 미루는 작가들도 있다. 개요를 짜는 유형과 그렇지 않은 유형처럼, 여기도 각각의 장점이 있다.

조사 작업을 좋아한다면 기꺼이 조사를 실시하자. 단, 글을 쓸 짬이 나지 않을 정도로 과도한 조사는 금물이다.

즉흥적으로 하고 싶다면 조사가 필요한 부분에 표시를 해두고 계속 써나간다. 가장 그럴듯한 예측을 하면서 글을 쓰되, 의심스러울 때는 꾸며내고 진짜처럼 보이게 한다. 우리는 결국 소설을 쓰고 있는 것이다. 직업상 거짓말쟁이일 수밖에 없지 않은가. 바로잡아야 할 내용이 단순한 하나의 사실과 관련한 것이라면 일단 글을 이어간 뒤 나중에 다시 확인한다.

혹시 전문가를 인터뷰할 기회가 생긴다면 기본 사항에 대한 질문은 넘어가고, 다음과 같은 질문을 던지자.

일을 힘들 게 하는 것은 무엇인가?
매일 어떤 갈등을 마주하는가?
'전쟁 같은 에피소드'가 있는가?
어떤 종류의 사람들이 일처리를 어렵게 만드는가?

단순히 하는 일만이 아니라 직업적으로 알력이 벌어지는 지점을 파악하자.

어젯밤 꿈으로 소설을 시작하지 말자

소설에서 꿈은 종종 남용되곤 한다.

꿈으로 소설을 시작하는 것도 그런 경우다. 작가들은 생각한다. 좋아, 중요한 갈등이 곧바로 벌어지는 아주 흥미로운 시작을 쓸 수 있겠군! 독자가 완전히 이야기에 빠져들 때쯤 이건 그냥 꿈이었다고 불쑥 알려주는 거지. 하지만 그때쯤이면 이미 다들 이야기의 덫에 걸려들어 있을 거야. 정말 좋은 생각이군.

그렇지 않다. 그것은 사기에, 부도덕한 짓이며, 거짓말이다.

꿈으로 시작하지 말자(물론 꿈으로 시작하는 소설을 써서 엄청난 판매 부수를 기록한 작가 한두 명쯤은 나도 꼽을 수 있다. 그러면 다른 작가들은 어떤 생각을 할까? 나도 할 수 있다고 생각할 것이다. 대프니 듀 모리에가 『레베카Rebecca』에서 꿈으로 이야기를 시작했지만 작가는 꿈이라고 '우리에게 말했고', 꿈은 과거 시제로 서술되었다. 그러므로 다프네 듀 모리에 얘기라면 넘어가자).

'반복되는 불길한 꿈'을 경계하자. 계속 반복해서 꾸고, 인물은 그 의미를 이해할 수 없지만 어쩐지 두려움이 느껴지는, 아주 수상한 꿈을 꾸는 경우다. 이 꿈이 반복되면 독자는 머지않아 모든 것이 드러나리라 느낀다.

독자의 관심을 유지하기 위한 방법처럼 보이지만, 사실 이것은 이렇게 말하는 것과 비슷하다. "그녀는 바로 앞에 위험이 도사리고 있다는 것을 전혀 알지 못했다." 의미 전달에야 문제가 없지만, 과연 독자들이 계속 작가의 말을 존중할까? 그러지 않을 이유를 한 가지만 들자면, 딱 이런 유형의 꿈이 스릴러나 사변 소설에서 이미 수없이 사용되었다는 점이다. 절대로 꿈을 이용하지 말라는 의미는 아니다. 다만, 그러기 전에 다시 한 번 생각해보자.

'과거의 심리적 마스크' 같은 꿈도 남용되다시피 한다. 인물이 과거 정신적 충격을 받은 일에 대해 계속해서 꿈을 꾸는 경우다. 그리고 꿈을 꾸는 과정에서 어느 순간 모든 상징이 설명된다. 앨프리드 히치콕은 「패러딘 부인의 재판The Paradine Case」에서 꿈을 제대로 활용했지만, 「마니Marnie」에서는 이 방식이 진부해지기 시작했다. 물론 우리도 비슷하게 해볼 수야 있다. 하지만 나라면 대안을 생각해볼 것이다.

가장 좋은 방법은 꿈을 '부족한 듯이' 이용하고(대략 소설 전체에서 한 번 정도), 이 순간 인물이 경험하는 감정을 주로 드러내는 것이다. 이렇게 하면 독자에게 인물의 내면을 보여줌으로써 갈등이 어떻게 영향을 미치는지 알려줄 수 있다.

꿈에서 세라는 멀리 있던 형체가 자신의 뒤쪽으로 점점 가까이 다가오는 것을 보았다. 어두워서 그의 얼굴은 볼 수 없었지만, 그녀는 같은 사람임을 깨달았다.

그 남자였다. 그는 그녀를 원했다.

세라는 달아나려 했다.

발아래 인도가 뜨거운 타르로 변했다. 움직이려 해봐도 발이 꼼짝하지 않았다. 소리를 지르려고도 해봤지만 역시 아무 소용 없었다.

이윽고 그녀의 친구들이 일하는 높은 유리 건물이 얼음처럼 녹기 시작했다. 그녀 주위로 물이 밀려와 무릎까지, 곧이어 허벅지까지 차올랐다.

　남자는 여전히 거기서, 물 위를 걷고 있었다.

　꿈을 작법 도구에 포함시킬 수는 있지만, 자주 꺼내지 않는 도구들 중 하나여야 한다.

소설에 비밀을 심자

짐 호파가 어디에 있는지 알고 싶어 했던 스타벅스의 여자를 기억해보자.

　이것이 바로 진행형 미스터리에 해당한다. 진행형 미스터리는 서스펜스 기법의 하나로, 모든 사람이 생각하고 관심을 갖지만 답변이 없는 질문을 말한다. 아인 랜드가 쓴 『아틀라스』는 이런 문장으로 시작한다. "존 골트는 누구인가?" 이 질문은 소설의 등장인물들을 꽤 오랫동안 괴롭힌다(2,700여 쪽에 달하는 분량의 소설에서 '꽤 오랫동안'이라는 말이다). 이 엄청난 분량의 책을 참고 읽어나가게 만드는 요인 중 하나이기도 하다.

　사실 모든 희곡은 진행형 미스터리를 바탕으로 한다고 볼 수 있다. 과연 무엇 때문에 우리가 「고도를 기다리며Waiting for Godot」를 계속 지켜보고 있겠는가?

　독자들이 끊임없이 다음 장의 내용을 추측하도록 이야기에 미스터리를 넣을 수 있는가? 그렇게 어려운 일은 아니지만, 가독성면에서 아주 큰 효과를 얻을 수 있다.

대프니 듀 모리에의 『레베카』에서 진행형 미스터리는 다름 아닌 레베카다. 그녀는 소설 속 화자와 결혼한 맥심 드 윈터의 죽은 아내다. 맥심을 꼼짝 못 하게 하는 레베카의 마성은 무엇일까? 거만한 댄버스 부인을 굴복시킨 그녀의 마성은 어떤 것일까? 레베카가 너무 완벽했던 나머지 막심은 진심으로 다른 여자를 사랑할 수 없는 걸까?

새 아내는 이 모든 의구심과 추측, 어리석은 실수에 흔들리지 않은 채 끝까지 비밀을 파헤치고, 마침내 아주 충격적인 방식으로 미스터리를 풀어낸다. 하지만 그때까지 내내 미스터리는 화자와 독자의 오금을 저리게 한다.

자신의 이야기에 숨은 비밀 같은 것을 넣어보자. 주인공이나 다른 인물의 삶과 관련된 비밀이어도 좋다. 하지만 그 비밀은 별다른 설명 없이도 현실적으로 납득할 수 있는 것이어야 한다.

부조리한 경험을 활용하기

아들이 열 살 때쯤, 함께 상점에 들렀다가 주차장의 우리 차가 있는 곳으로 가던 중이었다. 아들은 조심스럽게 차 문을 열고 조수석으로 미끄러지듯이 들어갔다.

난데없이 한 남자가 불쑥 나타났다. 우리 차 옆에 세워진 벤츠의 주인이었다.

"야!" 남자가 아들에게 소리를 질렀다. "내 차를 쳤잖아!"

나는 그 차를 보고는 남자에게 잠깐 진정하라고 말했다.

"얘가 내 차를 쳤다고!" 남자는 아들에게 한 걸음 다가섰다.

나는 아들 앞을 가로막고 차분하게 말했다. "차를 치지 않았습니다. 제가 그 자리에 있었습니다. 그건 선생님 생각일 뿐이에요."

남자는 감정을 누그러뜨리지 않았다. 다시 아들을 향해 소리를 지르기 시작했다.

나는 남자에게 물러서라고 말했다.

남자가 소리 지르기를 멈추고 나를 쳐다봤다. 무슨 짓을 할지 알 수 없는 순간이었다. 그는 완전히 이성을 잃은 채였다. 그리고 그런 사람들은 위험하다.

하지만 그는 크게 씩씩거리더니 차에 올라 자리를 떴다. 아들은 어찌할 바를 모르고 있었다. 나는 아들에게 세상에는 이유를 듣지도 않고 그냥 폭발해버리는 사람들이 있다고 얘기해주었다.

만약 그런 사람이 당신의 소설 속 세계에 들어온다면 어떻게 될까? 폭력적일 필요는 없고 비이성적이기만 하면 된다. 현실과는 아무런 관계가 없는 일을 저지르거나 말하는 것은 그 자체로 사람들을 불안하게 만들기 마련이다. 내 소설 『어둠의 시도』에서 주인공은 목격자를 찾기 위해 시내 호텔에 간다.

오후 햇살이 호텔 정면 창문을 통해 들어와서는 바닥의 흑백 타일에 희미한 노란색 빛을 던졌다. 빛을 받은 천장에는 오래된 샹들리에가 짙은 녹색 체인에 매달려 있었다. 체인이 박혀 있는 곳을 중심으로 갈색의 물기 자국이 번져 있었다.

은행 창구처럼 유리로 둘러싸인 호텔 프런트를 향할 때 내 뒤에서 이런 말이 들렸다. "눔버디노메이크노무바마인드진켈리."

나는 고개를 돌렸다. 턱수염을 짧게 자르고 머리에는 파란색 스카프를 두른, 일흔 살쯤 되어 보이는 커다랗고 마른 남자가 나를 매섭게 쳐다보고 있었다.

"뭄버디노메이크노무바마인드진켈리." 남자가 다시 말했다.

"네에." 나는 그렇게 대꾸하고는 다시 걸었다.

남자가 내 앞에서 이리저리 뛰기 시작했다. "디스코 프레디."

"뭐라고요?"

"디스코 프레디! 미스터 진 켈리!"

남자는 양팔을 마구 휘저었고, 발작이 온 듯 머리까지 흔들어댔다. 그러더니 제자리에서 세 번 빠르게 돌고는 양팔을 보란 듯이 앞으로 뻗으며 마무리 동작을 했다.

"진 켈리!"

로비 의자에 앉아 있던 나이 지긋한 신사가 박수를 보냈다.

"멋지네요." 나는 다시 남자 옆을 지나쳤다.

하지만 남자는 다시 내 앞으로 뛰어들었다. "디스코 프레디! 뭄버디노메이크노무바마인드프레드아스테어!"

"아, 알았어요. 이제 보니 프레드 아스테어 흉내를 내고 있군요."

디스코 프레디는 미소를 짓더니 양팔을 흔들며 아까와 같은 헬리콥터 동작을 하고 제자리에서 세 차례 돈 뒤 조금 전처럼 마무리했다. 우리가 알고 있는 세계 어디에서도 댄서로 인정받을 수 없을 법한 움직임이었다.

"미스터 프레드 아스테어!" 남자는 말했다.

"정말 멋지네요." 내가 말했다. "도널드 오코너 춤도 추시나요?"

"디스코 프레디!" 남자가 외쳤다.

"폴라 압둘은요?"

나는 다시 남자를 지나치려 했다. 하지만 디스코 프레디는 너무나 민첩했다. 그가 손을 내밀었다.

"그 춤을 보고 돈을 내라는 겁니까?" 내가 물었다.

"디스코 프레디." 디스코 프레디가 대답했다.

"돈을 줘야겠네요." 로비 의자에 앉아 있던 노신사가 말했다.

디스코 프레디는 좀 비이성적인 사람 같지 않은가? 그는 독자에게 '이게 도대체 뭐지?' 하는 순간을 경험하게 한다. 좋은 점은, 내가 이 인물을 소설의 뒷부분에서 다시 활용했다는 것이다. 쓸모없는 것은 하나도 없다.

첫째도 곤경, 둘째도 곤경

이것은 레이먼드 챈들러의 아이디어다. 글을 쓰다가 이야기가 지루해지면 총을 든 남자를 데려오라고 그는 말했다.

"이유는 나중에 설명하라."

탁월한 요령이다('직업적인 요령'이라고 불러도 좋다. 예일 대학 교수직을 노리고 있다면 '고도의 문학 장치'라고 부르면 되고). 이 방식은 즉각 갈등을 불러일으키며 이야기의 흥미를 돋운다.

물론 말 그대로 총일 필요는 없다. 거의 모든 것이 될 수 있다.

- 예기치 않은 손님
- 과거 속 인물
- 곤란한 전화 한 통
- 사고
- 영장 송달인
- 경찰
- 수녀
- 사기꾼
- 동물
- 제럴드 리베라(미국의 언론인이자 변호사, 작가, 토크쇼 진행자—옮긴이)
- 뉴스 기사
- 죽음
- 급작스러운 충격 ("당신은 해고야." 또는 "나랑 결혼해 줄래?")

그 밖에도 무한하다. 늘 그렇듯이 결정은 각자에게 달려 있다. 시도하고, 어떤 일이 벌어지는지 보자. 이유는 나중에 설명하자.

단지 이것만은 염두에 두자. '첫째도 곤경, 둘째도 곤경, 셋째도 곤경. 상황을 악화시킬 것. 이야기의 온도를 높일 것.'

갈등이 표출되고 전개되게 하자.

15 서스펜스 이해하기:
독자가 계속 질문을 던지게 만드는 법

'다음에 무슨 일이 일어날까?'라는
질문을 던지게 하는 감정.
그것이 바로 서스펜스다.

내 인생에서 가장 기억에 남는 스토리텔링 경험을 한 건 고등학교 때였다. 영화 모임을 운영하던 한 친구가 앨프리드 히치콕의 「사이코Psycho」 상영회를 마련했다. 그때까지 나는 이 영화를 본 적이 없었다. TV나 다른 어떤 곳에서도 말이다.

상영회를 위해 친구는 강당을 예약했고 한밤중에 이 영화를 상영했다. 강당은 사람들로 꽉 찼다. 이윽고 불이 꺼지고 영화가 시작되자 기대감으로 강당 전체에 전율이 흘렀다.

이미 이 영화를 본 몇몇 사람들은 소리 지를 때를 알고 있었다. 그들은 마리온 크레인(재닛 리)이 베이츠 호텔에 처음 도착할 때부터 소리를 질러댔다.

그 유명한 샤워 장면에서는 당연히 강당 곳곳에서 비명이 터졌다. 아마 나도 소리를 질렀겠지만 내 비명 소리조차 들리지 않을 지경이었다. 하지만 이미 영화에 아주 푹 빠져 있던 나는 내 맥박 소리 이외에 다른 어떤 것도 느끼지 못했다. 히치콕의 서스펜스가 가진 힘에 흠뻑 매료되었다. 나는 꿈속에 있었다.

밀튼 아보가스트 형사(마틴 발삼)가 집을 향해 걷기 시작하자 다시 격한 비명이 터졌다. 릴라 크레인(베라 마일즈)이 같은 집을 향해 출발했을 때는 그 엄청난 소리 때문에 벽에 금이 갔을지도 모르겠다. 그리고 영화가 끝날 때까지 비명은 멈추지 않았다.

「사이코」를 처음 보는 방법을 알려주는 것이다. TV로 보지 말 것. 혼자서 보지도 말 것. 사람들로 가득 찬 영화관에서, 밤에 봐야 한다. 밖에 천둥 번개가 친다면 더할 나위 없이 좋다.

이것이 바로 우리가 공략해야 할 감정이다. 반드시 큰 비명을 끌어내는 서스펜스가 아니더라도, 상대를 단단히 쥐고 절대 놓아주지 않는 그런 감정. 독자로 하여금 '다음에 무슨 일이 일어날까?'라는 질문을 던지게 하는 감정. 그것이 바로 서스펜스다. 그리고 모든 소설에는 서스펜스가 필요하다.

베스트셀러 작가 샌드라 브라운은 한 인터뷰에서 이렇게 말했다. "서스펜스는 또 다른 필수 요소다. 꼭 '으악!' 하면서 놀라게 만드는 식의 서스펜스를 의미하는 것은 아니다. 모든 소설에는 서스펜스가 있어야 한다. 독자가 계속 책장을 넘기게 하는 요인이다. 나는 가능하면 첫 쪽에서 독자를 향해 부지불식간에 질문을 시도하고 마지막 쪽까지 그 질문의 답을 알려주지 않는다. 이야기를 끌어나가는 과정에서 새로운 질문들이 생기는가 하면 진행과 함께 서서히 그 답이 나오기도 한다. 하지만 중심이 되는 가장 중요한 질문, 아이디어에 불과한 것을 이야기로 만들어 낸 비장의 질문에 대한 대답은 맨 마지막이 되어야 한다."

서스펜스는 기분 좋은 불확실성의 느낌을 만든다. 독자는 무슨 일이 벌어질지 알지 못하고, 알아내려면 계속 읽을 수밖에 없다. 스릴러 장르에 반드시 스며들어야 할 요소다. 하지만 인물 중심의 소설이나 순수소설에도 서스펜스는 필요하다. 기분 좋은 불확실성이 없다면 이야기는 지루해지고 말 테니까.

서스펜스는 '해결을 지연하는 것'이다. 이 말은 '매달리게 하는 것'이라는 의미를 지닌 프랑스어에서 유래했다. 우리는 밖에 답을 걸어놓고, 독자들은 풀리지 않는 문제가 결국 언제 해결될 것인지 알아내기 위해 계속 읽는다.

독자가 해결되지 않은 문제에 감정적으로 몰입할수록 등장인물에 대한 걱정이 더 많이 유발되어 서스펜스의 강도는 커진다.

한 남자가 잠옷을 찾고 있다고 해보자. 잠옷은 어디 있는가? 이 질문은 해결되지 않았지만, 딱히 독자들의 관심을 유발할 것 같지는 않다. 잠옷에 미스터리의 열쇠인 메모가 들어 있고, 그가 자는 사이 한 세탁업체가 잠옷을 가져간 게 아니라면 말이다.

그것이 바로 목표다. 전체 상황이 전개되는 과정을 알아야 하는 복잡한 플롯에서 등장인물과 독자의 유대감을 구축하고 그것을 이야기가 끝날 때까지 유지하는 것.

여기서는 서스펜스를 분석해서 다각도로 살펴보고자 한다.

미스터리와 서스펜스의 차이

미스터리와 서스펜스 모두 흥미진진한 소설을 쓰기 위한 작법 도구다. 이 둘의 차이점을 파악하면 자신의 전략을 제대로 판단할 수 있을 것이다. 우선 다음과 같이 비교할 수 있다.

미스터리 = 누가 그랬지?
서스펜스 = 그 일이 다시 일어날까?

미스터리는 차례대로 단서를 찾아가는 울타리 미로와 같다.
서스펜스는 「스타워즈」 속, 양쪽 벽이 점점 다가오는 쓰레기 압축기와 같다.

미스터리는 '문제 해결하기'에 관한 것이다.
서스펜스는 '무사하기'에 관한 것이다.

미스터리는 퍼즐이다.
서스펜스는 악몽이다.

미스터리는 '주인공이 다음에 무엇을 알아낼까?'를 묻는다.
서스펜스는 '주인공 옆에서 무슨 일이 일어날까?'를 묻는다.

미스터리와 서스펜스는 교차하는 지점이 많다. 『다빈치 코드 The Da Vinci Code』에서도 볼 수 있듯이, 스릴러소설에는 이야기의 중심이 되는 미스터리가 있다. 『빅 슬립Big Sleep』처럼, 미스터리 소설에는 수많은 서스펜스가 있다. 이 두 요소를 능숙하게 다루면 대단히 즐거운 독서 경험을 유도할 수 있다.

서스펜스의 유형

앞서 샌프란시스코의 금문교에 대해 이야기했다. 철탑 위에 거대한 케이블이 휘장처럼 드리워져 있다는 걸 알고 있었는가? 초고강도의 그 케이블은, 사실 얇은 케이블을 수없이 꼬아서 만든 것이다.

이는 서스펜스를 이해하는 좋은 방법이기도 하다. 전체 이야기를 지탱하기 위해 여러 서스펜스의 끈을 서로 엮는 것이다.

서스펜스를 다음과 같이 나누어 생각해보자.

매크로 서스펜스

서스펜스는 해결을 지연하는 요소이므로 이를 제대로 활용한 소설은 처음부터 끝까지 긴장감이 느슨해지지 않는다. 독자들은 '무슨 일이 일어났는지 알아내기 위해' 책장을 넘길 수밖에 없다. 예를 들어 목숨이 걸린 문제처럼 납득할 만한 이해관계를 설정했다면 이제 중요한 문제는 이것이다. '주인공이 이 상황을 살아서 빠져나올 것인가?'

매크로 서스펜스가 없다면 개별 장면 속의 모든 설정이 그 중요성을 잃고 만다. 독자들은 전혀 관심을 갖지 않을 것이다. 문학 역사상 최고의 추격 장면을 쓴다 해도, 이야기의 시점을 서술하는 인물이 정말 곤경에 처했다는 느낌이 들지 않는다면 그 모든 것은 조금도 중요하지 않다.

딘 쿤츠는 소설 『벨로시티Velocity』에서 평범한 남자 주인공 빌리 와일스를 진퇴양난에 빠뜨린다. 바텐더 일을 마치고 자신의 차로 갔을 때 빌리는 이런 쪽지를 발견한다.

이 쪽지를 경찰에 전달하지 않으면, 그래서 경찰이 개입하지 않는다면, 나파 카운티 어딘가에 있는 학교의 아름다운 금발 머리 여선생이 살해될 것이다.

이 쪽지를 경찰에 가져간다면, 자선 활동을 하는 중년 여성이 살해될 것이다.

결정은 6시간 안에 마쳐야 한다. 선택은 당신 몫이다.

이 얼마나 말도 안 되는 이야기인가? 당황한 빌리는 쪽지를 경찰 친구에게 건네고, 친구는 장난일 거라며 그냥 잊어버리라고 한다. 빌리는 잊으려 하지만, 6시간이 지났을 때 누군가 살해당했는지 궁금해진다. 설마 하면서 말이다. 그리고 독자도 궁금해진다. 하지만 작가는 답을 하지 않는다.

다음 날 빌리는 일을 하러 간다. 그가 평소와 다를 바 없는 하루를 보내는 동안, 독자는 정말 살인 사건이 없었는지 궁금증을 견딜 수 없다. 쿤츠는 이제 독자를 기다리게 하고, 자신이 원하는 방향으로 독자를 이끌어 갈 수 있다. 대단히 서스펜스 넘치는 전제를 설정해놓았기 때문이다.

소설을 통틀어 주인공의 모든 이해관계를 한 문장으로 요약한 매크로 서스펜스 문장을 만들 수 있는가? 만약 '죽음'을 이해관계로 설정한 소설을 썼다면 반드시 그렇게 할 수 있어야 한다.

스칼렛 오하라는 남북전쟁에서 살아남아 자신의 집을 지키고 마침내 진정한 사랑을 찾을 수 있을까? (마거릿 미첼, 『바람과 함께 사라지다』)

데이비드 벡은 지난 8년 내내 죽었다고 생각했던 아내를 찾을 것인가? (할런 코벤, 『밀약Tell No One』)

나치의 위협에 맞서 국민들을 결집시키기 위해 알버트 왕자는 자신의 말더듬증을 제때 극복할 수 있을까? (데이비드 세이들러의 시나리오, 「킹스 스피치」)

자신의 소설 속 매크로 서스펜스를 한 문장으로 요약해보고, 잊지 않도록 잘 보이는 곳에 붙여두자.

장면 서스펜스

개별 장면마다 반드시 서스펜스가 있어야 한다. 등장인물의 두려움과 걱정거리를 바탕으로 장면을 설정하면 매 장면이 그렇게 될 수 있다. 장면에는 해결되지 않는 무언가가 있기 마련이다. 바로 결과다. 인물은 어떤 목표를 가지고 장면에 등장한다(그 목표는 다시 소설 속 최종 목표로 이어진다). 그가 장면에서 장애물을 맞닥뜨리면, 독자는 과연 그가 이 장면을 빠져나오는 데 성공할 것인지 궁금해할 수밖에 없다.

찰스 웹의 소설을 원작으로 한 영화 「졸업The Graduate」에서 벤저민 브래독(더스틴 호프만)은 로빈슨 부인(앤 밴크로프트)에게 호텔에서 만나자고 전화를 한다. 그는 로빈슨 부인의 육체적인 유혹을 받아들이는 치명적인 결정을 내린다.

호텔 장면에서 벤저민의 목표는 눈에 띄지 않고 로빈슨 부인을 만나는 것이다. 하지만 그에게는 장애물이 있다. 가령 의심의 눈초리를 보내는 호텔 프런트 직원은 그에게 "바람피우러" 왔냐고 묻는다. 벤은 아연실색한다. "독신자 파티인가요?" 직원이 다시 묻는다. 그제야 벤은 안도한다. 하지만 순간일 뿐이다. 이후 벤이 다시 같은 직원에게 방을 빌릴 때 그에게 쏟아지는 의도는 더 커진다. 벤의 짐이 달랑 칫솔 하나인 경우도 있기 때문이다.

벤은 장애물이 무엇인지 알고 있다. 그리고 그가 가진 두려움의 요인은, 아버지 사업 파트너의 부인이자 연상의 여자와의 부적절한 밀회를 들키지 않을까 하는 것이다.

『바람과 함께 사라지다』에는 등장인물들이 불타는 애틀랜타로부터 목숨을 걸고 도망치는 장면이 있다. 이 장면의 서스펜스는 여러 질문에서 비롯한다. 스칼렛은 임신한 멜라니를 데리고 그곳을 빠져나올 수 있을까? 성난 사람들이 그녀의 말을 훔쳐 가기 전에 빠져나올까? 화마가 덮쳐 그녀의 목숨을 앗아 가기 전에 가능할까? 이 장면의 서스펜스가 중요한 것은 독자가 이야기 속에서 스칼렛을 둘러싼 여러 이해관계를 이해하고 있기 때문이다. 그녀의 세계가 무너지고 있으며, 그 세계의 일부라도 지킬 힘을 가진 사람은 가족 중 그녀가 유일하다는 점을 말이다.

하이퍼서스펜스

하이퍼서스펜스는 인물이 자신을 가로막는 힘이 무엇인지 알지 못할 때 일어난다. 독자들 역시 알지 못한다.

작가는 주인공과 함께 이야기의 일부가 되어 무슨 일이 일어나는지 알아내고자 한다. 1인칭 시점이라면, 주인공에게 답을 알려주지 않는 것은 거의 당연하다고 볼 수 있다.

대프니 듀 모리에의 『레베카』에서 화자는 무슨 일이 벌어졌는지 이야기하면서도, 화자 자신이 알고 있는 다른 것들에 대해서는 곧바로 말하지 않는다(그녀가 이야기의 화자이므로 "이것은 레베카에 대한 이야기이다"라고 단정적으로 말할 수도 있었을 것이다. 하지만 그러면 무슨 재미가 있겠는가?).

1970년대 베스트셀러 중 하나인 『러브스토리Love Story』와 비교해보자. 이 소설은 1인칭 화자가 독자를 향해, 이것은 이제 세상에 없는 한 여자의 이야기라고 말하면서 시작한다. 이런 시작이 하이퍼서스펜스를 약하게 할까? 그렇지는 않다. 단지 초점을 바꿀 뿐이다. 그녀는 '어떻게' 죽었는가? 이것이 초점이다. 독자는 죽음의 이야기를 알기 전에 사랑의 이야기를 먼저 알게 된다.

하지만 시점을 긴밀하고 제한적으로 유지하면 3인칭 시점으로도 동일한 효과를 거둘 수 있다. 이야기 내내 주인공 한 명만 따라가자. 다른 시점으로는 독자에게 어떤 정보도 밝히지 말자.

반대로 여러 시점을 이용해 독자에게 단서를 알려준다면 주인공에게는 항상 진실을 숨길 수 있다.

단락 서스펜스

단락은 서스펜스의 목적을 충족시킬 수 있는 가장 작은 단위다. 각 단락에 정보를 감추거나 긴장감을 높일 가능성이 있다고 생각해보자. 예를 들어 이런 식이다.

로저는 스프링 스트리트를 향해 모퉁이를 돌았다. 날씨가 맑고 화창해 멀리 떨어진 시청의 모습도 볼 수 있었다. 꼭대기가 피라미드 모양으로 된 시청 건물을 보니 무언가가 떠올랐다. 그래, 그거였어. 크랜덜의 자동차 보닛에 달린 장식. 그날 밤 해변. 그렇다면? 크랜들은 내내 거기에 있었어!

이런 방법이 통할 수도, 아닐 수도 있다. 하지만 고민해보면 서스펜스를 더 강화하고 싶다는 결론을 내리게 될지 모른다.

로저는 스프링 스트리트를 향해 모퉁이를 돌았다. 구름이 끼고 어둑어둑한 날씨였다. 시청이 잘 보이지 않았다. 희뿌연 하늘을 배경으로 보이는 피라미드 모양의 시청 꼭대기를 보니 무언가가 떠올랐다. 그게 뭐지? 뭐였지? 마음 한구석에 뭔가 있었다. 잡아당겨서 가까이 가져와봐. 뭔가 있었다. 뭔가 중요한 것. 하지만 생각이 나지 않았다.

대화 장면도 여러 단락으로 구성하며 서스펜스와 긴장감을 높일 기회로 삼을 수 있다. 이 내용은 18장에서 살펴보기로 하자.

장르를 불문하고 모든 소설은 서스펜스를 강화할 수 있다. 다양한 서스펜스의 끈을 염두에 두고 이야기를 쓰면 그 끈들을 능숙하게 활용하는 것이 머지않아 제2의 천성처럼 자연스러워질 것이다. 그리고 숨 막히게 재미있는 이야기를 쓰게 될 것이다.

16

클리프행어:
독자가 책장을 넘기게 하는 힘

"……뭐 계속 그렇게 하는 거예요.
독자들에게 숨 쉴 기회도 주면 안 돼요."

_드와이트 V. 스웨인

'클리프행어cliff-hanger'라는 용어는 오래전 극장에서 상영되던 연작 영화에서 유래했다. 무성영화 시대를 거쳐 1950년대까지, 영화 관람은 대개 하나의 행사였다. 영화를 보러 간다기보다는 '영화에' 가는 것, 즉 인근 영화관에 간다는 의미. 무슨 영화가 되었든, 그주에 상영해주는 것을 보러 극장에 가는 일이었다.

대부분은 영화 두 편을 보여주는 동시 상영이었다. B급 영화를 보고 나서 A급 영화를 보게 되는데, B급 영화는 짧고 영화 요금도 쌌다. A급 영화를 상영하기 전에는 만화나 뉴스 같은 짧은 영상물을 틀어주곤 했다.

그러나 영화관의 주된 관심사는 관객이 다음 주에 다시 오게끔 만드는 데 있었다. 매주 영화관을 찾도록 하는 것. 그래서 영화사는 연작 영화를 공급했다. 강렬한 모험담을 다룬 영화를 장편영화 사이에 매주 1회분씩 상영하는 방식이었다.

아마 가장 유명한 연작 영화는 무성영화 시리즈 「폴린의 모험The Perils of Pauline」일 것이다. 여배우 펄 화이트가 주연을 맡은 이 영화는 한마디로 '곤경에 처한 여인 시리즈'였다. 폴린은 자신의 목숨을 노리는 온갖 비열한 남자들의 사냥감이 된다. 매회 마지막이면 폴린이 대개 어떤 형태로든 죽음의 위험에 처하고, 따라서 관객은 그다음 주에 다시 영화관으로 '가야 했'다. 바로 그런 죽음의 위험 가운데 폴린이 절벽에 매달린 채 발아래에 있는 거대한 크레바스를 내려다보는 상황이 있었다.

이러한 의미에서 '클리프행어'는 인물 내면이나 또는 외부의 위험이 해결되지 않는 순간이라고 정의할 수 있다. 그 순간이 한 장면의 마지막에 올 수는 있지만, 이야기 말미에 나타나는 일은 거의 없다. 인물에게 감정적으로 몰입한 독자의 입장에서 후자의 상황은 너무 짜증 나는 일이기 때문이다.

문학에서 클리프행어의 개념은 최소한 찰스 디킨스까지 거슬러 올라가야 한다. 디킨스는 많은 작품을 연재물로 썼다. 그렇게 해서 더 많은 독자들이 연재물을 구매하게끔 할 수 있었고, 출판사는 더 다양한 독자층을 공략할 수 있었다. 계속 읽고 싶은 마음이 들도록 이번 편을 마무리함으로써 다음 편에 대한 기대감을 높이는 것이 디킨스의 임무였다(스티븐 킹이 『그린 마일The Green Mile』을 처음 발표할 때 이러한 연재 방식을 모방한 것은 유명하다).

클리프행어의 가치는 펄프픽션 시절 작가들에 의해 재발견되었다. 당시에는 싸구려 종이에 인쇄한 소설 잡지의 지면을 채울 2만~3만 단어 분량의 '중편 연애소설'이 끊임없이 필요했다. 미국인들은 이런 소설들을 탐독했고, 여러 뛰어난 작가들이 그러한 오락용 매체를 통해 데뷔했다.

드와이트 V. 스웨인도 그중 하나였다. 그는 오클라호마대학에서 오랫동안 상업 소설 작법을 가르쳤다. 자신의 저서 『잘 팔리는 작가의 테크닉Techniques of the Selling Writers』에서, 그는 예의 싸구려 소설 잡지에서 일하는 한 편집자로부터 받은 편지를 인용한다.

이런 이야기를 에드거 버로스가 사용했던 스타일로 해보세요. 잘 알겠지만, 한 무리의 인물들을 등장시켜서 한 장쯤 이야기를 끌고 가다가 마지막에 아무것도 그들을 구할 수 없는 상황에 빠뜨리는 거예요. 그런 다음 다른 무리의 인물들을 등장시켜서 궁지에 빠진 무리를 구해내고, 그 장 마지막에는 그들을 곤란한 문제에 맞닥뜨리게 만드는 거죠. 그러면 다시 첫 번째 무리가 목숨이 위태로운 상황에 빠진 두 번째 무리를 구하고, 그렇게 이야기가 진행되다가 그 장 마지막에 다시 한 번 불운한 상황에 처하는 거고요. 이어 또다시 두 번째 무리가 첫 번째 무리를 살리고…… 뭐 계속 그렇게 하는 거예요. 독자들에게 숨 쉴 기회도 주면 안 돼요…….

이것이 바로 클리프행어의 가치다.

소설 전체에서 인물들이 육체적 위험이 반복되어야 한다는 의미일까? 물론 그것은 아니다. 다만, 어떤 장의 마지막에 이르렀을 땐 독자로 하여금 어쩔 수 없이 책장을 넘기게 하는 요소가 나타나야 한다는 얘기다.

클리프행어를 이용하는 기교와 기법은 독자들에게 이 장치를 '숨기는' 데 있다. 독자가 읽기를 멈추고 이렇게 중얼거리는 모습은 바라지 않을 테니까. "어라, 이 작가가 날 조종하려고 하네!"

어떻게 클리프행어 장치를 숨길 것인가?

1. '일단' 독자가 주인공에게, 또 주인공이 벌이는 사투에 완전히 공감할 수 있게끔 만든다. 이렇게 하면 독자는 당신의 기법이 아니라 인물에 대해 생각하게 된다.

2. 클리프행어의 종류와 강도를 다양하게 적용한다.

이제 그 다양한 종류의 클리프행어에 대해 살펴보도록 하자.

물리적 클리프행어

물리적 클리프행어의 경우, 독자가 볼 수 있는 지면 안에서 상황이 일어난다. 물리적 클리프행어에는 기본적으로 세 가지 종류가 있다.

- 나쁜 일이 일어난다.
- 나쁜 일이 일어날 참이다.
- 나쁜 일이 곧 일어날지도 모른다.

나쁜 일이 일어난다

인물에게 나쁜 일이 일어나는 상황으로 장면을 끝낼 수 있다. 만약 거기서 멈춘다면 얼마나 나쁜 일인지 독자들은 궁금해하고,

상황을 알아내기 위해 계속 읽어나갈 것이다.

　어떤 경우에는 그야말로 최악의 상황으로 장면을 끝낼 수도 있다. 바로 인물의 죽음이다. 이 경우에도 독자들은 누가 그를 살해했는지, 또는 그가 왜 살해당했는지, 죽음의 결과가 어떻게 될 것인지 알게 되기를 바라며 책장을 넘긴다.

　다음은 레이먼드 챈들러의 『안녕 내 사랑Farewell, My Lovely』에서 사립 탐정 필립 말로가 폭력배들에 의해 외딴곳으로 끌려가는 장면이다. 폭력배들은 말로에게 차에서 내려 걸어가라고 명령한다.

　나는 차에서 내려 발판에 발을 놓은 뒤 여전히 약간 어지러움을 느끼며 몸을 앞으로 숙였다.

　순간 뒷좌석에 있던 남자가 몸을 움직였다. 나는 시각보다 감각으로 먼저 움직임을 감지했다. 암흑의 웅덩이가 내 발밑에서 입을 벌리고 있었다. 검디검은 밤하늘보다 훨씬 더 깊었다.

　나는 그 안으로 뛰어들었다. 거기에는 바닥이 없었다.

이렇게 말로는 무의식 상태에 빠진다. 나쁜 일이다.

　아니면 존 러츠와 데이비드 오거스트가 함께 쓴 『파이널 세컨즈Final Seconds』의 프롤로그를 보자. 뉴욕 경찰청의 폭발물 전문가 윌 하퍼는 동료 지미 파헤이와 함께 어느 고등학교의 폭발물 제거 임무에 파견된다. 다음은 프롤로그 마지막 부분이다.

　귓가에 굉음이 울리는가 싶더니 하퍼는 넘어져 바닥을 뒹굴었다.

그는 멍한 정신으로 벽에 튄 붉은 얼룩을 응시했다. 그의 피였다. 손에는 아무런 아픔이 느껴지지 않았고, 귀에서만 느껴졌다. 그는 자신의 팔을, 조각 난 나일론 조각을, 타서 검게 그을린 피부를 보았다.

파헤이가 그의 옆에 무릎을 꿇고 있었다. "아, 세상에!" 그가 소리쳤다. "버텨, 윌! 조금만 버텨!"

천천히, 믿지 못하겠다는 듯이, 하퍼는 팔을 들어 손이 있었던 부분을 바라봤다.

1장은 그로부터 2년 반이란 시간이 흐른 시점에서 시작한다. 독자는 하퍼가 그날의 일을 어떻게 극복하고 있는지 궁금한 상태다.

나쁜 일이 일어날 참이다

아마도 가장 진정한 형태의 클리프행어가 아닐까 싶다. 만약 인물을 절벽에 매달린 채로 놔둔다면 곧 아주 나쁜 일이 일어날 것이기 때문이다.

아주 적절한 제목이 붙은 소설, 해리 돌런의 『나쁜 일이 일어나다Bad Things Happen』에서 살인 사건 용의자 데이비드 로건은 대학교수의 집에 세 들어 산다. 어느 날 밤 그는 악몽을 꾸다 깨어난다. 아래층에 누군가 있다고 생각한 로건은 주방으로 가서 칼을 챙긴다.

로건은 주방 서랍에서 가장 긴 칼을 챙겨 들고 거실로 향했다. 직사각형의 검은 형체를 하나씩 구분하며 그는 조심스레 나아갔다. 벽난로 입구. 교수의 서재 문. 그는 전등을 켰다. 다시 한기가 느껴졌다. 현관이 내다보이는 창문 쪽으로 다가갈수록 공기는 점점 차가워졌다. 창틀이 1인치가량 들려 있었다. 창밖으로 설치된 방충망에 두 개의 칼자국이 있었다. 한쪽 모서리에서 다른 모서리까지, X 자 형태로.

로건은 움직이는 소리를 들었다. 분명 누군가가 그의 뒤에 있었다. 그는 몸을 돌려 칼을 휘둘렀다. 칼이 공중을 가르며 희미한 소리를 냈다. 아무것에도 부딪치지 않았다. 칼을 맞은 사람도 없었다. 그는 칼끝이 바닥에 닿을 때까지 팔을 내렸다.

바로 그때, 서재 문앞에 한 남자의 형체가 나타난 것 같았다.

나쁜 일이 일어날 참인가? 돌런은 독자를 기다리게 만든다. 바로 거기서 이 장면이 끝나버리기 때문이다.

나쁜 일이 곧 일어날지도 모른다

예감 같은 것으로 이야기를 끝내는 경우다. 다음과 같이 설정을 설명하는 부분이 주로 그런 역할을 한다. 딘 쿤츠의 『이방인 Strangers』에서 발췌한 다음 내용을 보자.

"아가, 왜 그래?"

"아무것도 아니야. 이리 와봐." 마르시는 마치 꿈을 꾸는 듯 조용히 말했다.

호리아는 아이에게 가면서 물었다. "뭔데, 아가?"

"달." 마르시의 시선은 검고 둥근 천장처럼 보이는 하늘 저 높이 떠 있는 은빛 초승달에 고정되어 있었다.

"달 말이야."

딘 쿤츠가 늘 '나쁜 일'로 우리를 놀라게 하는 건 아니다. 다만 줄곧, 끊임없이, 나쁜 일이 일어나리라는 인상을 남길 뿐.

우리도 이야기의 여러 지점에 그런 요소를 넣어야 한다. 감정, 기분, 생각, 예감, 대화, 인물의 배경 설정, 모두 이런 유형의 클리프행어 장치를 만들기 위한 작법 도구로 활용하자.

대화 클리프행어

단 한 줄의 대화도 클리프행어 역할을 할 수 있다. 앞서 인용한 『나쁜 일이 일어나다』의 단락 바로 다음 장면에서, 앤아버 지역 경찰국의 형사 엘리자베스 와이시키는 동료의 전화를 받는다.

"이 번호로 전화를 걸었네." 그녀가 말했다.

"휴대폰으로 했었는데 음성 사서함으로 넘어가더라고." 카터가 말했다.

그녀는 커피 테이블에 놓인 휴대폰을 집어서는 화면을 밀어 열었다. "벨 소리가 꺼져 있었어. 장례식 때문에."

"사건을 해결해서 다행이야." 카터가 말을 이었다. "그쪽으로 차를 몰고 가는 중이야. 노스테리토리얼 로드 말이야. 당신도 가고 싶어 하지 않을까 해서."

"무슨 일인데?"

"차 안에서 시신이 발견됐어. 백인 남성이야. 머리에 총상을 입었어. 관심이 있을 것 같은데."

살인 사건 보고와 엘리자베스가 관심을 보일지 모른다는 암시만으로도 이 마지막 대사는 충분히 효과를 발휘했을 것이다. 하지만 대화는 이어진다.

"그게 누군데, 카터?"

"아직 확실하지는 않은데, 차 소유주가 우리가 아는 사람이야."

장면은 여기서 끝난다. 이제 긴장이 더 고조된다. 그 사람은 누구일까? 엘리자베스와 카터는 어떻게 그 사람을 알고 있을까? 분명 나쁜 일이고, 독자는 그 내막을 알고 싶다.

당연한 일이겠지만, 여기서 돌런은 데이비드 로건과 서재 문 앞에 나타난 남자의 장면으로 되돌아간다……

감정적 클리프행어

인물을 감정이 최고조인 상태로 내버려 두는 것도 또 다른 형태의 클리프행어다. 그의 내면이 어떻게 평정을 되찾을 것인지 독자는 궁금증을 느끼게 된다. 스티븐 킹의 『스탠드The Stand』에서 그와 같은 장면을 살펴보자.

잠의 수면 위로 잠시 떠올라 보니 새벽 3시 거실의 어둠 속이었고, 그녀의 몸은 공포의 거품 위를 떠다니고 있었다. 꿈은 이미 갈가리 찢기고 흩어져 부패한 음식을 먹은 뒤의 불쾌한 뒷맛처럼 파멸의 느낌만 남겨놓았다. 비몽사몽의 순간 그녀는 생각했다. 그 사람이야. 맞아, 그 사람이야. 걸어 다니는 멋쟁이. 얼굴 없는 남자.

그러고 나서 그녀는 다시 잠들어 아무 꿈도 꾸지 않았고, 아침에 깨어났을 땐 꿈을 전혀 기억하지 못했다. 하지만 배 속의 아기를 생각할 때면 돌연 보호해야 한다는 격렬한 감정이 엄습했고, 그 감정의 깊이와 강도 때문에 그녀는 조금 혼란스럽고 두려웠다.

세상을 뒤흔드는 사건들의 한복판에 서 있는 어느 임산부의 감정이 고조된다. 어떻게 계속 읽지 않을 수 있겠는가?

'인 메디아스 레스' 클리프행어

작가들은 장면을 시작하는 방법으로 '인 메디아스 레스'를 종종 이야기한다. 라틴어로 '상황의 한가운데로'라는 뜻이다. 말하자면, 장면의 핵심 지점이나 행동과 가까운 곳에서 시작할수록 상황이 더 빠르게 전개된다는 뜻이다.

하지만 마지막 한두 단락을 삭제하는 것만으로도 이 원리를 이용할 수 있다. 직접 시도해보자. 이 방식이 항상 통하는 것은 아니지만, 어떤 장면은 상황이 한창 진행된 상태로 놔두는 편이 이야기의 진전 효과를 준다. 예를 들면 이렇게.

"후회할 거야." 찰리가 말했다. 그는 신발을 집어 들었고, 곧 던질 것 같았다.

"그거 내려놔." 이브가 말했다. 그녀는 그가 자신에게 달려와 양팔로 안아주기를 바랐다.

대신 그는 신발을 떨어뜨렸다. 신발이 바닥에 툭 하고 떨어졌다.

"지금 떠날 거야." 찰리가 말했다. "연락하지 마." 그는 돌아서서 문을 향해 걸었다. 뒤돌아보지 않고 나가서는 등 뒤로 문을 세게 닫았다.

이브는 신발을 바라보았다. 그녀 자신처럼, 신발 한 짝이 외롭게 남아 있었다.

이렇게 진행해도 장면에는 아무런 문제가 없다. 감정적인 클리프행어다. 하지만 다음과 같이 끝난다면 어떨까?

"후회할 거야." 찰리가 말했다. 그는 신발을 집어 들었고, 곧 던질 것 같았다.

"그거 내려놔." 이브가 말했다. 그녀는 그가 자신에게 달려와 양팔로 안아주기를 바랐다.

대신 그는 신발을 떨어뜨렸다. 신발이 바닥에 툭 하고 떨어졌다.

이렇게 끝내면 독자에게 완전히 다른 자극을 줄 수 있다. 이 장면은 사실 아직 끝나지 않았다. 더 이어질 것이 남아 있다. 이브의 반응과 찰리의 다음 행동이다.

작가는 일찍 또는 늦게 대답할 수 있다. 바로 같은 지점에서 다음 장을 시작할 수도 있다.

"지금 떠날 거야." 찰리가 말했다. "연락하지 마." 그는 돌아서서 문을 향해 걸었다. 뒤돌아보지 않고 나가서는 등 뒤로 문을 세게 닫았다.

또는 다른 시점의 장면으로 이동해 독자를 기다리게 할 수도 있다. 요점은, 우리의 친구인 서스펜스를 효과적으로 활용하기 위한 선택의 기회와 방법이 생각보다 많다는 것이다.

클리프행어는 최고의 서스펜스 기법 가운데 하나다. 소설의 모든 장을 독자들을 위한 소소한 '매달리기'로 끝낼 수 있다. 그렇게 하지 않을 이유가 무엇인가? 독자들을 편안하게 두지 말자. 기분 좋은 불확실성을 주고 책장을 넘기게 만들자.

17   긴장 끌기:
        묘사의 분량을 조절하는 법

소설의 시간은 실제 시간과 다르다.
혹여 그렇게 되어서도 안 된다. 작가는 언제든지
마음대로 시간을 늦출 수 있고,
특히 '긴장을 길게 끌 수 있을 때'
그렇게 한다.

소설의 모든 장면에는 긴장감이 있어야 한다. 분명한 갈등에서 비롯한 것이든, 또는 인물 내면의 감정적 혼란에서 비롯한 것이든 말이다.

이야기 시점을 서술하는 인물에게 장면의 목표를 부여함으로써 긴장을 유발하자. 인물은 무엇을 원하며, 그 이유는 무엇인가? 목표는 인물에게 중요한 것이어야 한다. 그렇지 않다면 독자들에게는 그다지 상관없는 일이 되고 말 테니까.

다음은 이것이다. 인물이 목표를 이루지 못하게 가로막는 것은 무엇인가? 다른 인물의 상반된 행동이나 인물이 처한 상황이 될 수 있다.

마지막으로, 대부분의 장면에서 인물이 좌절을 겪게끔 하자. 이렇게 하면 이어지는 장면들의 긴장감이 높아진다. 인물이 자신의 문제를 해결하는 일에서 한층 멀어지기 때문이다.

상대적으로 조용한 장면에서도 걱정, 근심, 짜증, 불안의 형태로 인물의 '내적 긴장감'을 드러낼 수 있다.

에번 헌터가 쓴 『그녀가 사라진 순간The Moment She Was Gone』에서는 앤드루 걸리버의 쌍둥이 여동생 애니가 행방불명된다. 그녀는 정신분열증을 앓고 있다. 앤드루와 그의 어머니, 형, 형수가 상황 파악에 나선다. 형수는 분위기를 밝게 하려고 애쓴다.

"그럼 세인트패트릭 성당에 숨어 있을지도 몰라요." 오거스타가 말했다. "아니면 현대 미술관이나."

나는 형수가 애니 이야기를 우스갯소리처럼 하는 게 마음에 들지 않는다. 애런 형에게 잘 보이려고 할 때만 그러는 것 같다. 형은 애니의 엉뚱한 장난을 조금이라도 재미있다고 생각한 적이 없었다. 실제로 재미있을 때도 말이다. 예컨대 조지아에서 애니가 경찰의 신발에 실례를 했을 때도 그랬다.

"아니면 애니의 스승님이라도 찾으러 가야 할까봐요." 오거스타는 이 말을 덧붙임으로써 스스로 죄를 가중시켰다.

"오거스타, 재미없거든요." 내가 말했다.

헌터는 오거스타의 '유머'에 앤드루의 짜증을 대립시킴으로써 이야기의 전반적인 긴장감을 높인다.

동정이 가는 인물을 생사의 기로에 몰아넣고 모든 장면의 긴장감을 유지하자. 기분 좋은 불확실성을 유발함으로써 독자들을 소설로 끌어들이는 것이다.

앞서 언급했듯이, 소설은 현실이 아니라 감정적 효과를 위해 일정한 양식에 맞춰 현실을 해석한 것이다. 당연한 말이겠지만,

소설의 시간은 실제 시간과 다르다. 혹여 그렇게 되어서도 안 된다. 작가는 언제든지 마음대로 시간을 늦출 수 있고, 특히 '긴장을 길게 끌' 수 있을 때 그렇게 한다.

행동 장면이나 갈등 또는 긴장이 발생하는 순간에 이르면 그 순간을 지속할 수 있는 다양한 방법을 고려해보자.

영화라면 시간을 늦추는 방법은 한 가지, 슬로모션뿐이다. 하지만 소설에는 선택할 수 있는 다른 방법들이 많다. 그중 몇 가지를 소개한다.

인물의 행동을 얼마큼 자세히 써야 할까?

리 차일드의 『악의 사슬Worth Dying For』에서 주인공 잭 리처가 주먹을 휘두른다. 전혀 놀라운 일이 아니다. 리처에게는 타인과의 관계를 엉망으로 만드는 다양한 방법이 있다. 주먹을 휘두르기까지 얼마나 걸릴까? 아마 작심하고 실행에 옮기기까지 1초나 될까? 아니, 그보다 짧을까?

그런 순간을 허비할 수는 없다. 리 차일드는 그 1초를 묘사하기 위해 '두 쪽'을 할애한다. 그는 리처가 관찰한 것과 그의 마음 속 반응으로 시작한다.

군청색 쉐보레를 보는 순간 리처는 빈센트가 모텔에서 했던 얘기와 도러시의 헛간에서 봤던 두 남자를 곧바로 연결시켰다. 동시에 쉐보레는 아주 흔한 차종이며, 군청색도 매우 평범한 색깔이 아니냐며 그 연관성을 미심쩍게 생각했다. 한편으로는 그가 보았던 두 명의 이란인과 두 명의 아랍인도 떠올렸다. 한겨울 네브래스카의 호텔에서 두 쌍의 외국 남자들을 만난 것이 단지 우연일까? 만약 우연이 아니라면 세 번째 쌍이 나타날 거라는 게 합리적인 추론 아닐까? 그 세 번째 쌍은 도러시의 농장에서 온 두 깡패가 아닐까? 이 여섯 남자의 조합을 도저히 설명할 수 없고 그 목적 또한 도무지 알 수 없었지만, 그에게는 그런 물음들이 떠올랐다. 동시에 리처는 눈앞에 있는 남자가 자동차 키를 떨어뜨리고 팔을 움직이는 모습을 보면서……

이 장면은 여기서 끝나지 않고 몇 줄에 걸쳐 생각이 더 이어진다. 이 모든 생각이 그의 마음속에서 순식간에 떠오른 것이라는 점을 주목하자. 그런 다음, 리처는 행동한다.

그는 심하게 경련이 이는 허리에서부터 주먹을 비틀어 내밀고는 옆으로 공을 던지듯 이란인의 가슴 중앙을 겨냥해 날렸다. 두뇌의 화학반응과 그로 인해 발생한 자극이 즉시 전달되면서 왼발부터 오른쪽 주먹에 이르는 모든 근육조직에도 눈 깜짝할 사이에 화학반응이 나타났다. 거기까지 소요된 시간은 1초의 몇 분의 1, 목표물까지의 거리는 1미터 미만, 그의 주먹이 남자의 가슴을 가격하기까지 소요된 시간은 또 1초의 몇 분의 1. 미리 계산하기를 잘했다. 바로 직전까지 남자의 손은 주머니 속에 완전히 들어가 있었건만, 한순간 그가 보인 반응이 리처의 신경 체계만큼이나 재빨랐기 때문이다. 남자는 팔꿈치를 뒤로 빼고 손에 집히는 무언가를 던지려 했다. 칼인가? 어쩌면 총? 휴대폰? 운전면허증? 여권? 공무원 신분증? 아니면 테헤란 대학에서 발행한 신분 확인서? 어쩌면 그는 식물유전학계의 세계적인 권위자이자 지역 수익을 100배 넘게 증가시키고 세계의 기아를 일소에 없애버리기 위해 며칠 뒤 네브래스카를 찾을 예정인 귀빈일지도 몰랐다.

와우! 리처의 주먹은 아직 상대방의 가슴에 도달하지도 않았다. 그리고 마침내 주먹이 목표에 도달했을 때의 묘사다.

113킬로그램에 이르는 동체에서 튀어나온 엄청난 주먹의 거대한 충격에 의해 남자의 코트 지퍼가 흉골을 강하게 눌렀고, 그 바람에 흉강까지 안쪽으로 밀려 들어갔다. 유연한 흉곽마저 안쪽으로 몇 센티미터 움직이자 극심한 압박을 받은 양쪽 허파에서 공기가 빠져나갔다. 수압기의 원리와 유사한 이 충격에 혈액이 심장으로 몰렸고…….

리처가 주먹을 휘두르는 장면 이야기는 이쯤에서 그만두도록 하자. 운 나쁘게도 잭 리처와 마주친 이 불쌍한 이란인에게 무슨 일이 일어났는지 알고 싶다면 책을 읽으면 되니 말이다.

요점은 이것이다. 리 차일드는 독자를 기다리게 하는 것을 전혀 두려워하지 않으며, 몇 초의 시간을 한없이 늘여 엄청난 긴장감을 짜낸다는 사실 말이다.

그것이 바로 긴장감을 만드는 비결이다. 긴장은 곧 기다림이고, 그런 기다림은 길면 길수록 좋다.

그럼 책 전체를 이렇게 써도 괜찮을까? 물론 그렇지 않다. 긴장면이 필요한 지점을 고르되, 항상 똑같은 방식을 사용하지 않도록 주의하자.

1. 자신의 소설에서 긴장이 가장 고조되는 장면을 찾는다.

2. 이 장의 '행동 끌기'에서 다룬 내용을 참고한다.

3. 이제 그 장면을 25퍼센트 가량 늘여본다. 그렇게 할 수 있다. 슬로모션, 내면의 생각, 대화, 묘사(이중의 역할을 함) 등 우리가 살펴본 모든 기법을 이용하자.

4. 가독성을 위해 장면을 꼼꼼히 살펴본 뒤 삭제하거나, 또는 어울린다는 전제하에 추가한다.

5. 그다음으로 강렬한 장면을 찾아 2번에서 4번까지의 과정을 반복한다.

6. 소설의 또 다른 장면을 찾아 위의 과정을 반복한다.

참고: 긴장이 강렬할수록 더 길게 끌 수 있다. 하지만 상대적으로 긴장감이 낮은 장면 역시 가능하다. 한 단락에 불과해도 말이다. 다음과 같이 단순한 상황을 생각해보자.

아줌마가 나보고 주방으로 오라고 했다. 그녀는 몹시 화가 나 있었다. "우리와 다른 식으로 식사하는 사람들도 있는 거야." 그녀가 날선 목소리로 조용히 말했다.

하지만 하퍼 리는 『앵무새 죽이기』의 이 장면을 얼른 끝내버리지 않는다. 이 장면에서 여섯 살 소녀 스카우트는 학교 친구 월터 커닝엄이 음식에 시럽을 듬뿍 붓는 모습을 보고 무안을 준다.

바로 그때 캘퍼니아 아줌마가 나를 주방으로 오라고 했다.
아줌마는 몹시 화가 나 있었는데, 그럴 때면 문법이 엉망이 되었다. 차분할 때는 매콤 지역의 그 누구보다도 정확했지만 말이다. 아빠는 아줌마가 대부분의 흑인들보다 교육을 많이 받았다고 했다.
아줌마가 나를 노려보자 눈가의 잔주름이 더 깊어졌다. "우리와 다른 식으로 식사하는 사람들도 있는 거야." 아줌마는 날선 목소리로 조용히 말했다.

이 장면의 결말, 즉 캘퍼니아 아줌마의 질책을 뒤로 미룬 채 하퍼 리는 이 상황을 조금 더 연장하고, 독자로 하여금 무슨 일이 일어날지 조마조마해하며 스카우트를 동정하게 한다. 캘퍼니아 아줌마에 대한 약간의 배경 정보를 주고 표정이나 말투를 물리적으로 묘사하는 식이다. 불과 몇 줄만으로도 긴장감이 훨씬 커진다.

1. 자신의 소설 중 자극에서 인물의 반응으로 빠르게 넘어간

부분을 열 군데 찾아낸다. 인물의 반응이란 행동이나 관찰, 또는 한 줄의 대화일 수 있다.

2. 자극과 인물의 반응 사이에 네 줄 이상의 내용을 채워보자.

3. 꼼꼼히 살펴보고 필요없는 부분을 삭제한다. 단, 본래 설정한 자극과 반응 사이에 포함시킨 새로운 요소는 그대로 둔다.

존은 문을 세차게 닫으며 말했다. "우리 얘기 좀 하지."

위의 문장을 이렇게 바꿔보자.

존은 문을 세차게 닫았다. 메리의 가슴이 요동쳤다. 그녀는 잡지를 무릎 위에 내려놓고 뒤로 물러나 의자에 기댔다.

존은 패튼 장군처럼 방을 가로질렀다. 메리는 저 걸음걸이를 알고 있었다. 그의 군 복무 시절, 공격 대상을 함락하는 방식이었다. 논쟁은 허용되지 않았다. 항복하거나 도망치거나, 둘 중 하나였다.

의자에서 1.5미터쯤 떨어진 곳에 이르자 그는 걸음을 멈췄다. 주름 사이로 작은 동전이 들어갈 만큼 잔뜩 찌푸린 얼굴이다. 그가 그녀의 얼굴을 향해 손가락질을 하며 말했다. "우리 얘기 좀 하지."

감정적 긴장을 유지하기

동일한 원리를 이용해서 인물 내부의 긴장을 유발할 수도 있다. 격한 감정을 묘사해야 할 때는 충분히 시간을 할애한다.

제니퍼 와이너의 『노란 소파』는 캐니 샤피로라는 '플러스 사이즈' 여성의 이야기이다. 캐니는 헤어진 남자 친구가 자신과의 성생활을 모든 사람들이 볼 수 있도록 한 여성 잡지에 투고했다는 사실을 알게 된다.

와이너는 행동을 늦추되 신체적 반응의 속도는 높인다. 상투적인 표현을 덧붙일 때도 이야기의 화자가 언급하게끔 하는 영리한 방법을 쓴다.

공포소설을 읽다보면 등장인물이 "심장이 멎는 것을 느꼈다"라고 할 때가 있지 않은가? 딱 내가 그랬다. 정말 그랬다. 그러다가 다시 심장이 뛰기 시작하는 걸 느꼈다. 손목에서, 목덜미에서, 손가락 끝에서 맥박이 느껴졌다. 목 뒷덜미의 털이 곤두섰다. 손이 얼음장처럼 차가웠다. 기사의 첫 줄을 읽는데 피가 솟구치는 소리가 귀에 들리는 듯했다. "내 여자 친구가 나보다 몸무게가 더 나간다는 사실을 알게 된 그날을 절대 잊지 못할 것이다."

서맨사의 목소리가 저기 저 멀리서 들려오는 것 같았다.

"캐니? 캐니, 내 말 듣고 있어?"

"이 자식 죽여버릴 거야!" 목이 메었다.

"심호흡 좀 해봐." 서맨사가 조언했다. "코로 들이마시고 입으로 내뱉어."

담당 편집장 베시가 파티션 너머에서 어리둥절한 표정을 지었다. "괜찮아?" 그녀가 입모양으로 물었다. 나는 눈을 질끈 감았다. 언제 그랬는지 헤드셋이 카펫에 떨어져 있었다. "숨 쉬어!" 서맨사의 목소리가 바닥에서 작은 메아리처럼 들려왔다. 나는 쉰 소리를 내다가 숨을 헐떡이기를 반복했다. 치아에 묻은 초콜릿과 사탕 조각이 느껴졌다. 종이 한가운데 기사 내용을 발췌한 굵은 분홍색 문구들이 뻔뻔한 얼굴로 나에게 소리를 지르는 것 같았다.

이 부분의 단어 선택을 주의 깊게 살펴보자. 그 순간의 감정과 독특한 분위기를 강조하기 위해 이야기의 진행 흐름을 늦추고 있다.

공포의 속도 늦추기

또 다른 전략은 완벽한 공포 분위기의 순간 나온다. 현실에서는 공포감이 순식간에 지나가버릴지 모르지만, 소설에서는 그렇지 않다. 독자에게 놀이기구를 탄 기분을 선사하자. 다음은 그레그 아일스의 『24시간』 중 일부다.

침실에서 돌아섰을 때 애비의 눈앞에 회색 물체가 펄럭였다. 거미줄을 봤을 때처럼 본능적으로 손을 허공에 휘저었다. 그런데 회색 물체 뒤에 단단한 것이 손에 부딪쳐 왔다. 회색 물체는 수건이었고, 그 안에 손이 있었다. 손이 수건으로 그녀의 코와 한쪽 눈을 꽉 눌러 덮었다. 숨을 쉴 때마다 아까의 이상한 냄새가 그녀의 폐 속으로 들어왔다.

이 한 단락에서 아일스가 사용한 감각들에 주목하자. 시각, 촉각, 후각이다. 반면에 작가가 빠뜨린 것은 무엇일까? 청각, 바로 소리다. 영화에서 무서운 일이 조용히, 소리없이 일어나는 장면을 본 일이 있는가? 그럴 때 더 위협적인 경우가 많다. 『24시간』은 이 방식을 문학에 적용한 것이다.

이제 아일스는 장면의 속도를 늦추고 감정의 강도를 높인다.

공포에 질려 목소리가 꽉 막힌 탓에 소리를 지를 수가 없었다. 몸부림을 치려 했지만, 다른 팔이 복부를 감싸고 공중으로 몸을 들어 올리는 바람에 두 발은 복도의 넓은 벽 사이에서 하릴없이 버둥거릴 뿐이었다. 얼굴을 덮은 수건은 차가웠다. 순간 애비는 아빠가 그녀를 놀리려고 집에 일찍 온 게 아닌가 싶었다. 하지만 아빠는 그럴 수 없었다. 비행기를 타고 있으니까. 게다가 일부러 그녀를 겁주는 일을 할 리가 없었다. 절대로. 그러자 공포가 밀려왔다. 케토산 증상이 나타났을 때만큼 무서웠다. 무섭다는 생각을 하는 순간 머릿속 생각이 귀로 빠져나가버리고, 그때껏 들어본 적도 없는 소리가 흘러나왔다. 그녀를 붙잡고 있는 괴물 같은 상대와 싸워보려 했지만, 몸부림을 칠수록 점점 힘이 빠졌다. 눈을 가리지 않았는데 갑자기 아무것도 보이지 않았다. 그녀는 기를 쓰고 집중해서 한마디 단어를 내뱉으려 애썼다. 지금 그녀를 구해줄 수 있는 유일한 단어를. 애비는 간신히 말했다. "엄마." 하지만 그 말은 이내 젖은 수건 속으로 사라져버렸다.

상당히 긴 분량의 서술이다. 스릴러소설치고는 특히 그렇다. 하지만 아일스는 이 지점이 활용할 가치가 있는 순간임을 알고 있다. 독자들이 알아채지 못하는 까닭은 인물과 함께 공포 속에 있기 때문이다.

대사나 단축어를 이용해도 동일한 효과를 얻을 수 있다. 레이 브레드버리의『민들레 와인Dandelion Wine』에는 세 여자가 영화를 보러 갔다가 어두워진 뒤 집으로 돌아오는 장이 있다. 따뜻한 여름밤이지만, 마을 사람들은 특이한 공포에 사로잡혀 있다. '외톨이'라고 불리는 사람이 마을의 여자들을 죽이고 있었다. 이 장은 온통 긴장감으로 가득하다. 과연 그자가 이 여자들 중 하나를 공격할까?

브레드버리는 법원의 시계가 울리는 소리로 공포를 조성한다. 이 소리는 분위기의 조성에 아주 중요한 역할을 한다. 매시간, 법원의 시계가 울리며 시간이 늦어지고 날이 어두워진다는 것을 알려준다.

"들어봐!" 라비니아가 말했다.

그들은 여름밤의 소리에 귀를 기울였다. 귀뚜라미 소리와, 멀찌감치 법원의 시계가 11시 45분을 알리는 소리가 들려왔다.

"들어보라니까."

라비니아는 들었다. 어둠 속에서 현관 그네가 삐걱거리는 소리였다. 아무에게도 말을 걸지 않는 털 씨가 그네에 혼자 앉아 마지막 시가를 피우고 있었다. 분홍색 담뱃불이 천천히 앞뒤로 움직였다.

그리고 잠시 뒤의 상황이다.

　법원의 시계가 시간을 알렸다. 그 소리는 텅 빈, 그 어느 때보다 텅 빈 마을에 울려 퍼졌다. 텅 빈 거리, 텅 빈 주차장, 텅 빈 잔디밭 너머로 소리가 사라졌다.

마침내 라비니아는 혼자서 집으로 걸어간다.

　그녀는 다시 얼어붙고 말았다.
　기다려. 그녀는 혼잣말을 했다.
　한 계단을 내려갔다. 메아리가 울렸다.
　다시 한 계단을 내려갔다.
　또다시 메아리. 아주 잠깐 후에 다시 한 계단.

　브래드버리는 공포 분위기를 연장하기 위해 스타카토 선형 구조를 이용한다. 우리도 할 수 있다.

　이렇게 해보자.
　1. 소설에서 공포의 순간을 찾아보자. 인물 중심의 소설이라면 주인공에게 의미가 있는 내면의 공포를 찾을 수 있다. 발각될지 모른다는 공포, 사랑을 잃을 수도 있다는 공포, 따돌림을 당할 거라는 공포 등.
　2. 그 긴장감을 길게 끌며 한 쪽 분량의 단락을 써본다.

3. 이제 짧은 문장으로 한 쪽 분량을 쓰고, 번갈아가면서 동일한 과정을 반복한다.

자, 장면에 유용하게 활용할 만한 소재가 많아졌을 것이다.

긴장감을 얼마나 길게 끌어갈 수 있을까? 그러다 고무줄처럼 툭 끊어져버리는 건 아닐까?

물론 그럴 수도 있다. 하지만 팽팽해진 긴장감은 생각보다 더 오래 지속된다. 시도해보자. 언제든지 나중에 다시 자를 수 있으니 말이다.

의심스러울 때는 쭉 늘여보자.

18 서스펜스와 대화:
스릴 넘치는 대화 쓰기

한 번 올라갔다가 다시 한 번 내려가는 것으로 끝나면,
그게 무슨 롤러코스터인가?
긴장을 쭉쭉 늘려서 독자들에게 롤러코스터의
온전한 경험을 제공하자.

갈등을 유발하기 위해 대화를 이용하는 방법은 10장에서 다룬 바 있다. 이번에는 대화로 서스펜스를 유발하고 긴장을 유지하는 방법에 초점을 맞춰보려고 한다.

어니스트 헤밍웨이, 엘모어 레너드, 로버트 B. 파커 등 대화의 대가들이 쓴 작품을 읽다보면 늘 대화를 통해 서스펜스가 유발된다는 점을 깨닫게 된다. 이 작가들에게 대화란 판돈을 올리는 또다른 수단이다.

기억하자. 대화는 '행동'을 표현하고 확장한 것이다. 한 장면에서 인물이 자신의 목적을 달성하기 위해 실시하는 일종의 물리적 행동인 셈이다.

이것을 염두에 둔다면 작법 도구함에 들어 있는 선택의 요소들이 훨씬 풍부해질 것이다.

정보가 담긴 대화

리 차일드의 『악의 사슬』 1장에서 네브래스카에 사는 온화한 할아버지처럼 보이는 엘드리지 타일러는 전화를 한 통 받는다. 그와 그의 소총이 필요한 모양이다.

독자는 즉시 이야기에 빠져든다. 할아버지와 소총이라고? 무슨 일이지? 리 차일드는 이야기를 전개하기에 앞서 예비 대화를 이용한다. 타일러는 묻는다. "무슨 일이야?"

"냄새를 맡으며 돌아다니는 놈이 있어."

"가까이 있는 거야?"

"꼭 그렇다고 할 수는 없고."

"놈이 얼마나 알고 있지?"

"어느 정도. 아직 전부는 아니고."

"어떤 놈인데?"

"별 볼 일 없는 놈이야. 외국인. 그냥 그런 놈 같기도 하고. 어쨌든 놈이 끼어들었어. 우리 생각엔 군인 출신인 것 같아. 보니까 헌병 출신 같기도 한데, 군인 때 버릇을 버리지 못한 모양이야."

"군에 있었던 게 언제 적 일인데?"

"아주 오래전."

"연고는?"

"전혀 없어. 그건 확실. 없어져도 신경 쓸 사람 없는 놈이야. 떠돌이, 부랑자. 굴러다니는 잡초처럼 바람 타고 들어왔어. 이제 다시 바람 타고 나가야지."

"인상착의는?"

"덩치가 커." 목소리가 말했다. "키는 최소 195센티미터에 몸무게는 110킬로그램 정도 될 거야. 마지막으로 목격됐을 때는 낡고 큰 갈색 코트에 울 모자를 쓰고 있었어. 몸이 뻣뻣해서 그런지 움직이는 게 웃겨. 심하게 다친 것 같기도 하고."

"좋아." 타일러가 말했다. "그럼 언제, 어디서?"

"헛간을 지켜봐줬으면 해." 목소리가 말했다. "내일 하루 종일. 놈이 헛간을 보게 둘 수는 없어. 지금은 안 돼. 오늘 밤 잡지 못하면 결국 놈이 다 알아낼 거야. 헛간 쪽으로 가서 안을 들여다보려 하겠지."

"놈이 곧장 헛간으로 갈 거란 말이야? 아무 준비도 없이 그냥?"

"놈은 우리가 넷인 줄 알고 있어. 당신까지 다섯인 줄은 몰라."

"다행이군."

"놈을 보면 쏴버려."

"그러지."

"실수하지 마."

"내가 실수하는 거 봤어?"

이 대화를 통해 독자는 명시적으로도 암시적으로도 엄청난 양의 정보를 얻는다. 먼저, 타일러가 아마 전에도 실수 없이 누군가를 살해한 노련한 저격수라는 것을 안다. 또한 누군가가 자기도 모르게 희생양으로 찍혀서(알고 보면 잭 리처다) 걸어 다니는 표적이 되었다는 것을 안다. 군인 출신이라는 이력과 함께 어떤 외모의 소유자인지도 조금 알 수 있다. 타일러와 통화하는 사람의 정체를 알 수 없다는 점이 미스터리의 강도를 높인다.

이렇게 해보자.

1. 소설 중 대화가 길게 이어지며 긴장이 고조되는 부분을 찾아보자.

2. 그 장면을 복사해서 새로운 문서에 붙여 넣는다.

3. 대화를 최대한 압축하자. 단어를 줄이고 완전한 문장도 적게 사용한다.

4. 처음의 장면과 새롭게 쓴 장면을 비교해보고 적절하다고 판단되면 새롭게 쓴 내용을 최대한 이용해 원래 장면을 다시 써본다.

독자를 기다리게 만드는 대화

대화에서도 긴장을 끌 수 있다. 문제 해결을 늦추고 정보를 감추는 기법을 기억해보자.

딘 쿤츠의 『벨로시티』에서 빌리 와일스는 그의 모든 수를 읽어내는 영악한 살인마에게 조종당한다. 협박 쪽지에는 빌리가 해야 할 일과 하지 않으면 무슨 일이 벌어질 것인지가 적혀 있다.

이 장면에서 빌리는 지시에 따라 현관 밖에 선 채 살인마가 메신저로 보낸 코틀이라는 남자의 말을 듣는다.

무슨 일이 벌어질까?

　"5분 안에 결정을 내려야 합니다."
　"무슨 결정을요?"

독자에게 무슨 일인지 바로 알려주는 대신 대화는 그대로 이어진다.

　"손목시계를 풀어 현관 난간에 세워놔요."
　"왜요?"
　"5분을 재려고요."
　"손목에 찬 채로도 5분을 잴 수 있어요."
　"손목시계를 난간에 놓는 건 그자에게 카운트다운이 시작되었음을 알리는 신호예요."
　북쪽 숲은 그늘이 져서 뜨거운 낮에도 시원해 보였다. 동쪽으로는 녹색 잔디와 길게 자란 황금색 잔디, 가지치기를 잘해놓은 떡갈나무 몇 그루, 비탈길을 따라 서 있는 두어 채의 집이 보였다. 서쪽에는 지방 도로가 뻗어 있고, 그 너머로 숲과 들판이 보였다.

이 지점에서 이어지는 묘사 단락은 주변 분위기를 설명하기도 하지만, 무엇보다 독자로 하여금 답을 기다리게 만드는 효과를 낸다.

"지금 그 사람이 지켜보고 있다고요?" 빌리가 물었다.

"그가 그러겠다고 약속했어요, 와일스 씨."

"어디서요?"

"그건 모릅니다. 제발 그냥 시계를 풀어서 난간에 세워놔요. 제발요."

"만약 그러지 않겠다면요?"

"와일스 씨, 그런 식으로 말하지 마세요."

"아니요, 내가 그렇게 하지 않겠다면요?" 빌리가 윽박질렀다.

코틀의 거친 바리톤 목소리가 가늘어지면서 점점 높아졌다. "말했잖아요. 그가 내 얼굴을 짓이겨놓을 테고, 그런 다음에는 내가 정신을 차릴 거라요. 분명히 말하지 않았습니까!"

빌리는 타이멕스 시계를 풀어 양쪽 흔들의자 쪽으로 시계 정면이 다 드러나도록 난간에 세워놓았다.

태양의 고도가 점점 높아지면서 햇볕이 주변을 관통하듯이 내리쬐어 숲을 제외한 모든 곳의 그림자를 녹여버렸다. 녹색 망토를 걸친 채 음모를 꾸미던 나무들은 이제 어떤 비밀도 감추지 않고 활짝 모습을 드러냈다.

"와일스 씨, 자리에 앉아야 합니다."

하늘에서 눈부신 햇살이 쏟아지고 황금색 빛을 받은 들판과 밭고랑의 모습이 일렁였다. 빌리는 눈을 가늘게 뜬 채 번쩍거리는 햇빛 속이 아닌 어느 곳이든, 남자 하나가 효과적으로 몸을 숨길 만한 곳이 있는지 주위를 훑었다.

아직도 답을 알려주지 않는다! 오히려 묘사가 더 이어진다. 쿤츠는 자신이 무엇을 하는지 정확히 알고 있다. 이야기 전개가 지연되면서 긴장감이 높아진다.

실제로 이 대화가 한 쪽가량 더 이어지고 나서야 독자는 정보를 얻는다. 그 내용은 여기에 적을 수 없다. 어쨌든 이 장은 서스펜스에 관한 것이니 말이다.

이렇게 해보자.

1. 정보가 드러나는 대화를 찾아본다.

2. 정보가 나중에, 심지어는 다른 장면에 나올 수 있도록 대화 부분을 늘릴 수 있는가?

3. 정보가 공개되지 않도록 이 장면에 여러 가지 방해 요소를 추가해보자.

예상치 못한 상황

대화에서 즉각적인 갈등이나 긴장을 유발하는 확실한 방법 중 하나는 '뻔한' 반응을 피하는 것이다(10장의 '한발 비켜서기'를 참조할 것). 갈등이나 긴장을 유발하는 순서는 '서술 → 직접적인 반응 → 추가로 이어지는 직접적인 반응'이라는 의미다.

"어이, 조. 정비소에 가자."

"잘됐네! 나도 마침 정비소에 갈까 생각 중이었어."

"지금 가고 싶어?"

"물론이지."

"좋았어! 누구 차를 타고 갈까?"

"내 차를 타고 가자."

"그래야지. 내 차는 정비소에 있으니까."

"그거 참 안됐네. 뭐가 잘못된 건데?"

"몰라. 그래서 정비소에 맡긴 거야."

무슨 뜻인지 이해했을 것이다. 소설 속 대화는 진짜가 아니며, 대화에서 모든 직접적인 반응을 피해야 한다는 말이 아니다. 평소 우리는 이런 식으로 이야기하고, 소설 속 인물들도 마찬가지다. 하지만 소설이라면 방금 제시한 것과 같은 장면들은 삭제해야 한다. 아무런 갈등이 없기 때문이다. 다른 의도 등을 설정하면 이 장면을 새롭게 쓸 수 있다. 직접적인 반응에도 갈등이 가득하도록 말이다.

"어이, 조. 정비소에 가자."

"정비소라면 가고 싶지도 않아."

"왜?"

"네가 알 바 아니잖아."

이렇게 해서 갈등이 있는 직접적인 반응이 만들어졌다.

이제 예상치 못한 상황으로 시선을 돌려보자. 소설 전체에서

'뻔하지 않은' 반응을 넣을 만한 부분을 찾아보자.

단순히 반응을 회피하는 것도 한 가지 방법이다.

"어이, 조. 정비소에 가자."
"요즘 다저스는 어떤가."

단순한 서술이나 질문처럼 보이지 않는 한, 악의 없는 대답도 긴장을 유발할 수 있다. 조는 왜 정비소에 가는 것에 대해 얘기하려 하지 않는 걸까? 속으로 무슨 생각을 하는 거지? 즉각적으로 관심이 생긴다.

더 강력한 회피의 형태는 질문에 질문으로 답하는 것이다.

"어이, 조. 정비소에 갈래?
"그만하면 안 돼?"

즉각 갈등이 유발된다.

대화를 끊어버리는 반응 또한 즉시 갈등을 유발한다.

"어이, 조. 우리 같이……."
"진절머리가 난다, 안 그래?

예상치 못한 상황은 신선한 분위기를 조성하여 이야기를 부각시킨다. 내가 즐겨 사용하는 예, 영화 「문스트럭」을 생각해보자.

로레타는 그냥 조니와 결혼하기로 한다. 조니는 호감 가는 인물이긴 하나 큰 매력은 없는 남자다. 그녀는 자신의 심정을 털어놓기 위해 어머니 로즈를 깨운다.

로즈: 그를 사랑하니, 로레타?

로레타: 아니요.

로즈: 그래. 누군가를 사랑하면 상대는 너를 미치게 하지. 그렇게 할 수 있다는 걸 알거든.

이 대화에서 재미있는 것은, 관객은 로즈가 로레타에게 결혼하려면 조니를 사랑해야 한다고 말하리라 예상한다는 점이다. 하지만 로즈는 정확히 반대되는 주장을 아주 분명하고도 신속하게 내놓는다.

영화 후반부에서, 로레타가 진정 사랑하는 상대인 로니는 그녀와 오페라를 보고 같이 하룻밤을 보낸 뒤 자신의 거처로 그녀를 들이려 한다. 그는 어떻게 할까? 사랑이 얼마나 위대한 것인지 거창하게 늘어놓을까? 아니다. 그는 이렇게 말한다.

"그렇지만 사랑한다고 인생이 아름다워지는 건 아니에요. 모든 걸 망치고, 마음의 상처를 주고, 인생을 엉망으로 만들죠. 우리는 세상을 완벽하게 만들려고 태어난 게 아니잖아요. 눈송이는 완벽해요. 하늘의 별도 완벽해요. 하지만 우리는 아니에요. 우리가 세상에 태어난 이유는 우리 자신을 망치고, 마음의 상처를 주고, 잘못된 사람을 사랑하고, 죽기 위해서라고요!"

「로미오와 줄리엣Romeo and Juliet」과는 전혀 다르지 않은가? 하지만 예상치 못한 상황은 이야기를 신선한 긴장감으로 가득 채운다. 관객들이 당최 이해하지 못할 만한 다른 이유가 없다면 말이다.

지금쯤 어떤 사람들의 작가 정신 안팎에서는 질문이 마구 떠오를지도 모르겠다. 종종 우리는 '책의 가독성을 높이고 싶다면 삭제하라'는 조언을 듣는다. 그것이 반드시 맞는 말은 아니다. 그 말은, 독자의 관심을 붙잡아두지 못하는 부분을 삭제하라는 뜻이다. 투박한 설명, 과장된 대화, 아무런 긴장이 없는 대화 등을 말이다.

하지만 일단 독자들의 관심을 단단히 잡아두는 데 성공하면, 그때부터는 덧붙이는 방식으로 그 관심을 계속 유지할 수 있다. 단, 독자의 흥미를 뜨겁게 유지할 수 있게끔 덧붙이는 내용 역시 서스펜스로 가득해야 한다.

한 번 올라갔다가 다시 한 번 내려가는 것으로 끝나면, 그게 무슨 롤러코스터인가? 다들 속았다고 생각할 것이다. 긴장을 쭉쭉 늘려서 독자들에게 롤러코스터의 온전한 경험을 제공하자.

19

서스펜스와 배경:
독자가 소설을 생생하게
경험하게 만들기

배경은 이야기를 서술하는 인물이 느끼는 것처럼
독자 또한 그 장면을 경험하게 만드는
이중의 역할을 해야 한다.

배경 속 갈등(2장을 참조할 것)만큼이나 배경 속 서스펜스도 중요하다.

작가는 배경이 등장인물과 비슷한 역할을 하기를 바란다. 즉, 대부분의 경우 배경이 주인공과 대립하기를 기대한다.

우리의 목표는 상황이 인물을 궁지로 몰아넣는 듯 느끼게 하는 데 있다. 불길한 예감을 노리자. 언제라도 덫이 찰칵 소리를 내고 인물이 육체적으로나 심리적으로 죽을 수 있음을 암시하자. 배경은 이야기를 서술하는 인물이 느끼는 것처럼 독자 또한 그 장면을 경험하게 만드는 이중의 역할을 해야 한다.

아마도 스티븐 킹만큼 이것을 잘하는 사람은 없을 것이다. 그의 단편 「1408」에서, 마이크 엔슬린은 돌핀 호텔로 들어선다. 처음은 평온한 분위기다.

돌핀 호텔은 5번가 모퉁이를 돌면 나오는 61번가에 위치한, 작지만 깔끔한 호텔이었다.

바닥에는 페르시아 카펫이 깔려 있고, 스탠딩 램프 두 개가 은은한 노란색 불빛을 비추고 있었다.

엔슬린은 자신이 조사 중인 호텔 13층(물론 14층으로 불린다)에 있는 공포의 방에 투숙하려 하지만 거부당한다.

1408호에 대한 그의 의문은 방에 들어가기 전부터 시작되었다.
문이 틀어져 있었다.
많이는 아니지만 정말 틀어져서 왼쪽으로 약간 기울어 있었다.

대단한 것은 아니지만, 서스펜스가 커지는 상황으로 분위기를 전환하기에는 충분하다. 스티븐 킹이 조성해가는 분위기에 걸맞은 소소한 시각 효과라 할 수 있다. 이제, 조금 더 나아간다.

마이크는 소형 녹음기를 쥔 손으로 여행 가방을 집어 들고 열쇠를 다른 손으로 옮겨 자물쇠로 가져가다가 다시 동작을 멈췄다.
문이 다시 틀어져 있었다.
이번에는 살짝 오른쪽으로 기울어 있었다.

뭔지 모르게 어긋나 있는 듯한 이야기의 흐름은 방 안에서도 계속 이어진다.

그 순간 마이크의 눈에 띈 것은 벽에 걸린 그림들이었다. 그림은 세 점이었다. 1920년대 스타일의 이브닝드레스 차림으로 계단에 서 있는 여인, 커리어 앤드 아이브스풍으로 그린 대형 범선, 과일 정물화. 정물화는 오렌지와 바나나뿐 아니라 사과까지도 눈에 거슬리는 황색물감을 섞어 칠했다. 그림들은 모두 유리 액자에 들어 있었고, 모두 기울어 있었다.

그림을 덮은 유리는 먼지가 끼어 더러웠다. 정물화의 유리를 손가락으로 긁으니 두 개의 평행선이 그어졌다. 먼지는 끈적거리고 미끄러웠다. 삭기 직전의 실크처럼⋯⋯.

그러고 나서 정말로 기이한 일들이 벌어지기 시작한다. 예를 들어 낡은 메뉴판의 글자가 바뀌는 기괴한 일이 그의 눈앞에서 벌어진다. 또 그런 다음엔 이런 일이 일어난다.

그는 몸을 돌려 벽과 침대 사이의 좁은 공간을 아주 천천히 빠져나왔다. 이제는 무덤 속만큼이나 비좁게 느껴지는 공간이었다.

스티븐 킹의 작품답게 소설 속 상황은 점점 더 나빠진다. 더 이상은 여기에 늘어놓지 않겠다. 직접 읽어보고 결말 무렵에는 그 방이 어떻게 묘사되는지 확인해보자.

뛰어난 영화에 점수를 부여하듯 서스펜스의 여러 기준에 따라 각자의 표현을 평가해보자. 이야기가 전개되는 부분에서는 주제가 숨죽이고 있다가 장면이 진행되며 점차 뚜렷해지는 것이 좋다. 이는 영화 「사이코」의 샤워 장면에서 들리는 날카로운 바이올린 소리처럼 충격이나 강렬한 반전의 형태로도 나타날 수 있다.

이 모든 것이 우리가 유지하고자 하는 분위기를 이룬다.

배경의 클리셰 피하기

음침한 배경만이 아니라 다른 어떤 배경에도 서스펜스를 조성할 수 있다. 사실 참신한 배경일수록 더 좋다.

서스펜스의 거장 앨프리드 히치콕은 그 점을 잘 알고 있었다. 『히치콕 집중 분석Focus on Hitchcock』을 엮은 앨버트 라벨리와의 인터뷰에서, 그는 영화 「북북서로 진로를 돌려라」의 그 유명한 농약 살포 비행기 장면을 어떻게 생각해냈는지 설명했다.

클리셰를 피해 간 예를 들어보지요. 남자가 어느 한 장소에 불려 간 장면이에요(아주 고전적인 방법이기도 합니다만). 이 영화에서는 캐리 그랜트였지요. 그 인물은 소위 '곤경에 처한' 상황입니다. 그리고 아마도 표적이 될 겁니다. 이렇게 상황을 이용하는 관습은 비슷한 형태로 수없이 행해지고 있습니다. 인물이 밤에, 뭔가 으스스한 분위기를 풍기는 가로등 아래서 기다리고 있고, 조금 전 내린 비로 길은 축축하게 젖어 있습니다. 영화에서 수없이 봤을 겁니다. 어떤 사람이 창문가에서 엿보고 있고, 검은 고양이가 벽 옆으로 후다닥 지나가지요. 거기서 리무진이 오길 기다리는 거예요. 우리가 익숙하게 보아왔던 장면들입니다.

그래서 전 '난 그런 식으로는 만들지 않겠다' 결심했습니다. 구석진 곳이나 후미진 곳 또는 은신처 모퉁이가 아니라 대낮에 희생자를 표적으로 삼겠다고 말이지요. 이제 관객이 궁금해하는 상황이 시작됩니다. 미칠 것 같은 긴장이지요. 그 긴장은 어두운 구석에서 나오지 않습니다. 그렇게 관객에게 서스펜스만이 아니라 미스터리도 주는 겁니다. 그는 혼자 있고, 곧 한 남자가 길 건너편에 도착해서 길을 건너더니 갑자기 이렇게 말합니다. "이상하네. 농작물도 없는데 비행기가 비료를 뿌리잖소." 관객에게 주는 첫 번째 정보입니다. 수수께끼 같으면서 뭔가 불길한 말이지요. 그리고 두 사람이 이야기를 더 나누기 전에 남자를 버스에 태워 떠나보내면 이제 남는 것은 관객과 캐리 그랜트뿐입니다. 관객은 캐리 그랜트에게 공감을 느끼게 되겠지요. 그 순간 느닷없이 농약 살포 비행기가 내려와서 그를 표적 삼아 사방으로 총을 쏘는 겁니다. 그렇게 해서 누가 봐도 당연한 설정을 거부하고 뻔한 설정에서 벗어나면서도 동일한 효과를 내는 새로운 방법을 찾는 거지요.

그 장면을 다시 한 번 살펴보자. 캐리 그랜트는 황량한 옥수수밭의 교차로에 도착한다. 장면 전체를 촬영한 와이드 쇼트에, 밝은 햇빛이 비치는 장면이다. 캐리 그랜트는 장면 한가운데 있는 작은 점처럼 보인다. 다른 말로 하자면, 그는 완전히 혼자다.

그는 길가에 도착해서 주위를 둘러보며 기다리지만 아무도 없다. 텅 빈 옥수수밭에 울타리 기둥이 서 있을 뿐 주위는 조용하다. 그는 조금 더 기다린다. 마침내 차 한 대가 다가오지만 쌩하고 지나가버린다. 캐리 그랜트는 약간 혼란스러운 얼굴이다.

잠시 후 다른 차가 다가온다. 히치콕은 서두르지 않고 서스펜스를 쌓아간다. 이 차 역시 그냥 지나간다.

캐리 그랜트는 주머니에 손을 넣은 채 아무 말 없이 주위를 돌아본다. 또 다른 차가 다가왔다가 다시 멀어진다.

그는 더 기다린다. 히치콕은 긴장을 잡아 늘인다. 멀리서 다른 차가 다가온다. 이번에는 트럭이다. 캐리 그랜트는 희망에 찬 표정이다. 하지만 트럭 역시 멈추지 않고 지나간다. 먼지까지 일으키는 통에 그의 멋진 정장이 온통 흙먼지를 뒤집어쓴다.

이제 어떻게 될까?

옥수수밭에서 차 한 대가 길가를 향해 나온다. 비포장도로에서 간선도로를 향해 먼지를 일으키며 다가온다. 캐리 그랜트는 지켜본다. 드디어 간선도로에 차가 멈춘다. 한 남자가 차에서 내려서 캐리 그랜트가 서 있는 맞은편 길가로 걸어오더니 멈춰 선다.

이 사람일까? 은밀한 접촉인가? 히치콕은 관객을 기다리게 한다.

두 남자는 서로를 바라보며 그냥 서 있다. 심장 뛰는 그 상태가 이어진다. 그러다가 캐리 그랜트는 직접 문제를 해결하겠다고 결심하고 남자와 이야기를 나누기 위해 길을 건너간다.

두 사람은 잡담을 한다. 남자는 캐리 그랜트가 만나기로 되어 있는 사람이라는 기미를 비치지 않는다. 그는 하늘을 바라보며 이상한 말을 던진다. 농작물도 없는데 비행기가 비료를 뿌리잖소.

이 말은 이후 얼마간은 계속 수수께끼로 남는다.

버스 한 대가 도착하자 남자는 버스에 오른다. 버스는 출발하고, 캐리 그랜트는 다시 교차로에서 홀로 기다린다. 지금까지는 장소의 황량한 분위기가 위협적인 느낌을 만들어내고 있다.

캐리 그랜트는 기다리는 동안 농약 치는 비행기를 다시 살펴본다. 비행기는 하늘에서 서서히 방향을 트는 중이다. 잠시 지켜보던 캐리 그랜트가 흥미를 잃는 순간, 비행기는 그가 서 있는 방향으로 향한다. 그리고 점점 가까워진다.

그 순간 캐리 그랜트는 비행기가 곧장 자신을 향해 돌진해 오고 있다는 사실을 깨닫는다. 비행기가 그의 머리 위를 스칠 듯이 지나가고, 그는 바닥에 엎드린다.

히치콕은 이 상황을 허비하고 있는 것일까? 캐리 그랜트를 옥수수밭 안으로 도망치게 하지는 않을까? 아니면 어떤 차량의 도움을 받게 한다거나? 물론 그렇게 하지 않는다.

깜짝 놀란 캐리 그랜트가 일어나 먼지를 털어내자 비행기가 다시금 선회해서 그를 향해 날아온다. 그는 어디로 달려가야 할까? 사방이 다 트여 있다.

그는 달린다. 도랑을 찾을 때까지 달린다. 도랑에 뛰어드는 순간 머리 위를 지나는 비행기에서 총알이 쏟아진다. 기관총이다!

상황이 얼마나 더 나빠질 수 있을까? 이제 캐리 그랜트는 어떻게 해야 할까? 공간적 배경 그 자체가 재앙의 원인으로 드러난다. 숨을 곳이 없다.

이 장면은 이어진다. 캐리 그랜트는 지나가는 차들을 세우려고도 해보고, 옥수수밭에 숨었다가 살충제를 뒤집어쓰기도 한다. 결국 트럭을 잡으러 길가에 뛰어나간 상황에서 균형을 잃은 비행기가 트럭에 부딪치고 불길이 치솟는다.

이 모든 일이 밝은 햇빛이 비추는 탁 트인 공간에서 일어난다.

이렇게 해보자.

1. 모든 장면의 배경을 살펴보자. 뻔한 배경을 선택했는가? 또는 배경 설정이 너무 과한가?

2. 장면의 조건을 반대로 바꿔보자. 만일 낮이라면 밤으로 바꾼다. 인적이 드문 장소라면 사람들이 많은 곳으로 바꾼다.

3. 지리적 위치 자체를 바꿔보자. 좋은 점은 평소 가고 싶었던 곳 어디로든 상황을 옮겨놓을 수 있다는 것이다. 컴퓨터로 여러 장소를 면밀하게 조사할 수 있으니 두려워할 것 없다.

4. 몇몇 장면을 새로운 배경으로 다시 써본다. 가장 예상치 못했던 곳에서 서스펜스를 유발하는 연습을 해보자.

- 이 장소에서는 어떤 유형의 인물이 등장할까? 인물은 이야기를 서술하는 인물과 어떻게 대립할 수 있을까?

- 이 배경에는 어떤 종류의 물리적 요소가 존재할까? 각 요소를 자세히 살펴보고 어떤 인물이 그 요소를 위협적으로 이용할 수 있는지 생각해본다.

- 다른 모든 것이 실패했다면 총을 가진 노인의 사례를 이용해 변화를 주자. 평범하고 일상적인 요소(히치콕의 농약 치는 비행기처럼)를 가져와 예상치 못한 상황을 만들자.

20 서스펜스와 문체:
긴장감을 위한 단어와 문법 분석

문체는 의식적인 연습으로 개선할 수 있다.

연습하자.

모든 소설의 원재료는 기본적인 문장이다. 문장을 조합해서 단락, 한 쪽, 장면을 만든다.

문장은 서스펜스를 비롯한 모든 효과를 내기 위한 작법 도구로 기능한다. 문장을 잘 다루는 기술로 독자를 손아귀에 넣는 셈이다. 문장이 허술하면 기름이 새는 깡통처럼 서스펜스가 빠져나가기 마련이다.

이 장에서는 다양한 각도에서 문장을 살펴볼 것이다. 주로 문장을 고쳐 쓸 때 반드시 해야 할 일들이다.

자극을 보여줬다면 반응을 드러내야 한다

잭 비컴은 저서 『내 소설 쓰고 팔기Writing and Selling Your Novel』에서 한 장을 할애하여 자극과 반응에 대해 설명한다. 간단히 말하면 이렇다. "자극을 보여줬다면 반드시 반응을 드러내야 한다. 특정 반응이 나오기를 바란다면 그 반응을 유도할 수 있는 자극을 제시해야 한다. 이 간단한 방식을 지키면 이야기가 충분한 설득력을 가지고 순조롭게 진행되는 소설을 쓰게 될 것이다."

자극만 보여주고 반응을 보여주지 못하면 자극은 무의미해진다. 아무 일도 일어나게 하지 않았기 때문이다. 이런 경우가 자주 나타나면 중요한 사건이 없는 것처럼 보이기 때문에 독자들은 소설에 흥미를 잃는다. 반대로, 만약 제대로 된 원인(자극)을 제시하지 않은 채 어떤 일이 벌어진 상황(반응)만을 보여준다면 그 자극-반응 과정은 설득력을 잃을 것이고, 독자들은 당황하거나 불신을 보이며 책을 내려놓고 만다.

다음 내용을 보며 생각해보자.

밥은 바닥에 엎드렸다. 총알이 그의 귀를 스치고 지나갔다.
밥은 몸을 숙였다. 조가 밥에게 오른손 크로스펀치를 날렸다.
메리는 자신의 눈 안쪽에서 별들이 폭발하는 모습을 보았다. 톰이 그녀의 눈에 부드럽게 입술을 댔다.

자극과 반응의 과정이 이런 식으로 제시된다면 독자는 매번 혼란을 느낄 것이다. 자극이 반응 뒤에 따라오는 셈이니 말이다.

어쩌면 벌써 이런 생각을 하고 있을지 모르겠다. '이것쯤이야 고칠 수 있지!' 그렇다. 자극과 반응 두 요소의 위치를 뒤바꾸거나 첫 번째 반응 앞에 다른 하나의 자극을 설정하는 방법이 있다. 예를 들어 이런 식으로 말이다.

총소리가 골목에 울려 퍼졌다. 밥은 바닥에 엎드렸다. 총알이 그의 귀를 스치고 지나갔다.

조가 왼손으로 페인트 공격을 했다. 밥은 몸을 숙였다. 조는 밥에게 오른손 크로스펀치를 날렸다.

톰이 메리의 뺨을 쓰다듬었다. 메리는 자신의 눈 안쪽에서 별들이 폭발하는 모습을 보았다. 톰은 그녀의 눈에 부드럽게 입술을 댔다.

이해하기는 쉽지만, 세심하지 못한 작가가 무심코 이 연결 고리를 깨뜨리는 경우가 얼마나 많은지 알면 놀랄 것이다.

서스펜스를 고조시키고 싶은 부분에서는 특히나 중요하게 고려해야 할 사항이다. 자극-반응 구조를 분명하고 날카롭게 만드는 데 집중하자. 이렇게 하면 대개 문장 구조가 간단해지고, 이는 독자를 계속 노심초사하게 만든다는 궁극적인 목표 달성에 유용할 것이다.

데이비드 모렐의 『도시 탐험가들Creepers』에서 주인공 프랭크 발렌저는 '클리퍼스'라는 팀과 곧 답사하기로 예정된 어느 버려진 호텔을 찾아간다. 클리퍼스는 외부와 격리된 오래된 건물들을 찾아가는 도시 탐험가들이다. 작가가 서스펜스를 조성하기 위해 자극과 반응 기제를 어떻게 이용하는지 주목해서 살펴보자.

발렌저의 오른쪽으로 펼쳐진 어두운 해변에서 파도가 부서지는 소리가 들려왔다. 그 소리는 그가 도착했을 때보다 더 커진 것 같았다[소리에 의한 자극]. 심장이 점점 빠르게 뛰었다[신체적 반응]. 10월의 산들바람이 강해지자 모래가 날려[물리적 자극] 그의 얼굴을 때렸다[신체적 반응]. 챙. 챙. 북쪽으로 두 블록 떨어진 버려진 건물 벽에 얇은 금속 조각이 점점 세차게 부딪치고 있었다. 깨진 종 같았다[청각 자극]. 그 소리가 발렌저의 신경을 타고 지나갔다[체내 반응].

이런 자극과 반응 과정을 바르게 설정하는 것은 곧 독자들이 책을 읽는 동안 사소한 '방지턱'에 걸리지 않는다는 것을 의미한다. 한 가지 주의할 점은 '동시 동작'을 담은 문장들이다. 그 행동들이 작가의 의도대로 배열되지 않을 수 있기 때문이다. 예를 들면 이렇게.

밥은 열쇠를 움켜쥐고 휴대폰의 종료 버튼을 눌렀다.

밥이 모든 행동을 동시에 하는 건가? 독자들은 장면을 떠올리느라 애를 써야 할 것이다.

밥은 자동차에서 내리며 말했다. "1분도 안 걸려."

그가 말하는 상대는 아직 차에 있는 걸까? 밥은 그녀에게 등을 보이고 있는 건가? 어떤 장면이지?

밥은 트럭을 피해 몸을 날리며 약국으로 뛰어 들어갔다.

밥은 물리학의 법칙과 중력의 법칙, 그리고 좋은 글쓰기의 법칙을 위반했다.

두 가지 행동 묘사가 같은 시공간의 연속체 안에서 논리적으로 공존하도록 쓰고자 한다면, 문장 구조를 다양하게 사용해보자. 예를 들면 이렇게.

밥은 열쇠를 움켜쥔 채 문으로 돌진했다.

열쇠를 움켜쥐는 동작이 돌진하는 동작의 일부분이 되는 것은 얼마든지 가능하다.

밥은 차에게 내리며 총리의 발걸음을 유심히 쳐다봤다.

밥은 차에서 내리는 동시에 쳐다볼 수 있다.

동시 동작 문장을 분별 있게 사용하자. 경험에 비추어보건대, 같은 단락에서 한 번 이상 사용하는 것은 좋지 않다. 자, 이제 키보드를 잡고 시작해보자.

긴장감을 조성하기 위한 문법 점검

나는 문법에 목을 매는 사람이 아니다. 지금 내가 아는 문법은 오랜 시간을 두고 터득한 것들이다. 고등학교 시절 영어를 가르치신 마저리 브루스 선생님은 이제 하늘나라에서 학생들의 작문 숙제를 고치고 계실 테지만, 만약 내가 쓴 글을 보셨다면 예의 파란색 연필로 많은 부분을 지적하셨을 것이다.

하지만 문법과 관련해서 곰곰이 생각해볼 점도 있다. 특히나 독자에게 서스펜스를 전달하는 문장을 만드는 일에 관해서라면 더욱 그렇다. 우리가 원하는 것은 아주 잠깐이라도 독자들의 생각을 다른 쪽으로 돌리는 단어를 피하는 일이다.

첫 번째 살펴볼 것은 형용사와 부사다.

형용사

형용사는 단지 도움을 주는 품사다. 이를테면 오래된 시구가 노래하듯 말이다.

형용사는 명사의 특징을 말해준다네.
훌륭한, 작은, 예쁜, 하얀 또는 갈색처럼.

형용사는 종종 다채로운 옷을 입고 나타난다. 적재적소에 놓인 분명한 형용사는 아무런 문제가 없다.

예를 들어 주인공이 오렌지를 먹고 있다고 해보자. 어떤 종류의 오렌지인가? 과즙이 많은가? 달지 않은가? 질긴가?

분위기에 맞는 답을 선택하자.

불필요한 형용사는 쓰지 않도록 주의한다.

그는 덩치가 컸다.

그는 둔한 사람이었다.

어떤 분위기나 장면을 설명하는 데 묘사가 그리 중요하지 않다면, 그럼에도 만일 묘사를 하고 싶다면, 상관없다. 과하지 않은 선에서 묘사하면 된다. 그러나 만일 묘사를 다소 강조하고 싶은 경우라면, 이때는 조금 더 생각해보자.

그는 덩치가 뷰익 자동차만 했다. (직접 묘사)

그 위에 앉을 수도 있을 만큼 커다란 손이 내 어깨를 움켜쥐었다. (간접 묘사)

고쳐쓰기를 할 때 자신이 사용한 형용사를 신경 써서 살피며 활력을 불어넣거나 묘사로 대체할 수 있는지 생각해보자. 이것이 형용사 사용법의 전부다.

부사

부사는 주로 동사를 수식하고, 간혹 다른 부사나 형용사도 수식한다. 주로 '-로', '-게'로 끝난다.

인내심 있게

간절하게

공격적으로

덕분에 단어 검색 기능을 이용하면 부사는 쉽게 찾을 수 있다. 부사를 찾아서 없애버리자. 그 문장에 반드시(바로 이렇게) 필요한 것이 아니라면 말이다. 동사 하나만 사용해도 충분히 확실한 의미를 전달할 수 있는지 항상 살펴보자.

그리고 어떤 내용을 쓰든 대화의 부연에서만큼은 부사를 멀리하는 것이 좋다. 문장의 문을 두드리는 반갑지 않은 방문객처럼 대하자. 다음 문장들을 보면 어떤 의미인지 알 수 있을 것이다.

"그만둬!" 그가 느닷없이 명령했다.

"난…… 당신을 사랑해." 그녀는 머뭇거리며 말했다.

"그럼, 난 아주 확신해." 그가 비꼬듯이 말했다.

"물러나, 신참." 그가 노골적으로 명령했다.

"오늘 밤 내가 그 집을 무너뜨릴 거야!" 그는 연극조로 으름장을 놓았다.

이 단어를 조심할 것

단어 검색으로 부사를 찾을 때 '아주'라는 단어도 검색해보자. 주로 부사로 이용되지만, 그렇지 않은 경우도 있다. 이 단어의 품사를 파악하기 어려운 이유다. 하지만 거의 모든 경우 이 단어를 삭제하고 싶을 것이다. 아주 크게 도움이 되지 않기 때문이다.

봤는가? '크게 도움이 되지 않기 때문이다'라고 말하는 편이 낫다.

나 역시 가끔은 그것이 주는 느낌이 필요하다는 이유로 '아주'라는 단어를 사용하지만, 대부분의 경우 결국에는 다시 빼버리곤 한다.

수동태

수동태를 이해하는 방법이 있다.

문장의 주어가 행동을 '하기'보다는 '받는' 상황이라면, 그것은 수동태다. 예를 들어 '총이 발사되었다'라는 문장을 떠올려 보자. (누가 발사했는지는 알 수 없다. 이 문장의 주어는 총이고, '발사되었다'라는 동작이 이루어졌다.)

수동태에서 행동을 하는 인물은 대개 문장에서 제대로 드러나지 않는다. 이 문제는 누군가 행동을 '하거나' 또는 '반응하도록' 만들어 해결할 수 있다.

존은 총을 쐈다.
존은 총소리를 들었다.

수동태 구조는 절대로 사용할 수 없다는 뜻일까? 반드시 그렇지는 않다. 독자에게 하나의 시점을 주입한 이상, 그 행동은 해당 인물에 의해 관찰되거나 인물에게 실행되는 것으로 이해할 수 있기 때문이다.

조는 고개를 들었다. 문이 열렸다.

또는

문이 열렸다. 조는 고개를 들었다.

독자는 조가 문이 열리는 것을 보거나 들었다고 이해할 수 있을 것이다.

하지만 일반적으로 보면, 더 깔끔하고 힘이 있는 능동태가 낫다. 이것은 서스펜스의 목적에도 중요하다. 서스펜스의 밑바탕에는 위험에 빠진 인물이 있고, 능동태 문장을 유지함으로써 작가는 독자에게 그 인물의 시점을 주입하게 된다. 수동태 문장은 위협의 강도를 약화시킨다. 작은 차이일 수 있지만, 굳이 서스펜스가 떨어지는 구조에 만족할 필요는 없지 않은가.

『글쓰기의 요소The Elements of Style』의 저자 윌리엄 스트렁크와 E. B. 화이트는 이렇게 말한다. "일반적으로 능동태 문장을 사용하면 설득력 있는 글이 된다. 이는 주로 행동과 관련된 내러티브뿐 아니라 모든 종류의 글쓰기에 해당한다."

마침표

마침표는 인간에게 알려진 가장 유용한 문학 도구다. 마침표를 아낌없이 사용하자.

서스펜스를 쓸 때는 특히 더.

즉, 강한 표현 방식에 좌우되는 글을 쓸 때.

이를테면 짧은 문장과 같은 방식 말이다.

문장의 길이와 리듬을 다양하게 바꿀 수 없다는 의미는 아니다. 하지만 자기도 모르게 쉼표를 수없이 사용하거나, 자신이 좋아한다는 이유로 화려하고 서정적이며 장엄한 언어를 사용하고 있다면, 글을 쓸 때 사적인 감정을 배제하라고 한 윌리엄 포크너의 오래된 격언을 떠올려보자. "킬 유어 달링Kill your darlings." 원고를 다시 읽으면서 쉼표와 접속사 '그리고' 대신, 우리의 친애하는 마침표를 넣을 만한 부분을 찾아보자.

느낌표

한때 인기를 끌던 '용감한 형제 시리즈'의 미스터리를 읽다보면 계속해서 책장을 넘기지 않을 수 없었다! 대부분의 장이 느낌표로 끝나니 말이다! 느낌표 쓰기, 정말 쉽지 않은가?

하지만 우리의 소설에서는 좀 다르다. 느낌표는 신중하게 사용해야 한다. 이럴 때 사용하자.

- 대화에서 필요한 경우
- 인물 내면의 생각에 흥을 돋울 때

예를 들면 이렇게.

"꺼져!"

서술부에서는 느낌표를 피하는 것이 좋다.

그녀는 모퉁이를 돌았다. 그리고 스티브를 봤다!

그보다는 비트를 가미하자.

그녀는 모퉁이를 돌았다. 그리고 스티브를 봤다. 그녀의 맥박이 요동쳤다.

아니면 문장의 줄을 바꾸거나.

그녀는 모퉁이를 돌았다.
그리고 스티브를 봤다.

독립된 문장은 느낌표처럼 기능한다. 그 자체로 부각되기 때문이다.

서스펜스를 조성하는 내용을 쓰면서, 굳이 그러한 의도를 독자에게 알리고 싶지는 않을 것이다. 느낌표는 감정을 조종하는 수단으로 여겨질 수 있다. 장면이 자연스럽게 그 분위기를 전하도록 내버려 두자. 장면이 느낌표를 '내포'하는 것처럼 말이다!

문장 형태

문장의 형태를 다양하게 바꿔보자.

짧은 문장은 앞으로 나아가는 느낌을 준다. 권투의 잽처럼 빠르다.

긴 문장은 일반적으로 속도를 늦추는 효과를 주기 때문에 독자들에게 숨 고를 시간을 주며, 장면의 분위기를 보다 구체적으로 표현할 수 있다. 장면의 속도를 조절하는 방법이다.

문장을 변형해서 여러 모로 활용하자. 이것저것 시도해보라. 다채로운 색상의 팔레트 같은 문체를 가진 작가가 되자.

사족 금지

독자가 지면 위에서 '보고' 이미 알고 있는 것을 '말하지' 말자.

대다수 독자는 이를 의식적으로 알아채지 못하지만, 작가가 이런 식으로 '말할' 때마다 독자들은 직접적인 경험에서 벗어나게 된다. 비록 순간이라고 해도 말이다.

몇 가지 예를 살펴보자.

마크는 계단을 기어 내려갔다. 계단이 삐걱거릴 때마다 신경이 거슬렸다. 그의 마음속은 불안감으로 가득했다.

마지막 문장은 쓸모가 없다. 독자들의 마음속에 불안감을 고조시키지 않는다. 감정이 차곡차곡 쌓여가는 와중에 갑자기 끼어드는 경고음일 뿐이다.

"여기서 나가!" 마크는 스티브를 향해 유리잔을 던졌다. 그는 몹시 화가 나 있었다.

무슨 말인지 알겠는가? 마크의 기분이야 뻔하게 드러나 있으니 군이 '말할' 필요가 없다. 순간의 서스펜스가 마지막 문장 때문에 반감되는 셈이다.

문체는 의식적인 연습으로 개선할 수 있는 기술이다. 연습하자. 여기서 소개한 기법에 익숙해지자. 독자를 사로잡는 능력이 극적으로 향상될 것이다. '극적으로'라니, 그야말로 작가에게 최고의 길 아닌가!

21

순간의 서스펜스:
장면 사이사이에 유용한 장치들

우리 모두는 책이나 영화에 나오는 그 숨 막힐 정도로
놀라운 경험에 대해 알고 있다.
그런 순간을 만들어내는 것이야말로
장르에 관계없이 소설을 쓰는 즐거움 중 하나가 아닐까.

아내와 데이트하던 시절 서스펜스가 넘치던 어느 순간이 떠오른다. 다름 아닌 보스턴 크림 파이(Boston Cream pie, 파이에 커스터드를 넣고 초콜릿으로 장식한 디저트) 때문이었다.

신디와 나는 저녁에 외출했다가 야식 파는 곳에 들렀다. 나는 보스턴 크림 파이 한 조각과 우유 한 잔을 골랐다.

신디가 무엇을 주문했는지는 잊어버렸다. 그녀의 파란 눈을 보면서 내가 얼마나 운 좋은 남자인지 생각했던 것은 기억난다. 우리는 사랑에 빠진 연인들이 나누는 그런 이야기를 하고 있었다.

곧 파이가 나왔다. 나는 포크를 찾으려고 고개를 숙였다.

다시 고개를 들었을 때 다른 포크가 시야에 들어왔다. 신디의 손에 들린 포크가 한 숟가락을 뜨려고 테이블을 가로지르고 있었다.

시간이 멈췄다.

유치한 영화에서 간혹 들을 수 있는 굵고 낮은 슬로모션의 목소리로 나는 외쳤다. "안돼애애애애애애……"

신디의 표정을 보니 내가 마치 아기 돌고래로 아기 물개를 계속 때려서 죽인 사람이 된 기분이었다.

"나눠 먹으려던 거 아니었어?" 그녀가 물었다.

물론 나는 나눠 먹지 않을 생각이었다. 그것은 '내' 파이니까. 신디도 자기 파이를 주문할 수 있지 않은가. 나는 쭉 혼자 살았고 대학에서는 네 명의 남자와 함께 지냈다. 자기 음식은 자기가 독차지했다. 네 걸 먹으라고!

그리하여 심야의 작은 가게에서, 아득한 침묵 속에, 긴장감이 흐르기 시작했다. 우리는 서로 어울리지 않는 걸까? 꿈 같은 데이트가 이렇게 끝나는 것일까?

결국 문제는 해결되었지만, 그 순간 그곳은…….

그야말로 '순간의 서스펜스'였다. 우리가 소설에서 흥미진진한 요인을 더 많이 만들기 위해 장면 중간에 배치할 수 있는 사소한 장치 말이다.

작은 장애물을 설정하자

앨프리드 히치콕은 놀라움과 서스펜스의 차이를 이런 식으로 설명했다. "놀라움이 두 사람이 레스토랑의 테이블에 앉아 있을 때 테이블 밑에서 폭탄이 터지는 것이라면, 서스펜스는 관객이 테이블 아래 시한폭탄을 보면서 언제 폭발할지 궁금해하는 것이다."

이러한 결정적 차이 덕분에 서스펜스를 고조시킬 뿐 아니라 실제 플롯의 어느 지점에서든 서스펜스를 조성할 수 있는 엄청난 작법 도구가 나타난다. 바로 '마이크로 장애물'이다.

마이크로 장애물이란 커다란 파장을 일으킬 수 있는 장면에 등장하는 사소한 사건이나 사물 또는 인물을 말한다.

얼마 전 나는 주인공이 할리우드의 노신부에게 누군가를 데려가야 하는 장면을 쓰고 있었다. 이 상황에서 그를 도와줄 사람은 그 신부밖에 없었다. 그는 언제나 문이 열려 있는 작은 교회에 가서 신부를 찾아내기로 한다.

내 계획은 주인공이 차를 몰고 교회에 들어가서는 재갈을 문 채 묶여 있는 신부를 찾아내게 하자는 것이었다. 그래서 그렇게 써나갔다. 주인공이 문 앞에 도착할 때까지는.

문득 마이크로 장애물을 설정하기에 아주 좋은 곳이라는 생각이 들었다. 그래서 나는 교회 문을 잠가버렸다. 이 장면에서는 시간이 가장 중요했기에 이런 사소한 장애물이 서스펜스를 더했다. 별다른 노력 없이 장면의 긴장감을 유지할 수 있었다. 이제 주인공이 다음 단계로 가기 위해서는 이 장애물을 극복해야만 했다. 만약 그러지 못한다면 상황은 훨씬 더 골치 아파질 터였다.

이런 마이크로 장애물은 독자가 느끼는 즐거움을 한층 끌어올린다. 독자가 이미 등장인물들에게 마음을 쓰고 있다면 그 즐거움은 더욱 커진다. 물론 반대의 경우라면 이 마이크로 장애물은 짜증 나는 방지턱 신세가 되겠지만 말이다.

벤 애플렉이 감독한 영화 「타운The Town」에 마이크로 장애물의 좋은 예가 있다. 영화는 찰스타운 출신의 은행 강도단 이야기로, 더그 맥레이(벤 애플렉)가 강도단의 리더, 그의 어릴 적 친구

짐(제러미 레너)은 강도단의 일원이다.

영화의 시작에서 이들은 해골 가면을 쓰고 은행을 턴다. 은행의 부지점장인 클레어(리베카 홀)는 짐의 목 뒤에 있는 문신을 본다. 그녀가 본 유일한 것이다. 그리고 이제 그녀는 FBI의 증인이 된다.

이 목격자를 감시하던 더그는 그녀에게 사랑을 느끼고, 두 사람은 데이트를 시작하지만 상황은 이미 살얼음판이다. 더그와 클레어 사이에 로맨스가 시작된 것을 전혀 모르는 짐은 더그에게 이 목격자를 '처리해야' 한다고 말했다.

어느 날 더그와 클레어가 노천카페에서 데이트를 하던 중, 클레어가 화장실에 가면서 잠시 자리를 비운다. 그 순간 짐이 다가와 말을 걸며 무슨 일로 이곳에 있는지 묻는다. 누구와 온 거지? 더그는 짐을 쫓아내려 애쓰지만, 짐은 누구와 만나는지 알아야겠다며 자리에 앉는다. 그는 의심하고 있다.

짐은 티셔츠 차림이라 문신이 선명하게 보인다.

클레어가 돌아온다.

이후 몇 분 동안 카메라는 잠깐씩 문신을 비추고, 관객은 궁금해진다. '클레어가 문신을 볼까?' 만약 문신을 본다면 더그가 그동안 거짓말을 해왔다는 사실을, 그가 은행 강도단의 일원이라는 사실을 알게 될 것이다.

짐이 불쾌감을 내비치면서 무슨 일인지 알아내려는 가운데 점차 가시 돋친 대화가 오가고, 관객은 클레어가 무엇을 알아차리게 될지 계속 궁금해한다.

장면 속에 던져진, 작지만 폭발적인 방해물인 셈이다.

이렇게 해보자.

1. 별다른 서스펜스 없이 두 쪽 이상 이어지는 장면을 찾아보자. 레스토랑에서 두 사람이 이야기를 나누거나 직장에서 동료들끼리 대화를 하는 장면이 될 수 있다.

2. 큰 것부터 작은 것까지 그 장면에 넣을 수 있는 잠재적 장애물의 목록을 작성한다. 10여 개가 될 때까지 계속 열거하되, 제약을 두지 않는다. 다른 인물이나 분위기, 날씨, 크고 작은 사건, 골칫거리 등이 장애물의 역할을 할 수 있다.

3. 장면 중간에 삽입할 '한 가지'를 선택한다.

이 과정을 몇 번 거치면 작가 정신이 자동적으로 발휘되어 마이크로 장애물을 넣을 곳에 대해 감을 잡을 수 있을 것이다. 연습할 가치가 충분하다.

세 가지 영역에서 판돈 올리기

'판돈을 올리다.' 포커 사기꾼의 세계에서 유래한 말이다(아마도 틀림없이). 이런 상황을 생각해보자. 한 순진한 시골뜨기가 시내에 왔다가 술을 한두 잔 마신 다음 밀실에서 열리는 '친목 포커 게임'에 초대를 받는다.

"좋습니다!" 사내는 날렵한 콧수염에 눈을 초롱초롱 빛내는 남자들의 무리에 합류한다. 판이 몇 차례 돌고 몇 달러쯤 벌었다는 걸 알게 되자 그는 자신감이 생긴다. 새로 사귄 '친구들'이 사준 맥주가 쓰지 않다.

"당신, 오늘은 날이 아닌가보군요!" 사내는 20센트짜리 칩을 자기 쪽으로 끌어오면서 호기롭게 말한다.

이즈음 콧수염 남자들 중 한 명이 재미 삼아 게임의 판돈을 올리자고 제안한다.

그리고 나머지는 모두가 아는 그대로다. 서서히 사내는 딴 돈을 잃고, 곧 가지고 있던 돈까지 모두 잃는다. 어쩌면 차고 있던 금시계나 입고 있던 옷마저도, 그야말로 몽땅 잃는다.

판돈이 올라가면 위험이 커지고 잠재적인 손실도 더 심각해진다. 소설을 쓰는 우리는 세 가지 영역에서 판돈을 올릴 수 있다. 플롯, 인물, 사회.

플롯의 판돈

플롯의 판돈을 올리면 중심 행동의 강도가 서서히 높아지고, 외부 환경은 더 큰 위험과 중요성을 띠게 된다. 질문을 던져보자.

- 주인공에게 입힐 수 있는 더 큰 물리적 피해는 무엇인가? 적대자의 역량과 더불어 상황을 악화시키기 위해 어떤 전술을 동원할 수 있는지 생각해보자.
- 더 많은 문제를 일으키는 또 다른 인물을 내세우는 것은 어떨까? 서부극의 고전 「셰인Shane」 같은 경우, 악당에게 고용된 냉

혹한 킬러 잭 윌슨(잭 팰런스)이 행동에 나서는 장면에 접어들면서 플롯의 판돈이 올라간다. 인물을 추가할 때는 주인공과 대립하는 이유, 그리고 이야기 진행과의 연관성을 밝힌다.

- 주인공과 반드시 대립하지는 않지만 그와 상관없이 판돈을 올리는 인물을 추가할 수도 있다. 「카사블랑카」에서는 도움이 절실한 어느 젊은 여자가 릭을 찾아온다. 여자의 남편은 카사블랑카에서 빠져나가는 데 필요한 돈을 카지노에서 마련할 작정이었다. 하지만 남편은 돈을 잃었고, 아내는 이제 통행 허가증을 얻기 위해서는 경찰서장 루이와 자는 방법밖에 없다는 것을 알고 있다. 릭은 관여하고 싶지 않다. 그녀의 곤경이 릭이 하고 싶지 않은 선택을 하도록 강요하는 것이다.
- 주인공에게 어떤 직업적 의무감이 걸려 있는가? 직장이나 직업과 관련해서 위협받을 수 있는 점은 무엇인가?

윌리엄 맥기번의 고전 누아르 『빅 히트The Big Heat』에서 경찰 데이브 베니언은 도시 범죄 집단의 핵심을 파악하게 된다. 부패 고리의 한 축을 이루는 그의 상관들이 경찰 배지와 총을 빼앗으려 하지만 데이브는 대가를 치렀기에 총을 건네주지 않는다. 이제 상관들에게는 그를 주시할 이유가 생겼고, 마침내 그는 직장을 잃고 만다.

인물의 판돈
이해관계를 보다 개인적인 것으로 만들어보자. 인물 내면에서 무슨 일이 일어나는가? 무엇이 주인공의 감정을 뒤흔드는가?

『빅 히트』에서 베니언 경관이 담당한 살인 사건은 자동차 폭발로 그의 부인이 사망하면서 개인적인 복수로 전환된다. 그에게 복수는 이제 개인적인 이해관계의 문제다.

다음을 생각해보자.

- 주인공을 감정적으로 더 힘들게 하려면 상황을 어떻게 조성해야 하는가?
- 주인공을 좌절시킬 뿐 아니라 영혼을 파괴하려고 위협하는 것은 무엇인가?
- 심리적 죽음은 어떻게 임박하는가?
- 곤경에 처할 수 있는 인물 가운데 주인공이 마음을 쓰는 상대가 있는가?
- 주인공에게 더 큰 내면의 슬픔을 유발할 수 있는 '유령'이 존재하는가?

사회의 판돈

더 큰 지역사회에 어떤 결과를 초래하는지에 대한 문제다. 『빅 히트』에서 베니언 경관이 범죄 집단의 보스를 잡지 않는다면 시민들은 고통을 받을 것이다. 상부까지 올라가는 부패의 고리도 여전할 것이다. 시민들에게는 공정하지 못한 일이다.

그러므로 질문을 던지자.

- 주인공의 문제를 더 큰 지역사회의 문제로 확대시키려면 어떻게 해야 할까?
- 사회적 이해관계를 설명하기 위해서는 해당 지역사회의 어떤 인물을 플롯에 넣는 게 좋을까?

시한폭탄을 설치하자

최고의 서스펜스 작가 가운데 한 사람은 인생의 대부분을 뉴욕의 한 호텔 방에서 혼자 지내며 싸구려 소설 잡지에 이야기를 기고했다. 코넬 울리치는 서스펜스 기교의 동의어가 되었지만, 안타깝게도 오늘날 그 이름은 거의 잊혔다.

그의 단편 「3시」에는 부인이 바람을 피운다고 생각하는 남자가 등장한다. 남자는 지하실에 시한폭탄을 설치한다. 서둘러 집을 나가려던 찰나 두 명의 강도가 그를 공격해 입에 재갈을 물리고 지하실에 묶어놓는다.

남자는 움직일 수도 없이 혼자 남는다. 시한폭탄은 째깍째깍 꾸준히 돌아간다. 울리치가 전하는 남자의 생각, 아무것도 할 수 없는 무기력함이 믿을 수 없을 정도로 서스펜스를 고조시킨다. 반전의 결말이 나오기 전까지는 그 무엇도 드러나지 않는다.

울리치가 윌리엄 아이리시라는 필명으로 쓴 소설 『환상의 여인Phantom Lady』에서 시한폭탄은 사형 집행 날짜다. 한 남자가 아내를 살해한 죄로 부당하게 유죄판결을 받았다. 그의 알리바이를 증명해줄 유일한 사람이 있지만 아무도 그녀를 기억하지 못하고 찾지도 못한다. 남자가 전기의자에 앉기 전에 그녀가 모습을 드러낼 것인가? 소설의 장제목은 '사형 집행 X일 전' 식으로 숫자가 하나씩 줄어들면서 이어진다.

유명한 시나리오 작가이자 소설가인 스티븐 J. 캐널은 이렇게 말했다. "영리한 작가는 주로 이야기 초반에 시한장치가 달린 자물쇠를 심어놓는다. 일정 시간 안에 어떤 사건이 일어나거나 문제가 해결되어야 하는 구조적 장치인 셈이다. 이것은 이야기의 긴장감을 응축하는 역할을 한다. 물론 모든 이야기가 '시한폭탄'을 설정하는 데 적합한 것은 아니지만, 기지 넘치는 작가라면 의미 있는 장치를 이야기에 결합하는 방법이나 대목을 찾기 위해 깊게 파고들기 마련이다."

예를 들어보자.

한순간이 모든 것을 바꾼다: 한 남자가 사랑하는 여자의 소중함을 뒤늦게 깨닫고 그녀를 찾아가지만, 여자는 비행기를 타기 위해 도시를 떠나려는 참이다. 영화 「맨해튼Manhattan」에서 아이삭(우디 앨런)은 택시를 타려고 문을 나서는 트레이시(마리엘 헤밍웨이)를 잡기 위해 뉴욕 거리를 질주한다.

이야기 키우기: 영화 「백 투 더 퓨처Back to the Future」에서 마티 맥플라이(마이클 J. 폭스)의 무사 귀환은 에메트 브라운 박사(크리스토퍼 로이드)가 정확히 밤 10시 4분 마을의 시계탑을 치도록 번개를 유도하느냐, 그리고 마티가 바로 그 순간에 맞추어 타임머신

드로리안을 운행하느냐에 달려 있다.

A) 하지만 불과 몇 분 남지 않은 상황에서 나뭇가지 하나가 전선을 끊어버린다. 브라운 박사는 전선을 연결하기 위해 시계탑에 올라가야 한다.

B) 마티는 타임머신의 위치를 바로잡고 정확한 시간에 출발할 준비를 하지만, 타임머신의 엔진이 멈춘다.

C) 브라운 박사는 시계탑에서 떨어질 뻔한다.

D) 브라운 박사는 시계탑의 전선을 연결하지만, 도중에 전선이 바닥으로 떨어진다. 그리고 이제 마티는 출발했다.

E) 브라운 박사는 케이블을 타고 내려가 바닥에 떨어진다.

F) 그는 이제 나뭇가지에 걸린 전선을 풀어야 한다. 마티는 거의 다 왔다.

G) 브라운 박사가 전선을 연결하고 마티가 전선을 통과하는 순간 번개가 친다.

이렇게 해보자.

1. 중요한 장치를 설정한 뒤 시간제한을 둔다. 약속처럼 간단한 일이나 폭탄처럼 끔찍한 장치가 될 수 있다.

2. 시간제한 속에서 인물이 안심할 수 없게 만드는 장애물에 대해 브레인스토밍을 하자.

3. 긴장 해소는 마지막 순간으로 미룬다. 가장 중요한 시한폭탄은 클라이맥스에서 터뜨리더라도, 이야기의 다른 부분에 등장

하는 사소한 시간적 압박들 또한 간과하지 않도록 하자.

서스펜스를 유발하는 간단한 방해 요소

서스펜스는 간단한 방해 요소로도 발생할 수 있다. 서스펜스가 '해결을 보류한다'는 의미임을 기억하자. 어느 순간 긴장이 조성되면 독자들은 상황이 어떻게 해결될 것인지 알고 싶어 하기 때문에 작가에게는 지연할 시간이 조금 더 생긴다. 긴장감을 조금이라도 더 늘이는 방법이다.

우리의 가상 인물 로저 힐과 그가 만난 이브 세인트라는 여인이 등장하는 장면을 생각해보자. 그녀가 로저 힐을 경찰들로부터 숨겨주기로 한 이유는 로저가 배우 캐리 그랜트를 많이 닮았기 때문이다. 이 금발의 차가운 여인은 어떤 골치 아픈 뒤처리가 필요한 상황까지는 아닐 것이라 생각한다.

"고마워요." 로저가 말했다. "이렇게 할 필요는 없었는데요."

"아니에요." 이브가 대답했다.

"숨겨준 이유를 물어봐도 될까요?"

"얼굴이 흥미로워서요."

"그게 이유라고요?"

"그런 말 들어본 적 없나요?"

"그렇게 매력적인 방식으로 들어보지는 못했습니다만."

"기대할 것 없어요." 이브가 말했다. "경찰이 당신을 찾는 이유가 알고 싶었을 뿐이에요."

"다 오해에서 비롯된 거예요."

"정말 그런지 들어보죠."

로저는 그녀를 물끄러미 바라보았다. 일단은 그녀를 믿어도 될 것 같았다.

"내가 하지 않은 일 때문에 의심을 받고 있어요. 그리고 내가 무죄라는 증거가 바로 여기 이 사무실에 있고요. 어디를 찾아봐야 할지는 모르지만요."

"잠깐만요. 설마 당신, 벡스터 사업을 엉망으로 만든 사람은 아니죠?"

"추측을 잘하는군요."

"추측이 아니에요. 어쩌면 내가 당신을 도울 수 있을지도 몰라요."

그는 그녀의 어깨를 잡았다. "그 서류가 어디 있는지 압니까? 벡스터 서류 말입니다."

"네, 만약 당신이 말한 게 그 서류라면 걱정할 거 없어요."

"보여줘요!"

"이쪽이에요."

이브는 로저를 옆방으로 이끌었다.

로저에게 도움이 될 중요한 단서를 찾는 장면이다. 대부분 작가들의 원고에는 이와 같은 부분이 많을 것이다. A지점, B지점, C지점 하는 식으로. 논리적인 순서다.

잠깐, 그런데 주인공이 그렇게 쉽게 움직이게 내버려 둘 필요가 있을까? 이는 곧 독자들도 내버려 두는 것이 아닌가.

방해물을 추가해보자.

그는 그녀의 어깨를 잡았다. "그 서류가 어디 있는지 압니까? 벡스터 서류말 입니다."

"네, 만약 당신이 말한 게 그 서류라면 걱정할 거 없어요."

"보여줘요!"

"이쪽이에요."

그녀는 한 걸음 옮겼다가 문 두드리는 소리에 걸음을 멈췄다.

"문 열어!" 경찰의 목소리가 들렸다. 로저에게도 익숙한 목소리였다.

"무슨 일이죠?" 이브가 문밖을 향해 물었다.

"놈이 거기 있는 거 다 압니다. 문을 왜 잠갔죠?"

이브는 로저에게 옆방으로 가라고 손짓했다. 하지만 문제가 있었다. 그 방에는 출구가 없었다. 그가 보기에는 그랬다.

"당장 문 열어요." 경찰이 재촉했다.

이야기는 계속된다. 과연 로저는 벡스터 서류를 손에 넣을 수 있을까? 이것은 우리가 하기 나름이다. 로저한테는 잠깐 기다려 보라고 하자.

보조 인물을 등장시키자

보조 인물을 결코 허투루 사용하지 말자. 소설에서 보조 인물은 많은 역할을 해낸다. 흥미를 더하고, 추가 비트를 넣고, 코믹 릴리프(7장을 참조할 것)를 추가한다. 그리고 서스펜스를 조성한다.

이런 보조 인물은 대사를 하게 될 수도 있고, 아니면 연극 용어로 '단역' 즉 대사 없이 공간을 차지하는 엑스트라를 담당하게 될 수도 있다. 둘 중 어느 경우든, 보조 인물을 이용하여 주인공의 문제 해결을 '지연'시키고 서스펜스를 끌어올릴 방법을 찾아보자.

로저 힐에게 다시 가보자. 그는 마침내 서류를 손에 넣었지만 어쩌다보니 다시 분실하고 말았다. 이제 어떻게 될까? 그에게는 그 서류가 '당장' 필요하다. 그가 생각하기에 서류는 유니언역에서 없어진 것 같다. 그래서 서둘러 보안대의 분실물 담당자에게 간다. 스무 살쯤 되어 보이는 경비원이 보안대에 앉아 있다.

　"실례합니다." 로저가 말했다.

　경비원은 만화책처럼 보이는 물건에서 간신히 눈을 떼고 고개를 들었다.

　"물건을 잃어버려서요."

　"다들 잃어버리지요." 경비원이 만화책을 책상 위에 던지며 말했다. "어떤 종류인가요?"

　"봉투요. 크기가 큰 봉투. 당신도 보면 알 텐데……."

　"마닐라요?"

"맞아요, 마닐라 봉투."

"그렇군요."

"알아봐주시겠어요?"

"봉투 안에 뭐가 있죠?"

"왜 그걸 알아야 하죠? 만약에 당신이……."

"이보세요! 사람들이 봉투 안에 뭘 넣는지 아세요? 탄저균이라고 들어봤지요?"

"내가 테러리스트처럼 보입니까?"

"여기엔 테러리스트 목록이 없거든요, 친구."

"좀 봐주세요. 제가 급해서요."

"봉투 안에 들어 있는 게 뭐죠?"

"그냥 필요한 서류들이에요. 사실 지금 당장……."

"작가세요?"

"뭐라고요?"

"분실물 센터를 거쳐 간 작가들이 많거든요."

"아니요, 난……."

"전 작가가 되고 싶어요. 아이디어도 여럿 있어요. 여기에 앉아 있으면 아이디어를 많이 얻죠."

그사이 살인자들은 도망치고 있다.

보조 인물은 애물단지나 협력자, 즉 주인공을 짜증 나게 하거나 도움을 주는 인물이어야 한다. 협력자의 경우에도 상황에 따라서는 서스펜스를 조성할 수 있다.

영화 「멋진 인생」에서 건망증 심한 빌리 삼촌이 은행에 예금하려던 돈을 잃어버린 장면을 떠올려 보자. 시간이 촉박한 상황에서 삼촌은 돈을 찾으려 애쓰지만 찾지 못한다. 돈이 없다는 것은 파멸을 의미한다. 조지는 삼촌을 심하게 나무라면서 기억해내라고 소리를 지른다.

두 사람은 협력자, 즉 같은 편이다. 하지만 시간은 흐르고, 빌리 삼촌은 서스펜스가 가중되는 계기를 제공한다.

반전을 활용하자

반전은 갈등과 서스펜스의 좋은 하부 요소다. 단어의 정의상, 반전은 이야기 속에서 평범하고 예측 가능한 요소를 배제시킨다. 이야기에 복잡한 사정을 추가하고 긴장을 고조시킬 때 제대로 기능하며, 그럼으로써 우리의 최종적인 목표 달성에 도움을 준다. 독자들이 계속 책장을 넘기도록 만드는 것이다.

우리 모두는 책이나 영화에 나오는 그 숨 막힐 정도로 놀라운 경험에 대해 알고 있다. 그런 순간을 만들어내는 것이야말로 장르에 관계없이 소설을 쓰는 즐거움 중 하나가 아닐까.

자, 그럼 뭔가 만들어보자.

반전은 이야기의 궤적을 바꾸는 사건이다. 예상된 방향으로 가다가 갑자기 멈추면서 독자들을 길가로 내모는 셈이다.

반전을 위해 줄거리를 완전히 바꾸거나 매우 복잡한 상황을 추가해야 할 수도 있다. 다시 말해, 독자는 알 수 없는 목적지를 향한 새로운 강줄기에 몸을 싣게 되는 것이다. 또는 같은 강에서 바위와 급류, 심지어는 폭포와 느닷없이 만날 수도 있다.

반전은 이야기 중간이나 결말에 이를 무렵 나오는 것이 좋다. 반전으로 인해 플롯의 문제나 인물의 문제, 또는 두 가지 문제가 모두 발생할 것이다.

반전은 '예상치 못했지만 정당화할 수 있는 놀라움'이라고 정의할 수 있다. 독자는 반전이 기다리고 있다는 것을 알 수 없지만, 일단 반전이 일어나면 납득한다. 적어도 모든 정보가 드러난다면 말이다.

이제 몇 가지 예를 살펴보자. 작품 제목을 미리 밝힐 테니 해당 작품의 반전을 알고 싶지 않다면 이 부분은 읽지 않아도 좋다. 책을 읽고 반전을 직접 느껴보자.

반전의 좋은 사례들

「크라잉 게임The Crying Game」

영화 역사상 최고로 스릴 넘치는 영화이자, 남성 관객 입장에서는 좌석에 편히 앉아 있지 못할 반전을 경험할 수 있는 영화이기도 하다. 기억하겠지만, 반전은 영화 중반쯤에 일어난다. IRA 군인 퍼거스(스티븐 레아)가 아름다운 흑인 헤어 디자이너에게 빠지고, 두 사람의 관계는 점점 뜨거우면서도 진지해진다. 그렇게 이제 곧 연인이 될 상대의 옷을 벗기던 중, 퍼거스는 우연히 한 가지 해부학적 정보를 알게 되면서 엄청난 충격에 빠진다. 영화 중간에 반전이 일어나면서 줄거리의 흐름이 바뀌는 사례다.

「식스 센스The Sixth Sense」

너무나도 유명한 이 영화의 반전은 이야기가 끝날 무렵 일어난다. 아동 심리학자 맬컴 크로 박사는 죽은 자들의 모습을 보는 소년 콜의 상담 치료를 맡는다.

상담 치료 과정이 계속 이어지다가, 마침내 관객은 영화 내내 크로 박사 자신이 다름 아닌 죽은 사람이었다는 사실을 알게 된다.

이 반전은 그동안 영화에서 일어난 다른 모든 것을 설명한다.

「스타워즈」

"내가 네 아버지다!"

『몰타의 매』

샘 스페이드는 거짓말을 일삼고 살인을 저지른 브리지트 오쇼네시를 사랑하지만, 결국 그것으로는 충분하지 않았다. 그가 전화를 걸어 경찰에 그녀를 넘긴 이유는 이렇다.

"누가 누굴 사랑하든 난 관심 없어요. 난 당신의 꼭두각시가 노릇을 하지 않을 거예요……. 남자란 자기 동료가 살해되었을 때 그냥 있으면 안 되는 거예요. 그 동료를 어떻게 생각했는지는 전혀 중요하지 않아요. 그가 자기 동료라면 뭔가 해야 할 뿐이지."

『레베카』

"난 그녀를 증오했어요!"

『오리엔트 특급 살인Murder on the Orient Express』

모든 용의자가 범인이었다.

『바람과 함께 사라지다』

그 모든 일을 함께 겪고 난 후, 분명 스칼렛과 레트는 결국 함께할 것만 같다. 하지만 그 순간 레트는 이렇게 말한다. "솔직히 말하면, 스칼렛, 난 관심 없소!"

「크리스마스 선물」

돈이 많지 않은 젊은 남편은 아내에게 크리스마스 선물로 그녀의 길고 아름다운 머리카락에 어울릴 보석 박힌 빗 세트를 사주고 싶다. 그는 돈을 마련하기 위해 자신의 가장 값비싼 소지품인 황금 시계를 팔지만, 곧 아내가 그에게 아름다운 시곗줄을 사주기 위해 머리카락을 잘랐다는 것을 알게 된다.

「차이나타운」

"그 애는 내 딸이에요."

찰싹.

"그 애는 내 동생이에요."

찰싹.

"그 애는 내 딸이면서 내 동생이에요."

반전 생각해내기

반전을 다루는 것은 정말 재미지만, 그것을 정당화하는 것은 결코 쉽지 않은 일이다. 시트콤 「사인펠드」에서 예약했던 차량이 렌터카 회사에 없다는 사실을 알고 제리가 화를 내는 상황과 비슷하다. 제리는 안내 데스크에 있는 여성을 크게 나무란다. "당신은 어떻게 예약을 '받는지' 알죠. 어떻게 예약을 '해놓는지' 모를 뿐이에요. 그게 예약에서 제일 중요한 부분인데 말이죠. 예약 받는 건 누구라도 할 수 있다고요."

이 대사를 받아 이렇게 말할 수 있겠다. 반전은 누구라도 만들어낼 수 있다고. 그러나 반전에서 가장 중요한 부분은 그것을 정당화하는 것이라고.

그러면 어떻게 해야 할까?

작가 정신에 귀 기울이기

개요를 이미 써두었다 해도 글을 쓸 때는 때때로 자신의 무의식적인 작가 정신이 메시지를 전달하도록 내버려 두자.

굳이 재촉하지 않아도 그런 일은 벌어진다. 글을 쓰면서 작가로서의 일, 즉 등장인물을 둘러싼 사건을 만드는 일을 하다가 갑자기 그 장면에 대해 엉뚱한 아이디어를 얻는 것이다. 그런 아이디어는 이유 없이 떠오르고, 주로 등장인물들을 통해서 얻게 된다. 몇몇 작가들이 '인물이 접수했다'고 설명하는 상황이다. 조금은 과장된 표현이지만(키보드를 두드려 짜증 나는 상황을 만들어 낸 사람이 바로 '당신'이라는 것을 상기해도 좋다), 어느 정도는 사실이다. 그런 일이 생긴다면 즉시 글쓰기를 멈추고 아이디어를 이리저리 활용해보자.

위협을 받고 있는 변호사와 그 가족에 대한 소설을 쓰고 있을 때였다. 나는 남편이 아내에게 문제가 해결될 때까지 안전한 장소에 가 있으라고 설득하는 장면을 계획했었다.

하지만 부부가 대화하는 지점에 도달했을 때 아내는 이렇게 말했다. "싫어."

나는 눈을 몇 번 깜빡이고는 백스페이스키를 눌렀다.

하지만 아내는 여전히 떠나지 않으려 했다.

나는 글쓰기를 멈추고 편히 앉아서 생각하기 시작했다. 아내의 주장에 귀를 기울였다. 그녀는 남편 곁을 떠나고 싶어 하지 않았고, 떠나지 않을 것이며, 떠밀려서 떠나지도 않을 터였다.

나는 그런 그녀가 약간 좋아졌다. 그래서 아내가 하고 싶어 하는 대로 놔두었다. 아내의 입장으로 보나 소설 내용으로 보나 그편이 훨씬 좋았다. 나머지 장면에 대해서는 새로 계획을 세워야 했지만, 모두 잘 풀렸다.

물론 잘 풀리지 않을 수도 있을 것이다. 그렇다고 쥐어짜내지는 말자. 각자의 마음속과 종이 위에서 조금쯤은 알아서 펼쳐지게끔 내버려 두자. 언제든지 그 지점으로 되돌아가 이야기의 통제력을 회복할 수 있으니 말이다.

듣는 것은 도움이 된다.

예측 게임

글을 쓰다가 어떤 지점에서는 글쓰기를 멈추고 스스로에게 아주 중요한 질문을 던져보자. 대부분의 독자들은 다음에 어떤 일이 일어나리라 예상할까?

이것이 독자와의 예측 게임이다. 이 게임에서 이기려면 상대가 예측하지 못하게 할 방법을 찾아내야 한다.

독자가 예상할 수 있는 모든 상황을 목록으로 작성하자. 예를 들어 주인공이 대낮에 거리에서 총을 맞았다고 해보자.

이제 주인공은 무엇을 할 것인가?

- 건물 안으로 숨는다.
- 뒷골목으로 달아난다.
- 자신을 도와줄 세상 물정에 밝은 사람을 찾는다.
- 총을 꺼내서 주위를 살핀다.

그것 말고도 더 있을 수 있다. 목록의 내용을 가지고 각각을 비교해보자. 독자가 예측하지 않을 만한 것은 무엇인가? 몇 가지 대안이 여기 있다.

- 자동차를 훔친다.
- 도망가다가 차에 치인다.
- 그를 해치려는 사람과 마주친다.
- 누군가의 도움을 받았다가 지갑을 도난당한다.

이런저런 아이디어를 생각하다보면 가장 마음에 드는 새로운 전개가 떠오를 것이다.

목록을 작성하자. 소재들이 우리의 선택을 기다리고 있다.

싹틔우기

자, 이제 멋진 반전을 생각해냈다. 훌륭하다. 독자의 주의를 끌 것이다. 하지만 독자의 마음속에 이런 의문도 심어놓게 될 것이다. "어떻게 이럴 수 있지?"

말하자면, 독자들은 우리가 만든 그 놀라운 반전이 과연 타당한지 이유를 찾을 것이다. 정말로 어려운 부분이 등장한 셈이다.

반전으로 소설 전체의 양상이 바뀌었을지도 모른다. 처음에 쓰겠다고 생각했던 내용을 전부 재구상해야 할지도 모른다.

새로운 이야기는 납득할 수 있는 것이어야 한다. 답이 없는 질문이나 신빙성이 떨어지는 답만큼 독자의 신경을 거스르는 것은 없다.

타당한 이유가 바로 떠오르지 않으면 이유가 싹트게 하자. 작가 정신으로 생각해보자. 잠들기 직전 그 문제를 떠올리거나, 필요한 경우 며칠 시간적 여유를 갖는 것도 좋다.

답은 거의 항상 나오기 마련이다.

타당한 이유 쌓아 올리기

느슨한 결말의 긴장감을 단단히 조이는 최선의 방법은, 결말로 향하면서 답을 하나씩 쌓아가는 것이다.

즉, 마지막 장까지 기다렸다가 모든 답을 한꺼번에 쏟아내는 일은 가능한 한 피하도록 하자.

때로는 피할 수 없는 일이기도 하다. 「사이코」를 떠올려 보자. 이 영화의 등장인물인 노먼 베이츠에 대한 모든 분석은 영화 말미, 한 정신과 의사의 긴 설명에 담긴다. 바로 직전에 아주 충격적인 반전이 있으니 달리 방법이 없었을 것이다.

마지막에 많은 설명을 넣어야 한다면 갈등과 긴장이 넘치는 장면에 넣자. 이야기가 거의 끝났다고 해서 갈등 요소를 포기하지는 말자. 한 사람이 설명하는 것으로 설정했다면 언쟁을 통해 드러내는 식으로 바꿔보자.

내가 설명해주지. 알다시피, 보슬리는 대역죄를 지었어. 되도록 많은 왕과 왕비를 암살하는 것이 자기 삶의 의무라고 믿었지. 그 이유를 알기 위해서는 그의 어린 시절로 거슬러 올라가야 해. 그가 네 살이었을 때, 누이의 예쁜 공주 세트를 발견하고는 공주 왕관을 썼어. 자신이 왕처럼 보일 거라고 생각하며 계속 쓰고 있었지. 하지만 그의 아버지가 보슬리를 보더니 머리에 쓴 왕관을 빼앗고 「트랙터 풀」이라는 만화영화를 10시간 내리 보게 한 거야. 그러는 내내 누이는 그를 놀리면서 그의 작은 마음속에서가 아니라면 그는 절대 왕이 될 수 없을 거라고 했고. 설상가상으로 그를 붙잡아 머리에 초콜릿 소스를 붓기까지 했어.

이것을 긴장이 넘치는 장면으로 만들어보자.

플라이월 박사가 말했다. "보슬리는 대역죄를 지었어."

"알아듣게 말하세요, 선생님." 로저가 말했다.

"그는 왕과 여왕을 암살하고 싶어 했지."

"제발 말이 되는 얘기를 하세요!"

"사실이야. 그의 어린 시절을 들여다보면……."

"이 문제를 프로이트식으로 접근하는 건가요?"

"초콜릿 소스 에피소드에 대해 알고 싶지 않나?"

"글쎄요."

장르와 필요성에 따라 중요한 반전의 빈도를 조절하도록 하자. 반전이 너무 많으면 타당한 방법으로 그 반전들을 모두 연결해야 하는 엄청난 도전에 직면하게 된다. 놀라운 이야기가 적절한 설명 없이 전개되는 것만큼 독자들이 싫어하는 것은 없다. 마지막에 한 인물이 몇 쪽에 걸쳐 설명을 해야 하는 이야기도 마찬가지다. 또 설명이 너무 기이하면 불평이 나올 것이다.

대부분의 경우, 독서 경험을 정말 기억에 남도록 만드는 건 적절한 곳에 배치한 중요한 반전 하나로 충분하다.

역량 제한하기

주인공의 기본적인 역량을 없애버리는 것도 서스펜스를 끌어올리는 좋은 방법이다. 이를테면 걸어 다닐 수 없게 만든다거나 하는 식으로 말이다.

앨프리드 히치콕의 영화 「이창Rear Window」에서 사진작가 제프(제임스 스튜어트)는 한쪽 다리 전체에 깁스를 하고 있다. 그는 휠체어에 앉아 자신의 아파트에서 뒷마당을 내려다보며 지낸다. 다른 창문들을 보고, 때로는 그 안에서 무슨 일이 벌어지는지도 본다.

예를 들어 살인 같은 일도.

그가 범인으로 지목한 이웃이 자신을 고발한 사람이 누구인지 알아내고는 그를 찾아온다. 그리고 제임스는 도망가지 못한다. 히치콕은 복도 문이 열리는 소리와 제임스의 아파트를 향해 다가오는 발소리로 긴장감을 조성한다.

이야기가 시작되기 전이나 중간에 인물의 육체적 능력을 제한한 수 있는가?

아니면 주인공이 문제를 해결하는 데 필요한 장치나 인물을 제한할 수 있는가?

- 자동차가 도난당했다.
- 도로가 폐쇄되었다.
- 친구나 같은 편이 오지 않는다.
- 다리가 끊겼다.
- 경찰이 도착하지 않는다.
- 휴대전화를 잃어버렸다.
- 기억이 사라졌다.
- 알라바이가 없어졌다.

- 우주가 폭발했다.

주인공의 절망적인 곤경이 계속 이어지게 하기 위해 어떤 상황을 만들어낼 수 있을까? 글을 쓰는 내내 꾸준히 목록을 작성해보자.

적대자의 역량 키우기

이야기가 진행되는 가운데 주인공과 대립하는 인물에게 더 큰 힘을 줄 수도 있다.

이를테면 이렇게.

- 적대자의 조력자들이 도움을 주러 온다면?
- 적대자가 더 좋은 무기나 더 많은 무기를 획득한다면?
- 적대자가 주인공의 치명적인 비밀을 알아낸다면?
- 적대자가 주인공의 가족이나 연인을 인질로 잡고 있다면?

승리를 얻기 위해 어떤 전술을 생각해낼 것인지, 적대자의 시점에서 플롯을 생각해보자.

일반적인 전투 계획처럼 가능한 상황을 목록으로 작성하고 장면을 만드는 데 이용하자.

인물 내면의 감정과 생각에 집중하자

서스펜스를 조성할 때 인물 내면의 상황을 소홀히 넘기지 말자. 그 이유는 이렇다. 인물 내면을 들여다보는 과정은 문제 해결을 지연시키는 효과가 있다. 말하자면 긴장을 길게 끄는 작법 도구인 셈이다(17장을 참조할 것).

스티븐 킹의 『톰 고든을 사랑한 소녀』에서 아홉 살 난 소녀 트리샤 맥팔런드는 숲에서 길을 잃는다. 이 이야기의 대부분이 트리샤가 어디 있는가에 관한 것이다.

트리샤 혼자 있는 시간이 많기 때문에 작가는 주인공 소녀의 내면에 나타나는 다양한 명암으로 이야기를 채운다.

다시 일어섰을 때(거의 무의식적으로 머리 주위로 야구 모자를 흔들면서) 그녀는 다소 차분해진 기분이 들었다. 지금쯤이면 엄마와 아빠도 분명 그녀가 없어졌다는 사실을 알았을 것이다. 아마 처음에 엄마는 그녀가 말다툼하는 두 사람을 보고 화가 나 밴으로 돌아갔을 거라고 생각했겠지…… 지금쯤 겁에 질렸을 것이다. 그 생각만으로도 트리샤는 두려움에 더해 양심의 가책까지 느꼈다. 한바탕 소동이 벌어질 거야. 어쩌면 수렵 감시원과 산림청까지 동원되는 대규모 소동이 벌어질지도 모르지. 모두 다 그녀의 잘못 때문이다. 그녀가 길을 벗어나버렸으니 말이다.

잠시 뒤 스티븐 킹은 독자에게 트리샤의 꿈 일부를 보여준다.

엄마는 가구를 움직이고 있었다. 그것이 트리샤가 정신을 차렸을 때 처음으로 떠오른 생각이었다. 두 번째 생각은 아빠가 자신을 린에 있는 굿 스케이트장에 데려갔고, 그곳 오래된 경사 트랙에서 아이들이 롤러블레이드를 타고 지나가는 소리가 들렸다는 것이었다. 이어 뭔가 차가운 것이 콧마루에 튀는 바람에 트리샤는 눈을 떴다.

그다음으로 한 가지 기억을 보여준다.

그러면서 그녀는 다시금 흐느껴 울었다. 지난밤 샌퍼드의 주방에서 엄마가 알려준 대로 파라핀 종잇조각에 소금을 뿌린 다음 꽈배기처럼 비틀던 자신의 모습이 생각났기 때문이다. 머리 위에 달린 전등 불빛이 포마이카 조리대에 자신의 머리와 손 그림자를 만들었었다. 거실 텔레비전에서 뉴스 소리가 들렸고, 오빠가 위층을 돌아다니면서 내는 삐걱거리는 소리도 들렸다. 이 기억이 눈에 보일 듯 선명해 그녀는 환각을 느낄 정도였다. 익사하는 와중에, 여전히 보트 위에 있는 양 차분하고 편안하고 아무도 것도 신경 쓰지 않을 정도로 안전한 기분을 떠올리는 사람이 된 것 같았다.

인물의 마음과 심경을 드러내는 내밀한 장면을 다양하게 표현할 수 있음을 확인했을 것이다. 이 여러 가지 방법들은 모두 서스펜스 넘치는 단 하나의 질문을 계속 던지게 하는 데 그 목적이 있다. '과연 그녀를 찾을 수 있을 것인가?'

인물의 생각은 1인칭 화자를 통해서도 전달된다. 제퍼슨 파커가 쓴 『LA의 무법자L.A. Outlaws』가 그렇다. 주인공은 KFC에서 강도짓을 벌이려 한다. 하지만 다음과 같은 내용이 먼저 나온다.

어릴 적 나의 첫 직장은 베이커스필드의 KFC 매장이었다. 나는 열여섯 살이라고 말했고 그렇게 보였지만, 사실은 고작 열네 살에 불과했다. 당시 여자애들은 계산대 앞에서 주문을 받거나 돈을 관리했고, 남자애들은 매장 뒤편에서 조리 준비를 하고 음식을 만들었다. 그때 나는 돈이라는 이름의 요리사와 내 인생의 세 번째 사랑에 빠졌다.

계속해서 그녀는 감옥에 간 아들이 하나 있고 성격이 아주 좋았던 매니저 루비에 관해서도 이야기한다. 그런 다음 '회사'에서 손버릇이 나쁜 새 매니저를 보내며 모든 직원이 일을 그만둔 과정에 대해 설명한다.

그래서 나는 기회가 있을 때마다 KFC에 물건을 훔치러 간다.

이제 모든 단계에서 흥미로운 서스펜스를 조성할 수 있는 방법으로 가득한 작법 도구를 갖게 되었다. 원고를 살펴보고 상황전개가 조금 느린 것 같다면(원하지 않았는데도 그렇다면) 이번 장에서 다룬 전략들을 참고해보자. 여러 전략 중 적어도 하나는 도움이 될 것이다.
이렇게 우리는 스토리텔링 기술의 대가가 된다.

22 복습을 위한 3단계:
소설에 꼭 필요한 요소 되짚기

우리의 이야기가 대결, 긴장, 복잡한 사정,
놀라움, 반전, 클리프행어, 감정으로 가득하다면,
이제 글쓰기 경력을 이어갈 기회를 얻은 셈이다.

로버트 하인라인은 작가를 위한 두 가지 규칙이 있다고 말했다.

1. 작가는 써야 한다.
2. 작가는 자신이 쓴 것을 마무리해야 한다.

틀린 말은 아니다. 나는 여기에 더해, 작가는 글을 더 잘 쓰는 법을 계속 배워야 하며, 배운 것을 매번 적용해야 한다는 말을 덧붙이고 싶다.

우리는 소설을 마무리하면서 많은 것을 배운다. 또한 작법 기술을 연구하면서도 많이 배운다. 궁극적으로 '모든 것을 종합한다'는 의미를 지닌 과정들이다. 우리가 알고 있는 모든 것, 우리가 느끼는 모든 것, 우리의 열정과 상상력, 우리의 기술, 우리의 훈련은 모두 처음부터 끝까지 갈등과 서스펜스가 넘치는 소설을 쓰는 데 도움을 준다.

이 탐구 과정을 돕기 위해, 개요를 잡는 유형이든 개요를 잡지 않는 유형이든 누구나 사용할 수 있는 방법을 알려주고 싶다. 다음 단계들에 대해 충분히 생각해보자. 글을 쓸 때 겪는 수많은 좌절감을 덜어줄 것이다.

1단계: 나만의 'LOCK 체계' 정리하기

적어도 본격적으로 글쓰기를 시작하기 전에 자신만의 'LOCK 체계'를 알아야 한다. 누군가는 이야기를 진행하면서 이 요소들을 '발견'하면 된다고 말할 수도 있다. '이야기 진행'을 계획 수립 과정의 일부로 보는 거라면, 그렇게 해도 무방하다.

하지만 미리 조금만 생각해두면 실제 이야기를 쓰는 데 더 많은 시간을 할애할 수 있다.

따라서 3장에서 소개한 원칙을 이용해 'LOCK 체계'를 다시 한 번 정리해보자.

1. 흥미로운 주인공(Lead)
2. 죽음의 위협이 있는 목표(Objective)
3. 대결(Confrontation)
4. 녹다운을 시키듯 통쾌한 완승(Knock-out ending)

'LOCK 체계'의 마지막 요소인 완승은 글을 써나가면서 다소 바뀔 수도 있다. 하지만 결말 지점을 염두에 두면 실제 글쓰기 과정에 도움이 된다. 결국 그곳이 우리가 향하고 있는 종착지니 말이다.

적어도 몇 시간 동안 'LOCK 체계'의 요소들을 브레인스토밍하자. 브레인스토밍 시간을 이틀에 걸쳐 나누고, 하룻밤 동안은 각자의 작가 정신으로 생각한다.

2단계: 방해와 관문

4장을 참고하여 시작 장면에 방해의 요소를 설정해보자. 방해 요소는 첫 쪽에 넣는다.

그런 다음에는 첫 번째 되돌아갈 수 없는 관문을 설계한다. 이것은 주인공을 2막의 대결로 밀어 넣는 사건이다.

3단계: 10개의 끝내주는 장면

「몰타의 매」, 「시에라 마드레의 보물The Treasure of the Sierra Madre」, 「아프리카의 여왕The African Queen」 등을 만든 훌륭한 영화감독 존 휴스턴은 영화의 흥행 비결로 "뛰어난 장면이 세 군데 있고 허술한 장면이 없어야 한다"라고 말한 바 있다.

그 말은 소설에도 적용할 수 있다. 거기에 더해, 나는 소위 '끝내주는 장면' 열 가지를 생각해내기를 권한다.

1. 장면을 브레인스토밍 한다

편안하고 조용한 곳이나 일하기 적당한 장소(아마도 동네 커피 전문점 같은 곳)를 찾는다. 인덱스카드 한 묶음(이유는 나중에 알게 될 것이다)과 펜을 두고 앉아서 적어도 1시간은 브레인스토 밍에 할애한다.

이제 브레인스토밍을 끝내고 카드에 장면 아이디어를 적는다. 아이디어를 적을 땐 너무 많이 생각하지 않는다. 아이디어를 검 열하지 말고 모든 종류의 가능성을 마음 편히 떠올린다. 아이디 어는 간단히 적어야 한다. 예를 들면 이렇게.

메리는 술집에 가다가 오토바이에 치인다.

조는 은행을 털다가 잡힌다.

메리는 엄마가 자신에게 거짓말을 해왔다는 걸 깨닫는다.

조는 메리가 소설의 개요를 잡지 않는다는 걸 알게 된다.

이런 식으로 스무 종류 이상의 장면 아이디어가 나올 때까지 계속 적는다.

2. 아이디어를 섞어 새로운 아이디어를 만든다

스무 장 남짓의 카드를 섞는다. 무작위로 카드 두 장을 골라 어떤 종류의 연관성이 있을지 생각해본다. 그 연관성을 바탕으로 새로운 장면 카드를 한 장 작성한다.

이 과정을 다섯 번 더 반복하며 새로운 카드들을 따로 모은다.

3. 뜸 들이는 시간을 갖자

1시간 남짓 지나면 장면 아이디어가 서른 가지쯤 생겼을 것이다. 이 아이디어들은 뜸을 들여야 한다. 따로 두었다가 다음 날 다시 본다.

4. 상위 아이디어 다섯 가지를 선택하자

다른 조용한 장소(또는 다시 동네 커피 전문점)에서 또 다른 과정을 계획한다. 카드를 살펴보고 가장 흥미를 끄는 장면 아이디어 다섯 가지를 고른다.

5. 다섯 가지 장면 아이디어를 발전시킨다

7장에서 다룬 장면 개요 작성 원리를 이용해 목표, 장애물, 결과를 생각해본다.

바로 갈등과 서스펜스를 넣어야 할 지점이다. 특히 장애물에 대해 브레인스토밍을 한다. 가능한 장애물의 목록을 작성하고 가장 마음에 드는 것을 선택한다.

그리고 한 가지 더 해야 할 일이 있다. 각 장면마다 놀랄 만한 요소를 하나씩 넣어보자. 대화 한 줄, 인물의 행동, 사건 등 아무리 사소한 것이라도 독자들이 예상하지 못한 내용이면 된다.

6. 장면 아이디어를 가지고 4단계와 5단계를 반복한다

이제 다 되었다. 고작 몇 시간의 브레인스토밍으로 즉시 활용할 수 있는 끝내주는 10개의 장면 아이디어가 만들어졌다. 대략 시간 순서대로 배열한다. 이 장면 각각이 어떻게 끝날지 알 수 없다 해도 상관없다. 중요한 건 '길잡이 장면'이 되는 10개의 장면 아이디어가 있다는 점이다. 즉, 길잡이 장면을 향해 글을 써나갈 수 있고, 그 길잡이 장면에 도달하면 다음 길잡이 장면을 향해 글을 써나갈 수 있다는 얘기다.

개요를 잡고 쓰든, 직감에 따라 쓰든, 이 장면들은 작가에게 아주 귀중한 것이 된다. 각자에게 탄탄한 토대와 여러 좋은 소재가 있음을 인식하고 글쓰기를 시작할 수 있다.

7. 독자가 건너뛰는 부분이 없는 소설을 쓰자

이것은 엘모어 레너드가 전한 유명한 글쓰기 요령 가운데 하나다. 초고를 마무리하면 잠시 휴식기를 갖는다. 그러고 나서 고쳐쓰기를 한다. 사람들이 읽다가 건너뛰기 쉬운 부분은 삭제한다. 그곳이 바로 지루한 부분이다.

각 장을 읽으면서 질문하자. 피곤한 에이전트나 편집자가 이 원고를 보다가 여기서 내려놓게 되지는 않을까?

만약 그렇다는 대답이 나온다면 갈등과 서스펜스에 집중하자. 갈등과 서스펜스야말로 책의 흥미를 좌우하는 핵심 요소다.

8. 소설을 마무리하는 중이라 해도 다음 소설의 계획을 세우기 시작한다

9. 소설을 마무리하면서 터득한 모든 사항을 메모한다

10. 이 과정을 반복하자

단어를 적어두는 일은 잘 단련된 작가가 되는 길이다. 더불어, 자신에게 맞는 작법 기술을 적어두는 일은 이른바 전문 작가가 되는 길이다. 이 열 단계의 과정이 우리를 전문 작가로 만들어줄 것이다.

알다시피, 우리는 최초의 이야기꾼 오그가 모닥불 주변에서 이야기를 하던 시대에서 그렇게 멀리 나아가지 못했다. 지금까지 그래왔고 앞으로도 그렇겠지만, 훌륭한 이야기란 늘 다음에 무슨 일이 일어날 것인지 알 수 없는 서스펜스와 갈등에 직면한 인물에 관한 내용을 담고 있을 것이다.

갈등이 없다면 독자들은 관심을 갖지 않는다.

서스펜스가 없다면 독자들은 책을 끝까지 다 읽지 않는다.

사람들은 지루하고 뻔한 이야기가 담긴 책을 살 생각이 없다.

하지만 우리의 이야기가 대결, 긴장, 복잡한 사정, 놀라움, 반전, 클리프행어, 감정으로 가득하다면, 이제 글쓰기 경력을 이어갈 기회를 얻은 셈이다.

바로 '골칫거리야말로 우리의 일거리'인 이유다.

이제 당신 차례다.

작품 속 갈등을 분석하는 실전 연습

완전히 다른 장르의 소설 두 편을 자세히 살펴보자. 하퍼 리가 쓴 순수소설 『앵무새 죽이기』와 토머스 해리스가 쓴 서스펜스 스릴러 『양들의 침묵』이다. 이 책에서 다룬 원칙들은 이 완전히 다른 양쪽 소설에 모두 적용된다.

『앵무새 죽이기』 분석

하퍼 리의 이 소설은 미국 현대문학의 고전이자, 많은 관객의 사랑을 받은 동명 영화의 원작이기도 하다. 소설은 진 핀치가 '스카우트'라고 불리던 어린 시절을 회고하며 서술하는 방식으로 진행된다. 어린 스카우트가 아빠 애티커스, 오빠 젬, 새 친구 딜을 지켜보며 보낸 몇 번의 여름 이야기를 담고 있다. 인물 중심의 이야기는 느긋한 속도로 진행되다가 톰 로빈슨의 재판이 시작되면서 급격하게 긴장감이 높아진다.

주인공

갈등의 기초를 기억해보면 가장 먼저 물어야 할 질문이 떠오를 것이다. 이야기 속에 흥미를 가질 만한 인물이 있는가?

스카우트는 분명 그 자격이 충분하다. 그녀는 어리고 연약하지만 강인하다. 남자아이들과 싸우는 것을 두려워하지 않는다. 또한 현재의 상황을 그대로 받아들이지 않는다. 질문을 하고 답변을 원한다. 이런 점에서 그녀에겐 진정성이 있다. 내면에 일종의 반항아 기질이 있고, 중요한 순간 용기를 발휘한다.

죽음의 위협

다음으로, 스카우트의 목표는 무엇인가? 여기에는 어떤 이해관계가 걸려 있는가? '죽음'은 어떻게 관련되어 있는가?

이 소설에서 다루는 것은 육체적 죽음이 아니다. 스카우트와 오빠 젬이 밥 유엘의 칼에 찔릴 위험에 처하는 장면이 있긴 하지만, 그 사건은 이야기의 끝부분에 가서야 일어난다. 직업적 죽음에 관한 것도 아니다. 물론 그것이 아버지 애티커스 변호사와 톰 로빈슨의 재판과 관련한 서브플롯에서 일정 역할을 하지만 말이다.

이제 남은 것은 심리적 죽음이다.

앞서 우리가 내렸던 정의를 기억해보자. '심리적 죽음은 인물 내면의 죽음을 뜻한다. 인물이 자신의 진정한 인간적 잠재력을 깨닫지 못하게 되는 것이다.'

스카우트는 어떤 사람이어야 할까? 아마 타인에게 관대하고 동정심이 많은 사람일 것이다.

아주 가난한 학교 친구 월터 커닝엄이 오빠 젬의 초대로 저녁 식사를 하러 왔을 때 스카우트는 월터의 식사 습관을 보고 즉각 반응을 보인다. 월터가 시럽을 달라고 하더니 채소와 고기가 들어 있는 음식 전체에 시럽을 붓자, 스카우트는 월터의 행동을 큰 소리로 지적하며 의아해한다.

스카우트의 반응은 월터를 몹시도 무안하게 만든다. 그때 화가 잔뜩 난 가정부 캘퍼니아가 스카우트를 주방으로 불러낸다.

아줌마가 나를 노려보자 눈가의 잔주름이 더 깊어졌다. "우리와 다른 식으로 식사하는 사람들도 있는 거야." 아줌마는 날선 목소리로 조용히 말했다. "그 사람들이 우리처럼 식사하지 않는다고 해서 식탁에서 티를 내면 안 되는 거야. 저 아이는 네 손님이고, 만약에 식탁보를 먹고 싶다고 해도 내버려 둬야 하는 거라고. 내 말 알아듣겠니?"

"쟤는 손님이 아니에요, 아줌마. 그냥 커닝엄……."

"입 다물지 못해! 그 애가 누구든 상관없다. 이 집에 발을 들여놓은 사람은 다 네 손님인 거지. 건방지게 다른 사람들을 두고 이렇다 저렇다 한마디 하다가 나한테 잡히기만 해봐라. 네 가족들이 커닝엄 가족들보다 잘났는지 모르지만, 네가 그 사람들을 무시하는 걸 보니 잘난 것도 아무 쓸모가 없구나. 식탁에서 똑바로 행동하지 않으면 여기 부엌에 앉아서 먹을 줄 알아!"

이 일로 스카우트는 교훈을 얻어 자신보다 부유하지 않은 사람들에게 동정심을 갖되 '건방지게' 굴지 않게 된다. 이 일이 아니었다면 인색하고 심술궂고 편협한, 그렇고 그런 남부 여성으로 성장했을 것이다. 소설에서처럼 온전히 인간적인 모습을 갖춘 사람은 되지 못했을 것이다.

그날 이 일이 있기 전에 스카우트는 마을에 새로 온 캐럴라인 선생님으로부터 아빠와 함께 책 읽는 것을 그만둬야 한다는 말을 들었다. 아빠는 제대로 가르치는 법을 모른다는 이유였다. 스카우트는 난처한 상황에 처해 야단을 맞고, 그때부터 선생님에 대해 낯선 감정을 갖는다.

학교에서 돌아와 월터와의 일이 있은 뒤, 스카우트는 아빠와 현관에 앉아 자신이 처한 곤경에 대해 이야기한다. 아빠는 그녀를 타이른다.

"무엇보다 스카우트, 간단한 요령 한 가지만 배우면 넌 어떤 사람과도 훨씬 더 잘 지낼 수 있을 거야. 누군가를 정말로 이해하려면 그 사람의 입장에서 생각해야 한단다."
"네?"
"말하자면 그 사람 피부 안으로 들어가서 그 사람이 되어 걸어 다니는 거야."

다시 한 번 이 일은 스카우트의 성장에 중요한 계기로 작용한다. 훗날 그녀의 인생을 이해하는 열쇠가 되는 셈이다.

소설은 이렇게 시작되어 이야기가 진행되면서 스카우트가 얼는 교훈의 강도는 점점 높아지고, 이후 '사악한 유령' 부 래들리, 나아가 모든 계층의 사람들을 완전히 새로운 시각에서 바라보며 그녀의 교훈은 정점을 찍는다. 이 모든 일들이 편협한 성인이라는 심리적 죽음으로부터 그녀를 구하는 것이다.

대립 세력

『앵무새 죽이기』에서 스카우트의 '변화'에 대립적인 역할을 하는 주요인은 편견이지만, 그것으로는 충분치 않다. 그 편견이 어느 한 인물 또는 여러 인물을 통해 구체적으로 나타나야 한다. 편견은 밥 유엘을 통해 가장 구체적인 형태로 나타난다. 톰 로빈슨을 변호한 일을 두고 유엘이 애티커스 핀치에게 보인 적대감은 책 전체의 주제와 관련한 위협을 드러낸다.

스카우트에게 변화의 계기가 없었다면 그녀는 유엘보다 나을 바 없는 사람이 되었을 것이다. 헨리 라파예트 듀보스 부인, 그들의 아버지가 무모하게도 흑인을 변호한다는 이유로 스카우트 남매에게 소리를 지르는 이웃집 노부인 같은 사람 말이다.

시작

화자가 과거의 일을 회고하는 액자소설 방식이기 때문에 방해 요소는 과거 시제로 서술된다. 첫 단락에서 스카우트는 오빠 젬의 팔이 부러진 일에 대해 이야기한다. 다음은 이어지는 두 번째 단락이다.

오랜 시간이 지나 그 일을 되돌아볼 수 있게 되었을 때, 우리는 오빠의 팔이 부러진 일이 어떻게 시작되었나를 두고 간혹 입씨름을 벌였다. 나는 이 모든 일이 유엘 가족들로부터 시작되었다고 주장했지만, 나보다 네 살 위인 오빠는 그 일의 발단을 말하자면 훨씬 이전으로 거슬러 올라가야 한다고 했다. 딜이 우리 동네에 온 첫 여름, 우리에게 부 래들리를 집 밖으로 끌어내자는 생각을 말했을 때 이미 시작되었다고 말이다.

스카우트의 평온한 세상은 어린 딜의 등장으로 파문이 일어난다. 딜은 소설 전체를 관통하는 이야기, 즉 '사악한 유령' 부 래들리를 직접 눈으로 확인하자며 사람들을 선동한다. 거리 저편 그 집에서 부 래들리에게 정확히 무슨 일이 일어나고 있는 걸까? 과연 그는 어떤 사람일까?

이야기 초반에 암시된 이 미스터리는 독자로 하여금 소설을 계속 읽어나가게끔 하는 충분한 원동력으로 작용한다.

되돌아갈 수 없는 관문

첫 번째 관문은 9장에서 등장한다. 스카우트는 아빠가 성폭행 혐의를 받는 흑인 남자를 변호하리라는 사실을 알게 된다. 학교의 한 남학생에게서 처음 그 이야기를 들은 그녀는 그와 싸움을 벌일 뻔하기까지 하지만, 아빠는 그것이 사실이라고 확인해 준다.

이 일은 기존의 믿음에 맞서 새로운 믿음을 형성해야 하는 세계로 스카우트를 들여보낸다. 아빠의 숭고한 결정으로 스카우트의 이전 삶은 그 문이 닫힌다. 성장소설처럼 느껴지는 대목이다. 스카우트는 이제 어린이 방을 나와 현실 세계로 들어서야 한다. 그 세계는 어둡고 무거운 곳일 수 있다.

커다란 좌절을 경험하는 두 번째 관문은 톰 로빈슨 사건에 내려진 유죄판결이다. 스카우트와 오빠 젬은 도무지 이해할 수 없다. "이건 옳지 않아요." 눈물이 그렁그렁해서 젬이 말한다. "그래, 아들, 네 말이 맞아. 이건 옳지 않아." 아빠는 말한다.

스카우트는 달라졌다. 다시 새 학기가 시작되며 스카우트는 3학년이 되고, 이젠 부 래들리의 집 앞을 지나치면서도 더 이상 겁먹지 않는다.

그 낡은 집을 지날 때마다, 나는 아서 래들리 아저씨에게 분명 고통이었을 일에 가담했다는 사실에 종종 양심의 가책을 느꼈다. 아이들이 덧문 사이로 들여다보고, 낚싯대 끝에 인사 카드를 달아서 전달하고, 밤중에 자신의 양배추 밭을 돌아다니는 걸 반가워할 만한 은둔자가 어디 있겠는가?

여운이 있는 결말

소설 마지막, 마침내 부 래들리 아저씨와 얼굴을 마주한 스카우트는 비로소 심리적 죽음을 극복한다. 스카우트는 부 래들리에게 연민을 느끼며, 더 이상 그를 두려워하지 않는다. 그녀는 부 래들리의 손을 잡고 그의 집으로 걸어간다.

아빠 말이 맞았다. 상대방의 처지가 되어보지 않고는 그 사람을 정말로 이해할 수 없다고 하셨지. 래들리 아저씨네 집 현관에 서 있는 것만으로 충분했다.

팔을 다친 오빠는 다른 방에서 잠들어 있는 사이 아빠가 스카우트를 침대에 눕혀주고, 이때 스카우트는 아빠가 오빠에게 읽어주었던 이야기를 떠올린다. 사실은 '정말 괜찮은' 사람이었지만 오해를 받은 인물에 관한 이야기였다.

"스카우트, 우리가 잘 본다면 결국 대부분의 사람들은 괜찮은 사람이란다."
아빠는 불을 끄고 오빠 방으로 가셨다. 밤새 그 방에 계실 것이다. 그리고 아침에 오빠가 깼을 때도 아빠는 그 방에 계실 것이다.

『양들의 침묵』 분석

토머스 해리스가 쓴 이 베스트셀러 스릴러소설은 영화로도 제작되어 성공을 거두었다. 소설은 FBI 수습 요원 클라리스 스탈링의 이야기를 다룬다. 스릴러 장르에서 가장 극악무도한 유형으로 분류되는 인육을 먹는 연쇄살인범 한니발 렉터 박사를 우연찮게 알게 되면서 스탈링은 갑자기 중요한 연쇄살인 사건에 개입된다. 그녀는 이 도전에 응할 것인가? 배후에서 범죄를 조종하는 인물을 상대로 서로 속고 속이는 이 게임에서 과연 승리할 것인가? 버펄로 빌이라는 연쇄살인범의 피해자를 제때 구해낼 수 있을까?

이 이야기에 걸린 이해관계들이다.

도입부의 방해 요소와 흥미를 가질 만한 주인공

클라리스 스탈링은 FBI 행동과학부 잭 크로퍼드 과장의 사무실로 호출되는 장면에서 처음 등장한다. 도입부의 이 방해 요소는 첫 쪽 두 번째 단락에서 나타난다.

토머스 해리스는 엔진을 예열하는 타입이 아니다. 이야기는 '인 메디아스 레스', 즉 사건의 중심으로 바로 들어가서 시작한다. 스탈링이 참여한 회의는 그녀의 삶을 영원히 바꾸어버릴 일련의 사건의 발단이 된다.

2쪽은 주인공 스탈링에 대한 공감 설정으로 시작한다. 독자는 그녀가 호출 때문에 '겁을 먹었다는 것', 즉 감정적으로 다소 위기에 처했다는 것을 알게 된다. 학교 다닐 때 교장실에 불려갔던 일을 떠올려 보자. 클라리스는 그런 감정적 고통을 느끼고 있다.

이어 독자는 인물의 과거도 조금 알게 된다. "스탈링은 호의를 바라거나 우정을 강요하는 유형이 아니었다. 하지만 크로퍼드의 행동에 그녀는 당혹감과 후회를 느꼈다."

그런 다음 내적 갈등이 일어난다. "그리고 막상 크로퍼드 앞에 다시 선 지금, 유감스럽게도 그에 대한 호감이 다시 생기는 것 같았다."

상반된 두 개의 감정이 자연스럽게 갈등을 부추긴다.

여기서 작가 해리스는 다시 행동으로 돌아간다. 기억하자. '행동 먼저, 설명은 나중에.' 처음 몇 장에서는 행동에 집중하는 것이 좋다.

스탈링에 대한 추가 정보는 대화를 통해 드러난다. 이 역시 행동에 포함된다(대화 역시 행동의 한 형태다).

> "과학수사 경험은 많지만, 현장 실무 경험은 없군. 우리는 최소 6년차 요원이 필요한데 말이지."
>
> "아버지가 보안관이었습니다. 현장 상황이라면 잘 압니다."
>
> 크로퍼드가 살짝 웃었다. "심리학과 범죄학을 전공했군. 정신 건강 센터에서는 얼마나 일했지? 2년?"
>
> "네."

1장 말미에 독자는 잭 크로퍼드가 무시무시한 범죄자 한니발 렉터 박사의 면담을 수습 요원 스탈링에게 맡기려는 것을 알게 된다. 또 하나의 동정 요인이다. 누가 봐도 스탈링이 약자이기 때문이다.

죽음의 위협

독자는 또한 렉터 박사와의 면담이 스탈링에게 직업적으로 엄청난 기회이기도 하다는 것을 안다. FBI 국장이 직접 스탈링의 보고서를 보게 될 것이다. 이를 계기로 그녀는 FBI에서 승승장구하게 될지도 모른다. 물론 임무를 제대로 해내지 못하면 아마도 회복 불가능한 상처를 입을 것이라는 점도 분명하다.

따라서 스탈링에게 걸려 있는 '죽음'은 직업적 죽음이다.

장면은 곧장 볼티모어 주립 범죄자 정신병원으로 이동한다. 스탈링이 렉터 박사를 면담하게 될 곳이다. 하지만 먼저 그녀는 추잡한 관리자 칠튼을 상대해야 한다.

작가 해리스는 등장인물들을 능숙하게 다룬다. 칠튼의 태도는 스탈링과의 갈등을 유발하는 수많은 소재를 제공한다. 칠튼은 스탈링이 아주 매력적이라는 말을 건네며 그녀를 '아가씨'라고 부른다. 스탈링은 이 모든 것을 무시하고 업무적으로 그를 대하려 애쓴다. 칠튼이 계속해서 부적절한 말을 건네자, 스탈링은 말로는 차분함을 잃지 않되 칠튼을 어떻게 생각하는지에 대해 분명한 태도로 속내를 드러낸다.

이것은 독자에게 몇 가지를 알려준다. 첫째, 스탈링은 나약한 사람이 아니다. 나약한 사람은 모욕을 받아도 아무런 대응을 하지 못하는 법이다. 우리의 주인공은 절대 그런 인물이 되어서는 안 된다.

둘째, 스탈링에게 자제력이 있다는 점을 보여준다. 그녀가 강인하며, 난관에 잘 대처할 수 있다는 암시인 셈이다.

물론 가장 큰 난관은 아직 나타나지 않았다.

대립 세력

3장에서 스탈링은 렉터 박사를 처음 만난다. 박사는 무례한 방식으로 클라리스에게 예의를 차리고는 곧바로 자신의 위협적인 지능을 과시한다. 대화를 주도하는 것은 렉터 박사다. 스탈링의 '촌스러운' 성장 배경, 즉 그녀가 부인할 수 없는 사실을 두고 박사가 온갖 심리학적 분석을 하는 동안에도 클라리스는 그 자리를 지키는 배짱을 보인다.

클라리스는 곧장 반격에 나서서 박사에게 스스로를 분석할 만큼 강한 사람인지 질문한다. 박사의 대답에는 그녀에 대한 약간의 칭찬이 담겨 있는 듯하다. "스탈링 수사관, 꽤 거칠군요."

하지만 잠시 뒤 그는 스탈링에게 나가달라고 요구한다. "스탈링 아가씨, 괜한 짓 말고 학교로 돌아가세요."

스탈링은 원하는 것을 얻지 못했다.

스탈링은 한껏 호기로운 모습을 보였지만 갑자기 공허한 기분이 들었다. 곧장 다리에 힘이 풀리는 바람에 필요 이상으로 천천히 서류를 가방에 넣었다. 그녀가 그렇게 싫어하는 실패의 느낌이 온몸에 속속들이 배어들었다.

그 장 마지막, 믹스(렉터 박사의 옆 감방에 있는 수감자)가 역겨운 방식으로 클라리스를 모욕하자 렉터 박사는 동정하는 마음으로 그녀에게 보상을 건넨다. 과거 살인 사건에 대한 단서다. 그러면서 그녀에게 '승진'을 제안한다. 일종의 선물인 셈이다. 렉터 박사가 클라리스에게 준 단서란, 라스페일이라는 살인 사건 피해자의 자동차 안을 살펴보라는 조언이다.

장면 구조

이 장면을 이런 식으로 분석해볼 수 있다.

- **목표:** 스탈링은 렉터 박사의 범죄 피해자들 중 한 사람의 자동차를 조사하고 싶다.
- **장애물:** 시간, 번잡한 절차. 이 장애물을 극복하기 위해 스탈링은 기지를 발휘한다(포드 자동차 리콜 고객을 가장한다).
- **결과:** 좌절. 도움이 되는 정보는 없다.

지금까지 우리는 1막을 살펴보며, 작가 해리스가 독자와 스탈링 사이의 유대감 형성을 위해 이용한 다양한 기법을 확인하고 한니발 렉터가 대단히 능수능란한 상대라는 사실을 알게 되었다.

이제 소설의 5분의 1 지점쯤 온 셈이다. 첫 번째 되돌아갈 수 없는 관문이 등장해야 하는 지점이고, 이 소설에서도 그렇다.

첫 번째 되돌아갈 수 없는 관문

9장에서 렉터 박사는 스탈링에게 연쇄살인범 버펄로 빌에 대한 중요한 단서를 건네고, 이에 잭 크로퍼드는 스탈링을 사건에 참여시킨다. 이제 그녀의 직업적 삶이 정말로 위태로워진다. 연쇄살인 사건 수사 팀의 일원이 된 지금, 실패란 곧 큰 낭패를 뜻하기 때문이다. 크로퍼드는 이렇게 말한다. "강의는 끝났어, 스탈링."

이제 우리는 2막으로 들어선다. 스탈링은 실제 사건의 '어두운 세계'에 있다. 무고한 사람들을 상대로 연이어 벌어진 악명 높은 사건이다. 피해자 가운데는 상원 의원의 딸도 포함되어 있다.

여기서 2막의 모든 비트를 자세히 살펴보지는 않겠다. 해리스는 유기적 통일성을 가진 장면을 이어간다. 스탈링은 버펄로 빌이 누군지 밝혀내고 어떻게든 놈을 잡으려 하지만 장애에 봉착하고, 그럼에도 마침내는 장애와 좌절을 극복하고 단서를 찾기 위해 행동에 나선다는 내용이 2막의 흐름이다.

단서를 찾기 위한 행동들 중 하나는 렉터 박사를 다시 만나는 것이다. 박사는 스탈링을 도울 수 있지만, 그에 대한 대가를 원한다. 다른 시설로 옮겨줄 것, 그리고 밖을 내다볼 수 있는 감방을 줄 것.

자신이 원하는 것을 얻을 때까지 박사는 불완전한 정보만을 건넬 것이다. 그녀는 거래를 하지만, 렉터 박사를 화나게 하는 배신행위가 벌어진다.

두 번째 되돌아갈 수 없는 관문

두 번째 되돌아갈 수 없는 관문은 소설 결말의 마지막 싸움을 이끄는 견인차의 역할을 한다. 위기 또는 좌절, 단서 또는 발견이다.

스탈링은 버펄로 빌을 추적하고 있다. 하지만 공식적으로는 사건 수사에서 배제된 상태다. 그런 좌절이 그녀를 막을 수는 없다. 스탈링은 렉터 박사와 줄곧 연락을 주고받으며 언제나 사건에 대해 생각하고 있다.

하지만 시한폭탄의 타이머가 가고 있다. 버펄로 빌의 마지막 피해자이자 상원 의원의 딸 캐서린 마틴이 죽게 될지 모른다. 이제 불과 몇 시간도 남지 않았을 것이다.

렉터 박사는 수수께끼 같은 정보를 흘렸다. 그는 이렇게 말했다. 버펄로 빌은 '탐내고' 있으며, 우리는 우리가 매일 보는 것을 탐낸다고. 이것은 결정적인 단서이자, 스탈링이 캐서린 마틴을 구하기 위해 반드시 통과해야 하는 관문이다.

그의 단서를 토대로, 스탈링은 버펄로 빌의 첫 번째 희생자 프레더리카 비멜의 뒷조사에 들어간다. 버펄로 빌은 아마도 매일 희생자를 봤을 것이며, 그러다가 마침내 그녀를 죽이겠다고 마음먹었으리라고 그녀는 추론한다.

이어 후속 조사가 시작된다. 프레더리카의 집을 찾아가 그녀의 방을 살펴본 스탈링은 프레더리카가 스스로 옷을 꿰맸다는 사실을 알게 된다. 스탈링이 보기에 이는 또 다른 희생자 킴벌리 엠버그에 대한 기록과 그녀의 피부가 조각조각 벗겨진 미스터리에도 들어맞는 단서다.

스탈링에게 유레카의 순간이 찾아온다. 버펄로 빌은 희생자들의 피부를 합쳐서 꿰매고 있는 것이다.

이제 스탈링은 프레더리카의 친구를 심문하고, 친구는 시내에 있는 옷가게 한 곳을 알려 준다. 옷가게 주인은 이미 죽었지만 스탈링은 정보를 얻기 위해 그의 가족을 찾아간다.

바로 이 집에 연쇄살인범 제임 검브가 숨어 있다. 집에 처음 들어설 땐 그 사실을 알지 못했으나, 나방 한 마리가 시야에 들어오자(연쇄살인범과 관련한 중요한 단서다) 스탈링은 자신이 제대로 찾아왔음을 알게 된다.

검브와의 대결이 이어진다.

스탈링은 검브를 죽이고 캐서린을 구한다.

여운이 있는 결말

스탈링은 직업적 죽음을 극복하고 정식 FBI 요원으로 임명된다. 잭 크로퍼드는 이렇게 말한다. "스탈링, 자네가 자랑스럽군. 브리검 사격 교관도 그렇고, 국장도 그렇게 생각할 걸세."

그때껏 스탈링은 어떤 꿈에 시달려왔다. 도살당하는 양들이 비명을 지르는 꿈. 언젠가 렉터 박사는 이렇게 지적했다. 스탈링 자신이 버펄로 빌을 잡고 캐서린을 구한다면 양들의 비명이 사라지리라 생각하고 있을 거라고. 이제 스탈링은 그 말을 인정한다.

소설은 이렇게 마지막을 맺는다.

하지만 불빛을 받아 발갛게 보이는 얼굴로 베개를 베고 있는 사람은 분명 클라리스 스탈링이다. 그녀는 깊은 단잠에 빠져 있다. 양들의 침묵 속에서.

소설가를 위한 소설쓰기 3
갈등과 서스펜스

초판 1쇄 인쇄 2019년 6월 3일
초판 1쇄 발행 2019년 6월 10일

지은이 제임스 스콧 벨
옮긴이 정미화
펴낸이 김한청

책임편집 차언조 **편집** 홍상희
디자인 김영은
마케팅 최원준, 최지애, 신현정
펴낸곳 도서출판 다른

출판등록 2004년 9월 2일 제2013-000194호
주소 서울시 마포구 동교로27길 3-12 N빌딩 2층
전화 02-3143-6478 **팩스** 02-3143-6479 **이메일** khc15968@hanmail.net
블로그 blog.naver.com/darun_pub **페이스북** /darunpublishers

ISBN 979-11-5633-248-0 04800
ISBN 979-11-5633-245-9 (세트)